메가스터디

실전
N제

문학 138제

구성과 특징

✓ 갈래 복합 구성이 강조된 **최신 수능의 경향을 완벽 반영**하였습니다.

✓ 수능 연계 E교재의 모든 작품과 문제 유형을 치밀하게 분석하여 **출제 가능성이 높은 실전 문제**를 개발하였습니다.

✓ 작품·작가·〈보기〉 자료의 연계, 문제 유형 및 문항 아이디어의 연계 등 **수능 연계 E교재의 출제 원리를 철저하게 적용**하여 수능 대비에 가장 적합한 실전 문제를 개발하였습니다.

수능 연계 문학 작품 한눈에 보기

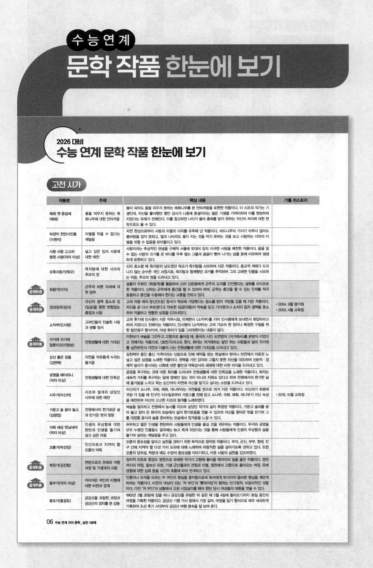

- 모든 수능 연계 문학 작품을 한번에! 한눈에! 볼 수 있도록 주제와 핵심 내용을 정리했습니다.
- 수능에 출제될 가능성이 있는 주요 작품과 핵심 내용을 눈에 잘 띄게 표시하여 효율적인 연계 학습을 할 수 있도록 하였습니다.

출제 확률 높은 문항

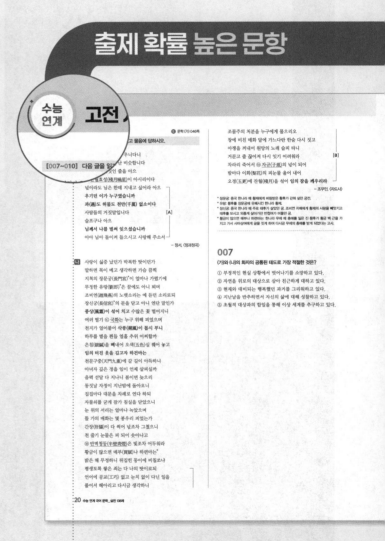

- 수능 연계 E교재를 철저하고 치밀하게 분석하여 출제 가능성이 높은 작품과 지문을 선별하여 출제하였습니다.

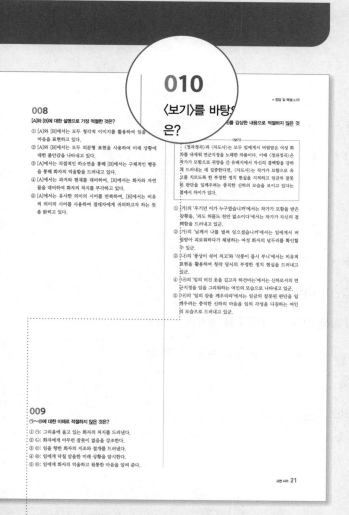

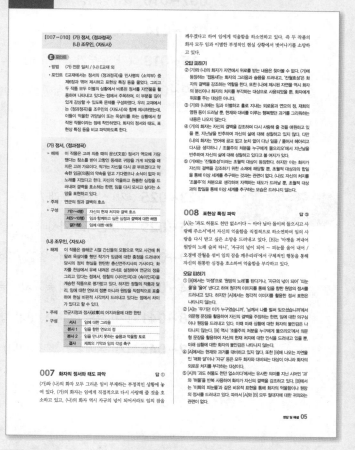

- 2025, 2024학년도 수능 및 평가원 모의고사의 출제 경향과 최근 수능 연계 E교재의 연계 및 출제 원리를 적용하여 문제화하였습니다.

- 문제의 핵심을 콕콕 짚어 정답 선지와 오답 선지를 자세하게 풀이하였습니다.

- 수능 연계 E교재에 대한 연계 포인트를 작품 분석과 함께 제시하여 작품별 연계 학습의 방법을 습득할 수 있도록 구성하였습니다.

차례

수능 연계 문학 작품 한눈에 보기

고전 시가

작품명	주제	핵심 내용	기출 히스토리
매화 옛 등걸에 (매화)	꽃을 피우지 못하는 매화나무에 대한 안타까움	봄이 되어도 꽃을 피우지 못하는 매화나무를 본 안타까움을 표현한 작품이다. 이 시조의 작가는 기생인데, 자신을 좋아했던 평안 감사가 나중에 춘설이라는 젊은 기생을 가까이하여 이를 원망하며 지었다는 유래가 전해진다. 이를 참고하면 나이가 들어 총애를 받지 못하는 자신의 처지에 대한 한탄으로도 볼 수 있다.	
녹양이 천만사인들 (이원익)	이별을 막을 수 없다는 깨달음	자연 현상으로부터 사랑과 이별의 이치를 유추해 낸 작품이다. 버드나무의 가지가 아무리 많아도 봄바람을 잡지 못하고, 벌과 나비라도 꽃이 지는 것을 막지 못하는 것을 보고 사랑하는 이와의 이별을 피할 수 없음을 받아들이고 있다.	
사랑 사랑 고고히 맺힌 사랑(작자 미상)	넓고 깊은 임의 사랑에 대한 예찬	사랑이라는 추상적인 관념을 구체적 사물에 빗대어 임의 지극한 사랑을 예찬한 작품이다. 끝을 알 수 없는 사랑의 크기를 온 바다를 두루 덮는 그물과 골골이 뻗어 나가는 넝쿨 등에 비유하여 생생하게 표현하고 있다.	
모죽지랑가(득오)	죽지랑에 대한 사모와 추모의 정	신라 효소왕 때 죽지랑의 낭도였던 득오가 죽지랑을 사모하여 지은 작품이다. 종교적 색채가 드러나지 않는 순수한 개인 서정시로, 죽지랑과 함께했던 과거를 추억하며 그의 고매한 인품을 사모하는 마음, 추모의 정을 드러내고 있다.	
화왕가(이익) [출제확률]	군주의 바른 자세에 대한 당부	설총이 우화인 〈화왕계〉를 활용하여 신라 신문왕에게 군주의 도리를 간언했다는 설화를 모티프로 한 작품이다. 신하는 군주에게 충간을 할 수 있어야 하며, 군주는 충간을 할 수 있는 인재를 적극 등용하고 충간을 수용해야 한다는 교훈을 전하고 있다.	
정과정곡(정서) [출제확률]	자신의 결백 호소와 임(임금)을 향한 변함없는 충정과 사랑	고려 의종 때의 문신(文臣) 정서가 역모에 가담했다는 참소를 받아 귀양을 갔을 때 지은 작품이다. 자신을 곧 다시 부르겠다고 약속한 임금(의종)의 약속을 믿고 기다렸으나 소식이 없자 결백을 호소하며 억울하고 원통한 심정을 드러내었다.	• 2004. 9월 평가원 • 2003. 4월 교육청
소악부(민사평)	고려인들의 진솔한 사랑과 생활 정서	고려 후기에 민사평이 지은 악부시로, 이제현이 〈소악부〉를 지어 민사평에게 보내면서 화답하라고 하여 지었다고 전해지는 작품이다. 민사평의 〈소악부〉는 고려 가요의 한 장이나 특정한 구절을 취한 칠언절구 형식이며, 여성 화자가 임을 그리워한다는 내용이 많다.	
귀거래 귀거래 말뿐이오(이현보) [출제확률]	전원생활에 대한 기대감	이현보가 벼슬을 그만두고 고향으로 돌아갈 때, 중국의 시인 도연명의 〈귀거래사〉를 본받아 지었다고 전해지는 작품으로, 〈효빈가〉라고도 한다. 화자는 귀거래라는 말만 하는 사람들과 달리 귀거래를 실천하면서 자연과 더불어 사는 전원생활에 대한 기대감을 드러내고 있다.	
강산 좋은 경을 (김천택)	자연을 자유롭게 누리는 즐거움	김천택이 중인 출신 가객이라는 신분으로 인해 제약을 받는 현실에서 벗어나 자연에서 마음껏 노닐고 싶은 심정을 노래한 작품이다. 권력을 가진 강자와 그렇지 못한 자신을 대조하여 신분적·경제적 질서가 중시되는 사회에 대한 불만과 약육강식의 세태에 대한 비판 의식을 드러내고 있다.	
공명을 헤아리니 (작자 미상)	전원생활에 대한 만족감	공명을 추구하는 것에 대한 회의를 드러내며 전원생활에 대한 만족감을 노래한 작품이다. 화자는 세속적 가치를 추구하는 일에 영예만 있는 것이 아니라 치욕도 있다고 하며 전원에서의 한가한 삶에 즐거움을 느끼고 죽는 순간까지 자연에 자신을 맡기고 싶다는 소망을 드러내고 있다.	
사우가(이신의)	지조와 절개의 상징인 사우에 대한 예찬	이신의가 소나무, 국화, 매화, 대나무라는 자연물을 벗으로 여겨 지은 작품이다. 이신의가 회령에 귀양 가 있을 때 친구인 이수일로부터 거문고를 전해 받고 소나무, 국화, 매화, 대나무가 지닌 속성을 예찬하며 자신의 고고한 지조와 절개를 노래하였다.	• 2018. 10월 교육청
거문고 술 꽂아 놓고 (김창업)	전원에서의 한가로운 삶과 반가운 벗의 방문	벼슬을 멀리하고 전원에서 농사를 지으며 살았던 작가의 삶이 투영된 작품이다. 거문고 술대를 꽂아 놓고 잠이 든 화자의 모습에서 삶의 한가로움을 엿볼 수 있으며 자신을 찾아온 벗을 반기며 그를 대접할 음식과 술을 준비하는 모습에서 정겨움을 느낄 수 있다.	
어화 세상 벗님네야 (작자 미상)	인생의 무상함에 대한 한탄과 인생을 즐기며 살고 싶은 마음	허무하고 짧은 인생을 한탄하며 사람들에게 인생을 즐길 것을 권유하는 작품이다. 부귀와 공명을 모두 누렸던 인물들도 결국에는 늙고 죽게 되었다는 것을 통해 사람들에게 인생의 무상함과 삶을 즐기며 살라는 깨달음을 주고 있다.	
오륜가(박선장)	인간으로서 지켜야 할 오륜의 덕목	오륜의 중요성을 알리고 실천을 권하기 위한 목적으로 창작된 작품이다. 부자, 군신, 부부, 형제, 친구 간에 지켜야 할 다섯 가지 도리에 대해 노래하며 바람직한 삶을 살아가도록 권하고 있다. 또한 오륜의 당위성, 학문과 예도 수양의 중요성을 이야기하고, 이웃 사랑의 실천을 강조하였다.	
북천가(김진형) [출제확률]	변방으로의 유배와 귀향 과정 및 기생과의 사랑	정치적 이유로 함경도 명천으로 유배된 작가가 고향에 돌아올 때까지의 일을 읊은 작품이다. 명천까지의 여정, 칠보산 유람, 기생 군산월과의 연정과 이별, 명천에서 고향으로 돌아오는 여정, 유배 경험에 대한 심회 등을 시간의 흐름에 따라 전개하고 있다.	
용부가(작자 미상) [출제확률]	어리석은 여인의 비행에 대한 비판과 경계	인륜이나 도덕을 모르는 두 여인의 행실을 풍자함으로써 독자에게 부녀자의 올바른 행실을 깨닫게 하려는 작품이다. 비판의 대상이 되는 '저 부인'과 '뺑덕어멈'의 행위는 반가정적, 비윤리적인 것들이다. 다만 '저 부인'의 상황에서 고된 시집살이를 해야 했던 당시 여성들의 애환을 엿볼 수 있다.	
동유가(홍정유)	금강산을 유람한 과정과 금강산의 경치를 본 감동	1862년 3월 28일에 집을 떠나 금강산을 유람한 뒤 같은 해 5월 4일에 돌아오기까지 36일 동안의 여정을 기록한 작품이다. 금강산 기행 가사 중에서 가장 길며, 여정을 일기 형식으로 매우 세세하게 기록하여 조선 후기 사대부의 금강산 여행 풍속을 잘 보여 준다.	

작품	주제	설명	출제 정보
나물 캐는 노래 (작자 미상)	나물 캐기를 하는 젊은 남녀의 모습과 유흥	경상남도 의령군 칠곡면에서 부른 노래를 기록한 작품이다. 주로 결혼을 하지 않은 여성들이 들판에서 나물을 캐면서 부른 노동요로, 나물에 대한 정보 전달과 이성에 대한 여인들의 관심을 노래하고 있다. 젊은 남녀가 서로 점심밥을 나눠 먹으며 인연을 맺는 모습이 나타난다.	
사랑을 찬찬 얽동여 (작자 미상)	죽음을 각오한 사랑에 대한 강인한 의지	세상 사람들이 만류할 만큼 힘들더라도 임과의 사랑을 지속해 나가겠다는 지고지순한 사랑을 노래한 작품이다. 화자는 죽을 만큼 힘든 시련이 찾아오더라도 절대 사랑을 포기하지 않겠다는 강한 의지를 드러내고 있다.	
** 모시를 이리저리 삼아**(작자 미상)	사랑을 지속하고 싶은 바람과 의지	'모시 삼기'를 소재로 임과의 사랑을 오래도록 지속하고 싶은 소망을 노래한 작품이다. 화자는 사랑이라는 추상적 관념을 모시실에 빗대어, 모시를 삼다가 실이 끊어지면 실을 이어서 붙이듯 임과의 사랑도 계속 이어 가겠다는 의지를 드러내고 있다.	
초한가(작자 미상)	초한 전쟁 상황과 초군 및 초패왕의 애통한 처지	중국 초나라와 한나라의 전쟁을 소재로 한 작품이다. '사면초가'라는 고사가 유래한 전투 상황을 배경으로 패배를 인식한 초패왕 항우의 한탄, 전쟁터로 간 자식과 남편을 기다리는 초나라 사람들의 애달픈 모습 등을 두루 제시하며 전쟁의 비극성을 부각하고 있다.	
장진주사(정철)	술을 통한 인생의 무상감 해소	인생의 무상함을 노래하며 술로 이를 해소할 것을 권하는 작품이다. 전반부에서는 꽃을 꺾어서 술잔을 세는 낭만적인 분위기가 제시되지만, 후반부에서는 쓸쓸하고 적막한 분위기로 삶의 허무함을 드러내고 있다.	• 2002. 수능
잠령민정(임제)	우국(憂國)의 마음과 현실에 대한 비판	시대 현실에 대한 비판적 인식과 우국(憂國)의 마음을 드러내고 있는 작품이다. 화자는 무능한 조정을 비판하며 능력 있는 인재를 중용하지 않는 정치 현실을 한탄하고 있다. 또한 자신의 능력과 웅대한 뜻을 펼쳐 나라를 위해 일하고 싶다는 포부를 드러내고 있다.	
우국가(이덕일)	당쟁을 일삼는 조정 대신들에 대한 비판과 우국지정	임진왜란의 폐해가 남아 있던 광해군 시절을 배경으로 나라를 걱정하는 마음을 노래한 작품이다. 임진왜란으로 인한 고통이 완전히 치유되지도 않은 상황인데도 조정의 관료들이 당쟁만 일삼는 상황을 개탄하며, 이를 그치지 않으면 나라가 위험해질 것임을 경고하고 있다.	
한계사의 노스님에게 (이규보)	한계사의 스님과 환담을 나눈 경험과 그로 인한 충족감	작가 이규보가 한계사의 노스님을 만나 환담을 나누었던 경험을 바탕으로 창작한 작품이다. 정신적 자유로움을 추구하던 작가가 강원도 한계사에서 온 노스님을 찾아가 그와 술을 마시며 담소를 나누었음을 밝히고, 그로 인한 즐거움과 한계에 대한 심정 변화를 표현하고 있다.	
임계탄(작자 미상)	대기근으로 인한 참상과 탐관오리 고발	신해년(1731)부터 계축년(1733)까지 삼 년 간에 걸쳐 장흥 지역에서 일어난 대기근을 사실적으로 묘사한 작품이다. 백성들이 겪어야 했던 참상과 이 과정에서 백성들을 더욱 힘들게 만들었던 관리들의 부정과 무능함을 함께 제시하여 현실을 비판하고 있다.	
새장 속의 학 (이매창)	자유를 잃고 병든 신세에 대한 한탄	기생 이매창이 자신의 처지를 새장 속에 갇힌 학에 비유하여 쓴 작품이다. 기생이라는 신분적 제약에 얽매여서 살고 있는 자신의 신세에 대한 비극적 인식을 드러내고 있다.	
선상탄(박인로)	우국충정과 태평성대를 누리고 싶은 마음	임진왜란의 기운이 가시지 않은 1605년(선조 38년)에 부산진에 통주사로 내려온 작가가 시대 상황에 대한 인식과 바람을 표현한 작품이다. 나라를 향한 충성심과 더불어 임진왜란의 비극을 극복하고 평화로운 시절이 도래하기를 바라는 마음을 드러내고 있다.	• 2015. 7월 교육청 B형
몽천요(윤선도)	정치 현실에 대한 개탄과 나라를 걱정하는 마음	정치 현실에 대한 개탄과 우국지정을 노래한 작품이다. 작가는 서인 세력의 비판으로 직무에서 물러나게 되었는데, 이러한 상황을 바탕으로 자신을 시기하는 신하들과 정쟁이 벌어지는 정치 현실에 대한 안타까움을 꿈속 세계를 통해 형상화했다.	• 2016. 4월 교육청
화전가(작자 미상)	임금의 화갑 축원과 화전놀이의 즐거움	영남 지방에서 부녀자들이 화전놀이할 때 불렀던 내방 가사이다. 이 작품은 '우리 임금 화갑'이라는 국가적 행사가 화전놀이를 떠나는 계기로 설정되어 있다는 것이 특징이다.	
병에서 일어난 후 (박죽서)	병을 앓고 난 후 삶을 돌아보며 느끼는 허무감	일생 동안 병약했던 작가가 병을 앓고 난 후 파리해진 자신의 외모에 연민을 느끼면서 스물세 해 동안의 삶을 회고하고, 자신의 처지에 대한 안타까움과 인생의 허무감을 드러낸 작품이다.	
출새곡(조우인)	변방으로 부임한 상황과 부임지 생활에서 느낀 소회	함경도 경성 판관으로 임명된 작가의 여정과 심정이 드러난 작품이다. 변방의 관리로 임명받은 상황에 대한 부정적 인식, 구체적 여정, 함경도 지방의 산수와 풍물, 목민관으로서의 직무 수행 의지 및 유학자로서의 포부를 펴지 못하는 처지에 대한 한탄이 잘 드러나 있다.	
장육당육가(이별)	세속적 삶에 대한 비판과 자연에 묻혀 사는 즐거움	정치적 사건에 휘말려 귀양을 간 작가가 옥계산에 은거하며 지은 작품이다. 자연을 즐기는 삶에 대한 만족감을 드러내며, 이런 즐거움을 알지 못한 채 공명만 추구하고 세상의 청탁을 분별하지 못하는 이들에 대한 부정적 인식을 드러내고 있다.	• 2012. 4월 교육청
영언십이장(신지)	반구정에서 자연을 즐기는 풍류와 유유자적한 삶	작가가 반구정을 지어 놓고 향촌에서 여생을 보낼 때 이황의 〈도산십이곡〉의 뜻에 화답하려는 의도를 담아 지은 작품이다. 반구정 주변의 아름다운 경치와 유유자적하게 자연을 즐기며 지내는 화자의 삶이 잘 드러나 있다.	

현대시

작품명	주제	핵심 내용	기출 히스토리
해(박두진)	화합과 평화의 이상 세계에 대한 소망	밝음과 어둠의 이미지를 대립적으로 배치하여 어둠의 세계는 가고, 밝고 평화로운 세계가 도래하기를 바라는 마음을 노래한 작품이다.	
당신을 보았습니다 (한용운)	절망을 극복하려는 의지와 참된 가치의 추구	당신에 대한 믿음을 통해 삶의 절망을 극복하려는 화자의 의지와 신념을 노래한 작품이다. 식민지 현실의 굴욕적 삶을 극복하려는 의지와 참된 가치를 추구하려는 화자의 정서를 강조하고 있다.	• 2002. 4월 교육청
그날이 오면(심훈)	조국 광복의 그날에 대한 간절한 염원	조국 광복의 상황을 가정하여, 광복의 '그날'이 왔을 때의 환희와 감격을 형상화한 작품이다. 화자의 자기희생적 태도와 조국 광복의 염원을 직설적이고 격정적인 어조로 노래하고 있다.	
출제확률 산상의 노래(조지훈)	광복의 기쁨과 새로운 미래에 대한 염원	광복을 맞이한 기쁨과 조국의 밝은 미래에 대한 염원을 노래한 작품이다. 광복 직후를 배경으로 광복의 기쁨을 다양한 감각적 이미지와 상징적이고 대립적인 의미의 시어를 활용하여 표현하고 있다.	• 2021. 6월 평가원
출제확률 황혼(이육사)	소외된 존재들에 대한 애정	좁은 '골방' 안에 있는 화자가 자신으로부터 외부 세계로 관심을 넓혀가며 타자 지향적 삶을 추구하는 모습과 내일의 희망을 버리지 않는 미래 지향적 태도를 보여 주는 작품이다. '황혼'에 대한 긍정적인 인식을 드러내며 세상의 소외된 존재들에게 애정을 베풀려는 의지를 드러내고 있다.	• 2021. 7월 교육청
출제확률 성에꽃(최두석)	힘겨운 현실을 살아가는 서민들의 삶에 대한 애정과 연민	새벽 시내버스 차창에 낀 성에를 통해 서민들의 삶에 대한 애정과 암울한 현실에 대한 안타까움을 노래한 작품이다. 화자는 새벽 시내버스 차창에 피어 있는 '성에꽃'을 보면서 고단하지만 치열하게 살아가는 서민들의 흔적을 발견하고, 그들의 삶에 연민과 애정을 느낀다.	• 2014. 예비 시행 B형 • 2008. 10월 교육청 • 2005. 10월 교육청
불사조(정지용)	인간의 근원적 감정인 비애의 불멸성	인간이 거부할 수 없는 필연적 감정인 비애를 다양한 보조 관념과 이미지를 통해 그려 낸 작품이다. 비애는 인간의 근원적, 숙명적 감정으로 결코 사라지지 않는다는 것을 깨닫고 영원히 함께하는 감정으로 받아들이고 있다.	
꽃씨(문병란)	내적 성숙에의 지향과 바람	성숙과 결실의 계절인 가을에 받아 든 꽃씨를 통해, 내적 성숙을 염원하는 화자의 의지를 노래하고 있는 작품이다. 화자는 가을에 꽃과 잎이 진 후 생겨난 꽃씨를 보며 꽃이 여물 듯 외로움도 여물어 간다는 것을 깨닫고 내적 성숙을 위해서는 내면을 비우는 과정이 필요하다고 생각한다.	
달 · 포도 · 잎사귀 (장만영)	가을 달밤의 아름다운 정취	회화성을 강조하는 모더니즘 계열의 작품이다. 가을밤 달빛이 비치는 뜰의 정취를 감각적 이미지를 바탕으로 낭만적이고 서정적인 분위기로 표현하고 있다. 달, 포도, 잎사귀 등 전원적 분위기가 느껴지는 이미지의 소재를 사용하여 가을밤의 아름다운 풍경을 형상화하고 있다.	
아침 시(최하림)	굴참나무와 아이들을 통해 느끼는 생의 활력	시인이 병고에 시달리고 있던 시기에 창작된 작품으로, 아침 시간대에 활력이 넘치는 굴참나무와 아이들의 활발한 움직임을 주로 상승 이미지의 시어들을 사용하여 표현함으로써 그들과 같은 활력을 되찾고 싶다는 소망을 드러내고 있다.	
출제확률 생명의 서 · 일장 (유치환)	생명의 본질을 추구하는 비장한 의지	'아라비아 사막'이라는 극한적 상황을 설정하고 그 안에서 생명의 본질을 추구하고자 하며 본질적인 자아를 찾으려는 화자의 강한 의지를 표현한 작품이다. 화자는 모든 것이 소멸하는 극한의 공간에서 본연의 모습과 대면하고, 생명에 대한 성찰을 하고자 하는 비장한 의지를 다지고 있다.	• 1994. 1차 수능 • 2014. 9월 평가원 B형
희망의 거처(이정록)	상처를 통해 성장할 수 있다는 생에 대한 깨달음	옥수수와 버드나무의 생태적 습성을 통해 삶의 시련과 상처의 가치에 대한 통찰을 이끌어 낸 작품이다. 부실한 뿌리이지만 꿋꿋이 땅을 향해 뻗는 옥수수와 흠집에서 뿌리를 내어 새로운 성장을 일구는 버드나무를 통해 시련과 상처가 희망의 동력이 될 수 있음을 노래하고 있다.	
역사(신석정)	달래꽃의 강인한 생명력과 화합의 정신	하찮고 보잘것없는 달래꽃이라도, 꽃 한 송이를 피우기 위해 햇볕, 바람, 벌나비 등의 많은 존재가 도움을 주었음을 통해 민중의 연대 의식이 중요함을 이야기한 작품이다. 또한 얼어붙은 대지에서 자라난 달래꽃을 보며 고난을 극복하는 민중의 강인한 생명력에 대해 상기하고 있다.	• 2022. 4월 교육청
지리산 뻐꾹새 (송수권)	뻐꾹새의 울음을 통해 깨달은 설움과 그것을 극복한 삶의 아름다움	'뻐꾹새 울음소리'라는 민족의 관습적 상징을 통해 민중의 한과 그 한의 승화에 대해 노래한 작품이다. 한 마리의 뻐꾹새는 역사의 상처와 한을 지닌 민중을 상징하며, 이 뻐꾹새의 울음이 전파되고 확산되는 과정을 통해 설움을 바탕으로 한 민중의 공동체적 연대감을 드러내고 있다.	• 2010. 수능
출제확률 전라도 가시내 (이용악)	북간도로 떠밀려 간 우리 민족(유랑민)의 비극적 삶	북간도 술막에서 이루어진 전라도 가시내와 함경도 사내의 만남을 통해 일제 강점기에 북간도까지 떠밀려 가야 했던 유이민의 비극적인 삶을 형상화한 작품이다. 이 시의 화자는 함경도 사내인데, 전라도 가시내의 한스러운 사연을 듣고 연민을 느껴 위로의 말을 건네고 있다. 한편, 화자는 가혹한 현실에 맞서 시련을 극복하고자 하는 의지를 드러내고 있다.	• 2015. 7월 교육청 B형 • 2012. 10월 교육청
나목(신경림)	삶의 본질 및 존재의 근원적 슬픔에 대한 인식	잎을 모두 떨어뜨린 채 한겨울 추위 속에 서 있는 겨울나무의 모습을 통해 고통 속에 살아가는 존재들의 의미와 존재의 내면에 자리 잡은 슬픔에 대해 다룬 작품이다. 화자는 헐벗은 채 서 있는 나무들의 깊은 울음에 공감하여 멀리서 같이 울고 있는 존재가 있다며 동질감을 드러내고 있다.	• 2005. 10월 교육청
병원(윤동주)	아픔과 고독에 대한 연민, 부정적 상황 극복 기원	화자가 병원에서 본 젊은 여자 환자에게 동병상련을 느끼며 자신을 성찰하고, 그 여인과 자신의 병이 낫기를 바라는 마음을 드러낸 작품이다. 시대적 상황을 고려할 때 병원은 일제 강점기의 암울한 시대적 현실을 의미한다고 해석할 수도 있다.	• 2017. 9월 평가원
벽(김기택)	약자에 대한 배려가 없는 세태 비판	가득찬 승객들로 인해 작은 할머니가 전동차에서 내리지 못한 채 고통스러워하는 모습을 형상화한 작품이다. 전동차의 승객들 사이에서 허우적거리는 할머니를 통해 이웃에게 몰인정한 세태와 사회적 약자에 대한 관심이나 배려가 없는 현대 사회의 모습을 드러내고 있다.	

작품	주제	해설	출처
눈물(김현승)	슬픔의 종교적 승화를 통한 순결한 삶의 추구	시인이 사랑하는 어린 아들을 잃은 뒤에 슬픔을 달래기 위해 쓴 작품으로, 슬픔을 기독교적 신앙으로 극복하였음을 고백하고 있다. 절대자의 권능에 대한 종교적 믿음을 바탕으로 '눈물'에 새로운 의미를 부여하여 슬픔을 극복하고자 하는 의지를 보여 준다.	
강우(김춘수)	아내의 죽음으로 인한 상실감과 그리움	아내 '숙경의 영전에 바친다.'라는 헌사가 쓰인 시집 《거울 속의 천사》에 실린 것으로, 평생을 함께해 온 아내의 죽음을 받아들일 수 없는 시인의 안타까운 마음이 잘 표현된 작품이다. 화자는 아내의 죽음을 받아들이지 못하고 아내를 그리워하는 심정을 직설적으로 표현하고 있다.	• 2011. 6월 평가원
파밭 가에서(김수영)	묵은 사랑을 버리고 새로운 사랑을 추구하려는 의지	새로운 사랑을 얻기 위해서는 '묵은 사랑'을 버려야만 한다는 깨달음을 드러낸 작품이다. 이전과는 다른 삶을 살고 싶은 화자의 의지가 '붉은 파밭'과 '푸른 새싹'이라는 색채의 대비를 통해 구체화되고 있으며, 각 연에서 '얻는다는 것은 곧 잃는 것이다'라는 표현이 반복되며 강조되고 있다.	• 2007. 3월 교육청
들국(김용택)	돌아오지 않는 임에 대한 그리움과 기다림	가을날 서리를 맞으며 들판에 피어 있는 들국과 돌아오지 않는 임을 기다리는 화자의 모습을 동일시하여 임에 대한 그리움과 기다림을 부각한 작품이다. 아름다운 자연의 모습과 암담한 화자의 내면이 대비되어 나타나고 있다.	
흙(문정희)	자기희생으로 생명을 잉태하는 흙에 대한 예찬	자기희생을 바탕으로 한 흙의 모성을 예찬하고 있는 작품이다. 만물을 탄생시키고 키우면서도 대가를 바라지 않는 흙의 모성애적인 희생과 생명력에 대한 깊은 통찰과 공감을 나타내고 있다.	
느티나무로부터 (복효근)	느티나무로부터 얻은 삶의 깨달음	자연물에 대한 관찰을 바탕으로 삶에 대한 성찰을 노래한 작품이다. 느티나무의 썩은 몸통 속에서 새로운 생명의 꽃이 피어나는 모습을 지켜보며, 누군가의 상처가 또 다른 생명의 근원이 될 수 있다는 역설적 인식을 드러내고 있다.	• 2015. 3월 교육청 B형
남신의주 유동 박시봉방(백석)	지난 삶에 대한 성찰과 새로운 삶에 대한 의지	가족들과 떨어져 '남신의주 유동'이라는 지역에서 '박시봉'이라는 사람의 집에 세 들어 사는 이가 객지에서의 고독과 현실 극복 의지를 드러낸 작품이다. 어쩔 수 없는 운명에 의해 자신의 삶이 이끌려 왔다는 생각에 도달하고, '갈매나무'를 떠올리며 새로운 의지로 살아갈 것을 결심한다.	• 2022. 3월 교육청 • 2002. 6월 교육청
내 영혼의 북가시나무(최승호)	부정적 현실에 맞서 순수함과 신념을 지키며 시를 창작하려는 의지	온갖 이념들이 난무하는 폭력적 현실에 맞서 참다운 자유와 사랑이 담긴 시를 쓰고자 하는 화자의 순수한 결의를 노래한 작품이다. 화자는 자신의 순수한 영혼을 북가시나무에 비유하여 이념이 강요되는 폭력적 현실에 저항하며 순수하고 아름다운 시를 쓰겠다는 의지를 드러내고 있다.	
경사(박목월)	인생의 황혼기에서 느끼는 가뿐함과 신비로움	유자나무와 귤나무가 있는, 바다로 기울어진 길을 가뿐한 신발을 신고 걸으며 느끼는 경사감의 신비로움에 대해 노래한 작품이다. 화자는 늙어 가는 일은 내리막길을 걸어 바다에 이르는 일과 같이 당연한 자연의 이치이자 섭리임을 깨닫고 있다.	
겨울나무를 보며 (박재삼)	겨울나무를 통해 성찰하는 삶의 참모습	인간의 삶을 나무에 대응시켜 노래한 작품이다. 무성한 나뭇잎이 어지럽게 흔들리는 여름 나무는 고뇌와 사랑 가운데 방황하던 청년 시절을 형상화하며, 잎사귀들을 떨어낸 겨울나무는 젊은 날의 방황에서 벗어난 중년 시절을 형상화한다.	
감나무 그늘 아래 (고재종)	감이 익어 가는 과정을 통해 깨달은 내면의 성숙	땡감이 익어 붉은 감으로 되는 과정에서 유추하여, 이별의 서러움과 그리움의 심화가 내면적 성숙을 이루게 되고 이로써 미래를 긍정적으로 인식할 수 있게 된다는 주제 의식을 제시하고 있다.	
수묵 정원 9 – 번짐 (장석남)	경계와 차이가 사라진 조화로운 세계에 대한 소망	'번짐'을 통해 모든 경계가 사라진 조화로운 세계에 대한 소망을 표현한 작품이다. 자연과 우주, 인간관계, 더 나아가 공동체의 삶에 이르기까지 모든 존재(관념)들이 서로 영향을 주고받고 있다는 인식을 바탕으로 자연의 순환성, 연속성에 대한 역설적 깨달음을 드러내고 있다.	
광화문, 겨울, 불꽃, 나무(이문재)	현대 도시 문명에 대한 비판과 성찰	겨울밤 광화문에 서 있는 가로수 나뭇가지에 꼬마전구를 둘러놓은 모습을 본 뒤 갖게 된 인식을 담고 있는 작품이다. 어둠, 휴식을 인정하지 않는 현대 문명으로 인해 도시 생태계가 파괴되고 있는 상황을 보여 줌으로써 현대 도시 문명에 대한 우려, 비판을 드러내고 있다.	
그 복숭아나무 곁으로(나희덕)	대상에 대한 이해와 공감의 과정	편견을 가지고 있었던 복숭아나무에 대해 점차 이해하게 되면서, 대상에 대해 친밀감을 느끼게 되는 과정을 그려 낸 작품이다. 선입견에서 벗어나 대상의 의미를 제대로 인식하는 과정을 통해 타인을 이해하고 타인과 조화롭게 살아가는 자세의 필요성을 전달하고 있다.	• 2015. 6월 평가원 A형
가재미(문태준)	죽음을 앞둔 존재에 대한 위안과 삶에 대한 성찰	암 투병 중인 시인의 친척을 대상으로 쓴 작품으로 알려져 있는 시이다. 힘겨웠던 삶을 살다가 암으로 고통받으며 죽어 가는 그녀에 대한 위로와 연민을 드러내고 있다. 그녀와 화자 자신을 가재미로 표현하여 다른 존재에게 건네는 위로의 진정한 의미에 대해 이야기하고 있다.	
여수(오장환)	객지에서 느끼는 고향의 부재와 고향에 대한 그리움	방랑하는 삶 속에서 느끼는 답답함, 고향에 대한 그리움을 노래한 작품이다. 현실에 대한 부정적 인식을 바탕으로 암담한 현실을 모른 채 살아온 지난 삶에 대한 자책과 회한, 고향에 대한 그리움 등을 드러내고 있다.	
방울소리(이수익)	유년 시절 고향에 대한 그리움	골동품 가게에서 산 소 방울을 통해 유년 시절의 고향을 떠올리며 과거에 대한 그리움을 드러낸 작품이다. 딸랑거리는 방울 소리는 화자로 하여금 과거의 체험을 환기하여 아름답고 소중한 유년 시절과 고향의 모습을 추억하게 된다.	• 2013. 7월 교육청 B형

고전 산문

	작품명	주제	핵심 내용	기출 히스토리
출제확률	전우치전(작자 미상)	전우치의 의로운 활약	조선 전기의 실존 인물인 전우치의 삶과 행적을 바탕으로 한 작품이다. 여우에게 천서를 빼앗아 도술을 터득한 전우치가 어려움에 처한 백성을 구하고 무능하고 부패한 관리를 조롱하는 활약상을 삽화 형식으로 전개하고 있다. 전우치가 자신의 능력을 백성을 구제하고 지배층을 조롱하는 데 활용한다는 점에서 사회 비판적인 성격이 강한 작품이라고 볼 수 있다.	• 2021. 6월 평가원 • 2016. 6월 평가원 B형 • 2008. 9월 평가원 • 2013. 10월 교육청 A형 • 2010. 10월 교육청
	남백월 이성 노힐부득과 달달박박(작자 미상)	계율을 초월하여 자비를 실천하는 참된 구도(求道)의 자세	고려 시대의 승려 일연이 저술한 《삼국유사》에 수록되어 있는 사찰 연기 설화로, '백월산남사'라는 사찰이 건립된 내력을 밝히는 작품이다. 낭자의 청을 거절한 달달박박보다 낭자를 받아들인 노힐부득이 먼저 성불하는 내용을 통해, 진정한 불교 정신이 계율에 집착하는 태도에 있지 않고 중생에게 자비를 베푸는 데 있음을 역설하고 있다.	
	채생기우(이현기)	채생과 김 낭자의 기이한 만남	몰락한 양반가의 아들인 채생이 당대 최고의 부자인 김령의 딸과 인연을 맺는 과정을 그린 작품이다. 채생이 과거에 급제하게 된 기반이 김령의 물질적 지원이었다는 결말은 도덕적 명분이나 체면보다 물질적 가치가 중시되던 조선 후기의 세태를 반영하고 있다.	
출제확률	김진옥전(작자 미상)	남녀 간의 사랑을 통한 고난의 극복과 영웅의 일생	중국 명나라를 배경으로 한 영웅 소설로, 작품의 전반부에서는 천상계에서 적강한 남녀의 결연담을, 후반부에서는 주인공의 영웅담을 다룬 작품이다. 공주가 악인으로 등장하여 주인공의 결연을 방해하고 주인공과 그 가족을 고난에 빠뜨린다는 점이 특징적이다.	
출제확률	숙향전(작자 미상)	고난과 시련의 극복을 통한 운명적 사랑의 성취	천상에서 죄를 지은 두 남녀가 지상계에서 인간으로 태어나 시련을 극복한 후 결국 천상계의 인연을 실현한다는 내용을 다룬 작품이다. 숙향의 고난은 초월적 조력자의 도움으로 극복된다는 점과 숙향과 이선의 결연 과정에서 봉건적 가치관과 근대적 애정관 간의 갈등이 잘 드러난다는 점이 특징이다.	• 2015. B형 수능 • 2007. 9월 평가원 • 2004. 6월 평가원 • 2022. 3월 교육청 • 2004. 10월 교육청
	정진사전(작자 미상)	처첩 갈등으로 인한 가정의 위기와 극복	주인공의 결연담과 처첩 간의 갈등을 그린 작품이다. 간악한 첩과 어진 정실부인들이 갈등하다가 선한 인물들이 행복을 맞이하고, 악한 인물들은 처벌을 받는 권선징악의 결말을 보여 준다.	
	강도몽유록(작자 미상)	병자호란 때 절개를 지키고 죽은 여인들에 대한 위로와 무능한 집권층에 대한 비판	몽유록 형식을 활용하여 병자호란에 부적절하게 대처한 무능한 위정자와 관리들을 비판한 작품이다. 청허 선사의 꿈에 나타난 병자호란 때 죽은 백성들을 통해, 절의의 중요성을 역설하면서 목숨을 부지하기 위해 절의를 저버린 위정자와 신하들을 신랄하게 비판한다.	
	옥소전(작자 미상)	가족의 이별과 만남, 아버지와 아들의 영웅적 활약상	주인공 이춘백이 천상의 인연에 의해 중국 여인인 조채란과 혼인한 후, 수적 장수백과 어천수의 공격으로 이별한 가족과 재회하고서 잃어버린 옥소를 되찾는 과정을 그린 작품이다. 이춘백이 헤어진 가족과 재회하는 가족 이합의 서사와 부자지간인 이춘백과 이운학의 영웅 서사로 이루어져 있다.	
	천수석(작자 미상)	혼인을 둘러싼 가문 간의 갈등과 권선징악	당나라 말기를 배경으로, 중세적 지배 질서와 유교적 윤리관이 붕괴되어 가는 모습을 위씨 가문의 수난 서사와 결합하여 잘 보여 주는 작품이다. 고전 소설에서 이혼의 과정이 자세하게 서술되고 있다는 점, 여장하는 남성이 등장한다는 점이 특징이다.	
	수궁가(작자 미상)	허욕에 대한 경계 및 위기 극복의 지혜	동물들을 등장시켜 현실의 인간 군상을 풍자하는 우화적 기법을 바탕으로 한 판소리 사설 작품이다. 인물들이 자신의 욕망을 추구하기 위해 남을 이용하거나 서로를 속고 속이는 서사를 제시하여 인간의 욕망을 풍자하고 위기 극복의 지혜를 긍정하고 있다.	• 2010. 6월 평가원
출제확률	심청전(작자 미상)	심청의 지극한 효성과 권선징악	판소리 〈심청가〉를 소설화한 판소리계 소설로, 아버지를 위해 자신을 희생하는 심청의 모습을 통해 유교의 효 사상과 불교의 인과응보 사상을 구현한 작품이다. 효의 실천은 지배층의 윤리 의식과 부합하며 몰락 양반인 심 봉사의 딸이 황후가 되는 과정은 신분 상승에 대한 민중의 욕구가 투영된 것이다.	• 2021. 9월 평가원 • 2012. 6월 평가원 • 1994. 1차 수능 • 2017. 3월 교육청 • 2014. 3월 교육청 A형
	지봉전(작자 미상)	남녀 간의 애정에 대한 긍정과 경직된 도덕관념에 대한 비판	조선 후기의 한문 세태 소설로, 김복상과 궁녀의 애정담과 지봉 이수광의 훼절담이 결합된 작품이다. 인간의 자연스러운 욕망인 남녀 간의 애정을 긍정하고, 국법을 어긴 복상의 죄를 용서하기 위해 임금이 주도적으로 계획하여 지봉의 경직된 도덕관념을 반성하도록 한다는 점이 특징적이다.	
	오윤겸과 설생의 재회(작자 미상)	혼탁한 세상을 떠나 은사(隱士)의 길을 선택한 선비의 삶	『청구야담』에 실린 야담으로, 인목 대비 폐비 사건을 계기로 서로 다른 길을 택한 설생과 오윤겸의 삶을 통해 은사의 삶과 관리의 삶으로 대별되는 조선 시대 선비의 삶을 보여 주는 작품이다.	
출제확률	구운몽(김만중)	부귀영화의 덧없음과 인생무상에 대한 깨달음	주인공 성진이 꿈속에서 입신양명하여 부귀공명을 이루고 인생무상이라는 깨달음을 얻는다는 내용의 작품이다. 수도승인 성진은 팔선녀를 본 이후 세속적 삶에 대한 욕망을 가지게 되고, 이를 안 아찬 육관대사는 하룻밤 꿈을 통해 세속적 욕망의 허망함을 깨닫게 한다.	• 2014. 6월 평가원 A형 • 2007. 6월 평가원 • 1998. 수능 • 2016. 4월 교육청 • 2007. 7월 교육청
	청백운(작자 미상)	처첩 갈등으로 인한 사대부가의 위기와 극복	'청운(높은 지위나 벼슬)'의 길에 들어선 주인공 두쌍성이 나교란과 여섬요라는 기생을 첩으로 들이면서 일어나는 가정 내의 갈등과 그 해소 과정을 그린 작품이다. 가정의 평화를 회복하기까지 호 씨와 호 씨를 위해 연대하는 여성들의 모습이 인상적으로 그려지고 있다.	
출제확률	호질(박지원)	양반 계급의 허위적이고 이중적인 도덕관에 대한 풍자	명망 높은 유학자인 '북곽 선생'이 절개가 높기로 유명한 수절 과부 '동리자'와 몰래 만나다가 그녀의 다섯 아들들에게 들켜 달아나던 중 호랑이를 만나 꾸지람을 듣는다는 내용의 작품이다. 호랑이에게 목숨을 구걸하는 '북곽 선생'의 비굴한 모습은 당대 유학자의 위선적인 면모를 드러낸다.	• 2012. 수능

현대 소설

작품명	주제	핵심 내용	기출 히스토리
장마(윤흥길)	6·25 전쟁으로 인한 갈등과 민족적 정서를 통한 화해	우리 민족의 비극인 6·25 전쟁을 배경으로 하여 한 집안에서 벌어지는 갈등과 화해를 그린 작품이다. 좌우 이념의 대립으로 인해 발생한 사돈 간의 갈등은 토속 신앙을 매개로 하여 극복되고 이는 우리 민족의 화합 가능성을 제시하고 있다.	• 2010. 수능 • 2001. 수능
사랑손님과 어머니 (주요섭)	봉건적 인습에 의해 좌절된 어머니와 아저씨의 사랑	남녀 간에 자유연애가 힘들었던 시기인 1930년대를 배경으로, 젊은 나이에 과부가 된 옥희 어머니와 사랑손님의 안타까운 사랑을 주제로 한 작품이다. 어린아이인 옥희의 눈을 통해 어머니와 사랑손님 사이의 미묘한 애정을 섬세하게 포착하여 순수하고 아름답게 그려냈다.	
무정(이광수)	교육을 통한 민족의 계몽	1910년대 개화의 물결을 맞고 있는 조선을 배경으로 조선의 낡은 전통을 무정(無情)의 대상, 즉 부정해야 할 대상으로 보고, 젊은 남녀들의 사랑과 근대화에 대한 의지, 계몽 의식을 형상화한 작품이다. 우리나라 최초의 근대 장편 소설이라는 의의를 지닌 작품이기도 하다.	• 2022. 예시 문항 • 2014. 예비 시행 B형
날개(이상)	무기력하고 수동적인 삶에서 벗어나 본연의 자아를 회복하려는 의지	일제 강점기 지식인의 분열된 의식과 자아 회복 의지를 내면 심리를 중심으로 서술하고 있는 작품이다. 작품의 전반부에서 '나'는 경제적으로 무능하여 아내에게 기생하며 살아가지만, 작품의 후반부에서는 무기력한 삶과 억압된 현실로부터 탈출하려는 의지를 보여 주고 있다.	• 2008. 9월 평가원 • 1995. 수능
태평천하(채만식)	일제 강점기 부조리한 사회 현실에 대한 풍자적 비판	윤 직원 집안의 몰락 과정을 통해 일제 강점기 현실을 살기 좋은 시기로 믿는 주인공과 그 가족들의 비윤리적이고 반사회적인 모습을 그려 내고 있는 작품이다. 풍자의 방식을 통해 민족의식이 결여되고 이기적인 인물과 당대 사회를 비판하고 있다.	• 1998. 수능
사수(전광용)	인간 사이에 숙명적으로 존재하는 대결 의식	어린 시절부터 친구였던 '나'와 B 사이의 계속되는 대결이 극단적인 상황으로 치닫는 내용을 통해 인간의 내면에 내재한 경쟁심과 대결 의식을 세밀하게 포착한 작품이다. B와 '나'의 대결이라는 설정을 통해 민족의 비극적인 전쟁과 분단 상황을 우의적으로 드러내고 있다고 볼 수 있다.	
판문점(이호철)	분단의 아픔과 고착화된 이념 대립으로 인한 이질감	남북 분단을 상징하는 판문점을 배경으로 하여 고착화된 남북 간의 이념 장벽을 밀도 있게 그려 낸 작품이다. 남측 기자인 진수와 북측 여기자의 대화를 통해 남북 이념의 이질성을 보여 주고, 진수의 상상을 통해 분단의 종식과 남한과 북한 간 화해의 가능성을 제시하고 있다.	
차나 한잔(김승옥)	소시민이 겪는 도시적 삶의 불안과 형식적 인간관계	1960년대 대도시를 배경으로, 만화가인 주인공이 해고되는 과정을 통해 현대 도시의 비정한 인간 관계와 그로 인한 소시민의 불안감을 형상화한 작품이다. 주인공은 '차나 한잔' 하자며 불려 나간 다방에서 해고 통보를 받게 된 후 미래에 대한 암담함을 느끼게 된다.	• 2021. 7월 교육청
황홀한 실종(이청준)	안정을 갈망하는 개인의 욕망과 이를 억압하는 현실의 대립	산업화로 경쟁이 치열했던 1970년대를 배경으로 승진 실패를 거듭하면서 정신적 병증을 앓는 윤일섭이라는 인물의 이야기를 담은 작품이다. 직장에서 언제 해고될지 모른다는 불안감에 시달리다 결국 정신 분열 환자가 된 인물을 통해 개인을 억압하는 현실의 폭력성을 드러내고 있다.	• 2019. 3월 교육청
당제(송기숙)	민속 수난의 역사와 산업화로 인한 농촌 사람들의 아픔	민속 신앙을 통해 일제 강점기에서 6·25 전쟁으로 이어지는 민족 수난의 역사와 근대 산업화의 아픔을 겪은 감내골 사람들의 모습을 그린 작품이다. 특히 의용군으로 나간 후 돌아오지 않는 아들을 기다리는 한몰 영감 내외의 모습을 통해 이산의 아픔과 가족 재회에 대한 희망을 그려 내고 있다.	
방울새(양귀자)	진정한 존재의 의미를 잃고 살아가는 현대인의 모습	신념에 따라 사회의 구조적 모순에 저항하다 오랫동안 수감 생활을 하고 있는 남편을 둔 '그녀'가 딸 경주 등과 함께 동물원에 다녀온 하루의 이야기를 다루고 있는 작품이다. 세상과 격리된 채 억압된 삶을 살고 있는 방울새를 통해 존재의 의미를 상실한 채 살아가는 현대인의 모습을 형상화했다.	• 2006. 3월 교육청
새를 찾아서(김주영)	무엇인가를 찾아가는 과정으로서의 삶과 그 의미	답사 여행을 떠난 주인공이 먼저 떠난 일행을 찾다가 새를 잡기 위해 헤맸던 유년 시절을 떠올리며 삶의 의미를 성찰하는 모습을 그린 작품이다. 주인공은 일행을 맹목적으로 찾으려는 자신의 모습을 통해 무언가를 애타게 찾기 위해 헤매는 과정이 삶이라는 깨달음을 얻는다.	
새의 선물(은희경)	12살 소녀가 바라본 어른들의 삶과 자신의 성장기	30대 중반을 넘긴 '나'가 열두 살 무렵의 어린 시절을 회상하는 방식으로 구성된 작품이다. 성숙하지 못한 주인공이 점차 성장하는 과정을 그린 일반적인 성장 소설과 달리 이 작품은 열두 살에 성장을 멈추어 더 이상 성숙할 것이 없다고 말하는 주인공 '나'가 등장한다는 특징이 있다.	• 2021. 3월 교육청
동백꽃(김유정)	농촌의 청춘 남녀가 보여 주는 순박하고 풋풋한 사랑	1930년대 농촌을 배경으로 마름과 소작농 사이의 계층 차이를 넘어선 청춘 남녀의 사랑을 그려 낸 작품이다. 어리숙한 '나'가 자신에 대한 점순이의 호감을 알지 못하고 엉뚱한 반응을 보여 독자의 웃음을 유발하며, '동백꽃'을 통해 사랑의 분위기를 감각적으로 드러내고 있다.	• 2000. 수능
내 그물로 오는 가시고기(조세희)	노동자 계층의 비참한 삶과 사회 구조적 모순에 대한 고발	《난장이가 쏘아 올린 작은 공》에 수록된 연작 소설 중 한 편으로, 난쟁이 가족의 큰아들인 영수가 피고인으로 재판에 서게 된 사건을 통해 1970년대 산업 사회가 가진 구조적 모순을 고발하고 있다. 영수가 재판을 받는 과정에서 자본가의 비윤리성과 노동자에 대한 냉혹한 시선을 드러내고 있다.	
메밀꽃 필 무렵 (이효석)	떠돌이 삶의 애환과 혈육의 정	한 여인과 맺은 인연을 평생 그리워하며 살아가는 장돌뱅이의 삶을 통해 떠돌이 삶의 애환을 그린 작품이다. 메밀꽃이 핀 달밤의 풍경 묘사를 통해 서정적이고 낭만적인 분위기를 조성하고 있으며, 길 위에서 나누는 인물들의 대화를 통해 남녀 간의 만남과 헤어짐, 혈육의 정 등을 이야기하고 있다.	• 2005. 수능
도둑맞은 가난 (박완서)	물질 만능주의 세태에 대한 비판	봉제 공장에서 일하는 주인공이 도금 공장에 다니는 상훈을 만나 동거하지만, 자신과 같은 처지인 줄 알았던 상훈이 사실은 부잣집 도련님이며 가난 체험을 하기 위해 가난한 척 연기를 했다는 것을 알게 된 후 배신감을 느끼는 과정을 다룬 이야기이다. 가난을 재미 삼아 경험해 보려는 인물의 모습을 통해 부유층의 비도덕적 행태를 고발하며 물질에 경도되어 버린 사람들을 비판하고 있다.	
삼대(염상섭)	일제 강점기 중산층 가족의 세대 간 갈등	조씨 일가 삼대를 통해 1920~30년대 세대 간의 가치관 차이에서 비롯된 갈등, 재산 상속을 둘러싼 갈등 등을 사실적으로 형상화한 소설이다. 할아버지 조 의관, 아버지 조상훈, 아들 조덕기는 각각 구한말 세대, 개화기 세대, 일제 강점기 세대의 전형을 보여 주는 인물이다.	• 2017. 6월 평가원 • 1999. 수능 • 1994. 1차 수능 • 2015. 7월 교육청 A/B형

극 문학

작품명	주제	핵심 내용	기출 히스토리
고목(함세덕)	해방 후 출세를 지향하던 인물의 좌절	해방 이후 혼란스러운 시대 상황을 그려 낸 작품이다. 친일 지주였던 주인공이 집안 대대로 내려온 고목을 수해 복구를 위해 헌납하지 않으려다 결국 잃게 되는 과정을 통해, 해방 직후 출세 지향적 인물의 욕망과 좌절을 그리고 있다.	• 2010. 4월 교육청
놀부전(이근삼)	권선징악과 바람직한 삶의 중요성	고전 소설 〈흥부전〉을 현대적 감각으로 재해석한 작품이다. 〈흥부전〉을 소재로 한 뮤지컬 공연을 연습하는 장면을 보여 주며, 권선징악이라는 주제는 유지하되 원작에 등장하지 않는 인물과 사건을 추가하였다. 위정자가 사리사욕을 채우기 위해 위법을 저지르는 세태, 남성 중심 사회에 대한 비판 등 새로운 주제 의식을 전달하고, 부의 축적 및 노동과 예술을 현대적 관점으로 담아내었다.	
강령 탈춤(작자 미상)	지배 계층에 대한 해학적 풍자를 통한 공동체의 유대감 강화	황해도 강령 지방에 전승되어 오던 탈춤으로, 1970년 중요무형문화재로 지정되었으며 봉산 탈춤과 더불어 우리나라의 대표적인 탈춤으로 손꼽는 작품이다. 총 7과장으로 각 과장은 독립되어 있으며 양반에 대한 풍자, 파계승에 대한 조롱, 처첩 간의 갈등과 가부장적 폭력 등 다루고 있는 내용도 각기 다르다.	
산불(차범석)	이데올로기의 대립으로 희생당하는 인간의 삶과 사랑	6 · 25 전쟁의 한 단면을 재현하면서, 전쟁으로 인해 희망을 잃어버린 젊은이들의 본능적인 욕망을 솔직하게 드러낸 사실주의 작품이다. 민족 분단과 이념 대립을 객관적인 시각에서 조명한 희곡으로, 6 · 25 전쟁이라는 비극을 한 마을에 함축시키고, 이념의 허구성과 인간의 원초적인 애욕을 자연스럽게 섞어서 밀도 있게 구성하였다.	
쥬라기의 사람들(이강백)	부조리한 현실에 대처하는 이기적인 인간 군상	1980년에 일어난 탄광 노동 쟁의 사건이었던 '사북 사태'를 소재로 한 작품이다. 탄광촌 매몰 사고를 배경으로 사고에 대응하는 다양한 인간들의 이기적인 모습을 적나라하게 보여 주는 희곡이다. 문명화된 현대를 살고 있지만 석탄이 만들어지던 선사 시대인 쥬라기 때와 같이 어두운 탄광촌에서 암울한 삶을 살고 있는 광부들의 모습, 미래와 희망이 없는 현실을 벗어나기 어려운 탄광촌 가족들의 모습을 통해 실존의 의미에 대해 이야기하고 있다.	
동주(신연식)	불의한 시대에 맞서 살아간 시인 윤동주와 독립운동가 송몽규의 삶	시인 윤동주와 독립운동가 송몽규의 생애를 영화로 만들기 위해 창작한 시나리오 작품이다. 주인공 동주와 동갑내기 사촌 송몽규를 등장시켜 두 인물의 삶을 비교해 보여 주는 방식으로 동시대를 살다 간 두 젊은이의 삶과 가치관을 그려 내고 있다. 윤동주의 시를 삽입하여 인물의 내면과 사건의 의미를 간접적으로 전달하고, 관객의 감정 이입을 유도하고 있다.	
우리들의 블루스(노희경)	서민들의 희노애락과 행복	20부로 구성된 옴니버스 형식의 드라마 대본으로 15명의 주인공이 등장하며 에피소드별로 1~3부로 구성되어 있다. E교재에 제시된 에피소드는 12, 13부 '미란과 은희 1, 2'에 해당하며, 어릴 적부터 단짝 친구인 은희와 미란이를 중심으로 친구 사이에서 누구나 공감할 수 있는 애정과 자격지심, 질투, 서운함, 이해와 용서 등의 감정을 다루고 있다.	
메밀꽃 필 무렵(이효석 원작, 동희선 · 홍윤정 각색)	떠돌이 삶의 애환과 사랑의 추억	이효석의 원작 〈메밀꽃 필 무렵〉을 각색한 시나리오 작품이다. 원작이 달밤의 서정적이고 낭만적인 분위기에 초점을 맞춘 것과 달리 허 생원의 순수함과 하룻밤의 인연으로 끝난 사랑에 초점을 맞춰 각색하였다. 원작에서 생략된 인물 간의 관계를 구체적으로 보여 줌으로써, 인물의 행동 이유가 드러나게 서술하여 사건의 개연성을 높이고 설득력을 강화하였다는 것이 특징이다.	

수필

작품명	주제	핵심 내용	기출 히스토리
차마설(이곡)	소유에 대한 성찰 및 깨달음	'말을 빌려 탄 경험'이라는 구체적이고 일상적 경험에서 비롯된 소유에 대한 인식 변화와 소유의 참뜻에 대한 깨달음을 유추의 형태로 서술한 작품이다. '말을 빌려 탄 경험'을 '소유'나 '소유에 대한 욕망'이라는 추상적 대상으로 확장시키는 유추를 사용하여 '소유'란 결국 자신의 것이 아닌 것을 잠시 빌린 것이라는 인식을 통해 왜곡된 소유관을 비판하고 있다.	• 2018. 6월 평가원
계축일기(작자 미상)	궁중의 권력 투쟁과 이로 인한 비극적 사건	선조의 죽음 이후 광해군이 인목 대비를 폐위시키고 영창 대군을 죽인 사건을 일기체의 형식으로 기록한 작품이다. 실존 인물들이 했던 말과 행동을 사실적으로 그려 내어, 인물들의 심정을 솔직하게 보여 줌으로써 사건의 비극성을 강조하고 있다. 한편, 이 작품이 조선 중기 궁중의 풍속과 생활상을 잘 보여 준 점, 처음부터 끝까지 순수한 우리말로 쓴 점, 중후하고 전아한 문체를 유지한 점 등은 다른 작품에서는 볼 수 없는 중요한 특징이라고 할 수 있다.	
해유록(신유한)	일본에 통신사로 다녀오면서 겪은 일과 이에 대한 감상	숙종 때의 문장가인 신유한이 통신사의 일원으로 일본으로 갔을 때의 일을 기록한 작품이다. 일본의 문화, 풍습, 문인들과 교유한 내용, 일본에 대한 글쓴이의 생각을 섬세하게 기록하고 있어, 당시 조선과 일본의 관계, 서로의 문화에 대한 인식을 엿볼 수 있다. 신유한이 통신사에서 제술관으로 문장을 담당하고 있었기 때문에 문화 교류의 자료를 많이 확보했고, 〈해유록〉은 그 면모를 정밀하게 담고 있다.	

출제확률

	작품	주제	해설	출처
	야뇌당기(이덕무)	세상 사람들의 시선에도 자신의 본모습을 지키며 살아온 백영숙의 삶	자신의 호를 '야뇌(들에서 굶주리는 자)'로 지은 백영숙의 부탁을 받은 글쓴이가 '야뇌'의 의미와 이에 대한 자신의 생각을 적은 작품이다. 세상 사람들은 '야뇌'라 불리는 사람들을 부정적으로 평가하고, 이러한 시선을 접한 대부분의 '야뇌'들은 자신의 본성을 버리지만, 백영숙만은 자신의 본모습을 지키며 살고 있다고 높이 평가하고 있다. 그리고 이를 통해 백영숙의 진가를 알아보지 못하는 사람들을 비판하고, 자신의 안목에 대한 자부심을 드러내고 있다.	
제확률	아암기(이용휴)	'아암'에 담긴 의미와 이 처사의 삶에 대한 긍정적 평가	글쓴이가 친구인 이 처사가 암자에 붙인 이름 '아암'에 담긴 뜻을 풀이하면서, 세상 사람들과 다른 이 처사의 삶의 태도에 대한 긍정적인 평가를 담은 작품이다. 글쓴이는 '나'가 남보다 귀함에도 불구하고 감정이나 행동에 있어서 남들을 따라만 하고 스스로 주인이 되지 못하는 사람들을 비판적으로 바라보고 있다. 그리고 이와 반대로 자신의 마음을 지키며 제힘으로 살아가는 이 처사의 긍정적 면모를 부각하고 있다.	
	소화사(이인상)	유배지에서 죽은 벗 오경보를 애도하며 그의 넋을 기림	벗인 오경보의 죽음을 슬퍼하고 그의 넋을 기리는 내용을 담은 작품이다. 충심으로 올린 상소로 인해 억울하게 귀양을 가게 되어, 척박한 땅에서 외롭게 목숨을 잃은 벗의 죽음을 슬퍼하는 마음이 드러나 있다. 오경보의 혼백이 객지에서 떠돌다 고향으로 돌아오지 못할 것을 걱정하는 글쓴이는 그의 혼이 고향으로 돌아와 편히 잠들기를 바라는 마음을 표현하고 있다.	
	찰밥(윤오영)	돌아가신 어머니에 대한 그리움과 지난 삶에 대한 회한	어린 시절 가난 속에서도 소풍 가는 자식을 위해 정성껏 찰밥을 싸 주셨던 어머니를 떠올리며, 더 이상 만날 수 없는 어머니에 대한 그리움의 정서를 드러낸 작품이다. 생전에 자식에게 극진한 사랑을 베풀어 주셨던 어머니를 떠올리며, 어머니의 기대와 달리 성공과는 거리가 먼 삶을 살고 있는 자신의 삶에 대한 회한의 정서를 드러내고 있다.	
	절비자설(박전)	가혹한 병역에 대한 비판과 백성들을 돌보는 정치의 필요성 강조	어머니에 대한 효를 실천하기 위해 일부러 자신의 팔을 부러뜨려 병역을 면제받으려는 '어떤 남자'의 이야기를 다루고 있는 작품이다. 당시 병역 제도의 가혹함을 드러내며, 백성들의 고통을 외면한 정치인들을 비판하고 있다. 작품의 마지막 부분에서는 위정자들에게 백성들을 돌보는 정치의 필요성을 전하기 위해 '어떤 남자'의 말을 전한다며 글을 쓴 목적을 밝히고 있다.	
	의유당관북유람일기(의유당)	관북 지방을 유람한 여정과 감상	의유당이 관북 지방을 유람하면서 보고 느낀 내용을 적은 작품이다. 자연 경관과 유교적 가치관을 결부시켜 창작했던 대부분의 사대부 유람기와는 다르게, 여행 과정을 사실적으로 그려 내고 자신의 감정을 진솔하게 드러냈다는 점이 특징적이다. 특히 북산루를 구경하고 귀가할 때의 행렬 속에서 자신을 남성과 동일시하다가 관아로 돌아와 자신이 여성임을 깨닫는 모습이나, 일출을 보고 느낀 황홀한 심경을 그려 낸 부분은 여성의 섬세한 필체가 드러나는 장면으로 유명하다.	
	수오재기(정약용)	'나[吾]'를 지키는 일의 어려움과 중요성	유배 중이던 글쓴이가 큰형님이 집에 '수오재'라는 이름을 붙인 이유를 생각하고 이를 자신의 삶에 적용하여 얻은 깨달음을 서술한 작품이다. 글쓴이는 세속의 가치를 좇으며 살다 진정한 자신을 잃어버렸던 경험을 떠올리고, 자신을 지키지 못한 채 살아온 과거를 반성한다. 이를 통해 큰형님이 집에 '수오재'라는 이름을 붙이고 자신을 지키는 삶을 살아온 것에 대해 존경의 마음을 드러내며, 자신을 지키는 삶의 중요성을 강조하고 있다.	
제확률	낙치설(김창흡)	이가 빠진 일을 통해 깨닫게 된 참된 인생의 의미	글쓴이가 예순여섯 살에 앞니가 빠지는 경험을 한 것이 계기가 되어 자신의 삶을 성찰하고 새롭게 깨닫게 된 인생의 의미를 밝힌 작품이다. 글쓴이는 갑작스럽게 이가 빠지게 되자 책을 제대로 읽지 못하는 등 여러 불편을 겪게 된다. 글쓴이는 이를 통해 그동안 자신이 나이에 맞지 않게 무리하게 생활해 온 것을 반성하며, 순리대로 살아야겠다고 다짐한다. 나이가 드는 것을 자연스러운 현상으로 받아들이고, 인생의 도를 터득하며 살겠다는 뜻을 밝힌 것이다.	
	창해옹의 산수 여행(강이천)	창해옹과의 만남을 통해 깨닫게 된 산수 여행의 진정한 의미	산수 여행을 다니는 창해옹을 만나 글쓴이가 얻은 깨달음을 전달하고 있는 작품이다. 창해옹은 안목을 넓히는 일의 중요성을 강조하며 이를 위해 산수 여행을 다닌다고 말한다. 창해옹과의 대화를 통해 글쓴이는 작은 이해를 좇는 선비들과 허황한 학문을 탐구하는 학자들의 잘못을 깨닫는다. 글쓴이는 여전히 산수 여행을 하며 마음의 즐거움을 얻는 창해옹을 도를 얻은 이라고 예찬한다.	
제확률	화단(이태준)	자연을 대하는 인위적 태도에 대한 비판	글쓴이는 온갖 공을 들여 화단을 가꾸고 그것을 자신의 작품인 것처럼 다른 사람들에게 보여 주는 노인을 지켜보며, 인위적으로 화초를 가꾸어 화단을 아름답게 만드는 노인의 행동은 생명을 인위적으로 대하는 태도라는 생각을 드러낸 작품이다. 일상적인 소재를 통해 자연은 자연 그대로의 모습을 유지하는 것이 가장 가치 있다는 인식을 드러내고 있다.	• 2005. 9월 평가원
	애물의(김시습)	만물을 사랑하는 방법	김시습의 문집에 수록된 수필로, 만물을 사랑하는 올바른 방법을 문답의 방식을 통해 제시하고 있는 작품이다. 글쓴이는 인본주의적인 관점에 근거하여, 인간과 만물이 공존하지만, 인간이 세상의 으뜸이고 만물이 그다음이라는 견해를 드러낸다.	
	망설(홍성민)	잊어버림을 통한 어려움의 극복	어려운 일을 겪을 때마다 '잊을 망(忘)' 자를 떠올리며 근심을 잊으려 한 글쓴이의 경험과 가치관을 드러낸 고전 수필이다. 작가는 북경에 두 번이나 사신으로 가게 되었을 때에도, 유배된 현재에도 의식적인 노력을 통해 근심을 잊고자 노력한다. 옛사람들도 근심을 잊으려 노력하였다고 하며, 이를 위해서는 평소 학문에 힘쓰고 사색해야 함을 강조하고 있다.	
	먼 곳에의 그리움(전혜린)	새해를 맞아 꿈꾸는 먼 곳에 대한 그리움	새해를 맞이하여 일상에서 벗어나 먼 곳으로 가고자 하는 글쓴이의 소망을 제시하고 있는 작품이다. 글쓴이는 '사람은 동경과 기대 없이 살 수 없다.'라고 말하며, '모르는 얼굴과 마음과 언어 사이에서 혼자인 곳'으로 가 보고 싶어 한다. 물론 그 소망이 이루어지지 않는다 하더라도 아름다운 꿈을 꿀 수 있는 특권이야말로 자신이 살아 있음을 확인하고 내년의 삶을 계획할 수 있는 새해의 선물이라 생각한다.	

메가스터디
E실전 N제 문학

메가스터디
E실전 N제 문학

출제 확률
높은 문항

고전 시가 / 현대시
고전 소설 / 현대 소설 / 갈래 복합

| 2016년 4월 고3 교육청   **E** 문학 (가) 249쪽

[001~003] 다음 글을 읽고 물음에 답하시오.

가 생시런가 꿈이런가 천상에 올라가니
　　옥황은 반기시나 ㉠ <u>뭇신선</u>이 꺼리는구나
　　두어라 ㉡ <u>강호</u>에 놀이며 달이 내 분수에 옳도다.

　　풋잠에 꿈을 꾸어 ㉢ <u>천상십이루(天上十二樓)</u>에 들어가니
　　옥황은 웃으시되 뭇신선이 꾸짖는구나
　　어즈버 ㉣ <u>백만억 창생</u>을 어느 사이 물어보리.

　　하늘이 이지러졌을 때 무슨 기술로 기워냈는고
　　백옥루(白玉樓) 중수(重修)*할 때 어떤 ㉤ <u>목수</u> 이루어냈는고
　　옥황께 여쭤보자 하였더니 다 못하여 왔도다.

　　　　　　　　　　　　　　　　　　 – 윤선도, 〈몽천요〉

*중수: 건축물 따위의 낡고 헌 것을 손질하며 고침.

나 청광(淸光)을 머금으니, 폐부(肺腑)에 흘러 들어
　　호호(浩浩)한 흉중(胸中)*이 아니 비친 구멍 없다.
　　옷가슴 헤쳐 내어 광한전에 돌아 앉아
　　마음에 먹은 **뜻**을 다 **사뢰려** 하였더니,
　　맘나쁜 부운(浮雲)이 어디서 와 가리었나
　　천지(天地) 회맹(晦盲)하여 백물(百物)을 다 못보니,
　　상하 사방에 갈 길을 모르겠다
　　요잠반각(遙岑半角)*에 **옛빛**이 비치는 듯
　　운간(雲間)에 나왔더니, 떼구름 미쳐 나니,
　　희미한 한 빛이 **점점 아득하여** 온다.
　　중문을 닫아 놓고, 정반(庭畔)에 따로 서서
　　매화 한 가지 계영(桂影)인가 돌아보니,
　　처량한 암향(暗香)이 날 따라 근심한다.
　　소렴(疎簾)을 지워 놓고, 동방에 혼자 앉아
　　금작경(金鵲鏡) 닦아내어 벽상에 걸어 두니,
　　제몸만 밝히고, 남 비칠 줄 모른다.
　　단단 환선(團團紈扇)으로 긴 **바람** 부쳐 내어
　　이 구름 다 걷과다. 기원 녹죽(淇園綠竹)으로
　　일천 장 비를 매어 저 구름 다 쓸과다.
　　장공(長空)은 만리요, 이 몸은 **진토(塵土)**니,
　　서의한* 이내 뜻이 헤나니 **허사**로다.
　　가뜩 근심 많은데, 긴 밤이 어떠한가
　　뒤척이며 잠 못 이뤄 다시곰 생각하니,
　　영허소장(盈虛消長)*이 천지도 무궁하니,

　　풍운이 변화한들 본색이 어디 가료
　　우리도 단심(丹心)을 지켜서 명월(明月) 볼 날 기다리노라.

　　　　　　　　　　　　　　　　　　 – 최현, 〈명월음〉

* 호호한 흉중: 넓고 넓은 가슴 속.
* 요잠반각: 멀리 아득히 보이는 우뚝 솟은 산봉우리.
* 단단 환선: 흰 비단으로 만든 둥근 부채.
* 서의한: 맹세한, 약속한.
* 영허소장: 달이 차고 지며, 초목이 자라고 스러짐.

001

(가)와 (나)의 공통점으로 가장 적절한 것은?

① 대구의 방식을 활용하여 운율감을 형성하고 있다.
② 감각적 이미지를 활용하여 계절감을 드러내고 있다.
③ 대화의 형식을 통해 대상과의 친밀감을 나타내고 있다.
④ 인간과 자연의 대비를 통해 주제 의식을 부각하고 있다.
⑤ 명령적 어조를 통해 현실에 대한 비판 의식을 드러내고 있다.

002

〈보기〉를 참고하여 (가)를 이해한 내용으로 적절하지 <u>않은</u> 것은?

─〈보기〉─

현실 정치를 떠나 초야에 묻혀 지내던 윤선도는 자신을 질시하는 세력들을 의식하여 임금의 지극한 부름을 사양했다. 그러나 고산에 은거하면서도 임금을 도와 부정적인 현실을 바로잡고, 올바른 정치를 하고 싶었던 윤선도는 그러한 마음을 표현하기 위해 현실을 꿈속 천상계의 일에 빗대어 〈몽천요〉를 창작하였다.

① ㉠은 작가가 임금의 부름을 사양한 원인에 해당한다고 볼 수 있다.

② ㉡은 작가가 은거하고 있는 삶의 공간을 의미한다고 볼 수 있다.

③ ㉢은 작가를 필요로 하는 임금이 있는 공간을 의미한다고 볼 수 있다.

④ ㉣은 작가가 올바른 정치를 실현하려는 대상으로, 임금을 떠나는 계기에 해당한다고 볼 수 있다.

⑤ ㉤은 무너진 현실을 바로잡을 수 있는 주체로, 작가 자신을 비롯한 인재를 비유한다고 볼 수 있다.

003

〈보기〉를 바탕으로 (나)를 감상한 내용으로 적절하지 <u>않은</u> 것은? [3점]

─〈보기〉─

이 작품에서 작가는 임진왜란 당시의 혼탁하고 암담한 시대 현실 속에서 신분의 제약으로 인해 자신이 할 수 있는 것이 없음을 안타까워하고, 피란길에 오른 임금을 달에 비유하여 임금에 대한 걱정을 드러내고 있다.

① '사뢰려'는 '뜻'은 혼탁하고 암담한 시대 현실과 관련된 것이겠군.

② '옛빛'이 '점점 아득하'다는 것은 임금이 처한 상황이 점점 부정적으로 변하고 있다는 것이겠군.

③ '제몸만 밝히'는 '금작경'은 피란길에 오른 임금의 상황을 비유한 것이겠군.

④ '단단 환선'으로 '바람'을 일으키려는 것은 부정적인 현실을 바꾸고 싶은 소망을 드러낸 것이겠군.

⑤ 자신의 뜻이 '허사'라고 한 것은 신분적 제약으로 인해 자신을 '진토'로 인식한 결과이겠군.

Ⓔ 문학 (가) 049쪽

[004~006] 다음 글을 읽고 물음에 답하시오.

가 귀거래* 귀거래 말뿐이오 갈 이 없네
　　전원이 장무(將蕪)*하니 아니 가고 어찌할꼬
　　초당에 청풍명월이 나명 들명 기다리나니

　　　　　　　　　　　　　　　　　　　　　　　　　　－ 이현보

* 귀거래: 관직을 그만두고 고향으로 돌아감.
* 장무: 황폐해지려고 함.

나 ㉠ 땀은 떨어질 대로 떨어지고 볕은 쬘 대로 쬔다
　　㉡ 맑은 바람에 옷깃 열고 긴 휘파람 흘려 불 때
　　㉢ 어디서 길 가는 손님이 아는 듯이 머무는가

　　　　　　　　　　　　　　　　　　　　　　　　　　－ 위백규

다 ㉣ 논밭 갈아 기음매고 베잠방이 다임* 쳐 신들메고*
　　㉤ 낫 갈아 허리에 차고 도끼 벼려 둘러매고 무림 산중(茂林
山中) 들어가서 삭정이* 마른 섶을 베거니 버히거니 지게에 짊어
지팡이 받쳐 놓고 새암을 찾아가서 점심 도시락 부시고* ㉥곰
방대를 톡톡 떨어 잎담배 피어 물고 콧노래에 졸다가
　　㉦ 석양이 재 넘어갈 제 어깨를 추키면서 긴소리 짧은소리
하며 어이 갈꼬 하더라

　　　　　　　　　　　　　　　　　　　　　　　　　　－ 작자 미상

* 다임: 대님. 한복에서, 남자들이 바지를 입은 뒤에 그 가랑이의 끝 쪽을 접어서 발목을 졸
　라매는 끈.
* 신들메고: 신이 벗어지지 않도록 발에 잡아매고.
* 삭정이: 살아 있는 나무에 붙어 있는, 말라 죽은 가지.
* 부시고: 그릇 따위를 깨끗하게 다 비우고.

004

(가)~(다)에 대한 설명으로 가장 적절한 것은?

① (가)~(다) 모두 자연물에 상징적 의미를 부여하여 주제를 부
　각하고 있다.
② (가)~(다) 모두 비유적 표현을 활용하여 대상에 대한 예찬적
　태도를 드러내고 있다.
③ (나)와 달리 (가)는 대구법을 활용하여 대상의 모습을 묘사하
　고 있다.
④ (가)와 달리 (나)는 설의법을 통해 대상에 대한 화자의 기대감
　을 강조하고 있다.
⑤ (가)와 달리 (다)는 열거의 방식으로 대상의 행동을 생동감 있
　게 나타내고 있다.

005

〈보기〉를 참고하여 (가)를 감상한 내용으로 적절하지 않은 것은?

─〈보기〉─

〈귀거래사〉는 중국의 시인 '도연명'의 대표작으로, 관직을 버리고 고향으로 돌아가는 마음을 표현한 한시이다. 조선의 사대부들은 강호에 돌아가고자 하는 마음을 표현할 때 〈귀거래사〉를 관습적으로 인용하였다. 그렇기 때문에 당시 실제로 강호에 돌아가는 행위와 상관없이 〈귀거래사〉를 인용한 시의 창작이 많았다.

사대부들은 출사(出仕)를 했을 때에는 자신의 유교적 이상을 실현하기 위해 힘을 썼지만, 자신의 뜻을 실현하는 데 여의치 않은 상황이 되거나 물러날 때가 되었다고 판단하면 관직을 버리고 고향으로 돌아가 은거하면서 자연과 더불어 무욕의 삶을 즐기며 학문 수양에 힘썼다. 그리고 관직을 버릴 때에는 현실 상황을 직접적으로 비판하기보다는 고향과 자연의 상황을 제시하면서 자신이 이곳으로 돌아갈 수밖에 없다고 표현하였다.

① 작가는 '귀거래사'의 시구를 인용하는 관습에 따라 작품을 창작하였군.

② '초당'은 '청풍명월'을 벗 삼아 무욕의 삶을 즐기는 공간으로 설정된 것이로군.

③ '전원이 장무하니'를 통해 유교적 이상을 실현하기 힘든 현실 상황을 제시하고 있군.

④ 작가는 관습적으로 '귀거래'를 읊지만 이를 실천하지 않는 사대부들을 비판하고 있군.

⑤ 화자가 '귀거래'의 뜻을 이룬다면 앞으로 자연 속에서 학문을 수양하는 삶을 살게 되겠군.

006

㉠~㉟에 대한 설명으로 적절하지 않은 것은?

① ㉠과 ㉣에서는 열심히 일하는 농부의 모습이 나타난다.

② ㉡과 ㉢에서는 서로 돕고 사는 공동체를 엿볼 수 있다.

③ ㉡과 ㉤에서는 고단한 삶 속에서 즐기는 여유로움이 나타난다.

④ ㉣과 ㉤에서는 쉴 틈 없이 바쁜 농부의 일과가 드러난다.

⑤ ㉤과 ㉟에서는 낙천적 삶의 태도가 감각적 이미지로 드러난다.

🅔 문학 (가) 046쪽

[007~010] 다음 글을 읽고 물음에 답하시오.

가　내 님을 그리워하여 우니다니
　　산(山) ⊙접동새 난 비슷합니다
　　아니시며 거짓인 줄을 아으
　　ⓛ잔월효성(殘月曉星)이 아시리이다
　　넋이라도 님은 한데 지내고 싶어라 아으 ─┐
　　우기던 이가 누구였습니까
　　과(過)도 허물도 천만(千萬) 없소이다
　　사람들의 거짓말입니다　　　　　　　　[A]
　　슬프구나 아으
　　님께서 나를 벌써 잊으셨습니까
　　아아 님아 돌이켜 들으시고 사랑해 주소서 ─┘

　　　　　　　　　　　　　　　　　- 정서, 〈정과정곡〉

나　사랑이 싫증 났던가 박복한 탓이던가
　　말하면 목이 메고 생각하면 가슴 끔찍
　　지척의 장문궁(長門宮)*이 얼마나 가렸기에
　　무정한 유랑(劉郞)*은 꿈에도 아니 뵈며
　　조비연(趙飛燕)의 노랫소리는 예 듣던 소리로되
　　장신궁(長信宮)*의 문을 닫고 아니 연단 말인가
　　풍상(風霜)이 섞어 치고 수많은 꽃 떨어지니
　　여러 떨기 ⓒ국화는 누구 위해 피었으며
　　천지가 얼어붙어 **삭풍(朔風)이 몹시 부니**
　　하루를 볕을 쬔들 열흘 추위 어찌할까
　　은침(銀鍼)을 빼내어 오색(五色)실 꿰어 놓고
　　임의 터진 옷을 깁고자 하건마는
　　천문구중(天門九重)에 갈 길이 아득하니
　　아녀자 깊은 정을 임이 언제 살피실까
　　음력 설달 다 지나니 봄이면 늦으리
　　동짓날 자정이 지난밤에 돌아오니
　　집집마다 대문을 차례로 연다 하되
　　자물쇠를 굳게 잠가 침실을 닫았으니
　　눈 위의 서리는 얼마나 녹았으며
　　뜰 가의 매화는 몇 봉우리 피었는가
　　간장(肝腸)이 다 썩어 넋조차 그쳤으니
　　천 줄기 눈물은 피 되어 솟아나고
　　ⓔ반벽청등(半壁靑燈)은 빛조차 어두워라
　　황금이 많으면 매부(買賦)나 하련마는*
　　밝은 해 무정하니 뒤집힌 동이에 비칠쏘냐
　　평생토록 쌓은 죄는 다 나의 탓이로되
　　언어에 공교(工巧) 없고 눈치 없이 다닌 일을
　　풀어서 헤아리고 다시금 생각하니

조물주의 처분을 누구에게 물으리오
창에 비친 매화 달에 가느다란 한숨 다시 짓고
아쟁을 꺼내어 원망의 노래 슬피 타니
거문고 줄 끊어져 다시 잇기 어려워라　　　　　[B]
차라리 죽어서 ⓜ자규(子規)의 넋이 되어
밤마다 이화(梨花)의 피눈물 울어 내어
오경(五更)에 잔월(殘月)을 섞어 **임의 잠을 깨우리라**

　　　　　　　　　　　　　　　　　- 조우인, 〈자도사〉

* 장문궁: 중국 한나라 때 황제에게 버림받은 황후가 갇혀 살던 궁전.
* 유랑: 황후를 장문궁에 유폐시킨 한나라 황제.
* 장신궁: 중국 한나라 때 주로 태후가 살았던 궁. 조비연 자매에게 황제의 사랑을 빼앗기고 태후를 모시고 외롭게 살아가던 반첩여가 머물던 궁.
* 황금이 많으면 매부나 하련마는: 한나라 무제 때 총애를 잃은 진 황후가 황금 백 근을 가지고 가서 사마상여에게 글을 짓게 하여 다시금 무제의 총애를 받게 되었다는 고사.

007

(가)와 (나)의 화자의 공통된 태도로 가장 적절한 것은?

① 부정적인 현실 상황에서 벗어나기를 소망하고 있다.
② 자연을 위로의 대상으로 삼아 친근하게 대하고 있다.
③ 현재와 대비되는 행복했던 과거를 그리워하고 있다.
④ 지난날을 반추하면서 자신의 삶에 대해 성찰하고 있다.
⑤ 초월적 대상과의 합일을 통해 이상 세계를 추구하고 있다.

008

[A]와 [B]에 대한 설명으로 가장 적절한 것은?

① [A]와 [B]에서는 모두 청각적 이미지를 활용하여 임을 향한 마음을 표현하고 있다.

② [A]와 [B]에서는 모두 의문형 표현을 사용하여 미래 상황에 대한 불안감을 나타내고 있다.

③ [A]에서는 직접적인 하소연을 통해 [B]에서는 구체적인 행동을 통해 화자의 억울함을 드러내고 있다.

④ [A]에서는 과거와 현재를 대비하여, [B]에서는 화자와 자연물을 대비하여 화자의 처지를 부각하고 있다.

⑤ [A]에서는 유사한 의미의 시어를 반복하여, [B]에서는 비유적 의미의 시어를 사용하여 절대자에게 귀의하고자 하는 뜻을 밝히고 있다.

009

㉠~㉤에 대한 이해로 적절하지 <u>않은</u> 것은?

① ㉠: 그리움에 울고 있는 화자의 처지를 드러낸다.

② ㉡: 화자에게 아무런 잘못이 없음을 강조한다.

③ ㉢: 임을 향한 화자의 지조와 절개를 드러낸다.

④ ㉣: 임에게 닥칠 암울한 미래 상황을 암시한다.

⑤ ㉤: 임에게 화자의 억울하고 원통한 마음을 알려 준다.

010

〈보기〉를 바탕으로 (가)와 (나)를 감상한 내용으로 적절하지 <u>않은</u> 것은?

〈보기〉

〈정과정곡〉과 〈자도사〉는 모두 임에게서 버림받은 여성 화자를 내세워 연군지정을 노래한 작품이다. 이때 〈정과정곡〉은 작가가 모함으로 귀양을 간 유배지에서 자신의 결백함을 강하게 드러내는 데 집중한다면, 〈자도사〉는 작가가 모함으로 옥고를 치르도록 한 부정한 정치 현실을 지적하고 임금의 잘못된 판단을 일깨우려는 충직한 신하의 모습을 보이고 있다는 점에서 차이가 있다.

① (가)의 '우기던 이가 누구였습니까'에서는 작가가 모함을 받은 상황을, '과도 허물도 천만 없소이다'에서는 작가가 자신의 결백함을 드러내고 있군.

② (가)의 '님께서 나를 벌써 잊으셨습니까'에서는 임에게서 버림받아 괴로워하다가 체념하는 여성 화자의 넋두리를 확인할 수 있군.

③ (나)의 '풍상이 섞어 치고'와 '삭풍이 몹시 부니'에서는 비유적 표현을 활용하여 창작 당시의 부정한 정치 현실을 드러내고 있군.

④ (나)의 '임의 터진 옷을 깁고자 하건마는'에서는 신하로서의 연군지정을 임을 그리워하는 여인의 모습으로 나타내고 있군.

⑤ (나)의 '임의 잠을 깨우리라'에서는 임금의 잘못된 판단을 일깨우려는 충직한 신하의 마음을 임의 각성을 다짐하는 여인의 모습으로 드러내고 있군.

🅔 문학 056쪽

[011~014] 다음 글을 읽고 물음에 답하시오.

세상 사람들아 이내 거동 구경하소
과거를 보려거든 젊었을 때 하지 않고 　　　　[A]
오십에 급제하여 무슨 일로 다 늙어 분주한가
공명이 늦었지만 처세나 약빠르지
공연히 내달려서 소인과 척을 져서
형벌을 무릅쓰고 임금님께 상소하니
예전으로 본다면 **빛나고** 옳건마는
적막한 이 세상에 남다른 행동이라
㉠ 상소 한 장 올라가자 온 조정이 울컥한다
어와 황송하다 임금께서 진노하셔
삭탈관직하시면서 엄하게 꾸중하니
운수 사나운 이내 몸이 고향으로 돌아갈 때
춘풍에 배를 타고 강호로 향하다가
남수찬 상소에 **명천(明川)**으로 유배되니 **놀랍도다**
적소(謫所)로 치행하니 한강 풍랑 **괴이하다**
근심스런 모습으로 동대문에서 처벌을 기다리니
고향은 적막하고 명천이 천 리로다
두루마기 흰 띠 띠고 북쪽 하늘 향해 서니
사고무친 외로운 몸 죽는 줄 그 누가 알리
　　　　　　　　　(중략)
맹동원의 집을 물어 본관에게 정하라 하니
본관의 전갈 받고 삼공형(三公兄) 나오면서
병풍 자리 음식상을 주인 시켜 대령하고
풍악을 앞세우고 주인과 함께 나와 앉아
처소에 연락하여 모셔라 전갈하니
슬프다 내 일이여 꿈에서나 들었던가
이곳이 어디메뇨 **주인집** 찾아가니
높은 대문 넓은 사랑 삼천석꾼 집이로다
본관과 초면이라 서로 인사 다한 후에 본관이 하는 말이
김 교리 이번 유배 죄 없이 오는 줄은
북관 수령 아는 바요 온 백성이 울었으니 　　　　[B]
조금도 슬퍼 말고 나와 함께 노십시다
악공 기생 다 불러라 오늘부터 놀자꾸나
그러나 이내 몸이 유배 온 사람이라
㉡ 꽃자리에 손님 대접 기생 풍류 무엇이냐
일일이 물리치고 혼자 앉아 소일하니
경내의 선비들이 **소문 듣고** 배우기를 청하며
하나 오고 두셋 오니 **육십 명** 되는구나
책 끼고 와 배움 청하고 글제 내어 골라 달라 부탁하네
북관의 수령 관장 무장만 보다가

문관의 명성 듣고 한사코 달려드니
내 일을 생각하면 남 가르칠 공부 없어
아무리 사양해도 벗어날 길 전혀 없어
밤낮으로 끼고 앉아 글로 세월 보내도다
㉢ 한가하면 시를 짓고 심심하면 글 외우니
변방의 외로운 몸이나 시와 술 에 **회포(懷抱)** 붙여
문밖으로 안 나가고 편히 편히 날 보내다
가을바람에 놀라 깨니 변방 산에 서리 왔네
㉣ 남쪽 하늘 바라보면 기러기 처량하고
북병영을 굽어보니 오랑캐 땅이로다
개가죽 상하의는 **상놈**이 다 입었고
조밥 피밥 기장밥 은 주민의 양식이네
본관의 큰 은혜와 주인의 정성으로
㉤ 실낱같은 이내 목숨 한 달 반을 보존했네
천만뜻밖 명록이가 집안 소식 가져왔네
놀랍고 반가워서 미친놈이 되었구나
절역(絕域)에 있던 사람 고향에 돌아온 듯하네
나도 나도 이럴망정 고향이 있었던가
봉투 를 떼어 보니 정겨운 편지 몇 장인가
폭마다 **친척**이요 면마다 **고향**이라
종이 위의 점과 획은 자식 조카 눈물이요
옷 위의 얼룩은 아내의 눈물이라

　　　　　　　　　　– 김진형, 〈북천가〉

011

㉠~㉤에 대한 설명으로 가장 적절한 것은?

① ㉠: 과장된 상황을 설정하여 화자의 고독감을 강조하고 있다.
② ㉡: 질문의 방식을 활용하여 사회 현실에 대한 화자의 비판적 태도를 부각하고 있다.
③ ㉢: 유사한 문장 구조를 반복하여 유유자적하는 생활에 대한 화자의 만족감을 드러내고 있다.
④ ㉣: 자연물에 감정을 투영하여 현재의 처지에 대한 화자의 서글픈 심정을 드러내고 있다.
⑤ ㉤: 비유적 표현을 활용하여 특정한 대상에 대한 화자의 그리움을 표출하고 있다.

012

윗글의 시어 및 시구에 대한 이해로 적절하지 <u>않은</u> 것은?

① 두루마기 흰 띠 는 죄인이 되어 '적소'로 향하는 화자의 모습을 보여 준다.

② 높은 대문 은 화자가 거처하게 될 '주인집'의 경제적 상황을 짐작하게 한다.

③ 시와 술 은 화자의 마음속의 '회포'를 풀어내기 위한 수단으로 기능하고 있다.

④ 조밥 피밥 기장밥 은 화자가 '상놈'과 다를 바 없는 열악한 처지에 놓여 있음을 드러낸다.

⑤ 봉투 는 '친척'과 '고향'의 소식을 담고 있어 화자에게 반가움과 슬픔을 유발하고 있다.

013

[A]와 [B]에 대한 이해로 적절하지 <u>않은</u> 것은?

① [A]에서 화자가 말을 건네는 상대방은 [B]에서 화자가 말을 건네는 상대방과 다르다.

② [A]에서 화자는 현재 상황에 대한 부정적 감정을, [B]에서 화자는 상대방에 대한 긍정적 인식을 표현하고 있다.

③ [A]에서 화자는 지난 일을 언급하며 한탄하고 있고, [B]에서 화자는 현재 상황을 언급하며 상대방을 위로하고 있다.

④ [A]에는 상대방에게 자신의 일을 하소연하려는 화자의 모습이, [B]에는 상대방과 함께 어울리고 싶어 하는 화자의 모습이 드러나 있다.

⑤ [A]에서 화자는 자신의 사회적 지위를 언급하며 현실의 부당함을 강조하고, [B]에서 화자는 사회적 지위를 언급하며 상대방의 행동 변화를 촉구하고 있다.

014

〈보기〉를 바탕으로 윗글을 감상한 내용으로 적절하지 <u>않은</u> 것은?

> ───〈보기〉───
>
> 〈북천가〉는 임금께 상소를 올린 일로 유배를 가게 된 작가의 경험을 바탕으로 하고 있다. 작가는 이 작품에서 유배의 경위와 과정을 밝히고 유배령을 당한 심정을 토로하고 있는데, 자신의 억울함과 함께 자신이 올린 상소에 대한 자부심을 드러내고 있다. 〈북천가〉는 여타의 유배 가사와 달리, 현실 복귀에 대한 소망을 반복적으로 드러내지 않는다. 이 작품은 낯선 공간에서의 경험을 사실적 필치로 묘사하고 유배지에서의 일상에 대한 소회를 진솔하게 드러내는데, 유배지에서도 당당하고 자부심에 찬 작가의 모습이 개성적으로 평가된다.

① '형벌을 무릅쓰고' 상소한 것이 '빛나'고 옳은 일이라고 하는 것을 통해 임금께 상소를 올린 행동을 떳떳하게 여기고 있음을 알 수 있군.

② '명천'으로 가게 된 것이 '놀랍'고 '괴이하다'라고 하는 것을 통해 유배령을 당한 것을 억울하고 뜻밖인 일로 여기고 있음을 알 수 있군.

③ '병풍 자리 음식상'을 받고 '풍악을 앞세'운 자리에 주인과 앉은 것을 통해 낯선 유배지에 당도하여서도 융숭한 대접을 받았음을 알 수 있군.

④ '소문 듣고' 모여든 경내의 선비들이 '육십 명'이나 된다는 것을 통해 유배지에서도 학식이 높은 인물로 존경받고 있음을 알 수 있군.

⑤ '사양해도 벗어날 길'이 '전혀 없'다고 하는 것을 통해 현실 복귀의 소망을 이룰 수 없다고 여기고 일상에서 만족을 찾으려고 하고 있음을 알 수 있군.

🅔 문학 (나) 060쪽

[015~018] 다음 글을 읽고 물음에 답하시오.

가 내 말씀 광언(狂言)인가 저 화상을 구경하게
　　남촌 한량(閑良) 개똥이는 부모덕에 편히 놀고
　　호의호식(好衣好食) 무식하고 미련하고 용통하여
　　눈은 높고 손은 커서 가량(假量)없이 주제넘어
　　시체(時體)* 따라 의관(衣冠)하고 남의 눈만 위하겠다
　　　　　　　　　　　　(중략)
　　**부모 조상 돈망(頓忘)* 하여 계집자식 재물 수탐(搜探) 일가
　　친척 구박하며**
　　내 인사(人事)는 나중이요 남의 흉만 잡아낸다
　　㉠ 내 행세는 개차반에 경계판(警戒板)*을 짊어지고
　　없는 말도 지어내고 시비의 선봉(先鋒)이라
　　날 데 없는 용전여수(用錢如水)* 상하탱석(上下撐石)*하여
　가니
　　손님은 채객(債客)*이요 윤의(倫義)는 나 몰라라
　　입 구멍이 제일이라 돈 날 노릇 하여 보세
　　전답 팔아 변돈* 주기 종을 팔아 월수 주기
　　㉡ 구목(丘木)* 베어 장사하기 서책 팔아 빚 주기와
　　동네 상놈 부역이요 먼 데 사람 행악(行惡)이며
　　잡아 오라 꺼물리라 자장격지(自將擊之)* 몽둥이질
　　전당 잡고 세간 뺏기 계집 문서 종 삼기와
　　살결박*에 소 뺏기와 불호령에 솥 뺏기와
　　여기저기 간 곳마다 적실인심(積失人心)*허겠구나
　　사람마다 도적이요 원망하는 소리로다
　　이사나 하여 볼까 ㉢ 가장(家藏)을 다 팔아도 상팔십*이 내
　팔자라
　　종손 핑계 위전(位田) 팔아 투전질이 생애로다
　　제사 핑계 제기(祭器) 팔아 관재구설(官災口舌) 일어난다
　　뉘라서 돌아볼까 독부(獨夫)가 되단 말가
　　가련타 저 인생아 일조(一朝) 걸객(乞客)이라
　　대모관자(玳瑁貫子) 어디 가고 물렛줄은 무슨 일고
　　통영갓은 어디 가고 헌 파립(破笠)에 통모자라
　　주체(酒滯)로 못 먹던 밥 책력(册曆) 보아 밥 먹는다
　　　　　　　　　　　　　　　　　– 작자 미상, 〈우부가〉

* 시체: 그 시대의 풍습과 유행.
* 돈망: 까맣게 잊어버림.
* 경계판: 행동을 깨우치는 말이 적힌 나무판을 이름.
* 용전여수: 돈을 물처럼 흔하게 씀.
* 상하탱석: 아랫돌 빼서 윗돌 괴고 윗돌 빼서 아랫돌 괸다는 뜻.
* 채객: 빚쟁이.
* 변돈: 이자를 무는 빚돈.
* 구목: 무덤가에 있는 나무.
* 자장격지: 남에게 시키지 아니하고 손수 함.
* 살결박: 옷을 벗기고 알몸뚱이 상태로 묶음.
* 적실인심: 인심을 많이 잃음.
* 상팔십: 강태공이 80년 동안 가난하게 살았다는 고사에서 유래된 말임.

나 흥보기도 싫다마는 저 부인(婦人)의 모양 보소
　　출가(出嫁)한 지 석 달 만에 시집살이 심하다고
　　친정에 편지하여 시집 흉도 허다하다
　　게염스런 시어머니 암특할사 시아버지　　　　┐
　　야유데기 시누이와 엄숙데기 맏동서며　　　　│
　　요악(妖惡)한 아우 동서 여우 같은 시앗년에　│ [A]
　　거세도다 남노(男奴) 여복(女僕) 들며 나며 흉구덕에 │
　　가군(家君)이나 믿었더니 십벌지목(十伐之木)* 되었어라 ┘
　　여기저기 사설이요 구석구석 모함이라
　　시집살이 못 하겠네 간수병을 기울이고
　　치마 쓰고 내닫기와 봇짐 싸고 도망질에
　　오락가락 못 견디어 여승이나 따라갈까
　　들 구경 하여 볼까 나물이나 뜯어 볼까
　　긴 장죽(長竹)이 벗님이요 문복(問卜)*하기 소일(消日)이요
　　겉으로는 설움이요 속으로는 딴생각에
　　㉣ 반분대(半粉黛)*로 일을 삼고 털 뽑기가 세월이요
　　시부모가 걱정하면 말대답을 풍당풍당
　　남편이 걱정하면 뒤중그려 맞넉수라
　　들고 나니 초롱꾼*에 팔자나 고쳐 볼까
　　양반 자랑 모두 하며 색주가나 하여 볼까
　　남대문 밖 뺑덕어멈 제 천성이 저러한가
　　배워서 그러한가 본데없이 자랐구나
　　여기저기 무릎맞춤 싸움질로 세월이요
　　나가면은 말전주요 들면은 음식 공론
　　제 조상은 젖혀 놓고 불공(佛供)하기 위업(爲業)이라
　　무당 소경 푸닥거리 의복가지 다 나가고
　　남편 모양 볼작시면 삽살개 뒷다리요
　　자식 거동 볼작시면 털 벗은 솔개미라　　　　　　　[B]
　　엿장수 떡장수는 아이 핑계 거르지 않고
　　㉤ 물레 앞 씨아* 앞은 선하품 기지개라
　　이야기책 소일이요 음담패설 세월이라
　　이 집 저 집 이간질로 모함 잡고 똥 먹으며
　　인물초인(人物招引) 떨려 나니 패쪽박이 되겠구나
　　　　　　　　　　　　(중략)
　　무식한 창생(蒼生)들아 저 거동을 자세 보소
　　그른 줄을 알았거든 고칠 개(改) 자 힘을 쓰고
　　옳은 줄을 알 양이면 행하기를 위주하소
　　　　　　　　　　　　　　　　　– 작자 미상, 〈용부가〉

* 십벌지목: 열 번 찍어 안 넘어가는 나무가 없음을 이르는 말.
* 문복: 점쟁이에게 길흉(吉凶)을 물음.
* 반분대: 살짝 칠한 엷은 화장을 이름.
* 초롱꾼: 초롱을 들고 가며 밤길을 밝혀 주는 사람을 이르던 말.
* 씨아: 목화의 씨를 빼는 기구.

015

(가)와 (나)에 대한 설명으로 적절하지 <u>않은</u> 것은?

① (가)와 (나) 모두 4음보의 규칙적인 율격을 활용하여 리듬감을 형성하고 있다.

② (가)와 (나) 모두 말을 건네는 방식으로 시상을 전개하여 청자가 표현 대상에 집중하도록 유도하고 있다.

③ (가)는 (나)와 달리 과거와 현재를 대비하는 방식으로 표현 대상의 비참한 현재 모습을 강조하고 있다.

④ (나)는 (가)와 달리 명령적 어조로 청자에게 바람직한 삶을 살라는 뜻을 분명히 전달하고 있다.

⑤ (나)는 (가)와 달리 과거의 그릇된 삶에 대한 인물의 성찰 내용을 제시하여 주제 의식을 직설적으로 드러내고 있다.

016

㉠~㉤을 이해한 내용으로 적절하지 <u>않은</u> 것은?

① ㉠: '경계판'을 짊어지고 있는 모습을 고려할 때, 개똥이는 자신의 허물을 돌아보지 않고 타인의 허물만 지적하고 있군.

② ㉡: '구목'과 '서책'으로 돈을 벌려고 한다는 점으로 볼 때, 개똥이는 더 이상 양반의 체면을 중시하지 않는다고 할 수 있군.

③ ㉢: '상팔십'이 강태공의 삶에서 비롯되었다는 점으로 볼 때, 개똥이는 가난하게 사는 것보다 빨리 죽는 것을 더 두려워하고 있군.

④ ㉣: '반분대'와 '털 뽑기'로 시간을 보낸다는 점으로 볼 때, 부인은 허영에 빠져 외모 가꾸기에 치중하는 삶을 살고 있다고 할 수 있군.

⑤ ㉤: '물레'와 '씨아'가 가사 노동의 도구임을 고려할 때, 뺑덕어멈은 힘든 가사 노동을 회피하기 위해 게으름을 피우고 있다고 볼 수 있군.

017

〈보기〉를 바탕으로 (가)와 (나)를 감상한 내용으로 적절하지 <u>않은</u> 것은?

─〈보기〉─

(가)의 표현 대상인 '우부(愚夫)'는 어리석은 남자란 뜻으로, 우부인 '개똥이'는 양반이지만 탐욕스러운 인물이다. 그는 유교적 덕목을 무시하고 도덕적 타락만 일삼다 결국 당대 사람들부터 비난을 당한다. (나)의 표현 대상인 '용부(庸婦)'는 변변치 못한 여자란 뜻으로, 작품에는 두 명의 용부가 등장한다. '저 부인'으로 표현되는 양반층 여인과 '뺑덕어멈'으로 표현되는 서민층 여인으로 이들은 유교적 가치관이나 윤리 의식을 중시하지 않고 본능적 욕구만 추구하는 인물로 그려진다. 이처럼 (가)와 (나)의 표현 대상은 공동체 사회의 질서를 어지럽히는 인물들로, 작가는 이들을 통해 경세와 훈계의 의도를 전달하려 하였다.

① (가)의 '동네 상놈 부역이요 먼 데 사람 행악이며'와 '살결박에 소 뺏기와 불호령에 솥 뺏기'는 우부가 자신의 탐욕을 위해 도덕적 타락을 일삼고 있음을 드러낸 것이라 할 수 있군.

② (나)의 '긴 장죽이 벗님이요 문복하기 소일이요'와 '들고 나니 초롱꾼에 팔자나 고쳐 볼까'는 용부가 즐거운 것만 좇으려는 본능적 욕구에 충실한 인물임을 드러낸 것이라 할 수 있군.

③ (가)의 '부모 조상 돈망하여'와 (나)의 '제 조상은 젖혀 놓고 불공하기 위업이라'는 각각 우부와 용부가 유교적 가치관을 무시하고 있음을 드러낸 것이라 할 수 있군.

④ (가)의 '내 인사는 나중이요 남의 흉만 잡아낸다'와 (나)의 '이 집 저 집 이간질로 모함 잡고'는 우부와 용부가 공동체 사회의 질서를 어지럽히는 인물임을 드러낸 것이라 할 수 있군.

⑤ (가)의 '사람마다 도적이요 원망하는 소리로다'와 (나)의 '여기저기 사설이요 구석구석 모함이라'는 윤리를 중시하지 않는 우부와 용부에 대한 당대인들의 비난을 드러낸 것이라 할 수 있군.

018

[A]와 [B]에 대한 설명으로 가장 적절한 것은?

① [A]에서는 시댁 식구들에 대한 화자의 평가를 제시하여 '저 부인'이 가족 구성원으로 인정받지 못하고 있음을 밝히고 있다.

② [B]에서는 가족 구성원의 모습을 과장하여 '뺑덕어멈'이 가족에 대한 도리를 다하지 못함을 우회적으로 비판하고 있다.

③ [A]에서는 관용적 표현을, [B]에서는 비유적 표현을 통해 '저 부인'과 '뺑덕어멈'의 인품에 대한 화자의 논평을 제시하고 있다.

④ [A]와 [B] 모두에서는 가족 구성원들의 태도를 열거하여 가족 구성원에 대한 '저 부인'과 '뺑덕어멈'의 원망을 부각하고 있다.

⑤ [A]와 [B] 모두에서는 가족 구성원들의 다양한 반응을 제시하여 '저 부인'과 '뺑덕어멈'의 행실에 대한 가족들의 상반된 평가를 드러내고 있다.

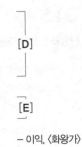

문학 (가) 326쪽 / (나) 044쪽

[019~022] 다음 글을 읽고 물음에 답하시오.

가 청계상 반구정에 극목소쇄(極目蕭灑)* 풍경일다
　무심한 백구(白駒)들은 자거자래(自去自來)* 무삼 일고
　백구야 나지 마라 네 벗인 줄 모를소냐　　　　〈제1수〉

　구버는 천심녹수(千尋綠水) 앙대(仰對)하니 만척단애(萬尺
丹崖)*
　단애에 ㉠홍화발(紅花發)이오 녹수(綠水)에 백구비(白鷗飛)라
　홍화발 백구비하니 한흥(閑興) 계워 하노라　　〈제3수〉

　연하(烟霞)*로 집을 삼고 구로(鷗鷺)*로 벗을 삼아
　팔 베고 물 마시고 반구정에 누어시니
　세상의 부귀공명은 헌 신인가 하노라　　　　〈제6수〉

　인적적(人寂寂) 야심심(夜深深)한데 반구정에 누어시니
　천심(天心)에 월도(月到)하고 수면(水面)에 풍래(風來)한다
　아마도 일반청의미(一般淸意味)*를 어든 이 나뿐인가 하노라
　　　　　　　　　　　　　　　　　　　　　〈제8수〉

　심사(心事)난 청천백일(靑天白日) 생애(生涯)난 명월청풍(明
月淸風)
　입정위(立正位) 행대도(行大道)*하니 그 아니 대장부인가
　이밧게 부귀빈천위무(富貴貧賤威武)인달 이 마암 요동(搖
動)하랴　　　　　　　　　　　　　　　　　　〈제10수〉
　　　　　　　　　　　　　　　　　　－ 신지, 〈영언십이장〉

* 극목소쇄: 시선이 미치는 곳의 맑고 깨끗한 아름다운 경치.
* 자거자래: 제멋대로 갔다가 제멋대로 옴.
* 만척단애: 만 자나 되는 붉은 절벽.
* 연하: 안개와 노을.
* 구로: 백구와 백로.
* 일반청의미: 자연의 참된 의미.
* 입정위 행대도: 올바른 자리에 서고 마땅히 지켜야 할 도리를 실천함.

나 전각이 깊고 엄숙한데 신하가 앞에 있어　　┐
　임금을 위해서 〈화왕가〉를 노래했네　　　　[A]
　　　　　　　　　　　　　　　　　　　　┘
　화왕이 봄 나라를 다스리고 있으니　　　　┐
　㉡진홍색 연자색 꽃이 가지마다 분분했소
　싱긋 한번 웃음에 온갖 교태 생겨나니　　　[B]
　임금의 마음이 쉬 잘못될까 염려했소　　　┘

　누가 알리오, 골짝 속의 머리 허연 백두옹이　┐
　노성한* 군자와 같은 부류인 것을
　봄이 와 온갖 잡초에 함께 뒤덮여서　　　　[C]
　천거할 길이 없으니 그것을 어이하오
　나라를 이룰지 엎을지를 일찍 구별해야 하니
　색황*이 어찌 현인을 가까이하는 것만 하리오　┘

이 한마디에 미혹 풀린 신라의 임금이　　　┐
계림을 풍동시켜 태화를 이루었네
산과 들을 다 다녀 꽃향기를 모으니　　　　[D]
난손*과 두약*이 빽빽하게 늘어섰네　　　　┘

훌륭해라, 당시의 스승 설총이여　　　　　┐
보물 피리 소리에 온갖 풍파가 멎었구나　　[E]
　　　　　　　　　　　　　　　　　　┘
　　　　　　　　　　　　　　　－ 이익, 〈화왕가〉

* 노성한: 많은 경험을 하여 세상일에 익숙한.
* 색황: 여색에 빠져 타락함. 또는 그런 사람.
* 난손, 두약: 난초와 향초의 한 종류.

019

(가)에 대한 설명으로 적절하지 않은 것은?

① 설의적 표현을 통해 자연과의 일체감을 드러낸다.
② 대구적 표현을 사용하여 주변 풍경을 그려 낸다.
③ 비유적 표현을 사용하여 대상의 가치를 평가한다.
④ 말을 건네는 방식을 통해 대상에 대한 친근감을 부각한다.
⑤ 동일한 시어의 반복을 통해 대상을 향한 그리움을 강조한다.

020

㉠과 ㉡에 대한 이해로 가장 적절한 것은?

① ㉠은 계절감을 환기하는 대상으로, 화자의 흥취를 이끌어 내
고 있다.
② ㉡은 화자를 미혹하는 대상으로, 화자는 ㉡에게서 벗어나려
하고 있다.
③ ㉠은 화자가 자신과 동일시하는 대상이고, ㉡은 화자가 심리
적 거리감을 느끼는 대상이다.
④ ㉠과 ㉡은 모두 색채감을 드러내는 대상으로, 화자는 ㉡과 달
리 ㉠을 경계하고 있다.
⑤ ㉠과 ㉡은 모두 예찬의 대상으로, 화자가 긍정적으로 평가하
는 삶의 모습이 투영되어 있다.

021

〈보기〉를 참고하여 (나)의 [A]~[E]를 이해한 내용으로 적절하지 않은 것은?

─〈보기〉─

　　(나)는 설총이 신라 신문왕을 위해 지었다는 〈화왕가〉를 들려주는 방식으로 구성되어 있다. 즉 '이야기 1' 속에 '이야기 2'가 삽입되어 있는 구조로 되어 있는데, 특히 '이야기 2'는 식물을 주인공으로 등장시키는 우화적 기법을 사용한 것이 특징적이다. (나)의 화자는 이러한 구조를 통해 군주의 올바른 자세를 효과적으로 전달하고 있다.

① [A]는 '이야기 1'로, '임금'인 신문왕을 위해 신하가 〈화왕가〉를 지어 불렀던 상황을 소개하고 있다.

② [B]는 '이야기 2'로, [A]와 달리 '임금'은 〈화왕가〉에 등장하는 화왕을 가리키고 있다.

③ [C]는 '이야기 2'로, '백두옹'과 '잡초'를 내세워 교훈을 전달하고 있다.

④ [D]는 '이야기 1'로, 화자는 '신라의 임금'을 '난손'과 '두약'에 비유하며 군주의 올바른 자세를 강조하고 있다.

⑤ [E]는 '이야기 1'로, [A]에 등장하는 '신하'가 '스승 설총'임을 밝히고 있다.

022

〈보기〉를 참고하여 (가)와 (나)를 감상한 내용으로 적절하지 않은 것은?

─〈보기〉─

　　(가)와 (나)는 모두 대비의 방법을 사용하여 주제 의식을 부각하는 작품이다. 이를 통해 (가)는 속세적 가치에 대한 부정적인 태도와 자연 속 삶에 대한 만족감과 자부심을 드러내고, (나)는 임금의 총명을 가리는 부정적 상황에 대해 경계하고 능력이 있는 인재를 등용해야 함을 강조하고 있다.

① (가)의 '한흥 계워 하노라'는 자연 속 여유로운 삶에 대한 만족감을, '일반청의미를 어든 이 나쑨인가 하노라'는 자연에서의 삶에 대한 자부심을 보여 주고 있군.

② (가)의 '부귀공명은 헌 신인가 하노라'는 속세적 가치에 대한 부정적인 태도를 나타냄으로써 화자가 추구하는 궁극적 가치를 암시하고 있군.

③ (가)의 '입정위 행대도하니'는 화자가 자연물을 바라보며 자신의 삶을 되돌아본 후 자평한 것으로 부끄럽지 않은 삶을 살았다는 인식을 내포하고 있군.

④ (나)의 '누가 알리오'는 인재가 있음에도 등용되지 못하는 현실을, '그것을 어이하오'는 천거할 만한 마땅한 인재가 없는 현실을 비판하고 있군.

⑤ (나)의 '색황'과 '현인을 가까이하는 것'을 대비한 것은 임금이 선정을 베풀 수 있도록 도와줄 수 있는 신하의 필요성을 강조하려는 의도를 보여 주고 있군.

| 2021학년도 6월 평가원   ⒠ 문학 (가) 077쪽

[023~025] 다음 글을 읽고 물음에 답하시오.

가 높으디높은 산마루
낡은 고목(古木)에 못 박힌 듯 기대어   ⌉
내 홀로 긴 밤을   [A]
무엇을 간구하며 울어 왔는가.   ⌋

아아 이 아침
시들은 핏줄의 구비구비로
사늘한 가슴의 한복판까지
은은히 울려오는 종소리.

이제 눈감아도 오히려
꽃다운 하늘이거니
내 영혼의 촛불로
어둠 속에 나래 떨던 샛별아 숨으라.

환히 트이는 이마 위
떠오르는 햇살은
시월상달의 꿈과 같고나.

메마른 입술에 피가 돌아
오래 잊었던 피리의
가락을 더듬노니

새들 즐거이 구름 끝에 노래 부르고
사슴과 토끼는
한 포기 향기로운 싸릿순을 사양하라.

여기 높으디높은 산마루
맑은 바람 속에 옷자락을 날리며   ⌉
내 홀로 서서   [B]
무엇을 기다리며 노래하는가.   ⌋

– 조지훈, 〈산상의 노래〉

나 꽃이 피었다,
도시가 나무에게
반어법을 가르친 것이다
이 도시의 이주민이 된 뒤부터
속마음을 곧이곧대로 드러낸다는 것이

얼마나 어리석은가를 나도 곧 깨닫게 되었지만
살아 있자, 악착같이 들뜬 뿌리라도 내리자
속마음을 감추는 대신
비트는 법을 익히게 된 서른 몇 이후부터
나무는 나의 스승
그가 견딜 수 없는 건
꽃향기 따라 나비와 벌이
붕붕거린다는 것,
내성이 생긴 이파리를
벌레들이 변함없이 아삭아삭
뜯어 먹는다는 것
도로변 시끄러운 가로등 곁에서 허구한 날
신경증과 불면증에 시달리며 피어나는 꽃
참을 수 없다 나무는, 알고 보면
치욕으로 푸르다

– 손택수, 〈나무의 수사학 1〉

023

(가)와 (나)에 대한 설명으로 가장 적절한 것은?

① (가)는 계절의 변화에 따라 달라지는 주변 풍경을, (나)는 공간의 이동에 따른 풍경 변화를 묘사하고 있다.
② (가)는 시각적 이미지를 통해 자연의 위대함을, (나)는 청각적 이미지를 통해 자연에 대한 두려움을 표현하고 있다.
③ (가)는 명령형 어조를 활용하여 대상의 행동을 유도하고, (나)는 단정적 진술을 활용하여 주제 의식을 드러내고 있다.
④ (가)와 (나)는 인격화된 사물을 청자로 하여 화자의 소망을 전달하고 있다.
⑤ (가)와 (나)는 도치된 표현을 활용하여 화자가 처한 부정적 현실에 대한 극복 의지를 강조하고 있다.

024

[A]와 [B]를 이해한 내용으로 적절하지 <u>않은</u> 것은?

① [A]의 '높으디높은 산마루'에서 화자를 울게 한 문제는 [B]의 '여기 높으디높은 산마루'에서의 기다림의 대상이 아니다.

② [A]의 '못 박힌 듯' 기댄 자세는 과거의 고통을, [B]의 '옷자락을 날리며' 서 있는 자세는 미래에 대한 기대를 드러내고 있다.

③ [A]의 '긴 밤'에 담긴 부정적 상황은 '이 아침' 이후 [B]의 '맑은 바람'을 동반하는 새로운 상황으로 변화하고 있다.

④ [A]의 '무엇'이 [B]의 '무엇'으로 이행하는 과정에서 '나래 떨던 샛별'과 '향기로운 싸릿순'은 화자의 지향점으로 기능하고 있다.

⑤ [A]의 '간구'는 '사늘한 가슴'의 생명력 회복을 바라는 기원을, [B]의 '노래'는 '메마른 입술'에 생명력이 회복된 이후의 소망을 표출하고 있다.

025

〈보기〉를 바탕으로 (나)를 감상한 내용으로 적절하지 <u>않은</u> 것은? [3점]

> ─〈보기〉─
>
> 〈나무의 수사학 1〉의 화자는 도심 속 가로수를 관찰하며 도시를 비판적으로 조망한다. 도시의 가로수는 나무의 푸름이나 아름다운 꽃조차도 도구적 가치에 의해서 평가된다. 화자는 삭막한 도시 환경에도 불구하고 고통을 참아 내며 꽃을 피우는 모습을 나무의 반어법으로 인식한다. 도시에 제대로 뿌리박지 못하면서도 도시 환경에 적응하여 꽃을 피우는 나무에서 치욕을 읽어 낸 것이다. 그것은 도시의 이주민인 화자가 나무에 대해 동질감을 느끼는 이유이기도 하다.

① '들뜬 뿌리'는 나무가 처한 상황에 대한 화자의 동질감을 반영하고 있군.

② '내성이 생긴 이파리'는 나무가 도시에 적응하면서 지니게 된 성질을 보여 주는군.

③ '시끄러운 가로등 곁'은 꽃을 피우며 참아 내야 할 삭막한 도시 환경을 드러내고 있군.

④ '신경증과 불면증'은 나무가 도시에 적응하기 위해 견뎌 내야 할 고통을 보여 주고 있군.

⑤ '치욕으로 푸르다'는 도구적 가치로 평가받아 그 환경에 적응하지 못하는 나무에 대한 비판적 표현이군.

🄴 문학 (가) 095쪽

[026~029] 다음 글을 읽고 물음에 답하시오.

가 알룩 조개에 입 맞추며 자랐나
눈이 바다처럼 푸를뿐더러 까무스레한 네 얼골
가시내야
ⓐ 나는 발을 얼구며
무쇠 다리를 건너온 **함경도 사내**

바람 소리도 호개*도 인전 무섭지 않다만
어두운 등불 밑 안개처럼 자욱한 시름을 달게 마시련다만
어디서 흉참한 기별이 뛰어들 것만 같애
두터운 벽도 이웃도 못 미더운 **북간도 술막**

온갖 방자의 말을 품고 왔다
눈포래를 뚫고 왔다
가시내야
너의 가슴 그늘진 숲속을 기어간 오솔길을 나는 헤매이자
술을 부어 남실남실 술을 따르어
가난한 이야기에 고이 잠거 다오

네 **두만강을 건너왔다는 석 달 전**이면
단풍이 물들어 천 리 천 리 또 천 리 산마다 불탔을 겐데
그래두 외로워서 슬퍼서 초마폭으로 얼굴을 가렸더냐
두 낮 두 밤을 두루미처럼 울어 울어
불술기 구름 속을 달리는 양 유리창이 흐리더냐

차알싹 부서지는 파도 소리에 취한 듯
때로 싸늘한 웃음이 소리 없이 새기는 보조개
가시내야
울 듯 울 듯 울지 않는 전라도 가시내야
두어 마디 너의 사투리로 때아닌 봄을 불러 줄게
손때 수줍은 분홍 댕기 휘휘 날리며
잠깐 너의 나라로 돌아가거라

이윽고 얼음길이 밝으면
나는 눈포래 휘감아치는 벌판에 우줄우줄 나설 게다
노래도 없이 사라질 게다
자욱도 없이 사라질 게다

– 이용악, 〈전라도 가시내〉

* 호개: 호가(胡歌). 오랑캐의 노래.

나 어머님,
제 **예닐곱 살 적 겨울**은
목조 적산 가옥 이층 다다미방의
벌거숭이 유리창 깨질 듯 울어 대던 **외풍** 탓으로
한없이 추웠지요, 밤마다 나는 벌벌 떨면서
아버지 가랭이 사이로 시린 발을 밀어 넣고
그 **가슴팍**에 **벌레**처럼 파고들어 얼굴을 묻은 채
겨우 잠이 들곤 했었지요.

요즈음도 **추운 밤**이면
곁에서 **잠든 아이들** 이불깃을 덮어 주며
늘 그런 추억으로 마음이 아프고,
나를 품어 주던 그 가슴이 이제는 **한 줌 뼛가루**로 삭아
붉은 흙에 자취 없이 뒤섞여 있음을 생각하면
옛날처럼 나는 다시 아버지 곁에 눕고 싶습니다.

그런데 어머님,
ⓑ 오늘은 영하의 한강교를 지나면서 문득
나를 품에 안고 추위를 막아 주던
예닐곱 살 적 그 겨울밤의 아버지가
이승의 물로 화신해 있음을 보았습니다.
품 안에 부드럽고 **여린 물살**은 무사히 흘러
바다로 가라고,
꽝 꽝 **얼어붙은 잔등**으로 혹한을 막으며
하얗게 얼음으로 엎드려 있던 아버지,
아버지, 아버지……

– 이수익, 〈결빙의 아버지〉

026

(가)와 (나)의 공통점으로 가장 적절한 것은?

① 반어적인 표현을 통해 주제 의식을 부각하고 있다.
② 말을 건네는 방식을 사용하여 시상을 전개하고 있다.
③ 수미상관의 형식을 통해 구조적인 안정감을 취하고 있다.
④ 근경에서 원경으로 시선을 이동하여 시상을 전환하고 있다.
⑤ 영탄적 표현을 사용하여 대상에 대한 경외감을 드러내고 있다.

027

〈보기〉를 참고하여 (가)를 이해한 내용으로 적절하지 <u>않은</u> 것은?

――〈보기〉――

　　일정한 서술 전략에 따라 배열된 시간의 흐름 속에서 인물이 겪은 사건이 서술자에 의해 전달되는 특성을 '서사성'이라고 한다. 서사성은 설화나 소설과 같은 서사적 양식에서 주로 나타나는 특성이지만, 시와 같은 서정 갈래에서도 발견되는 경우가 있다. 특히 이용악의 작품은 뛰어난 서사성을 통해 시의 리얼리즘을 획득했다는 평가를 받고 있다. 〈전라도 가시내〉에서도 두 인물이 각각 겪어 온 힘겨운 삶의 이야기를 그중 한 인물이 서술하여 서사성을 확보하고 있다.

① '함경도 사내'인 '나'가 '가시내'의 이야기를 대신 전달해 주는 역할을 하고 있다는 점에서, '나'는 작중 인물이면서 서술자의 역할을 겸하고 있는 것이겠군.

② '북간도 술막'은 두 인물의 만남을 매개하는 장소라는 점에서, 두 인물의 이야기가 펼쳐지는 공간적 배경으로 볼 수 있겠군.

③ '가시내'가 '나'에게 들려준 이야기를 '가난한 이야기'라고 한 것으로 보아, '가시내'가 겪어 온 삶이 힘겨웠음을 짐작할 수 있겠군.

④ '두만강을 건너왔다는 석 달 전'의 이야기가 현재의 이야기보다 나중에 서술되고 있다는 점에서, 시간적 순서가 서술 전략에 따라 재배열되었음을 알 수 있겠군.

⑤ '자욱도 없이 사라질 게다'라고 표현한 것으로 보아, '나'와 '가시내'가 함께 공유하던 갈등이 모두 해소되고 행복한 결말로 이야기가 마무리된다고 볼 수 있겠군.

028

ⓐ와 ⓑ에 대해 이해한 내용으로 적절하지 <u>않은</u> 것은?

① ⓐ는 ⓑ와 달리 고향을 떠나 떠도는 처지를 환기한다.

② ⓐ는 ⓑ와 달리 화자의 결정에 확신을 주는 역할을 한다.

③ ⓑ는 ⓐ와 달리 화자의 일상적인 삶의 모습에 해당한다.

④ ⓑ는 ⓐ와 달리 그리운 대상을 떠올리게 되는 계기로 작용한다.

⑤ ⓐ와 ⓑ는 모두 동일한 계절의 이미지와 결합되어 시적 분위기를 형성한다.

029

(나)를 감상한 내용으로 적절하지 <u>않은</u> 것은?

① '예닐곱 살 적 겨울'은 '추운 밤'과 결합되어 아버지가 화자의 곁에 영원히 존재하기 어려운 이유를 암시한다.

② '외풍'은 어린 시절에 화자가 따뜻함을 느끼던 아버지의 '가슴팍'과 대비되는 대상이다.

③ '여린 물살'은 '벌레'나 '잠든 아이들'의 이미지와 연결되어 보호를 받으며 살아가는 연약한 존재를 의미한다.

④ '이승의 물'은 화자에게 '한 줌 뼛가루'로 사라진 아버지가 환생한 것으로 느껴지는 대상이다.

⑤ '얼어붙은 잔등'은 '나를 품에 안고 추위를 막아 주던' 아버지의 모습을 연상시킴으로써 아버지의 사랑을 환기한다.

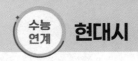

E 문학 (가) 089쪽

[030~033] 다음 글을 읽고 물음에 답하시오.

가 나의 지식이 독한 회의를 구하지 못하고
내 또한 삶의 애증을 다 짐 지지 못하여
병든 나무처럼 **생명**이 부대낄 때
저 머나먼 아라비아 **사막**으로 나는 **가자**

거기는 **한번** 뜬 백일이 **불사신**같이 작열하고
일체가 모래 속에 사멸한 **영겁의** 허적에
오직 알라의 신만이
밤마다 고민하고 방황하는 열사의 끝

그 **열렬한 고독** 가운데
옷자락을 나부끼고 호올로 서면
운명처럼 반드시 '나'와 대면케 될지니
하여 '나'란 나의 생명이란
그 원시의 **본연한 자태**를 **다시** 배우지 못하거든
차라리 나는 어느 사구에 회한 없는 백골을 쪼이리라

– 유치환, 〈생명의 서 · 일장〉

나 을지로에서 노를 젓다가 잠시 멈추다.
㉠ 사라져 가는 것, 떨어져 가는 것, 시들어 가는 것들의 흘
러내림
그것들의 부음(訃音)* 위에 떠서 노질을 하다.
아아, 부질없구나.
㉡ 그물을 던지고 낚시질하여 날것을 익혀 먹는 일
오늘은 갑판 위에 나와 크게 느끼다.
㉢ 오늘 하루 집어등(集魚燈)을 끄고 남몰래 눈물짓다.
손이 부르트도록 날마다 을지로에서 노를 젓고 저음이여
수부(水夫)의 청춘을 다 바쳐 찾고자 하는 것
㉣ 삭풍 아래 떨면서 잠시 청계천 쪽에 정박하다.
헛되고 헛되도다, 무인도여
한 잔의 술잔 속에서도 얼비치는 저 무인도를
㉤ 누구에게도 보이지 않다.
그러나 눈보라 날리는 엄동 속에서도 나의 배는 가야 한다.
눈을 감고서도 선명히 떠오르는 저 별빛을 향하여
나는 노질을 계속해야 한다.

– 김종해, 〈항해 일지 1 – 무인도를 위하여〉

* 부음: 사람이 죽었다는 것을 알리는 말이나 글.

030

(가)와 (나)에 대한 설명으로 가장 적절한 것은?

① (가)는 (나)와 달리 계절의 흐름에 따라 변화하는 정경의 모습
을 보여 주고 있다.
② (나)는 (가)와 달리 대비되는 색채 이미지의 시어를 사용하여
대상의 속성을 나타내고 있다.
③ (가)와 (나)는 모두 음성 상징어를 활용하여 대상의 움직임을
생동감 있게 묘사하고 있다.
④ (가)는 대화체 방식을 통해, (나)는 독백체 방식을 통해 주제
의식을 드러내고 있다.
⑤ (가)는 유사한 통사 구조의 반복을 통해, (나)는 유사한 시구
의 나열을 통해 화자가 처한 상황을 부각하고 있다.

031

(가)의 시어에 대한 이해로 적절하지 <u>않은</u> 것은?

① '저 머나먼'은 '가자'에 담긴 화자의 적극적 태도를 부각한다.
② '영겁의'는 모든 생명체가 소멸한 '사막'의 적막함을 강조한다.
③ '열렬한'은 '사막'에서의 '고독'에 대한 화자의 긍정적 인식을
드러낸다.
④ '하여'는 '생명'의 활기를 되찾은 화자의 만족감을 드러낸다.
⑤ '다시'는 화자가 현재 '본연한 자태'를 상실한 상태임을 나타
낸다.

032

⊙~⑩에 대한 설명으로 가장 적절한 것은?

① ⊙에서 '것들'은 모두 화자에게 삶의 소중함을 일깨우는 존재들이다.

② ⓒ에서 '일'은 화자가 일상의 삶을 벗어나기 위해 노력했던 행위이다.

③ ⓒ에서 '집어등'은 화자로 하여금 삶의 기쁨을 환기하는 역할을 하는 소재이다.

④ ⓔ에서 '청계천'은 화자가 현실의 상황에 대해 허무함을 느끼는 공간이다.

⑤ ⑩에서 '누구'는 위기 상황에 놓인 화자가 의지하고 싶어 하는 인물이다.

033

〈보기〉를 참고하여 (가), (나)를 감상한 내용으로 적절하지 않은 것은?

───〈보기〉───

(가)와 (나)의 화자는 공통적으로 부정적 현실에서 벗어나 새로운 삶을 추구하며 특정한 공간을 떠올리고 있다. (가)의 화자는 '사막'에서 생명력을 회복하기 위해 치열한 성찰을 통해 생명의 참모습을 찾으려 한다. (나)의 화자는 덧없는 현실에서 벗어나 '무인도'로 상징되는 이상을 향해 나아가고자 한다. 이처럼 두 작품의 화자는 삶의 목표를 추구하는 과정이 괴롭고 힘들지만 언젠가는 그 꿈을 이루겠다는 다짐을 하고 있다.

① (가)에서 화자가 '백일'이 '작열하고' 모든 것이 '사멸'하는 곳으로 가겠다고 한 것은, 생명력 회복을 위해 괴롭고 힘든 상황을 기꺼이 감내하겠다는 화자의 생각을 나타낸 것이겠군.

② (가)에서 '열사의 끝'에서 '호올로 서면' 반드시 '나'와 '대면'한다는 것은, 치열한 자기 성찰의 과정을 거치면 생명의 참모습을 발견할 수 있으리라는 화자의 확신을 표현한 것이겠군.

③ (나)에서 '무인도'가 '한 잔의 술잔 속에서도 얼비'친다고 한 것은, 이상을 추구할 것인지 현실에 안주할 것인지 사이에서 갈등하는 화자의 괴로운 심리를 나타낸 것이겠군.

④ (가)에서 '병든 나무처럼 생명이 부대'낀다는 것과, (나)에서 '부음 위에 떠서 노질'하는 것이 '부질없'다는 것은 화자가 현실을 부정적으로 인식하고 있음을 드러낸 것이겠군.

⑤ (가)에서 '사구에 회한 없는 백골을 쪼이리라'는 것과, (나)에서 '엄동 속에서도' '노질을 계속해야 한다'는 것은 삶의 목표를 추구하려는 화자의 강한 의지를 표출한 것이겠군.

[034~037] 다음 글을 읽고 물음에 답하시오.

가 ⊙하늘에서 새 한 마리 깃들이지 않는
내 영혼의 북가시나무를
무슨 무슨 주의(主義)의 엿장수들이 가위질한 지도 오래되었다
이제 내 영혼의 북가시나무엔
ⓒ가지도 없고 잎도 없다
있는 것은 흠집투성이 몸통뿐.

허공은 나의 나라, 거기서는 더 해 입을 것도 의무도 없으니
죽었다 생각하고 사라진 신목(神木)의 향기 맡으며 밤을 보내고

깨어나면 다시 국도변(國道邊)에 서 있는 내 영혼의 북가시나무,
귀 있는 바람은 들었으리라
ⓒ원치 않는 깃발과 플래카드들이
내 앙상한 몸통에 매달려 나부끼는 소리,
그 뒤에 내 영혼이 소리 죽여 울고 있는 소리를.

봄기운에
대장간의 낫이 시퍼런 생기를 띠고
톱니들이 갈수록 뾰족하게 빛이 나니
살벌한 몸통으로 서서 반역하는 내 영혼의 북가시나무여
잎사귀 달린 시(詩)를, 과일을 나눠 주는 시를
언젠가 나는 쓸 수도 있으리라 초록과 금빛의 향기를 뿌리는 시를
하늘에서 새 한 마리 깃들여
지저귀지 않아도

─ 최승호, 〈내 영혼의 북가시나무〉

나 ⓔ해가 졌는데도 어두워지지 않는다
겨울 저물녘 광화문 네거리
맨몸으로 돌아가 있는 가로수들이
일제히 불을 켠다 나뭇가지에
수만 개 꼬마전구들이 들러붙어 있다
불현듯 불꽃나무! 하며 손뼉을 칠 뻔했다

어둠도 이젠 병균 같은 것일까
밤을 끄고 휘황하게 낮을 켜 놓은 권력들
내륙 한가운데에 서 있는
ⓜ해군 장군의 동상도 잠들지 못하고

문 닫은 세종문화회관도 두 눈 뜨고 있다

엽록소를 버린 겨울나무들
한밤중에 **이상한 광합성**을 하고 있다
광화문은 광화문(光化門)
뿌리로 내려가 있던 겨울나무들이
저녁마다 황급히 올라오고
겨울이 교란당하고 있는 것이다
밤에도 잠들지 못하는 사람들
광화문 겨울나무 불꽃나무들

— 이문재, 〈광화문, 겨울, 불꽃, 나무〉

034

(가)와 (나)의 공통점으로 가장 적절한 것은?

① 인격화된 대상을 통해 주제 의식을 형상화하고 있다.
② 어순의 도치를 활용하여 대상을 통해 얻은 깨달음을 강조하고 있다.
③ 영탄적 어조를 통해 긍정적 현실에 대한 화자의 인식을 강조하고 있다.
④ 추측을 나타내는 표현을 사용하여 화자와 대상 간의 교감을 나타내고 있다.
⑤ 처음과 마지막의 시구를 반복·변주하여 화자가 처한 상황을 부각하고 있다.

035

〈보기〉를 바탕으로 (가)를 이해한 내용으로 적절하지 않은 것은?

〈보기〉

〈내 영혼의 북가시나무〉는 이념들이 난립하고 강요되는 현실 속에서 꿋꿋이 견뎌 내며 자신의 신념과 순수를 지키고자 하는 화자의 내면세계를 북가시나무에 투영하여 시상을 전개하고 있다. 화자는 낡은 이념의 문제뿐만 아니라 특정 이념을 맹목적으로 신봉하며 자기 생각과 맞지 않으면 가차 없이 재단하려는 세력으로 인해 황폐한 상황에 처하게 된다. 하지만 화자는 이념의 강요와 그에 따른 폭력이 여전히 지속되는 현실 속에서도 고통의 시간을 감내하며 자신의 황폐해진 영혼에도 새로운 싹이 돋아나 소생할 수 있기를 소망하고 있다. 이러한 소망은 시를 쓰며 자유의 세계로 나아가고자 하는 의지로 구체화되고 있다.

① '엿장수들'의 '가위질'은 북가시나무가 '흠집투성이 몸통'의 상처 입은 상태가 되게 만든 원인으로, 특정 세력에 의해 이념이 강요되는 현실 상황을 보여 주고 있군.
② '허공'은 이념의 강요가 당연시되는 '의무'로부터 시달리지 않아도 되는 자유의 세계로, 화자는 '신목의 향기'로 고통의 시간을 감내하며 이 공간에 대한 지향을 보이고 있군.
③ '국도변'은 화자의 영혼이 '소리를 죽여 울'고 있는 공간으로, 화자가 고통의 소리조차 제대로 낼 수 없는 환경에 있음을 부각하여 이념의 강요에 따른 폭력의 심각성을 나타내고 있군.
④ '생기'를 띤 '대장간의 낫'과 '빛'이 나는 '톱니'는 이념들이 난립하고 강요되는 현실 속에 존재하는 폭력으로, 이에 '반역'하는 화자의 영혼은 '봄기운'을 계기로 순수함의 가치를 자각하는 순간에 이르고 있군.
⑤ '잎사귀'가 달리고 '과일'을 나눠 줄 수 있는 '시'는 영혼의 소생과 자유로운 세계에 대한 소망이 담긴 것으로, 화자는 이념의 허상에 갇혀 있는 현실 속에서도 '시'를 통해 이를 극복할 수 있다는 의지를 드러내고 있군.

036

(나)에 대한 감상으로 적절하지 <u>않은</u> 것은?

① '불꽃나무'는 낙엽이 진 '가로수들'에 '수만 개의 꼬마전구들이 들러붙어 있'는 모습을 나타낸 것으로, 이를 보고 '손뼉을 칠 뻔'한 것은 자연에 가해진 인위적 아름다움에 순간적으로 현혹될 뻔한 상황을 나타낸다.

② '낮을 켜 놓은 권력들'은 '어둠도' '병균'같이 여기고 '밤을 끄'려고 하는 존재들로, 자연적 질서에 따른 휴식과 안식의 시간인 '어둠'과 '밤'을 거부하는 도시 문명의 일면을 드러낸다.

③ '엽록소를 버린 겨울나무들'이 하고 있는 '이상한 광합성'은 햇빛이 아닌 불빛에 의해 이루어지는 것으로 도시 문명에 의해 자연의 질서가 파괴된 부정적 상황을 드러낸다.

④ '뿌리로 내려가 있'어야 할 '겨울나무들'이 '저녁마다 황급히 올라오'는 것은, 도시 문명으로 인해 자연이 비정상적인 상황에 놓이게 되었음을 보여 준다.

⑤ '밤에도 잠들지 못하는 사람들'은 '광화문은 광화문(光化門)'이 된 상황을 인식하고 있는 존재들로, '겨울이 교란당하고 있는' 현실에 대한 화자의 염려와 비판 의식을 대변한다.

037

다음에 제시된 선생님의 안내에 따라 ㉠~㉤을 탐구한 내용으로 적절하지 <u>않은</u> 것은?

〈보기〉

선생님: 시에서 화자는 부정어를 활용해 화자 자신이나 대상이 처한 상황을 효과적으로 드러냅니다. 또한 화자는 부정어를 통해 시적 상황이나 분위기, 상황에 대한 인식 및 정서적 태도를 보여 줌으로써 작품의 주제 의식을 구체화해 나갑니다. 그럼 이러한 특성이 ㉠~㉤에서 어떻게 나타나고 있는지 알아봅시다.

① ㉠에서는 새의 깃듦과 관련하여 부정어를 사용함으로써 화자의 영혼을 둘러싼 부정적 상황을 환기하고 있다.

② ㉡에서는 가지와 잎과 관련하여 부정어를 사용함으로써 대상의 횡포로 황폐화된 화자의 내면을 드러내고 있다.

③ ㉢에서는 깃발과 플래카드와 관련하여 부정어를 사용함으로써 화자가 이것들을 거부하고자 하는 대상으로 인식하고 있음을 보여 주고 있다.

④ ㉣에서는 어둠과 관련하여 부정어를 사용함으로써 해가 진 후에 정상적으로 나타나야 할 자연 현상과 배치되는 상황을 나타내고 있다.

⑤ ㉤에서는 동상과 관련하여 부정어를 사용함으로써 주변과 조화를 이루지 못한 채 고독감을 느끼고 있는 화자의 정서를 부각하고 있다.

E 문학 (가) 080쪽

[038~041] 다음 글을 읽고 물음에 답하시오.

가 내 골방의 커—튼을 걷고
정성된 마음으로 황혼(黃昏)을 맞아들이노니
㉠바다의 흰 갈매기들같이도
인간(人間)은 얼마나 외로운 것이냐

황혼아 네 부드러운 손을 힘껏 내밀라
내 뜨거운 입술을 맘대로 맞추어 보련다
그리고 네 **품 안에 안긴 모든 것**에
나의 **입술을 보내**게 해 다오

저— 십이성좌(十二星座)의 반짝이는 별들에게도
종(鐘)소리 저문 삼림(森林) 속 그윽한 수녀(修女)들에
게도   [A]
시멘트 장판 위 그 많은 수인(囚人)들에게도
의지가지없는 그들의 심장(心腸)이 얼마나 떨고 있는가

고비 사막(沙漠)을 걸어가는 낙타(駱駝) 탄 행상대(行商隊)
에게나
아프리카 녹음(綠陰) 속 활 쏘는 토인(土人)들에게라도
황혼아 네 부드러운 품 안에 안기는 동안이라도
지구(地球)의 반(半)쪽만을 나의 타는 입술에 맡겨 다오

내 오월(五月)의 골방이 아늑도 하니
황혼아 내일(來日)도 또 저— 푸른 커—튼을 걷게 하겠지
암암(暗暗)히 사라지긴 ㉡시냇물 소리 같아서
한번 식어지면 다시는 돌아올 줄 모르나 보다

– 이육사, 〈황혼〉

나 향아 너의 고운 얼굴 조석으로 우물가에 비최이던 오래지
않은 옛날로 가자

수수럭거리는 수수밭 사이 걸찍스런 웃음들 들려 나오
며 호미와 바구니를 든 환한 얼굴 그림처럼 나타나던 석   [B]
양……

㉢구슬처럼 흘러가는 냇물가 맨발을 담그고 늘어앉아 빨래
들을 두드리던 전설 같은 풍속으로 돌아가자

눈동자를 보아라 향아 회올리는 무지갯빛 허울의 눈부심에
넋 빼앗기지 말고
철 따라 푸짐히 두레를 먹던 정자나무 마을로 돌아가자 **미**

끄뎡한 기생충의 생리와 허식에 인이 박히기 전으로 ㉣**눈빛
아침**처럼 빛나던 우리들의 고향 병들지 않은 젊음으로 찾아가
자꾸나

향아 허물어질까 두렵노라 얼굴 생김새 맞지 않는 발돋움의
흉낼랑 그만 내자
㉤들국화처럼 소박한 목숨을 가꾸기 위하여 맨발을 벗고 콩
바심하던 차라리 그 미개지에로 가자 달이 뜨는 명절 밤 비단
치마를 나부끼며 떼 지어 춤추던 전설 같은 풍속으로 돌아가
자 **냇물 굽이치는 싱싱한 마음 밭으로 돌아가자.**

– 신동엽, 〈향아〉

038

(가)와 (나)의 공통점으로 가장 적절한 것은?

① 말을 건네는 방식을 활용하여 화자의 의도를 부각하고 있다.
② 말줄임표를 사용하여 화자의 내면적 고뇌를 보여 주고 있다.
③ 대상의 호명을 반복하여 시적 대상의 속성을 드러내고 있다.
④ 반어적 표현을 활용하여 대상에 대한 화자의 태도를 나타내
고 있다.
⑤ 설의적 표현을 활용하여 상황의 변화에 대한 화자의 기대를
강조하고 있다.

039

[A]와 [B]에 대한 설명으로 가장 적절한 것은?

① [A]와 [B]는 모두 화자가 연민을 느끼고 있는 대상을 열거한 것이다.

② [A]와 [B]는 모두 세계의 순환적 질서에 대한 화자의 인식을 나타낸 것이다.

③ [A]는 화자의 종교적 신념을 형상화한 것이고, [B]는 화자의 자연 친화적 태도를 형상화한 것이다.

④ [A]는 대상으로부터 촉발된 화자의 상상을 구체화한 것이고, [B]는 과거에 대한 화자의 회상을 구체화한 것이다.

⑤ [A]는 현실에 대한 화자의 혐오 의식을 표현한 것이고, [B]는 현실을 개혁하고자 하는 화자의 의지를 표현한 것이다.

040

㉠~㉤을 이해한 내용으로 적절하지 않은 것은?

① ㉠은 근원적 고독을 지닌 인간의 모습을 비유한 것으로, 인간에 대한 화자의 인식을 드러내고 있다.

② ㉡은 '황혼'의 영속적인 속성을 비유한 것으로, 다시 나타날 대상에 대한 화자의 기대감을 드러내고 있다.

③ ㉢은 맑고 깨끗한 '냇물'의 모습을 비유한 것으로, 화자가 되찾고자 하는 세계의 단면을 드러내고 있다.

④ ㉣은 순수하고 밝은 '고향'의 모습을 비유한 것으로, 옛날의 '고향'에 대한 화자의 그리움을 드러내고 있다.

⑤ ㉤은 꾸밈이나 거짓이 없는 수수한 삶을 비유한 것으로, 화자가 긍정적으로 인식하는 삶의 모습을 드러내고 있다.

041

〈보기〉를 바탕으로 (가)와 (나)를 감상한 내용으로 적절하지 않은 것은?

〈보기〉

합일(合一)이란 둘 이상이 합하여 하나를 이룬다는 뜻으로, 인간은 누구나 현실의 불완전함으로 인해 합일을 지향한다. 구체적으로는 인간 안에 존재하는 서로 다른 자아 간의 합일, 인간과 다른 인간과의 합일, 인간과 세계와의 합일, 현실과 이상의 합일 등을 지향한다. (가)는 폐쇄적 공간 속의 화자가 '황혼'을 통해 폐쇄적 공간 밖의 세계를 떠올리고 세계와 합일하고자 하는 소망을 표출하고 있는 작품이고, (나)는 현대 문명 속의 화자가 현대 문명을 거부하고 자연과 인간이 조화를 이루던 과거의 순수한 대상들과 합일하고자 하는 의지를 드러내고 있는 작품이다.

① (가)에서 화자가 '골방의 커—튼을 걷'는 것은, 화자의 내면이 폐쇄적 공간 밖의 세계와 만날 수 있게 되는 계기로 작용한다고 할 수 있겠군.

② (가)에서 화자가 '황혼'의 '품 안에 안긴 모든 것'에 '입술을 보내'겠다고 하는 것은, 세계와의 합일을 소망하는 심정을 나타낸 것이라고 할 수 있겠군.

③ (가)에서 화자가 '지구의 반쪽만을' '맡겨' 달라고 하는 것은, 현실의 불완전함으로 인해 인간과 현실이 하나가 될 수 없다는 자각을 드러낸 것이라고 할 수 있겠군.

④ (나)에서 '미끄덩한 기생충의 생리와 허식에 인이 박'혔다고 하는 것은, 허위적이며 타인에게 해를 끼치는 현대 문명의 부정적 측면을 지적한 것이라고 할 수 있겠군.

⑤ (나)에서 화자가 '냇물 굽이치는 싱싱한 마음 밭으로 돌아가자'고 하는 것은, 자연과 인간이 조화를 이루는 이상과 현실이 합일되기를 바라는 마음을 드러낸 것이라고 할 수 있겠군.

E 문학 (가) 080쪽

[042~045] 다음 글을 읽고 물음에 답하시오.

가 새벽 시내버스는
　　차창에 웬 찬란한 치장을 하고 달린다　　　┐
　　엄동 혹한일수록　　　　　　　　　　　　　[A]
　　선연히 피는 성에꽃　　　　　　　　　　　┘
　　어제 이 버스를 탔던　　　　　　　　　　　┐
　　처녀 총각 아이 어른
　　미용사 외판원 파출부 실업자의
　　입김과 숨결이　　　　　　　　　　　　　　[B]
　　간밤에 은밀히 만나 피워 낸
　　번뜩이는 기막힌 아름다움　　　　　　　　┘
　　나는 무슨 전람회에 온 듯　　　　　　　　┐
　　자리를 옮겨 다니며 보고
　　다시 꽃이파리 하나, 섬세하고도　　　　　[C]
　　차가운 아름다움에 취한다　　　　　　　　┘
　　어느 누구의 막막한 한숨이던가　　　　　┐
　　어떤 더운 가슴이 토해 낸 정열의 숨결이던가
　　일없이 정성스레 입김으로 손가락으로　　[D]
　　성에꽃 한 잎 지우고
　　이마를 대고 본다　　　　　　　　　　　　┘
　　덜컹거리는 창에 어리는 푸석한 얼굴　　　┐
　　오랫동안 함께 길을 걸었으나　　　　　　[E]
　　지금은 면회마저 금지된 친구여.　　　　　┘

　　　　　　　　　　　　　　　　　－ 최두석, 〈성에꽃〉

나

**아베*요 아베요
내 눈이 **티눈**인 걸
아베도 알지러요.
등잔불도 없는 제사상에
축문*이 당한기요.
눌러 눌러
소금에 밥이나마 많이 묵고 가이소.
윤사월 보릿고개
아베도 알지러요.
간고등어 한 손이믄
아베 소원 풀어 드리련만
저승길 배고플라요.
소금에 밥이나마 많이 묵고 묵고 가이소.

여보게 **만술 아비**
니 정성이 엄첩다.*

이승 저승 다 다녀도
인정보다 귀한 것 있을락꼬.
망령(亡靈)도 응감(應感)*하여, 되돌아가는 저승길에
니 정성 느껴느껴 세상에는 **굵은 밤이슬**이 온다.

　　　　　　　　　　　　　　－ 박목월, 〈만술 아비의 축문〉

* 아베: '아버지'의 경상도 방언.
* 축문: 제사 때에 읽어 신명(神明)께 고하는 글.
* 엄첩다: '대견하다'의 경상도 방언.
* 응감: 마음에 응하여 느낌.

042

(가)와 (나)의 공통점으로 가장 적절한 것은?

① 과거와 현재를 대비하여 화자가 처한 현실 상황을 부각하고
　있다.
② 장면의 전환을 통해 긍정적 미래에 대한 기대감을 나타내고
　있다.
③ 계절감이 드러나는 시어를 통해 현실의 부조리함을 암시하고
　있다.
④ 대조적 의미의 시어를 통해 현실과 이상의 거리감을 드러내
　고 있다.
⑤ 의문형 문장을 활용하여 상황에 대한 화자의 정서를 강조하
　고 있다.

043

〈보기〉를 참고할 때, [A]~[E]에 대한 설명으로 적절하지 <u>않은</u> 것은?

─〈보기〉─

〈성에꽃〉은 힘겨운 상황에서도 성실히 살아가는 서민들의 삶에 대한 공감과 애정을 형상화하고 있다. 화자는 버스 창에 핀 성에를 이 버스를 탔던 서민들의 삶의 흔적으로 여기며 그들의 삶을 느끼려 한다. 그리고 서민들을 더욱 힘들게 만드는 현실 상황에 대한 안타까움을 드러낸다.

① [A]: 힘겨운 상황일수록 더욱 아름답게 인식되는 서민들의 삶의 모습을 비유적으로 표현하고 있다.
② [B]: '성에꽃'이 서민들이 남긴 삶의 흔적임을 인식하고서 그들의 삶에 대한 애정을 드러내고 있다.
③ [C]: 서민들의 삶의 모습을 소중하게 여기며 '성에꽃'을 통해 그들의 삶을 이해하려 하고 있다.
④ [D]: 힘겨운 상황에서도 성실히 살아가는 서민들과 달리 무기력했던 자신의 삶을 성찰하고 있다.
⑤ [E]: 서민들의 삶을 더욱 어렵게 만드는 부정적인 시대 상황을 암시적으로 나타내며 그에 대한 안타까움을 드러내고 있다.

044

(나)에 대한 설명으로 적절하지 <u>않은</u> 것은?

① '소금에 밥이나마 많이 묵고 가이소'에는 '아베'에 대한 '나'의 애틋함이 담겨 있다.
② '티눈', '등잔불도 없는 제사상'은 '나'의 불우한 처지를 나타낸 것이다.
③ '저승길 배고플라요'에는 '아베'를 재회하지 못하는 현실에 대한 '나'의 자조가 담겨 있다.
④ '니 정성이 엄첩다'에는 '만술 아비'에 대한 화자의 따뜻한 시선이 담겨 있다.
⑤ '굵은 밤이슬'은 '만술 아비'의 '정성'에 대한 '아베'의 감동을 형상화한 것이다.

045

〈보기〉를 바탕으로 (가)와 (나)를 감상한 내용으로 적절하지 <u>않은</u> 것은?

─〈보기〉─

화자는 시의 표면에 드러나는 현상적 화자와 드러나지 않는 함축적 화자로 구분된다. 현상적 화자는 다시 '시인의 시점을 한 화자', '허구적 주체로서의 화자', '허구적 객체로서의 화자'로 나눌 수 있다. '시인의 시점을 한 화자'는 화자가 자신의 경험과 그로 인한 내면 의식을 독백적으로 표출하는 것으로, 이를 통해 호소력을 획득한다. '허구적 주체로서의 화자'는 어린이나 동식물 같이 시인과 확연하게 구별되는 허구적 화자가 시적 상황이나 자신의 내면을 드러낸다. 이와 달리 '허구적 객체로서의 화자'는 화자가 객관화되어 화자의 행위나 발언이 독자의 관찰의 대상이 되는 것으로, 주로 대화나 구체적 청자에게 말을 건네는 형식을 취함으로써 극적인 성격을 지니는 경우가 많다. 한편, 청자 또한 시의 표면에 드러나느냐 그렇지 않느냐에 따라서 현상적 청자와 함축적 청자로 나누어지며, 한 작품에 둘 이상의 화자나 청자가 등장하기도 한다.

① (가)는 현상적 화자인 '나'가 자신의 경험과 그로 인한 내면 의식을 표출하고 있군.
② (나)는 현상적 화자에 해당하는 1연의 '나'가 2연에서는 현상적 청자로 바뀌고 있군.
③ (나)의 1연은 화자가 청자에게 말을 건네는 형식으로 시상을 전개하여 극적 효과를 강화하고 있군.
④ (가)는 (나)와 달리 '시인의 시점을 한 화자'의 독백을 통해 시적 호소력을 높이고 있군.
⑤ (나)의 2연은 (가)와 달리 '허구적 주체로서의 화자'가 시적 상황과 자신의 내면을 드러내고 있군.

| 2019년 3월 고3 교육청   ⓔ 문학 117쪽

[046~049] 다음 글을 읽고 물음에 답하시오.

[앞부분의 줄거리] 김진옥은 승전 후 귀국하던 도중 풍랑으로 표류했다가 부친을 만나 용궁에 가게 된다. 남해 용왕의 요청에 따라 김진옥은 등곡 용왕을 물리친다. 이때 무양 공주는 김진옥이 자신과의 혼인을 거부했던 것에 앙심을 품고 이선영, 정동한 등과 계교를 짜 김진옥의 아내 유 부인과 아들 애운을 죽이려 한다. 용궁으로 돌아와 환대를 받은 김진옥은 용궁을 떠나려 한다.

용왕 왈,

"이는 수중의 귀한 보배라. 이 비단으로 옷을 지어 입으면 엄동설한이라도 춥지 않을 것이요, 이 진주를 몸에 두면 칠십이 넘도록 녹발(綠髮)이 장춘(長春)이요, 또 죽은 사람의 입에 넣으면 환생하나니, 이는 극한 보배로소이다."

원수가 사양하다가 받으니, 용왕 왈,

"원수는 대국의 신하라. 수부에 들어와 과인의 수부를 보전케 하니, 어찌 천자께 현신을 두신 치하를 아니하리오."

하고, 글월을 닦아 원수께 부치고, 예단을 봉하여 주니, 원수가 사례하고 받으니, 일광노가 왈,

"이제 이별을 당하니 무엇으로 표하리오."

하고, 일광주(日光珠) 한 낱을 주고, 여동빈은 또 한 낱 부채를 주어 왈,

"이 부채를 한 번 부치면 운무가 자욱하고, 비 올 때에 부치면 꽃나무 가지마다 꽃이 만발하나니, 이는 큰 보배라. 그대는 잘 간수하라."

하고, 두목지는 칼 하나를 주며 왈,

"이 칼자루에 불을 켜면 밤이 낮 같고, 몸에 차면 귀신이 범하지 못할지니 가져가소서."

이적선이 또한 금표통(金瓢桶) 하나를 주며 왈,

"이것이 비록 적으나 이 가운데 분로주라 하는 술이 있으니, 천만인이 먹어도 진(盡)치 못하나니 가져가라."

하니, 원수가 받아 가지고 모든 사람이 이별하고 용왕께 하직하고 부친을 모셔 길을 떠나 황성으로 향하여 오더라.

각설, 차시에 무사가 애운을 물속에 넣으려 잡아가더니, 애운이 통곡 왈,

"우리 모친은 어디 계시고 나는 어디로 데려가노. 우리 모친도 야속하시도다."

하며 슬피 통곡하니, 무사가 잔잉히 여기고 불쌍히 여겨 달래어 왈,

"진실로 가련하다. 천자의 명이 급하시니 우리 어찌 거역하리오."

하고, 이끌어 가다가 강수에 던지고 가니, ㉠어찌 가련치 아니하리오. ㉡소소(昭昭)한 창천(蒼天)이 굽어살피실지라.

용왕이 그 강의 용신(龍神)에게 칙지를 내리사 물에 들어온 아이를 살리라 하시니, 용신이 오직 칙지를 받자와 물 밖으로 도로 내치니, 애운이 정신이 아득한 중 물을 무수히 토하고 모친을 부르고 동서로 방황하더라.

(중략)

무사가 달려들어 거상(車上)에 실으려 하니, 난영이 소저를 붙들고 슬피 통곡하여 왈,

"가련하고 애닯을사, 유 부인 같은 요조숙녀 이렇게 참혹히 원사(冤死)할 줄 꿈에나 생각하였으리오. 천지신명과 일월성신과 황천후토(皇天后土) 굽어살피옵소서."

하고, 낭자를 붙들고 방성통곡하며, 남녘을 멀리 바라본들 그림자나 있으리오.

한참 이렇듯 힐난할 제, 선영과 동한 등의 호령이 추상 같아서, '바삐 베라.' 재촉이 성화 같으니, 무사가 달려들어서 수레를 재촉하더라.

각설, 김 원수가 애운을 데리고 만리강에 다다르니, 강변에 한 척의 배도 없거늘, 가장 민망하여 사공을 찾으니, 한 사람이 나와 대답 왈,

"어제 예부에서 관리를 보내 만리강에 있는 배 수천 척을 도사공으로 하여금 계명(鷄鳴) 전에 다 올려 가게 했사오니, 비록 행차가 바쁘셔도 무가내하*로소이다." [가]

원수가 차언을 듣고 앙천 탄식하며 화산을 향하여 배례 왈,

"이 강은 길이가 만 리요, 너비가 삼십 리라. 몸에 날개가 없으니 어찌 건너리꼬. 선생은 진옥의 사정을 급히 살피소서."

하고 무수히 배례하더니, 이때 화산 도사가 천지 산간에서 낭자를 죽이려 하는 거동과, 원수가 강에 이르러 배가 없어 건너지 못하는 양을 보고 대경하여 급히 조화를 부려 일엽소선을 지휘하여 빨리 강변에 닿으니, 원수가 대희하여 그 배를 타고 순식간에 강을 건너 남산을 돌아들어 석교를 지나 정히 종남산을 바라고 말을 짓쳐 들어가며 자세히 살펴보니, 장안 삼거리에 무수한 사람이 삼대같이 모여 있는데, 그 가운데 오색 기치를 세우고 한 수레 위에 한 부인을 달았거늘, 원수가 생각하되,

'이는 반드시 부인이로다.'

하고 금편을 들어 말을 치니, ㉢이 말은 비룡마(飛龍馬)라.

순식간에 살같이 달려 법장(法場)에 다다라 살펴보니, 부인은 기절하였고 무사는 시각을 기다릴 제, 한 대장이 비룡마를 타고 나는 듯이 달려들어 일진(一陣)을 헤치고 수레를 박차며 낭자를 안고 슬피 울거늘, 정동한 등이 대경실색하여 어찌할 줄 모르는지라.

원수가 낭자를 보고 기절하였더니, 이윽고 정신을 진정하여 울며 왈,

"부인아! 부인아! 김진옥이 여기 왔나니, 부인은 정신을 수습하옵소서."

하니, 이때 애운이 곁에 앉아 울며 왈,

"한강수에 빠져 죽었던 애운이 여기 왔나이다. 모친은 진정하
옵시고 부친을 뵈옵서."

하고, 얼굴을 한데 대고 뒹굴며 통곡하니, ㉣ 천지 일월이 무광하
고 산천초목이 다 슬퍼하더라.

㉤ 낭자 어찌 살아나지 못하리오. 원수가 용왕이 주던 진주를
입에 넣으니, 오래지 아니하여 호흡이 통하며 눈을 떠 원수를 보
고, 아무 말도 못하고 애운의 손목을 잡고 느끼거늘, 원수가 그
모자의 경상을 보니 가슴이 미어지는 듯하니 분심이 충천하여 동
한 등을 잡아 급히 죽이려 하되, 일반 대관(大官)을 천자의 명령
없이 자진 처치함이 신자의 도리가 아니라, 십분 잉분(仍憤)하고
오직 부인을 구호하여 집으로 돌아오니라.

– 작자 미상, 〈김진옥전〉

* 무가내하(無可奈何): 달리 어찌할 수 없음.

046

윗글을 읽고 알 수 있는 내용으로 적절하지 <u>않은</u> 것은?

① 김진옥은 장안에 이르기 전 유 부인이 있을 곳을 생각하고 그
곳의 특성을 이용하여 유 부인을 구했다.

② 김진옥은 유 부인을 해치려 한 선영과 동한 등을 응징하려면
천자의 허락을 받아야 한다고 생각했다.

③ 용왕은 김진옥의 공과 관련된 내용을 글로 적어 천자에게 알
리려 하고 있다.

④ 난영은 유 부인이 억울하게 죽을 상황에 처하게 된 것을 알고
있다.

⑤ 애운을 죽이라는 명을 받은 무사는 애운의 처지를 애처롭게
여겼다.

047

[가]의 서사적 기능으로 가장 적절한 것은?

① 주인공이 난관에 처한 상황을 제시하여 긴장감을 높여 주고
있다.

② 주인공의 심정과 조응하는 배경을 묘사하여 주인공의 심리를
암시하고 있다.

③ 상황에 대응하는 주인공의 태도를 나타내어 주인공의 성격을
부각하고 있다.

④ 주인공과 주변 인물 간의 갈등 양상을 나타내어 인물들 간의
관계를 알려 주고 있다.

⑤ 주인공에게 일어난 사건의 발생 원인과 진행 과정을 제시하
여 사건의 결말을 예고하고 있다.

048

〈보기〉를 참고하여 윗글을 감상한 내용으로 적절하지 <u>않은</u> 것은? [3점]

〈보기〉

〈김진옥전〉은 이질적 세계라 할 수 있는 수중계와 지상계
를 넘나들며 서사를 전개하고 있다. 이와 관련하여 두 가지 특
징을 살펴볼 수 있다. 첫째, 수중계와 지상계에서 일어난 사
건들을 번갈아 제시하고 있다. 이 과정에서 수중계의 인물들
이 주인공을 대하는 것과 지상계의 인물들이 주인공의 가족을
대하는 것이 대비되도록 설정하여 서사의 흥미성을 높여 주고
있다. 둘째, 수중계와 지상계가 서로 영향을 주고받는 관계를
맺고 있음을 보여 주는 사건들을 제시하여 두 세계의 연계성
을 강화하고 있다. 이 과정에서 여러 소재를 활용하여 두 세계
의 연계 관계를 나타내고 있다.

① 용왕이 용신으로 하여금 애운을 살리게 한 것은, 수중계의 인
물이 지상계에 영향을 미친 것으로 수중계와 지상계의 연계
성을 강화해 주고 있다고 할 수 있다.

② 김진옥이 '진주'를 활용하여 유 부인을 살리는 것은, 수중계의
신물이 지상계에 영향을 미친 것으로 소재를 통해 두 세계의
연계 관계를 보여 주고 있다고 할 수 있다.

③ 김진옥이 용왕의 수부를 보전하는 데 공을 세운 것은, 지상계
의 인물이 수중계에 영향을 미친 것으로 사건을 통해 두 세
계의 연계 관계를 보여 주고 있다고 할 수 있다.

④ 수중계에서 김진옥이 환송을 받는 사건에 이어 지상계에서
애운이 위기에 처한 사건을 제시한 것은, 애운의 처지를 부각
하여 서사의 흥미성을 높여 주고 있다고 할 수 있다.

⑤ '부채', '칼', '금표통'의 신이한 능력을 제시한 것은, 김진옥이
그것들의 능력으로 수중계와 지상계를 넘나들 수 있음을 나타
내 두 세계의 상호 영향 관계를 보여 주고 있다고 할 수 있다.

049

㉠~㉤에 대해 설명한 내용으로 적절한 것은?

① ㉠과 ㉣ 모두 인물에 대한 서술자의 비판적 의식을 보여 주고
있다.

② ㉡과 ㉤ 모두 독자로 하여금 뒤이어 일어날 사건을 짐작게 하
고 있다.

③ ㉠은 ㉤과 달리 인물의 처지에 관한 서술자의 주관적인 판단
을 드러내고 있다.

④ ㉡은 ㉢과 달리 사건을 이해하는 데 필요한 대상의 특성을 설
명해 주고 있다.

⑤ ㉢은 ㉣과 달리 인물이 처해 있는 상황의 비극성을 강조하고
있다.

Ⓔ 문학 121쪽

[050~053] 다음 글을 읽고 물음에 답하시오.

여러 행차가 지났으나 숙향을 본 체하는 이가 없더니 이윽고 한 덩이 구름이 일어나며 백옥 교자에 한 선녀가 연꽃을 들고 단정히 앉으니라. 이것은 월궁항아의 행차라. 수레 위의 항아가 숙향을 알아보고,

"소아야, 너를 여기서 보니 반갑구나. 인간 고생이 어떠하더냐? 어서 나를 따라 들어가서 요지를 구경하고 가거라."

숙향이 청조(靑鳥)를 앞세우고 항아를 따라 들어가니, 그 집의 형용이 찬란할 뿐만 아니라, 팔진경장과 육각 난 곳에 한 보살이 **젊은 선관**을 뒤에 거느리고 들어와서 옥황상제께 인사를 드리자 상제가 그 선관에게,

"태을아, 어디 가 있었느냐? 반갑다. 그래 인간 생활이 재미있더냐?"

하고 물으셨다. 그 다음에 항아의 인도로 소아를 만나 보신 상제께 항아가 아뢰되,

"이 소아는 이미 죽을 액을 네 번 지냈으니 그만 천상의 죄를 용서하시고, 석가여래에게 수한(壽限)을 점지하시되 칠십을 점지하옵소서."

"칠성(七星)에 명하여 자손을 점지하되 이자 일녀를 점지하라."

상제가 분부코, 이어서 남두성(南斗星)에 명하여 복록을 점지하였더라. 그러자 남두성이 상제께 여쭈되,

"아들은 정승하고, 딸은 왕후가 되게 하나이다."

다음에 상제는 소아에게 반도(蟠桃)* 두 개를 주고 계화(桂花) 한 가지를 주시매, 숙향이 옥쟁반 위에 반도와 계화를 받아 들고 내려와서 태을에게 주자 태을 선관이 땅에 엎드려서 두 손으로 받아 들고 숙향을 눈 주어 보았으므로, 숙향이 당황해서 몸을 두루 가누는 바람에 손에 낀 옥지환에 박은 진주알이 빠져서 떨어지니, 태을이 몸을 굽혀서 그 진주를 주워 손에 쥐었더니, 숙향이 부끄러워서 돌아와서 어쩔 줄 모르는데, 문득 노파가 술을 팔고 집으로 돌아와서,

"숙향 낭자, 무슨 잠을 이토록 자고 있나요?"

그 소리에 숙향이 꿈을 깨었으나 요지의 풍류 소리가 아직도 귀에 쟁쟁히 남아 있느니라.

"숙향 낭자, 꿈에 본 천상의 광경이 어떠하던가요?"

"내가 꾼 **천상의 꿈**을 어떻게 알았어요?"

숙향이 깜짝 놀라서 물으니,

"청조가 낭자를 인도해 갈 적에 나에게 알려 주었기로 이미 알고 있었지요."

숙향이 이상히 여기면서 꿈 이야기를 자세히 아뢰니,

"그런 광경을 보고 그냥 지내면 잊어버리기 쉬우니, 낭자의 재주로 그 찬란한 광경을 ㉠수를 놓아서 기록해 두시오."

(중략)

하루는 동자가 밖에 남성 땅에 사는 사람이 선을 만나자고 청하고 있다고 알리니, 선이 불러들여서 만나자 한즉 그 사람이 절하고 나서,

"소생은 남성 땅에 사는 조적이라 하는 자이온데 한 개의 수놓은 족자를 구해 두었는데, 그 경치에 찬(贊)을 짓고자 하되 뛰어난 문장이 없어서 여의치 못하였나이다. 듣자오니 공자의 문필이 천하에 제일이라 하옵기에 불원천리(不遠千里)하고 찾아왔사오니, 청컨대 한번 수고를 아끼지 마옵소서." [A]

하고, 그 ㉡수를 놓은 그림 족자를 내놓았는데, 선이 받아서 본즉 자기가 꿈에서 본 바로 그 선경이 역력히 그려져 있으므로 놀라서 묻기를,

"이 족자를 어디서 얻었나요?"

"공자는 왜 이 그림을 보자마자 놀라십니까?"

하고 속으로 생각하기를, 그 노파가 혹시 이 집의 족자를 훔쳐다가 자기에게 판 것이 아닌가 의심스러워 말하되,

"허허, 참 이상한 일도 있군요. 실은 내가 일전에 본 것이니, 나를 속이지 말고 바른 대로 말하시오."

"**난양 동촌리**의 이화정에서 술 파는 노파에게 산 족자입니다."

"이것은 천상의 요지도(瑤池圖)이니 우리에게는 소용되나 그대에게는 필요 없을 테니, 다른 수족자와 바꾸어 주거나 중가(重價)를 주겠으니 팔고 가는 것이 어떠하오?" [B]

선의 요구에 응한 조적은 육백 냥에 팔고 갔으므로 선은 자기가 지은 글을 금자로 그림 위에 쓰고 족자로 꾸며서 자기 방에 걸고 주야로 바라보니, 몸은 비록 인간에 있으나 마음은 전부 요지에 있는 듯하니라. 그리고 오직 소아를 찾고자 하는 소원으로 초조하던 중에 하루는 스스로 깨닫고 혼자 중얼거리니라.

"나는 요지에 다녀왔거니와, 이 수를 놓은 사람은 어떻게 인간으로서 천상의 일을 역력히 그렸을까. 필경 비상한 사람이다. 이화정의 노파를 찾아서 수놓은 사람을 알아보리라."

하고, 부모에게는 산수 유람을 떠난다고 말하고, 노파를 찾아서 이화정으로 가니, 이때 마침 숙향이 누상에서 수를 놓고 있자니, 홀연히 청조가 석류꽃을 입에 물고 숙향의 앞에 와서 앉았다가 북쪽으로 갔으므로 숙향이 이 새가 역시 자기를 그리로 인도하는 것이나 아닐까 하고 발을 쳐들고 새 가는 곳을 바라보고 있었는데, 마침 **한 소년**이 청삼(靑衫)을 입고 노새를 타고 자기 집을 향하여 들어오고 있었으니, 숙향이 자세히 보니, 꿈에 요지에서 반도를 받아 갈 제 가락지에서 빠진 진주알을 집어 가던 신선의 얼굴과 같아 마음에 반가우면서도 한편으로는 짐짓 놀라워서 발을 내리고 조용히 앉아있었다.

소년은 바로 그 집으로 와서 주인을 찾는데 가서 보니 북촌의 이위공 댁의 귀공자라. 노파가 공손히 맞아 좌정한 후에,

"공자께서 어떻게 이 누추한 곳을 찾아 주셨습니까? 진실로 감격하오이다."

"유람차 지나다 들렀으니 한잔 술이나 아끼지 마오."

하고 웃더니 다시 말을 이어서,

"요지 그림을 수놓은 것을 할머니가 팔았다 하는데, 어떤 사람이 그 수를 놓았소?"

"그것은 소아라는 소녀가 놓았는데, 왜 물으십니까?"

"그 그림을 산 조적이란 사람에게 듣고 찾아왔소."

"그 소아를 찾아서 무엇을 하시렵니까?"

노파가 계속 캐어묻되,

"소아는 본디 전생의 죄가 중해서 병신이 되어서 귀가 먹고 한 다리 한 팔을 못 쓰는 위인이라 쓸모 없는 여아임에, 천생연분으로 구하는 것부터가 망계(妄計)입니다."

"나는 소아가 아니면 평생 혼인하지 않을 결심이니 어서 만나게 해 주시오."

– 작자 미상, 〈숙향전〉

* 반도: 삼천 년마다 한 번씩 열매가 열린다는 선경에 있는 복숭아.

050

윗글에 대한 이해로 적절하지 않은 것은?

① 숙향은 태을 선관이 자신의 모습을 눈여겨보자 당황하였다.

② 공자는 노파가 족자를 훔쳐다가 판 것이 아닌지 의심하였다.

③ 공자는 족자를 바라보며 요지에서 만난 소아를 그리워하였다.

④ 월궁항아는 숙향을 알아보고 상제를 만날 수 있게 인도하였다.

⑤ 공자는 족자에 수를 놓은 사람을 찾아 인연을 맺기로 결심하였다.

051

[A]와 [B]에 대한 설명으로 적절하지 않은 것은?

① [A]는 상대방을 찾아오게 된 경위에 대한 설명을 제시하고 있다.

② [B]는 상대방이 보여 준 그림에 대해서 알고 있음을 드러내고 있다.

③ [A]는 [B]와 달리 상대방에 대한 세상의 평가를 자신의 행동의 근거로 들고 있다.

④ [B]는 [A]와 달리 의문형 표현을 활용하여 상대방에게 제안을 하고 있다.

⑤ [A]는 자신의 능력이 부족함을, [B]는 상대방이 돈이 필요함을 강조하며 설득을 하고 있다.

052

㉠과 ㉡을 이해한 내용으로 가장 적절한 것은?

① ㉠은 인물의 경험을 기억하기 위한, ㉡은 인물들을 서로 만나게 해 주기 위한 장치로서 기능한다.

② ㉠은 인물의 과거를 보여 주기 위한, ㉡은 인물들의 애정을 확인하게 해 주기 위한 장치로서 기능한다.

③ ㉠은 인물의 고통을 덜어 주기 위한, ㉡은 인물들이 고난을 극복할 수 있게 해 주기 위한 장치로서 기능한다.

④ ㉠은 인물의 재주를 증명하기 위한, ㉡은 인물들이 예사로운 존재가 아님을 보여 주기 위한 장치로서 기능한다.

⑤ ㉠은 인물의 소망을 드러내기 위한, ㉡은 인물들이 과거에 저지른 잘못을 깨닫게 해 주기 위한 장치로서 기능한다.

053

〈보기〉를 참고하여 윗글을 감상한 내용으로 적절하지 않은 것은?

〈보기〉

〈숙향전〉에는 세계를 천상계와 지상계로 구분하는 이원적 세계관이 반영되어 있다. 그러나 주인공이 천상계와 지상계를 드나들면서 두 세계가 시·공간적으로 긴밀하게 연결되어 있다는 점에서 일원적 요소가 공존한다고 볼 수 있다. '이화정'은 이러한 작품의 특징이 잘 드러나는 공간으로, 신성성과 세속성이 공존하는 공간이다. 즉 '이화정'은 천상계와 지상계가 연결되는 공간이라는 점에서 비현실 세계의 속성을 갖지만, 지상에서 두 남녀의 만남이 이루어지는 공간이라는 점에서 현실 세계의 속성을 갖는다.

① 이화정은 '난양 동촌리'에 위치하면서 술을 파는 공간이라는 점에서 세속적인 속성을 갖는 공간으로 볼 수 있겠군.

② 선이 수를 놓은 숙향을 만나기 위해 이화정으로 간다는 점에서 이화정은 비현실 세계의 속성을 갖는다고 할 수 있겠군.

③ 월궁의 선녀였던 숙향이 천상계에서 죄를 짓고 지상계에 태어나 고생을 한다는 점에서 이원적 세계관을 엿볼 수 있겠군.

④ 청조의 인도로 '천상의 꿈'을 통해 요지를 구경하고 왔다는 점에서 숙향은 천상계와 지상계 모두와 관련이 있는 인물로 볼 수 있겠군.

⑤ 숙향이 꿈에서 본 '젊은 선관'과 이화정에서 본 '한 소년'의 얼굴이 같다는 점에서 천상계와 지상계가 긴밀하게 연관되어 있다고 볼 수 있겠군.

● 문학 249쪽

[054~056] 다음 글을 읽고 물음에 답하시오.

승상이 옥퉁소를 던지고 난간에 기대어 밝은 달을 가리키며 말하였다.

"동쪽을 바라보니 **진시황**의 아방궁이 풀 속에 외롭게 서 있고, 서쪽을 바라보니 **한무제**의 무릉이 가을 풀 속에 쓸쓸하며, 북쪽을 바라보니 **당명황**의 화청궁에 빈 달빛뿐이라오. 이 세 임금은 천고의 영웅이어서 사해로 집을 삼고 억조창생으로 신첩을 삼아 해와 달과 별을 돌이켜 천세를 지내고자 하였지만 이제 어디 있는가? 소유는 하동의 한 베옷 입은 선비로 다행히 현명하신 임금을 만나 벼슬이 장상에 이르고 또 여러 낭자와 함께 서로 만나 정이 두텁고 심정이 늙도록 더 긴밀하니, 전생 연분이 아니면 어찌 그러하겠소? 연분이 있어 모이고 연분이 다하면 흩어지기는 천리의 떳떳한 일이오. 우리 한번 돌아가면 높은 누각과 굽은 연못과 노래하던 궁전과 춤추던 정자들이 거친 풀과 쓸쓸한 연기로 적막한 가운데 나무하는 아이와 풀 뜯어 마소 치는 아이들이 손가락질 하여 이르되, '양 승상이 낭자와 함께 놀던 곳이다.' 하리니 어찌 슬프지 아니하겠소. 천하에 세 가지 도가 있으니 유도·선도·불도라오. 유도는 윤리와 기강을 밝히고 사업을 귀하게 여겨 이름을 죽은 후에 전할 따름이요, 선도는 허망하니 족히 구할 것 아닌데, 오직 불도는 내 근래에 **꿈**을 꾸면 항상 부들방석 위에서 참선하는 것이 불가에 반드시 인연이 있는 것 같소. 내 장차 장자방이 적송자를 좇은 것같이 하여 남해를 건너 관음께 뵈고, 의대에 올라 문수보살에 예불하여, **불생불멸의 도**를 얻고자 하나, 다만 그대들과 함께 반평생을 서로 따르다가 장차 멀리 이별하려 하니 자연 비창한 마음이 퉁소 소리에 나타났던 것이오."

여러 낭자도 다 남악 선녀로서 세속의 인연이 장차 다한 가운데 승상의 말씀을 들으니 어찌 감동치 아니하겠는가?

"상공이 번화한 중에 이 마음이 있으니 분명 하늘의 뜻입니다. 첩 등 여덟 사람이 마땅히 아침저녁으로 예불하여 상공을 기다릴 것이니, 상공은 밝은 스승을 얻어 큰 도를 깨달은 후에 첩 등을 가르치십시오."

승상이 크게 기뻐하며 말하였다.

"우리 아홉 사람의 마음이 서로 맞으니 무슨 근심이 있겠소."

여러 낭자가 술을 내어와 작별하려 할 때, 문득 지팡막대 끄는 소리가 난간 밖에서 나 여러 사람이 다 의심하였다. 한참 후에 한 노승이 나타났는데 눈썹은 한 자나 길고 눈은 물결 같아 얼굴과 동정(動靜)이 보통의 중은 아니었다.

대(臺) 위에 올라 승상과 자리를 맞대고 앉아 말하였다.

"산야(山野)의 사람이 대승상께 뵙니다."

승상이 일어나 답례하여 말하였다.

"사부(師父)는 어디에서 오셨습니까?"

노승이 웃으며 말하였다.

"승상은 평생 사귀던 오랜 벗을 모르십니까?"

승상이 한참 보다가 깨닫고 여러 낭자를 돌아보며 말하였다.

"내 토번을 치러갔을 때 꿈에 동정호에 갔다가 남악산에 올라 늙은 화상이 제자를 데리고 강론하는 모습을 보았는데 사부가 바로 그분이십니까?"

노승이 박장대소하며 말하였다.

"옳소! 옳소! 그러나 승상은 꿈속에서 한 번 본 것만 기억하고, 십 년을 같이 산 일은 생각하지 못하십니까?"

승상이 멍한 채로 말하였다.

"십육 세 이전은 부모의 곁을 떠나지 아니하고, 십육 세 후는 벼슬하여 임금을 섬겨 분주하여 겨를이 없었는데, 어느 때 사부를 좇아 십 년을 놀았겠습니까?"

노승이 웃으며 말하였다.

"승상이 오히려 꿈을 깨닫지 못하였소."

승상이 말하였다.

"사부께서 저를 깨닫게 하시겠습니까?"

노승이 말하였다.

"이 어렵지 않다."

하고, 막대기를 들어 난간을 치니, 문득 흰 구름이 일어나 사면에 두루 껴 지척을 분간치 못하였다.

승상이 크게 불러 말하였다.

"사부는 바른 도리로 가르치지 아니하시고 어찌 환술(幻術)로 희롱하십니까?"

말을 마치지 못하여 구름이 걷히며 노승과 두 부인, 육 낭자는 간 데 없었다.

승상이 크게 놀라 자세히 보니 누대 궁궐은 간 데 없고, 몸은 홀로 작은 암자 가운데 앉아 있었다. 손으로 머리를 만지니 새로 깎은 흔적이 송송하고 백팔 염주가 목에 걸려 있으니 다시는 대승상 위의는 없고 불과 연화 도장의 성진 소화상이었다.

다시 생각하되,

'당초 일념 그르침을 사부가 경계하려 하여 인간 세상에 나가 부귀영화와 남녀 정욕을 한번 알게 하신 게구나.'

하고, 즉시 세수한 후, 장삼을 바로 입고 고깔을 뚜렷이 쓰고 방장에 들어가니 모든 제자들이 다 모여 있었다.

육관 대사가 큰 소리로 말하였다.

"성진아, 인간 세상의 재미가 어떠하더냐?"

성진이 머리를 땅에 두드리며 눈물을 흘려 말하였다.

"이제야 깨달았습니다. 성진이 **함부로 굴어 도심이 바르지 못하니** 마땅히 괴로운 세계에 있어 길이 앙화를 받을 것을 사부께서 한 꿈을 불러 일으켜 성진의 마음을 깨닫게 하시니, 사부의 은덕은 천만 년이라도 갚지 못하겠습니다."

대사가 말하였다.

"네 흥을 띠어 갔다가 흥이 다하여 왔으니 내가 무슨 간섭하겠느냐? 또 네가 **세상과 꿈을 다르게 아니**, 네 꿈을 오히려 깨지 못하였구나."

성진이 두 번 절해 사죄하고, 설법하여 꿈 깸을 청하였다.

이때 팔선녀가 들어와 사례하며 말하였다.

"제자 등이 위 부인을 모셔 배운 것이 없기에 **정욕을 금치 못**해 중한 책망을 입었는데, 사부께서 구제하심을 입어 **한 꿈**을 깨 었으니, 원컨대 제자 되어 길이 같기를 바랍니다."

대사가 크게 웃으며 말하였다.

"너희들이 진실로 꿈을 알았으니 다시는 망령된 생각을 하지 말라."

하고, 즉시 대경법을 베풀어 성진과 팔선녀를 가르치니 인간 세 상의 모든 변화는 다 꿈밖의 꿈이요, 한 마음으로 불법에 나아가 니 극락세계의 만만세 무궁한 즐거움이었다.

– 김만중, 〈구운몽〉

054

윗글에 대한 설명으로 가장 적절한 것은?

① 등장인물이 서술자가 되어 사건을 전달하고 있다.
② 인물의 체험을 나열하며 사건에 사실성을 부여하고 있다.
③ 초월적 존재가 등장하여 인물 간의 갈등을 조정하고 있다.
④ 등장인물이 경험한 것을 바탕으로 주제 의식을 드러내고 있다.
⑤ 우의적 소재를 활용하여 문제 해결의 실마리를 제시하고 있다.

055

윗글의 인물에 대한 이해로 적절하지 않은 것은?

① 소유의 처첩들은 소유가 득도를 하기 위해 떠나는 것에 섭섭 함을 느꼈다.
② 소유는 허망하다는 이유로 선도를 구하는 것에 대해 부정적 으로 생각하였다.
③ 소유는 처첩들과의 만남과 헤어짐을 인연과 연관이 있는 것 으로 인식하였다.
④ 성진은 육관 대사가 자신에게 깨우침을 주기 위해 꿈을 꾸게 한 것으로 생각하였다.
⑤ 성진은 속세의 부귀영화와 같은 세속적 욕망은 덧없는 것이 라는 깨달음을 얻었다.

056

〈보기〉를 참고하여 윗글을 감상한 내용으로 적절하지 않은 것은?

> ──〈보기〉──
>
> 이 작품의 주제는 여러 단계의 부정을 통해 구현되고 있다. 불가의 적막함을 회의하고 속세의 부귀공명을 희구하는 것이 첫 번째 부정이고, 속세의 부귀공명을 회의하고 불생불명의 도를 얻고자 불가의 세계를 다시 희구하는 것이 두 번째 부정 이다. 그러나 두 번째 부정은 현실과 꿈이 다르지 않다는 육관 대사의 말로 다시 부정된다.

① 소유가 '진시황', '한무제', '당명황'을 생각하며 허무함을 느끼는 것은, 속세의 부귀공명을 회의하는 두 번째 부정에 해당한다.
② 소유가 자신이 꾼 '꿈'을 언급하며 '불생불명의 도'를 얻고자 하는 것은, 그가 두 번째 부정을 통해 불가의 세계를 희구하 게 되었음을 나타낸다.
③ 성진이 '함부로 굴어 도심이 바르지 못하'다고 한 것은, 불가 의 적막함을 회의하고 속세의 부귀공명을 희구한 일이 옳지 못하다는 인식에서 비롯된 것으로 두 번째 부정에 대한 반성 을 의미한다.
④ 육관 대사가 '세상과 꿈을 다르게 아'는 성진을 책망하는 것 은, 세 번째 부정에서 비롯된 것이다.
⑤ 팔선녀가 '정욕을 금치 못'한 속세의 삶을 살았던 '한 꿈'을 깨 었다고 말한 것은, 그들이 세 번째 부정이 지향하는 깨우침을 얻었다는 것을 의미한다.

📘 문학 146쪽

[057~060] 다음 글을 읽고 물음에 답하시오.

심청이 뱃전에 한 발이 지칫하며 거꾸로 풍덩 빠져 놓으니, 꽃 같은 몸이 풍랑에 휩쓸리고 밝은 달이 물속에 잠기어 너른 바다 속에 곡식 낱이 빠진 것 같았다. 새는 날 기운같이 물결은 잔잔하고 광풍은 삭아지며 안개 자욱하여 가는 구름 머물렀고, 맑은 하늘 푸른 안개 새는 날 동방처럼 날씨 명랑했다. 도사공 하는 말이,

"고사를 지낸 후에 날씨가 순통하니 심 낭자 덕 아니신가?"

좌중이 같은 생각이라 고사를 마치고,

"술 한 잔씩 먹고 담배 한 대씩 먹고 행선함세."

"어, 그리 함세."

'어기야 어기야.' 뱃노래 한 곡조에 삼승 돛을 채어 양쪽에 갈라 달고 남경으로 들어갈 제, 와룡수 여울물에 쏘아 놓은 살대같이, 기러기 다리에 전한 편지 북해상에 기별같이 순식간에 남경으로 다다랐다. 이때 심 낭자는 너른 바다에 몸이 들어 죽은 줄로 알았는데, 무지개 영롱하고 향내가 코를 찌르더니, 맑은 피리 소리 은근히 들리기에 몸을 머물러 주저할 제, 옥황상제 하교하사 사해 용왕과 지부왕에게 일일이 명을 내리셨다.

"내일 출천 효녀 심청이가 그곳에 갈 것이니 몸에 물 한 점 묻지 않게 할 것이며, 만일 모시기를 실수하면 사해용왕은 천벌을 주고 지부왕은 파문을 내릴 것이니, 수정궁으로 모셔 들여 삼 년 받들고 단장하여 세상으로 돌려보내라."

명이 내리니 사해용왕과 지부왕이 모두 다 놀라 어찌 두려워하지 않으리오. 무수한 바다의 장군과 군사들이 모여들 제, 원참군 별주부, 승지 도미, 빈랑 낙지, 감찰왕 잉어며, 수찬 송어와 한림 붕어, 수문장 메기, 청령사령 자가사리, 승지 북어, 삼치 갈치 앙금 방게 수군 백관과 백만 물고기 병사며, 무수한 선녀들은 백옥 가마를 마련하여 그때를 기다리니, 과연 옥 같은 심 낭자가 물로 뛰어들기에 선녀들이 받들어 가마에 올렸다. 심 낭자 정신을 차려 하는 말이,

"속세의 비천한 인간으로 어찌 용궁의 가마를 타오리까?"

하니 여러 선녀들이 여쭙기를,

"제의 분부 지엄하시어 타지 아니하면 우리 용왕이 죄를 면치 못하실 것이니 사양치 마소서."

심 낭자가 그제야 마지못하여 가마 위에 높이 앉으니 팔 선녀가 가마를 메고 여섯 용은 곁에서 모시고, 바다의 장군과 군사들이 좌우로 호위하며 청학 탄 두 동자는 앞길을 인도하여 바닷물에 길 만들고 풍악으로 들어갔다.

(중략)

이때 무릉촌 장 승상 부인이 심 소저의 글을 벽에 걸어 매일 살펴도 빛이 변치 않더니, 하루는 글 족자에 물 흐르고 빛 변하여 검어지니, '심 소저가 이제 물에 빠져 죽었는가?' 하여 한없이 슬피 탄식하고 있는데, 이윽고 물이 걷히고 빛이 도로 황홀해지니

부인이 이상히 여겨, '누가 구하여 살았는가?' 하며 매우 의아하게 생각하면서도, '어찌 그러하기 쉬우리오.' 하였다. 그날 밤에 장 승상 부인이 제물을 갖추어 강가에 나아가, 심 소저를 위하여 혼을 불러 위로하는 제사를 바치려고 시비를 데리고 강가에 다다르니, 밤은 깊어 삼경인데 첩첩이 쌓인 안개 산골짝에 잠겨 있고 첩첩이 이는 안개 강물에 어리었다. 조각배 흘리 저어 중류에 띄워 놓고 배 안에 제사상을 차린 다음 부인이 손수 잔을 부어 흐느끼며 소저를 불러 위로하였다.

"아아 슬프도다, 심 소저야. 죽기를 싫어하고 살기를 즐겨함은 인정에 당연커늘, 일편단심에 양육하신 아버지의 은덕을 죽음으로 갚으려고 잔명을 스스로 끊어, 고운 꽃이 흐려지고 나는 나비 불에 드니 어찌 아니 슬플쏘냐? 한 잔 술로 위로하니 마땅히 소저의 혼이 아니면 없어지지 아니하리니 속히 와서 흠향함을 바라노라."

눈물 뿌려 통곡하니 천지 미물인들 어찌 아니 감동하리. 밝은 달도 구름 속에 숨어 있고 사납게 불던 바람도 고요하고 용왕이 도왔던지 강물도 고요하고 백사장에 놀던 갈매기도 목을 길게 빼어 '꾸루룩' 소리하며, 고기 잡는 어선들은 가던 돛대 머무른다. 뜻밖에 강 가운데서 한 줄기 맑은 기운이 뱃머리에 어렸다가 잠시 뒤에 사라지며 날씨가 화창하니, 부인이 반겨 하며 일어서서 바라보니 가득 부었던 잔이 반이나 줄어들었기로 소저의 영혼을 못내 슬퍼했다.

하루는 광한전 옥진 부인이 오신다 하니 수궁이 뒤눕는 듯, 용왕이 겁을 내어 사방이 분주하였다. 원래 이 부인은 심 봉사의 처 곽씨 부인이 죽어 광한전 옥진 부인이 되었는데, 딸 심 소저가 수중에 왔단 말을 전해 듣고 상제께 말미를 얻어 모녀 상면하려 오는 길이었다. 심 소저는 뉘신 줄을 모르고 멀리 서서 바라볼 따름인데, 무지개 어린 오색 가마를 옥기린에 높이 싣고, 벽도화 단계화를 좌우에 벌여 꽂고, 각궁 시녀들은 곁에서 모시고 청학 백학들은 앞길을 인도하고 봉황은 춤을 추고 앵무는 벌여 섰는데, 보던 바 처음이었다. 이윽고 가마에 내려 섬뜰에 올라서며,

"내 딸 심청아!"

부르는 소리에 어머니인 줄 알고 왈칵 뛰어 나서며,

"어머니 어머니, 나를 낳고 초칠일 안에 죽었으니 지금까지 15년을 얼굴도 모르오니 천지간 깊은 한이 개일 날이 없었습니다. 오늘날 이곳에 와서 어머니를 만날 줄을 알아서 오는 날 아버지 앞에서 말씀을 여쭈었더라면, 날 보내고 설운 마음 위로했을 것을……. 우리 모녀는 만나 좋지마는 외로우신 아버님은 뉘를 보고 반기시겠습니까? 아버지 생각이 새롭군요."

부인이 울며 말하기를,

"나는 죽어 귀히 되어 인간 생각 아득하다. 너의 아버지 너를 키워 의지하였다가 너조차 이별하니 너 오던 날 그 모습이 오죽하랴. 내가 너를 보니 반가운 마음이야 너의 아버지 너를 잃은 설움에다 비길쏘냐? 너의 아버지 가난에 절어 그 모습이 어

떠하며 아마도 많이 늙었겠구나. 그간 수십 년에 재혼이나 하였으며, 뒷마을 귀덕어미 네게 극진하지 않더냐."

얼굴도 대어 보고 손발도 만져 보며,

"귀와 목이 희니 너의 아버지 같기도 하다. 손과 발이 고운 것은 어찌 아니 내 딸이랴. 내 끼던 옥지환도 네가 지금 가졌으며, 수복강녕* 태평안락 양편에 새긴 돈 붉은 주머니 청홍당사* 벌매듭도, 애고, 네가 찼구나. 아버지 이별하고 어미를 다시 보니 두 가지 다 온전하기 어려운 건 인간 고락이라. 그러나 오늘 나를 다시 이별하고 너의 아버지를 다시 만날 줄을 네가 어찌 알겠느냐. 광한전 맡은 일 분주해서 오래 비워 두기 어렵기로 다시 이별하니 애통하고 딱하다만, 내 맘대로 못 하니 한탄한들 어이할쏘냐? 후에라도 다시 만나 즐길 날이 있으리라."

하고 일어서니 소저 만류하지 못하고 따를 길이 없어 울며 하직하고 수정궁에 머물렀다.

– 작자 미상, 〈심청전〉

* 수복강녕: 오래 살고 복을 누리며 건강하고 평안함.
* 청홍당사: 청색과 홍색의 명주실.

057

윗글에 대한 설명으로 가장 적절한 것은?

① 사건에 대한 서술자의 주관적인 논평이 제시되어 있다.
② 인물의 외양을 치밀하게 묘사하여 성격을 드러내고 있다.
③ 주인공의 영웅적 행위를 통해 사건의 긴장감을 높이고 있다.
④ 사실적인 사건을 바탕으로 하여 작품의 현실성을 강화하고 있다.
⑤ 대립적인 인물의 갈등이 공간이 바뀜에 따라 점차 심화되고 있다.

058

윗글의 인물에 대한 이해로 적절하지 않은 것은?

① 사해용왕은 물에 빠진 심청을 극진히 맞아들였다.
② 옥황상제는 심청에게 일어날 일을 알고 대비하였다.
③ 심청은 물에 빠진 직후에는 자신이 죽었다고 생각하였다.
④ 심청은 옥진 부인을 보자마자 자신의 어머니임을 알아챘다.
⑤ 옥진 부인은 다시 만날 날을 기약하면서 심청과 이별하였다.

059

윗글의 사건을 〈보기〉와 같이 정리할 때, 이에 대한 설명으로 적절하지 않은 것은?

─〈보기〉─

㉮ 도사공이 고사를 지냄 → ㉯ 심청이 물에 빠짐 → ㉰ 장 승상 부인이 강가에 감 → ㉱ 옥진 부인이 수궁에 옴

① ㉮ 이후 뱃사람들은 날씨가 좋아진 것이 심청의 덕분이라고 생각하고 있다.

② ㉯와 관련하여 사해용왕은 심청을 맞을 채비를 하고 있었다.

③ ㉰에서 장 승상 부인은 잔에 있던 술이 없어진 것은 심청의 영혼이 다녀갔기 때문이라고 받아들이고 있다.

④ ㉱는 ㉯의 소식을 듣고 난 옥진 부인의 자발적 의지로 이루어진 행위라고 할 수 있다.

⑤ ㉱를 통해 심청은 자신이 ㉰로 갈 수 있음을 알고 마음의 준비를 하고 있다.

060

〈보기〉를 참고하여 윗글을 감상한 내용으로 적절하지 않은 것은?

─〈보기〉─

〈심청전〉에서 인간의 삶은 병렬적으로 구성되어 있는 여러 세계, 즉 '천상계·수궁계·인간계'에서 이루어진다. 이 세계들은 단절된 것이 아니라 위계질서에 따라 연결되어 있다. 그런데 이 작품은 한 개인의 창작이 아니라 다양한 사람들에 의해 형성된 적층 문학의 성격을 띠고 있기 때문에 여기에는 당대 사람들의 인식이 복합적으로 담겨 있다고 할 수 있다.

① 옥진 부인이 심청을 찾아온 것으로 보아, 당대 사람들은 인간계의 인연이 천상계로 계속 이어진다고 생각하고 있었군.

② 옥황상제가 사해용왕에게 심청이 갈 것임을 말하는 것으로 보아, 당대 사람들은 인간계에서 벌어진 일을 천상계에서도 안다고 생각하고 있었군.

③ 수궁계에 인간계와 같은 다양한 벼슬이 있는 것으로 보아, 당대 사람들은 수궁계도 인간계와 유사한 조직으로 이루어져 있다고 생각하고 있었군.

④ 심청이 자신은 속세의 사람이기 때문에 용궁의 가마를 탈 수 없다고 말하는 것으로 보아, 당대 사람들은 수궁계가 인간계보다 위라고 생각하고 있었군.

⑤ 장 승상 부인이 술을 부으며 심청의 혼을 위로하는 말을 하는 것으로 보아, 당대 사람들은 물에 빠져 죽은 인간의 영혼이 수궁계로 간다고 생각하고 있었군.

ⓔ 문학 312쪽

[061~064] 다음 글을 읽고 물음에 답하시오.

[앞부분의 줄거리] 어느 날 호랑이가 저녁거리를 찾자, 주변의 창귀*들이 차례대로 먹을 것을 권한다.

육혼이 말하였다.

"숲속에 어떤 고기가 있는데, 인자한 염통과 의로운 쓸개를 지녔습니다. 충성스러운 마음을 간직하고 순결한 지조를 품었으며, 머리에는 악(樂)을 이고 발에는 예(禮)를 신었습니다. 입으로는 백가(白家)의 말을 읊고 마음으로는 만물의 이치를 통달했으니, 그의 이름을 석덕지유(碩德之儒)*라고 합니다. 등살이 넉넉하고 몸집이 기름져서, 오미(五味)를 갖추었습니다."

호랑이가 눈썹을 치켜세우고 침을 흘리다가, 하늘을 쳐다보고 크게 웃으며 말하였다.

"짐이 더 듣고 싶으니 어떠한가?"

창귀들이 다투어 호랑이에게 추천하였다.

"일음(一陰) 일양(一陽)을 도(道)라고 하는데, 그 선비가 이를 꿰뚫었습니다. 오행(五行)이 서로 생기고 육기(六氣)가 서로 베푸는데, 그 선비가 이를 이끌어 주니 먹는 것 가운데 이것보다 더 맛있는 것은 없을 것입니다." [A]

호랑이가 문득 걱정스럽게 얼굴빛이 변하여 즐겁지 않은 듯이 말하였다.

"음양이라는 것은 한 기운이 변화하는 것인데, 그들이 둘로 나뉘었으니 그 고기가 잡되겠지. 오행도 제자리가 있어서 처음부터 서로 생기는 것이 아니었는데, 이제 그들을 구태여 자(子), 모(母)로 갈라서 짜고 신맛으로 갈랐으니, 그 맛이 순수하지 못할 거야. 육기(六氣)도 각기 행하는 것이니 남이 이끌어 주기를 기다릴 것도 없는 법이지, 이제 그들이 망령되게 재와 상이라고 일컬으며 사사롭게 자기 공을 내세우는구나. 그런 고기를 먹는다면 딱딱해서 체하거나 토하지 않겠는가?"

정(鄭) 땅의 어느 고을에 **벼슬을 좋아하지 않는 척하는 선비**가 살고 있었으니, 북곽 선생이라고 불렸다. 나이 마흔에 손수 교정한 책이 만 권이요, 구경(九經)의 뜻을 부연해서 다시 지은 책이 일만 오천 권이나 되었다. 천자가 그의 의로움을 아름답게 여기고, 제후들이 그의 이름을 사모하였다.

그 고을 동쪽에는 미색에 일찍이 과부가 된 여인이 살았는데, 동리자라고 하였다. 천자가 그 절개를 기쁘게 여기고, 제후들도 그 어진 마음을 흠모하였다. 그래서 그 고을 사방 몇 리의 땅을 봉하여, 동리과부지려(東里寡婦之閭)라고 하였다. 동리자는 이렇게 수절 잘하는 과부였다. 그러나 아들 다섯이 있었는데 그 **성이 모두 달랐다.**

어느 날 밤 다섯 아들이 서로 이르기를,

"강북에는 닭 울음소리 강남에는 별이 반짝이네. ㉠방 안에서 소리가 나니 어찌 그리도 북곽 선생과 닮았는가?"

라 하고, 형제 다섯이 번갈아 문틈을 들여다보았다. 동리자가 북곽 선생에게 청하기를,

"오랫동안 선생의 덕을 연모하였습니다. **오늘 밤에는 선생님께서 글 읽으시는 소리를 듣고 싶습니다.**" 라고 하였다.

㉡북곽 선생이 옷깃을 가다듬고 단정히 꿇어앉아 시를 읊었다.

병풍에는 원앙새가 있고, / 반딧불은 반짝이네.
가마솥과 세발솥은 / 무얼 본떠 만들었나. / 흥겨워라.

다섯 아들이 서로 말하기를,

"〈예기〉에 이르기를 '과부의 문 안에는 들어가지 말라.'라고 하였는데, ㉢북곽 선생은 어진 선비라 이런 짓을 안할 거야."

"내가 들으니, '이 고을 성문이 헐어서 여우가 구멍을 냈다.'고 하더군."

"내가 들으니, '여우가 천 년을 묵으면 조화를 부려 사람 흉내를 낸다.'고 하던데, 이 **여우란 놈이 북곽 선생으로 변**한 걸 거야."

하고 그들은 서로 함께 의논하였다.

"내가 듣기에 여우의 갓을 얻은 자는 천금의 부자가 되고, 여우의 신발을 얻은 자는 대낮에 그림자를 감출 수 있으며, 여우의 꼬리를 얻은 자는 남에게 아첨을 잘하여 사람들에게 즐거움을 준다.'고 하니 어찌 저 여우를 죽여서 나눠 갖지 않겠는가?"

이에 ㉣다섯 아이들이 함께 어머니의 방을 포위하고 들이닥쳤다. 북곽 선생이 크게 놀라서 달아났는데, 남들이 혹시라도 자기를 알아볼까 봐 한쪽 다리를 비틀어 목덜미에 올리고, 귀신처럼 춤추며 귀신 웃음소리를 내며 문밖을 나가 뛰어가다가 들판의 구덩이에 빠졌다. 구덩이 속은 똥이 가득 차 있었다. 그는 **허우적거리**며 간신히 기어 올라와 머리를 내밀고 바라보니, 호랑이 한 마리가 길을 가로막고 있었다.

㉤호랑이가 이마를 찡그리며 구역질하다가, 코를 막고 머리를 왼쪽으로 돌리며 말하였다.

"선비라는 놈이 더럽구나."

(중략)

호랑이가 꾸짖으며 말하기를,

"앞으로 가까이 오지 말라! 지난번에 내가 들으니 '유(儒)*는 유(諛)다*' 하더니 과연 그렇구나. 네가 평소에 세상의 나쁜 이름을 모두 모아서 망령되게도 내게 씌우더니, 이제 다급해지니 면전에서 아첨하는구나. 장차 누가 너의 말 [B] 을 믿겠느냐? 무릇 천하의 이치는 한 가지니, 호랑이의 성품이 악하다면 사람의 성품 또한 악한 것이요, 사람의 성품이 선하다면 호랑이의 성품도 또한 선한 것이다. 너희들

의 천만 가지 말이 모두 오상(五常)*을 떠나지 않고, 경계하여 권면하는 것이 모두 사강(四綱)*에 있긴 하지만, 서울이나 지방의 고을에서 코 베이고 발 잘리며, 얼굴에 문신을 새긴 채 돌아다니는 자들이 모두 오륜을 순종치 않은 사람들이구나. 그럼에도 불구하고 밧줄이며 먹바늘이며 도끼며 톱 따위의 형벌 도구들을 날마다 공급할 겨를이 없으니, 그 나쁜 짓을 멈출 방법이 없구나. 그러나 호랑이에게는 예로부터 이러한 형구가 없으니, 이로써 본다면 호랑이의 성품이 어찌 사람보다 어질지 않겠는가?

– 박지원, 〈호질〉

* 창귀: 먹을 것이 있는 곳으로 범을 인도한다는 나쁜 귀신.
* 석덕지유: 높은 덕망을 지닌 유학자.
* 유(儒): 선비.
* 유(諛): 아첨함.
* 오상: 인(仁), 의(義), 예(禮), 지(智), 신(信)의 다섯 가지 덕. 오교(五教)나 오륜(五輪)을 가리키기도 함.
* 사강: 사람을 규제하는 네 가지 도덕인 예(禮), 의(義), 염(廉), 치(恥)

061

[A]에 대한 설명으로 가장 적절한 것은?

① 논의 대상에 대한 상반된 관점이 서술자에 의해 제시된다.
② 육혼이 추천한 대상에 대한 호랑이의 태도 변화가 나타난다.
③ 실리를 얻고자 하면서도 명분을 중시하는 호랑이의 입장이 나타난다.
④ 논의를 빨리 마무리하고자 하는 창귀들의 다급한 마음이 드러난다.
⑤ 최종 결론을 내리지 못하고 갈등하는 호랑이의 이중적 심리가 묘사된다.

062

㉠~㉤에 대한 이해로 적절한 것은?

① ㉠: '다섯 아들'은 '북곽 선생'이 방에 있는 이유를 궁금해하고 있다.
② ㉡: '북곽 선생'은 '동리자'의 요구에 대한 거절의 의사를 밝히고 있다.
③ ㉢: '다섯 아들'은 '북곽 선생'의 행동을 비아냥거리며 조롱하고 있다.
④ ㉣: '다섯 아들'은 재물과 신비한 능력을 얻겠다는 탐욕을 드러내고 있다.
⑤ ㉤: '호랑이'는 자신이 기대했던 것과는 다른 '선비'의 모습에 실망하고 있다.

063

〈보기〉를 참고하여 윗글을 감상한 내용으로 적절하지 <u>않은</u> 것은?

─〈보기〉─

〈호질〉은 양반 계급의 부패한 도덕관념을 풍자·비판한 작품으로, 도덕과 인격이 높다고 소문난 인물이 결국 '여우' 같은 존재이며, 세상에서 가장 더러운 인간임을 풍자하고 있다. 또한 높은 정절로 인해 우러름을 받는 인물의 이중적 행동을 통해 그 인물이 알려진 것과는 다른 존재로, 겉모습이나 세상의 평판만으로 사람을 평가할 수 없음을 통렬히 풍자한다.

① '벼슬을 좋아하지 않는 척하는 선비'는 세상의 평판과 달리 무능력한 '북곽 선생'의 모습으로, 부패한 양반 계급을 표상한다고 볼 수 있다.

② 슬하의 다섯 아들이 '성이 모두 달랐다'는 것은 '동리자'가 세상에 알려진 것과는 다른 존재임을 드러내는 풍자적 표현으로 볼 수 있다.

③ '오늘밤에는 선생님께서 글 읽으시는 소리를 듣고 싶습니다.'는 유혹의 의도가 담긴 말로, 인물의 이중성을 드러낸다고 볼 수 있다.

④ '여우란 놈이 북곽 선생으로 변'했다는 것은 도덕과 인격이 높다고 소문난 '북곽 선생'이 결국 '여우' 같은 존재임을 암시하는 말이라고 볼 수 있다.

⑤ 똥이 가득 찬 구덩이에서 '허우적거리'는 것은 '북곽 선생'이 세상에서 가장 더러운 인간임을 보여 주기 위한 의도의 설정으로 볼 수 있다.

064

〈보기〉는 작가의 <u>다른</u> 작품의 일부이다. [B]와 〈보기〉를 비교하여 이해한 내용으로 적절하지 <u>않은</u> 것은?

─〈보기〉─

그래서 문서를 다시 작성했다.

"하늘이 민(民)을 낳을 때 민을 넷으로 구분했다. 사민(四民) 가운데 가장 높은 것이 사(士)이니 이것이 곧 양반이다. 양반의 이익은 막대하니 농사도 안 짓고 장사도 않고 약간 문사(文史)를 섭렵해 가지고 크게는 문과(文科) 급제요, 작게는 진사(進士)가 되는 것이다. 문과의 홍패(紅牌)는 길이 2자 남짓한 것이지만 백물이 구비되어 있어 그야말로 돈 자루인 것이다. 진사가 나이 서른에 처음 관직에 나가더라도 오히려 이름 있는 음관(蔭官)이 되고, 잘되면 남행(南行)으로 큰 고을을 맡게 되어, 귀밑이 일산(日傘)의 바람에 희어지고, 배가 요령 소리에 커지며, 방에는 기생이 귀고리로 치장하고, 뜰에 곡식으로 학(鶴)을 기른다. 궁한 양반이 시골에 묻혀 있어도 무단(武斷)을 하여 이웃의 소를 끌어다 먼저 자기 땅을 갈고 마을의 일꾼을 잡아다 자기 논의 김을 맨들 누가 감히 나를 괄시하랴. 너희들 코에 잿물을 들이붓고 머리 끄덩을 회회 돌리고 수염을 낚아채더라도 누구 감히 원망하지 못할 것이다."

부자는 증서를 중지시키고 혀를 내두르며,

"그만두시오, 그만두어. 맹랑허구면. 나를 장차 도둑놈을 만들 작정인가."

─ 박지원, 〈양반전〉

① [B]는 호랑이의 말을 통해, 〈보기〉는 부자의 말을 통해 작가 의식을 드러내고 있다.

② [B]에서는 인간의 악행을 직설적 말하기를 통해, 〈보기〉에서는 양반의 횡포를 문서라는 소재를 활용하여 제시하고 있다.

③ [B]에서는 천하의 이치가 하나임을 들어, 〈보기〉에서는 하늘이 민(民)을 구분하였음을 바탕으로 내용을 전개하고 있다.

④ [B]에서는 호랑이와 인간을, 〈보기〉에서는 관직에 오른 양반과 시골의 궁한 양반을 대비하여 양반 사회의 부패상을 강조하고 있다.

⑤ [B]에서는 형벌 도구를 열거하며 그럼에도 불구하고 악행을 그치지 않는 인간의 모습을 제시하여, 〈보기〉에서는 양반의 특권을 열거하여 대상의 부정적인 면을 부각하고 있다.

| 2021년 7월 교육청   Ⓔ 문학 175쪽

[065~068] 다음 글을 읽고 물음에 답하시오.

편집국 안에 들어섰을 때, 그가 두려워하고 있던 예측이 이젠 어쩔 수 없게 된 것을 최초로 그에게 느끼게 해 준 것은 국내(局內)에서 심부름하는 계집애의 표정에서였다. 여느 때 그 계집애는 만화가를 만화 속의 인물과 똑같이 생각하고 있는 탓인지 그를 보기만 하면 웃음을 참지 못하고 고개를 돌리며 휭 가버리곤 하는 것이었는데, 그날은 제법 나붓이 '안녕하세요'를 하고 나서 미소를 띤 채 그의 얼굴을 똑바로 올려다보는 것이었다.

그것이 극히 잠깐 동안이었지만 신경을 곤두세우고 있던 그에게 모든 걸 알 수 있게 해주었다. 계집애가 자기를 올려다보던 맑은 눈 속을 살짝 스치고 가던 게 어쩌면 연민이 아니었을까 하고 생각하자 분노보다도 오히려 전신에서 맥이 빠져나가는 것을 그는 느끼면서 굳어진 얼굴로 문화부를 향하여 갔다.

자기들의 데스크 앞에 앉아 있던 몇 명의 기자들이 여느 때와 달리 유별나게 반갑게 인사할 때는 그는 이미 알고 있다는 듯이 자기도 덩달아서 지금 작별을 하듯이 정중하게 인사를 하고 있었다. 그리고 나서 잠시 동안 그는 자기가 어떻게 처신해야 될지 알 수 없었다. 흐르던 시간이 갑자기 끊어지면서 공백이 생기는구나 하는 생각이 알 수 없는 부끄러움과 함께 그를 엄습했다. 그러고 있는 그를 문화부장이 구해줬다.

㉠"오늘치 만화 좀……"

하면서 문화부장은 손을 내밀었던 것이었다. 그는 당황해졌다. 그가 짐작하고 있던 사태 속에서는 문화부장의 지금 얘기는 불필요한 게 아닌가. 그는 옆구리에 끼고 있던 서류봉투를 살그머니 좀더 힘을 주어 끼면서 땀이 송글송글 맺히고 빨개진 얼굴을 손바닥으로 닦으며 말했다.

㉡"그려 오지 않았는데요."

말하고 나서 그는 금방 후회했다. 어쩌면 자기의 짐작이란 게 얼토당토않은 게 아닐까…… 자기의 신경과민으로 자기는 지금 큰 실수를 저지르고 있는 건 아닌지…… 그러나 문화부장의 다음 말은 그의 그러한 희망에 찬 기대를 산산이 부숴버렸다.

㉢"그럼 알고 계셨군요."

문화부장은 자리에서 일어서면서 그에게 말했다.

"차나 한잔 하러 가실까요?"

할 얘기가 있다는 암시를 그에게 주면서 문화부장은 그의 앞장을 서서 걸어가기 시작했다.

"아주 섭섭하게 됐습니다. 퍽 오랫동안 함께 일해 왔는데……"

다방에 들어가서 자리에 앉자 문화부장은 그에게 말했다.

"저는 이형(李兄)을 두둔했습니다만…… 국장님도 이형의 만화에는 항상 칭찬을 하셨댔는데…… 그…… 독자들이 자꾸 투서를……"

"아니 사실 재미가 없었지요. 제 자신이 잘 알고 있었습니다만."

그는 문화부장이 우물쭈물하고 있는 게 미안해서 얼른 말을 받았다.

"아니지요. 독자들이 이형의 유머를 이해할 수 없었던 것뿐이지요."

[중략 부분의 줄거리] 신문사에서 해고당한 그는 다른 신문사의 문화부장을 찾아가 차 한잔 마시자고 권하며 만화 연재를 부탁한다. 그러나 문화부장은 신문사에 돈을 쓰지 않는 사장을 핑계로 부탁을 거절하고 찻값을 먼저 계산한다. 그는 만화가인 김 선생을 만나 술을 마시며 자신에게 해고를 통보한 문화부장에 대해 이야기한다.

"ⓐ 문화부장이 차나 한잔 하자고 하더군요."

그는 속으로는, 자기가 만화 연재를 부탁하러 갔던 ⓑ 문화부장을 생각하면서 말하고 있었다.

"다방에 가서 그 양반이 그러더군요. 사람 웃기는 방법의 몇 가지 패턴을 안다고 곧 만화가가 되는 것이 아니다. 바로 그 양반이 그랬어요. 두꺼비 같은 눈알을 부라리면서 말입니다."

찻값을 앞질러 내버리던 그 키가 작달막한 문화부장. 날 무척 무안하게 해줬었지.

"그러면서 말입니다. 너는 미역국이다, 이거죠."

자기네 사장이 얼른 뒈져달라는 기도를 하라던 그 사람. 난 참 면목이 없어서 혼났지.

"차나 한잔. 그것은 일종의 추파다. 아시겠습니까, 김 선생님?" 그는 혀가 잘 돌아가지 않았다. "그것은 내가 그 속에서 성실을 다했던 하나의 우연이 끝나고……"

그는 술을 한모금 꿀꺽 마셨다.

"새로운 우연이 다가온다는 징조. 헤헤, 이건 낙관적이죠, 김 선생님?" 그는 김 선생이 방금 비워낸 술잔에 취해서 떨리는 손으로 술을 따랐다. "차나 한잔. 그것은 이 회색빛 도시의 따뜻한 비극이다. 아시겠습니까? 김 선생님, 해고시키면서 차라도 한잔 나누는 이 인정. 동양적인 특히 한국적인 미담…… 말입니다."

㉣"그, 어린이 신문에 그리고 있는 거라도 열심히 하고 있게. 기다리면 또 뭐가 생길 테지."

김 선생이 술잔을 들면서 말했다.

"자, 드세."

그는 자기의 술잔을 잡으려고 했다. 잘못해서 술잔이 넘어져

[A]

버렸다. 그는 손가락 끝에 엎질러진 술을 찍어서 술상 위에 '아톰 X군'의 얼굴을 그리기 시작했다.

"ⓜ자, '아톰X군', 차나 한잔 하실까? 군과도 이별이다. 참 어디서 헤어지게 됐더라." 그는 그림을 그리고 있지 않는 다른 손으로 자기의 이마를 한번 찰싹 때렸다. 골치가 쑤셨기 때문이다. "오, 화성인들의 계략에 빠져서 군이 포로가 되어⋯⋯ 바야흐로 생명이 위험해져 있는 데서 '다음 호에 계속'이었군⋯⋯ 미안하다. '아톰X군'⋯⋯ 사람들은 항상 그런 걸 요구하거든. 아슬아슬한 데서 '다음 호에 계속'."

그는 다 그려진 '아톰X군'의 얼굴을 다시 손가락 끝에 술을 찍어서, 지우기 시작했다. "미안하다, '아톰X군'. 어떻게 군의 힘으로 적진을 뚫고 나오기 부탁한다. 이제 난⋯⋯ 힘이 없단 말야. 나와 헤어지더라도⋯⋯ 여보게, 우주의 광대하고." 그러면서 그는 양쪽 팔을 넓게 벌렸다. "어두운 공간 속에서 영원한 소년으로 살아있게."

– 김승옥, 〈차나 한잔〉

065

[A]에 대한 설명으로 가장 적절한 것은?

① 빈번하게 장면을 전환하여 긴박한 분위기를 조성하고 있다.
② 과거의 장면을 삽입하여 갈등 해소의 실마리를 제시하고 있다.
③ 인물의 말과 내적 독백을 교차하여 인물의 심리를 드러내고 있다.
④ 대화를 통해 상황에 대한 인물 간의 시각 차이를 드러내고 있다.
⑤ 동시에 일어난 두 사건을 병치하여 인물 간의 갈등을 부각하고 있다.

066

㉠~ⓜ에 대한 설명으로 적절하지 않은 것은?

① ㉠: '그'의 만화를 형식적으로 요구하고 있다.
② ㉡: 자신의 해고를 짐작하며 '문화부장'에게 말하고 있다.
③ ㉢: '그'가 만화를 그려 오지 않을 것을 이미 알고 있었음을 드러내고 있다.
④ ㉣: 기다리면 새로운 일거리가 생길 것이라며 해고당한 '그'를 위로하고 있다.
⑤ ⓜ: '아톰X군'을 더 이상 그리지 않으려는 마음을 드러내고 있다.

067

ⓐ와 ⓑ에 대한 이해로 가장 적절한 것은?

① ⓐ는 해고 상황을 국장의 탓으로 돌려 책임을 회피한다.
② ⓑ는 만화가의 자질에 대해 말하며 '그'의 행동 변화를 유도한다.
③ ⓑ는 ⓐ와 달리 '그'에게 먼저 차를 마시자고 권한다.
④ ⓐ와 ⓑ는 모두 '그'의 능력을 인정하지만 '그'의 제안은 거절한다.
⑤ ⓐ와의 만남과 ⓑ와의 만남은 모두 '그'에게 부정적 감정을 유발한다.

068

〈보기〉를 참고하여 윗글을 감상한 내용으로 적절하지 않은 것은? [3점]

〈보기〉

이 작품은 만화가가 겪는 하루의 사건을 통해 1960년대를 살아가는 소시민의 생계에 대한 불안과 비애를 드러낸다. 작품에서 만화가는 만화를 충실히 연재함에도 불구하고 결국 해고를 당하고 새로운 일자리를 구하려 하지만 실패한다. 작가는 이 과정에서 인물의 상황과 심리를 우회적으로 드러내기 위해 비유적 표현, 모순 형용 등을 활용한다. 또한 자신이 그리는 만화 속 가상의 인물에게 말을 하는 상황을 통해 인물의 심리를 드러내기도 한다.

① '그'가 '계집애'의 표정을 보며 '두려워하고 있던 예측이 이젠 어쩔 수 없게' 되었다고 느끼는 모습을 통해 해고로 인해 생계를 걱정하는 '그'의 불안을 드러낸다고 볼 수 있겠군.
② '그'가 자신의 해고를 '미역국'이라고 말하는 것은 해고당하는 상황을 비유적 표현을 통해 우회적으로 드러낸 것으로 볼 수 있겠군.
③ '그'가 자신의 해고를 '새로운 우연이 다가온다는 징조'라고 말하는 것은 자신을 해고한 신문사로부터 다시 만화 연재를 의뢰받게 되리라는 기대를 드러낸 것으로 볼 수 있겠군.
④ '그'가 '차나 한잔'의 의미를 '이 회색빛 도시의 따뜻한 비극'이라고 말하는 것은 해고를 당한 '그'의 비참한 심리를 모순 형용을 통해 표현한 것으로 볼 수 있겠군.
⑤ '그'가 '아톰X군'의 얼굴을 술상 위에 그렸다 지우며 '힘이 없'다고 말하는 것을 통해 '그'가 처한 상황에 대해 느끼는 무력감을 드러낸 것으로 볼 수 있겠군.

E 문학 289쪽

[069~072] 다음 글을 읽고 물음에 답하시오.

[앞부분의 줄거리] 왼손잡이 장돌뱅이 허 생원은 주막을 찾았다가 젊은 장돌뱅이인 동이가 충줏집과 수작하는 것을 보고 심하게 나무란다. 왠지 미안한 마음으로 술을 마시고 있던 허 생원에게 동이가 달려와 아이들이 허 생원의 나귀를 괴롭히고 있다고 알려 준다. 허 생원과 조 선달은 동이와 일행이 되어 다음 장터인 대화 장까지 함께 가게 된다.

"**달밤**에는 그런 이야기가 격에 맞거든."

조 선달 편을 바라는 보았으나 물론 미안해서가 아니라 달빛에 감동하여서였다. 이지러는 졌으나 보름을 가제 지난 달은 **부드러운 빛을 흐붓이 흘리고 있다.** 대화까지는 칠십 리의 밤길. 고개를 둘이나 넘고 개울을 하나 건너고 벌판과 산길을 걸어야 된다. 길은 지금 긴 산허리에 걸려 있다. 밤중을 지난 무렵인지 **죽은 듯이 고요한 속에서** 짐승 같은 달의 숨소리가 손에 잡힐 듯이 들리며, 콩 포기와 옥수수 잎새가 한층 달에 푸르게 젖었다. **산허리는 온통 메밀밭이어서 피기 시작한 꽃이 소금을 뿌린 듯이 흐붓한 달빛에 숨이 막힐 지경이다.** 붉은 대궁이 향기같이 애잔하고, 나귀들의 걸음도 시원하다. 길이 좁은 까닭에 세 사람은 나귀를 타고 외줄로 늘어섰다. 방울 소리가 시원스럽게 딸랑딸랑 메밀밭께로 흘러간다. 앞장선 허 생원의 이야기 소리는 꽁무니에 선 동이에게는 확적히는 안 들렸으나, 그는 그대로 개운한 제멋에 적적하지는 않았다.

"**장 선 꼭 이런 날 밤**이었네. 객줏집 토방이란 무더워서 잠이 들어야지. 밤중은 돼서 혼자 일어나 개울가에 목욕하러 나갔지. 봉평은 지금이나 그제나 마찬가지지. **보이는 곳마다 메밀밭**이어서 개울가 어디 없이 하얀 꽃이야. 돌밭에 벗어도 좋을 것을, **달이 너무도 밝은 까닭**에 옷을 벗으러 물방앗간으로 들어가지 않았나. 이상한 일도 많지. 거기서 난데없는 성 서방네 처녀와 마주쳤단 말이네. 봉평서야 제일가는 일색이었지."

"팔자에 있었나 부지."

아무렴 하고 응답하면서 말머리를 아끼는 듯이 한참이나 담배를 빨 뿐이었다. **구수한 자줏빛 연기가 밤기운 속에 흘러서는** 녹았다.

"날 기다린 것은 아니었으나 그렇다고 달리 기다리는 놈팽이가 있는 것두 아니었네. 처녀는 울고 있단 말야. 짐작은 대고 있었으나 ㉠성 서방네는 한창 어려워서 들고날 판인 때였지. 한집안 일이니 딸에겐들 걱정이 없을 리 있겠나. 좋은 데만 있으면 시집도 보내련만 시집은 죽어도 싫다지…… 그러나 처녀란 울 때같이 정을 끄는 때가 있을까. 처음에는 놀라기도 한 눈치였으나 걱정 있을 때는 누그러지기도 쉬운 듯해서 이럭저럭 이야기가 되었네…… 생각하면 무섭고도 기막힌 밤이었어."

"㉡제천인지로 줄행랑을 놓은 건 그다음 날이었나?"

"다음 장도막에는 벌써 온 집안이 사라진 뒤였네. 장판은 소문에 발끈 뒤집혀 고작해야 술집에 팔려 가기가 상수라고 처녀의 뒷공론이 자자들 하단 말이야. 제천 장판을 몇 번이나 뒤졌겠나. 하나 처녀의 꼴은 꿩 귀 먹은 자리야. 첫날밤이 마지막 밤이었지. ㉢그때부터 봉평이 마음에 든 것이 반평생을 두고 다니게 되었네. 평생인들 잊을 수 있겠나."

"수 좋았지. 그렇게 신통한 일이란 쉽지 않어. 항용 못난 것 얻어 새끼 낳고, 걱정 늘고 생각만 해두 진저리 나지…… 그러나 늘그막바지까지 장돌뱅이로 지내기도 힘드는 노릇 아닌가? 난 가을까지만 하구 이 생애와두 하직하려네. 대화쯤에 조그만 전방이나 하나 벌이구 식구들을 부르겠어. 사시장철 뚜벅뚜벅 걷기란 여간이래야지."

"옛 처녀나 만나면 같이나 살까…… ㉣난 거꾸러질 때까지 이 길 걷고 저 달 볼 테야."

산길을 벗어나니 큰길로 틔어졌다. 꽁무니의 동이도 앞으로 나서 나귀들은 가로 늘어섰다.

"총각두 젊겠다, 지금이 한창 시절이렷다. 충줏집에서는 그만 실수를 해서 그 꼴이 되었으나 설게 생각 말게."

"처, 천만에요. 되려 부끄러워요. 계집이란 지금 웬 제격인가요. 자나깨나 어머니 생각뿐인데요."

허 생원의 이야기로 실심해한 끝이라 동이의 어조는 한풀 수그러진 것이었다.

"아비 어미란 말에 가슴이 터지는 것도 같았으나 제겐 아버지가 없어요. 피붙이라고는 어머니 하나뿐인걸요."

"돌아가셨나?"

"당초부터 없어요."

"그런 법이 세상에."

생원과 선달이 야단스럽게 껄껄들 웃으니, 동이는 정색하고 우길 수밖에는 없었다.

"부끄러워서 말하지 않으려 했으나 정말예요. 제천 촌에서 달도 차지 않은 아이를 낳고 어머니는 집을 쫓겨났죠. 우스운 이야기나, 그렇기 때문에 지금까지 아버지 얼굴도 본 적 없고, 있는 고장도 모르고 지내 와요."

(중략)

고개 너머는 바로 개울이었다. 장마에 흘러 버린 널다리가 아직도 걸리지 않은 채로 있는 까닭에 벗고 건너야 되었다. 고의를 벗어 띠로 등에 얽어매고 반벌거숭이의 우스꽝스런 꼴로 물속에 뛰어들었다. 금방 땀을 흘린 뒤였으나 밤 물은 뼈를 찔렀다.

"그래, 대체 기르긴 누가 기르구?"

"어머니는 하는 수 없이 의부를 얻어 가서 술장사를 시작했죠. 술이 고주래서 의부라고 전 망나니예요. 철들어서부터 맞기 시작한 것이 하룬들 편할 날 있었을까. 어머니는 말리다가 채이고 맞고 칼부림을 당하고 하니 집 꼴이 무어겠소. 열여덟 살 때 집을 뛰어나와서부터 이 짓이죠."

"총각 낫세론 동이 무던하다고 생각했더니 듣고 보니 딱한 신세로군."

물은 깊어 허리까지 찼다. 속 물살도 어지간히 센 데다가 발에 차이는 돌멩이도 미끄러워 금시에 훌칠 듯하였다. 나귀와 조 선달은 재빨리 거의 건넜으나 동이는 허 생원을 붙드느라고 두 사람은 훨씬 떨어졌다.

"모친의 친정은 원래부터 제천이었던가?"

"ⓜ 웬걸요, 시원스리 말은 안 해 주나 봉평이라는 것만은 들었죠."

"봉평? 그래 그 아비 성은 무엇이구?"

"알 수 있나요. 도무지 듣지를 못했으니까."

"그 그렇겠지."

하고 중얼거리며 흐려지는 눈을 까물까물하다가 허 생원은 경망하게도 발을 빗디뎠다. 앞으로 고꾸라지기가 바쁘게 몸째 풍덩 빠져 버렸다. 허우적거릴수록 몸을 걷잡을 수 없어 동이가 소리를 치며 가까이 왔을 때에는 벌써 퍽이나 흘렀었다. 옷째 졸짝 젖으니 물에 젖은 개보다도 참혹한 꼴이었다. 동이는 물속에서 어른을 해깝게 업을 수 있었다. 젖었다고는 하여도 여윈 몸이라 장정 등에는 오히려 가벼웠다.

"이렇게까지 해서 안됐네. 내 오늘은 정신이 빠진 모양이야."

"염려하실 것 없어요."

"그래 모친은 아비를 찾지는 않는 눈치지?"

"늘 한번 만나고 싶다고는 하는데요."

"지금 어디 계신가?"

"의부와도 갈라져 제천에 있죠. 가을에는 봉평에 모셔 오려고 생각 중인데요. 이를 물고 벌면 이럭저럭 살아갈 수 있겠죠."

"아무렴, 기특한 생각이야. 가을이랬다?"

동이의 탐탁한 등허리가 뼈에 사무쳐 따뜻하다. 물을 다 건넜을 때에는 도리어 서글픈 생각에 좀 더 업혔으면도 하였다.

－ 이효석, 〈메밀꽃 필 무렵〉

069

윗글에 대한 설명으로 가장 적절한 것은?

① 빈번한 장면 전환을 통하여 긴박한 분위기를 조성하고 있다.

② 인물 간의 대화를 통해 인물이 겪은 사건을 요약적으로 전달하고 있다.

③ 인물의 독백을 통해 현실과 단절된 인물의 심리 상태를 드러내고 있다.

④ 공간에 따라 서술자를 달리하여 인물의 행위에 대한 다양한 관점을 드러내고 있다.

⑤ 다른 장소에서 벌어지는 두 가지 사건을 병치하여 인물 간의 갈등을 부각하고 있다.

070

㉠~㉤에 대한 설명으로 적절하지 않은 것은?

① ㉠: 성 서방네 처녀가 물방앗간에서 운 이유를 드러낸다.

② ㉡: 조 선달이 성 서방네 처녀와 허 생원의 이야기를 들은 적이 있음을 드러낸다.

③ ㉢: 성 서방네 처녀에 대한 허 생원의 그리움을 드러낸다.

④ ㉣: 봉평에 정착하고자 하는 허 생원의 의지를 드러낸다.

⑤ ㉤: 동이 어머니와 성 서방네 처녀의 고향이 같음을 드러낸다.

071

〈보기〉를 참고하여 윗글을 감상한 내용으로 적절하지 <u>않은</u> 것은?

> ──〈보기〉──
>
> 소설에서 배경은 사건을 생생하게 보이게 하며 작품의 분위기를 조성한다. 또한 인물의 행위에 필연성을 부여하거나 과거의 공간과 현재의 공간을 연결해 주는 역할을 하기도 한다.

① '달이 너무도 밝은 까닭에' 허 생원은 물방앗간에서 성 서방네 처녀를 만나게 되는군.

② 허 생원이 현재 걷고 있는 '산허리'의 '메밀밭'은 '보이는 곳마다 메밀밭'이었던 과거의 공간과 연결되는군.

③ '밤기운 속에 흘러서는' '구수한 자줏빛 연기'는 허 생원과 성 서방네 처녀의 과거 만남을 더욱 생생하게 묘사하는군.

④ '부드러운 빛을 흐붓이 흘리고 있'는 '달밤'은 허 생원이 '꼭 이런 날 밤'과 같은 과거의 추억을 회상하는 데 필연성을 부여하는군.

⑤ '죽은 듯이 고요한 속에서' '흐붓한 달빛'에 '소금을 뿌린 듯이' '피기 시작한' 메밀꽃은 고요하고 낭만적인 분위기를 연출하는군.

072

다음은 허 생원 일행의 이동 경로를 정리한 것이다. 이를 중심으로 윗글을 이해한 내용으로 적절하지 <u>않은</u> 것은?

> ──〈보기〉──
>
>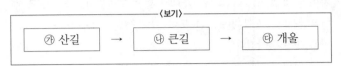

① 동이는 허 생원이 ㉮에서 한 이야기를 제대로 듣지 못했다.

② ㉯에서부터 허 생원은 동이의 성장 과정에 대해 알게 된다.

③ 허 생원은 ㉮에서 있었던 일에 대해 ㉯에서 동이에게 사과한다.

④ ㉰에서 허 생원은 동이 어머니의 고향을 듣고 놀라게 된다.

⑤ ㉰에서 동이의 등에 업힌 허 생원은 동이에게 따뜻함을 느끼게 된다.

[073~076] 다음 글을 읽고 물음에 답하시오.

한몰 영감은 며칠 동안 숟가락을 들지 않았지만 한몰댁은 눈물 한 방울 흘리지 않았다.

"그 아이는 안 죽었소. 누가 내린 자식이라고 그리 쉽게 죽을 것 같소? 틀림없이 미륵보살님이 지켜 주고 계실 것이오."

"뭣이라고? 함께 갔던 친구가 하는 말인데, 그러면 그 녀석이 거짓말을 했단 말이여?"

"ⓐ 어젯밤 꿈에도 그 아이가 저 건너 미륵바위 곁에 서 있습디다. 꼭 옛날 당신이 징용 가셨을 때 미륵바위 곁에 서 계셨던 것 맨키로 의젓하게 서서 웃고 있습디다."

한몰댁은 마치 남의 이야기하듯 차근하게 말했다.

"뭣이? 옛날 징용 갔을 적에 임자 꿈에 내가 미륵바위 곁에 서 있었던 것맨키로?"

영감은 눈을 끔벅이며 할멈을 건너다봤다. ㉠ 그때 일은 너무도 신통했다. 탄광에서 갱도가 무너져 죽었다고 집에 사망 통지서까지 온 영감이 죽지 않고 살아왔던 것이다.

왜정 때 북해도 탄광에 징용으로 끌려갔을 때였다. 교대를 하러 갱으로 들어가려는데 갑자기 배탈이 났다. ㉡ 평소 그를 곱게 보던 십장이 함바에서 쉬라고 했다. 그 뒤 한 시간도 채 못 되어 탄광은 수라장이 되고 말았다. 낙반 사고였다. 구조를 하느라 탄광은 벌집을 쑤셔 놓은 꼴이었다. 그러나 갱 사정을 손바닥 보듯 알고 있던 영감은 그들을 구출할 수 없다는 걸 잘 알고 있었다. 순간, 도망치자는 생각이 번개처럼 머리를 쳤다. ㉢ 도둑놈은 시끄러울 때가 좋더라고 도망치기에는 이보다 좋은 기회가 없을 것 같았다. 더구나 자기가 갱 속에 들어가지 않았다는 것은 십장만 알고 있는데, 그도 갱 속에 들어갔으므로 자기가 없으면 갱에서 죽은 걸로 치부할 게 틀림없었다.

주먹을 사려쥐었다. 그러나 탈주는 목숨을 거는 일이었다. 잡히면 그대로 총살이었다. 광부였지만 전시 동원령에 따라 끌려왔기 때문에 그들의 탈주도 군인들 탈영하고 똑같이 취급했다. 그렇지만 여기 있으면 자기도 언제 죽을지 몰랐다. ㉣ 전시 물자 수급이 달리자 목표량 채우기에만 눈이 뒤집혀 안전 따위는 안중에도 없고, 몽둥이로 소 몰 듯 몰아치기만 했다. 작업 조건도 조건이지만 우선 밥이 적어 견딜 수가 없었다. 이판사판이었다. 예사 때도 지나새나 궁리가 그 궁리였으므로 도망칠 길목은 웬만큼 어림잡고 있었다. 밤이 이슥하기를 기다려 철조망을 뛰어넘었다.

집에는 사망 통지서와 함께 유골이 왔다. 무슨 일인가 하고 나간 시어머니는 그 자리에서 짚단 무너지듯 까무러쳤다. 그러나 한몰댁은 어리벙벙한 표정으로 서 있었다. 아무래도 그게 자기 남편 유골 같지 않고, 죽었다는 실감도 들지 않았다. 그 순간 ⓑ 전날 밤 꿈에 나타난 미륵보살이 떠올랐다. 미륵보살이 인자하게 웃고 있었고, 그 곁에 남편이 의젓하게 서 있었다.

[중략 부분의 줄거리] 한몰 영감은 댐 건설로 인해 마을이 수몰되기 전 마지막 당제를 지내고 도깨비들에게 자신의 아들에 대한 걱정을 털어놓으며 부탁을 한다.

"이런 소리는 사람이란 종자들하고는 입도 짝할 수 없는 소리라, 우리 내외만 벙어리 냉가슴 앓듯 꿍꿍 앓고 있다가 아무리 생각해도 달리는 길이 없길래 자네들을 찾아왔어. 내 말 귀 넘겨듣지 말고 깊이 새겨들어주게. 6·25 때 의용군에 나갔다가 지금까지 소식이 없는 우리 집 아들 녀석 이얘기네. 함께 갔던 친구는 지리산에서 죽었다고 하데마는, 그 녀석은 지금 틀림없이 살아 있네. 저 건너 미륵보살님이 즈그 엄씨 꿈에 선몽을 하더라는디. 옛날 내가 징용 갔을 적에 선몽했던 걸 보더래도 즈그 엄씨 꿈이 예사 꿈이 아니네. 그런디 그 녀석이 살아 있다면 지금 어디 있었는가? 6·25 때 그 자들이 북쪽으로 쫓겨 갈 적에 한물에 싸여 갔을 테니 뻔하지 않은가?"

영감은 후 한숨을 내쉰다.

"자네들은 불을 싫어한당께 쪼깐 미안스럽네마는 나 담배 한 대 필라네. 그동안 는 것이라고는 담배뿐이라 할 수 없그만."

영감은 담배를 한 가치 빼물고 돌아앉는다. ㉤ 몸을 잔뜩 웅크리고 불을 붙여 나팔 손을 하고 두어 모금 깊이 빤다.

"그 녀석이 어디에 살아 있든 목숨 하나만 붙어 있다면 그것만도 천만다행이네마는, 즈그 엄씨나 나나 한 가지 걱정이 있네. 그 녀석이 혹간에 간첩으로 뽑혀서 겁 없이 이쪽으로 내려오지 않을까 걱정이 그 걱정이여. 그 녀석은 어렸을 적부텀 몸이 날래고 강단진 데다, 눈썰미야 뭐야 흠 잡을 데가 없는 녀석이라, 저쪽 사람들이 맘묵고 간첩 보낼 사람을 찾기로 하면 그만한 사람 찾기도 쉽잖을 거여. 그런디 그 사람들이 간첩을 보낼 적에는 꼭 이쪽에 연줄 있는 사람을 뽑아 보내는 모냥인디. 만당간에 그 녀석이 간첩으로 내려온다면 이것은 이만저만 큰일이 아니네. 처음에는 나 혼자 그 걱정을 하고 있는 중 알았등마는 알고 본께 즈그 엄씨도 걱정이 그 걱정이었네."

영감은 담배 연기를 길게 뿜는다.

"그동안 우리 내외가 애닯게 살아온 심정은 말로도 다 이를 수가 없고 책으로도 다 엮을 수가 없네. 간첩 잡으라고 여그저그 붙어 있는 표때기만 봐도 실없이 간이 오그라붙고, 한밤중 달 보고 허발로 짖는 강아지 새끼 소리에도 가슴속에서 쿵쿵 쥐뎅이 내려앉아. 그 허구한 날 부등가리 안 옆 죄듯* 하루도 맘 놓고 살아본 날이 없네. 그 일로 엉뚱한 오해를 받은 것만도 한두 가지가 아녀. 옛날 동네 사람 저승 혼사를 시키자고 할 적에도 그랬네마는, 동네 골목을 넓히자고 할 적에는 더 죽을 맛이었네. 그 녀석이 만약에 간첩으로 내려온다면 남의 눈을 굿잔께 밤을 타서 올 것은 정한 이친디, 한밤중에 즈그 집을 찾아왔다가 있어야 곳에 골목이 없으면 으짜겠는가? 이리 기웃 저리 기웃, 개 짖고 댕기다가 들통이 나는 날에는 무슨 꼴이 되겠어? 그렇지만 그런 것도 모두 옛날 일이고, 이번에는 동네

골목이 아니고, **동네가 몽땅 물속으로 들어가게 되었으니** 이 일을 으쨌으면 좋겠는가? 그 녀석이 어떻게 찾아오든 내 집만 찾아오면 지가 공산당이 아니라 공산당 할애비가 되었더래도 자수를 시킬 작정이네마는, 그 전에 잡힐까 싶어 시방 걱정이 그 걱정이네."

— 송기숙, 〈당제〉

* 부등가리 안 옆 죄듯: 어떤 일을 저질러 놓고 마음이 놓이지 않아 안절부절하지 못함을 비유적으로 이르는 말.

073

㉠~㉤의 서술 방식에 대한 설명으로 가장 적절한 것은?

① ㉠: 회상 장면을 삽입하여 사건의 원인을 암시하고 있다.
② ㉡: 작품 내부의 서술자가 다른 인물의 행동을 분석하여 서술하고 있다.
③ ㉢: 인물이 처한 상황을 비유적 표현을 통해 서술하고 있다.
④ ㉣: 행위의 주체가 누구인지 명시한 표현을 나타내어 서술하고 있다.
⑤ ㉤: 인물이 돌발적인 행위를 하는 의도에 주목하여 서술하고 있다.

074

윗글에 등장하는 인물을 중심으로 이해한 내용으로 적절하지 <u>않은</u> 것은?

① '한몰댁'은 아들의 친구가 전한 아들의 전사 소식을 믿지 않았다.
② '한몰댁'은 시어머니와 달리 남편의 사망 통지서와 유골을 받고도 정신을 잃지 않았다.
③ '한몰 영감'은 처벌에 대한 두려움으로 낙반 사고가 나기 전까지 탄광에서 도망칠 궁리를 하지 못했다.
④ '한몰 영감'은 남한에 연고가 있는 아들이 간첩으로 차출되어 남파될 수 있다고 생각하며 노심초사했다.
⑤ '한몰 영감'은 '한몰댁'도 자신과 같은 이유로 아들의 안위를 걱정하고 있었음을 나중에서야 알게 되었다.

075

ⓐ, ⓑ의 서사적 기능으로 가장 적절한 것은?

① ⓐ로 인해 발생 가능하다고 간주했던 사건은, ⓑ 이후 실현되어 상황을 반전시킨다.
② ⓐ는 한몰 영감이 속한 공동체와 관련된 것이고, ⓑ는 한몰 영감 개인의 삶에 대한 것이다.
③ ⓑ에서 비롯된 한몰 영감 내외의 갈등은, ⓐ가 현실화됨에 따라 점차 해소되기 시작한다.
④ ⓑ와 관련하여 한몰 영감 내외가 경험한 사건은, ⓐ에 대한 두 인물의 믿음의 근거가 된다.
⑤ ⓑ 이후에 발생한 일련의 사건이 계기가 되어, ⓐ에 대해 한몰 영감 내외는 냉소적 태도를 드러낸다.

076

〈보기〉를 참고하여 윗글을 감상한 내용으로 적절하지 <u>않은</u> 것은?

---〈보기〉---

〈당제〉의 주인공인 한몰 영감은 댐 공사로 마을이 수몰되기 전 마지막 당제의 제주를 자처하고, 당제가 끝난 후 도깨비들에게 북에 살아 있을지 모를 아들이 간첩이 되어 귀가할 가능성에 대한 걱정을 표하고 아들의 안위를 기원한다. 이를 통해 일제 강점기에서 6 · 25 전쟁, 근대 산업화에 이르는 기간 동안 우리 민족이 겪은 아픔 및 이로 인한 가족과 공동체의 해체를 보여 준다. 또한 고유의 신앙을 통해 이를 극복하고자 하는 우리 민족의 강인한 생존 의지를 드러낸다.

---

① '징용'을 갔다가 간신히 살아온 한몰 영감과 '의용군'으로 나가 생사 불명이 된 그의 아들은 우리 민족이 겪어 온 아픈 역사를 보여 준다고 할 수 있겠군.
② '큰일'은 발생할까 봐 한몰 영감 내외가 걱정하는 사건으로 아들이 집을 찾아 헤매다가 사람들에게 먼저 잡히는 일을 암시한다고 할 수 있겠군.
③ '표때기'와 '한밤중 달'은 혹시나 살아 있을 아들이 간첩으로라도 무사 귀환하기를 바라는 한몰 영감의 간절함을 보여 준다고 할 수 있겠군.
④ '저승 혼사'는 한몰 영감 아들의 생사 여부에 대해 한몰 영감 내외와는 다르게 생각하는 마을 사람들의 인식을 드러내어 한몰 영감 내외를 곤란하게 한 것이라고 할 수 있겠군.
⑤ '동네가 몽땅 물속으로 들어가게 되'는 것은 근대 산업화로 인해 우리 민족의 오랜 공동체가 해체되는 위기 상황을 보여 준다고 할 수 있겠군.

[077~080] 다음 글을 읽고 물음에 답하시오.

나이? …… 올해 일흔두 살입니다. 그러나 시삐 여기진 마시오. 심장 비대증으로 천식(喘息)기가 좀 있어 망정이지, 정정한 품이 서른 살 먹은 장정 여대친답니다. 무얼 가지고 겨루든지 말이지요.

그 차림새가 또한 혼란스럽습니다. 옷은 안팎으로 윤이 지르르 흐르는 모시 진솔 것이요, 머리에는 탕건에 받쳐 죽영(竹纓) 달린 통영갓[統營笠]이 날아갈 듯 올라앉았습니다.

발에는 크막하니 솜을 한 근씩은 두었음 직한 흰 버선에, 운두 새까만 마른신을 조마맣게 신고, 바른손에는 은으로 개 대가리를 만들어 붙인 화류 개화장이요, 왼손에는 서른네 살배기 묵직한 합죽선입니다.

이 풍신이야말로 아까울사, 옛날 세상이었더면 **일도(一道)의 방백(方伯)***일시 분명합니다. 그런 것을 간혹 **입이 비뚤어진 친구는 광대로 인식 착오를 일으키고**, 동경·대판의 사탕 장수들은 캐러멜 대장감으로 침을 삼키니 통탄할 일입니다.

인력거에서 내려선 윤 직원 영감은, 저절로 떠억 벌어지는 두루마기 앞섶을 여미려고 하다가 도로 걷어 젖히고서, 간드러지게 허리띠에 가 매달린 새파란 염낭끈을 풉니다.

"인력거 쌕이(삯이) 멫 푼이당가?"

이 이야기를 쓰고 있는 당자 역시 전라도 태생이기는 하지만, 그 전라도 말이라는 게 좀 경망스럽습니다.

"그저 처분해 줍사요!"

인력거꾼은 담요로 팔짱 낀 허리를 굽신합니다. 좀 점잖다는 손님한테는 항투로 쓰는 말이지만, 이 풍신 좋은 어른께는 진심으로 하는 소립니다. 후히 생각해 달란 뜻이지요.

"으응! 그리여잉? 그럼, 그냥 가소!"

윤 직원 영감은, 인력거꾼을 짯짯이 바라다보다가 고개를 돌리더니, 풀었던 염낭끈을 도로 비끄러맵니다.

인력거꾼은 어쩐 영문인지를 몰라, 뚜렛뚜렛하다가, 혹시 외상인가 하고 뒤통수를 긁적긁적하면서…….

"그럼, 내일 오랍쇼니까?"

"내일? 내일 무엇 허러 올랑가?"

윤 직원 영감은 지금 심정이 약간 좋지 못한 일이 있는데, 가뜩이나 긴찮이 잔말을 씹힌대서 적이 안색이 변합니다.

그러나 이편 인력거꾼으로 당하고 보면, 무엇 하러 오다니, 외상 준 인력거 삯 받으러 오지요, 라는 것이지만 어디 무엄스럽게 그런 말을 똑바로 대고 하는 수야 있나요.

그러니 말은 바른대로 하지 못하고, 그래 자못 난처한 판인데, 남의 그런 속도 몰라주고, 윤 직원 영감은 인제는 내 할 말 다아 했다는 듯이 천천히 돌아서 버리자고 합니다.

인력거꾼은, 이러다가는 여느 때도 아니요, 허파가 터질 뻔한

오늘 벌이가, 눈 멀뚱멀뚱 뜨고 그만 허사가 되지 싶어, 대체 이 어른이 어째서 이러는지는 모르겠어도, 그건 어찌 되었든지 간에 좌우간 이렇게 병신스럽게 우물쭈물하고만 있을 일이 아니라고 크게 과단을 내지 않을 수가 없습니다.

"저어, 삯 말씀이올습니다. 헤…….."

크게 과단을 낸다는 게 결국은 크게 조심을 하는 것뿐입니다.

"싹?" / "네에!"

"아니 여보소, 이 사람……."

윤 직원 영감은 더러 역정을 내어, 하마 삿대질이라도 할 듯이 한 걸음 나섭니다.

"……자네가 아까 날더러, 처분대로 허라구 허잖있넝가?"

"네에!"

"그렇지……? 그런디 거, 처분대로 허람 말은 맘대루 허람 말이 아닝가?"

인력거꾼은 비로소 속을 알았습니다.

알고 보니 참 기가 막힙니다. 농도 할 사람이 따로 있지요. 웬만하면, 허허! 하고 한바탕 웃어 젖힐 노릇이겠지만, 점잖은 어른 앞에서 그럴 수는 없고 그래 히죽이 웃기만 합니다.

"……그리서 나넌 그렇기 처분대루, 응?…… 맘대루 말이네. 맘대루 허라구 허길래, 아 인력거 삯 안 주어도 갱기찮헌 종 알구서, 그냥 가라구 히였지!"

인력거꾼은 이 어른이 끝끝내 농을 하느라고 이러는가 했지만, 윤 직원 영감의 안색이며 말씨며 조금도 그런 내색이 보이지 않습니다.

[중략 부분의 줄거리] 윤 직원은 아들과 손자를 군수와 경찰서장으로 만들고 싶어 하지만, 아들과 장손은 노름과 주색에 빠져 있다. 어느 날 윤 직원은 가장 큰 기대를 걸었던 둘째 손자 종학이 사회주의 운동으로 피검됐다는 전보를 받는다.

"⊙ 사회주의라니? 으응? 으응?……"

윤 직원 영감은 사뭇 사람을 아무나 하나 잡아먹을 듯, 집이 떠나게 큰 소리로 포효(咆哮)를 합니다.

"……으응? 그놈이 사회주의를 허다니! 으응? 그게, 참말이냐? 참말이여?"

"허긴 그놈이 작년 여름 방학에 나왔을 때버틈 그런 기미가 좀 뵈긴 했어요!"

"그러머넌 참말이구나! 그러머넌 참말이여, 으응!……"

윤 직원 영감은 이마로 얼굴로 땀이 방울방울 배어 오릅니다.

"……그런 쳐 죽일 놈이, 깎어 죽여두 아깝잖을 놈이! 그놈이 경찰서장 허라닝개루, 생판 사회주의 허다가 뎁다 경찰서에 잽혀? 으응?…… 오사육시를 헐 놈이, 그놈이 그게 어디 당헌 것이라구 지가 사회주의를 허여? 부잣놈의 자식이 무엇이 대껴서 부랑당패에 들어?……"

아무도 숨도 크게 쉬지 못하고, 고개를 떨어뜨리고 섰기 아니

면 앉았을 뿐, 윤 직원 영감이 잠깐 말을 그치자 방 안은 물을 친
듯이 조용합니다.

"……오죽이나 좋은 세상이여? 오죽이나……."

윤 직원 영감은 팔을 부르걷은 주먹으로 방바닥을 땅 치면서
성난 황소가 영각을 하듯 고함을 지릅니다.

"화적패가 있너냐아? 부랑당 같은 수령(守令)들이 있더냐?……
재산이 있대야 도적놈의 것이요, 목숨은 파리 목숨 같던 말세
(末世)년 다 지내가고오……, 자 부아라, 거리거리 순사요, 골
골마다 공명헌 정사(政事), 오죽이나 좋은 세상이여…… 남은
수십만 명 동병(動兵)을 히여서, 우리 조선 놈 보호히여 주니,
오죽이나 고마운 세상이여? 으응?…… 제 것 지니고 앉아서 편
안허게 살 태평 세상, 이걸 **태평천하**라구 허는 것이여, 태평천
하!…… 그런디 이런 태평천하에 태어난 부잣놈의 자식이, 더
군다나 왜 지가 떵떵거리구 편안허게 살 것이지, 어찌서 지가
세상 망쳐 놀 부랑당패에 참섭을 헌담 말이여, 으응?"

— 채만식, 〈태평천하〉

* 방백: '도지사'를 예스럽게 이르는 말. 또는 조선 시대에 둔 각 도의 으뜸 벼슬.

077

윗글의 서술상 특징으로 적절하지 않은 것은?

① 인물의 외양을 묘사하여 성격을 간접적으로 제시하고 있다.
② 인물의 발화를 통해 상황에 대한 인식과 가치관을 드러내고
　있다.
③ 서술자가 작중 상황에 직접 개입하여 주관적 평가를 내리고
　있다.
④ 특정 지역의 사투리를 사용하여 생동감과 사실성을 부여하고
　있다.
⑤ 작품 내의 서술자가 관찰한 내용을 독자에게 상세히 설명하
　고 있다.

078

윗글에 대한 이해로 가장 적절한 것은?

① 인력거꾼은 외상을 하고자 하는 윤 직원을 설득하려 했다.
② 윤 직원은 자신에게 반발하는 인력거꾼에게 역정을 냈다.
③ 인력거꾼은 자신에게 농담을 하는 윤 직원의 비위를 맞추기
　위해 노력했다.
④ 인력거꾼은 윤 직원에게 인력거 삯을 깎아 주겠다는 의도가
　담긴 말을 했다.
⑤ 윤 직원은 인력거꾼의 말을 자신에게 유리한 대로 해석하며
　돈을 지불하지 않으려 했다.

079

㉠에 대한 설명으로 적절하지 않은 것은?

① 종학에 대한 윤 직원의 기대가 무너지는 계기가 된다.
② '전보'를 통해 윤 직원이 알게 된 종학의 피검 원인이다.
③ 온 가족이 종학이 사회주의 활동을 한 것을 전혀 눈치 채지
　못했다.
④ 윤 직원의 부정적 인식이 반영되어 있는 '부랑당패'와 통하는
　말이다.
⑤ 당시 시대 상황으로 보아 왜곡된 현실에 맞서는 활동임을 짐
　작할 수 있다.

080

다음은 〈보기〉를 읽고 윗글에 대해 학생들이 나눈 대화이다. 작품의 내용을 잘못 이해한 것은?

─〈보기〉─

채만식의 작품은 전반적으로 풍자적이고 반어적인 경향을 띤다. 작가는 일제의 침탈로 인한 사회적 모순을 드러내고 그 속에서 살아가는 부정적 인물들의 모습을 진중한 어조로 희화화하고 조롱함으로써 풍자를 완성한다. 〈태평천하〉에서도 작가는 판소리 사설과 탈춤을 계승한 해학적이고 풍자적인 어조를 활용함으로써 부정적 인물인 윤 직원과 그 주변인들을 비판하고 있다.

① 은혜: 서술자는 윤 직원의 차림새에 대해 '입이 비뚤어진 친구는 광대로 인식 착오를 일으'킨다고 표현했는데, 이는 격에 맞지 않게 화려하기만 한 그의 옷차림을 희화화한 것이야.

② 종혁: 응, 그런 것 같아. 그러니까 윤 직원을 '일도의 방백'이라고 평한 것은 반어적 표현이겠지?

③ 보미: 반어적 표현은 제목에도 나타났다고 생각해. 배경이 일제 강점기인데 멀쩡한 조선 사람이었다면 그 시기를 '태평천하'라고 하지는 않을 테니까.

④ 경우: 인력거 삯조차 착취하려는 윤 직원은 민족의 고통을 외면하고 자신들만의 '태평천하'를 추구하는 이기적인 사람들을 나타내는 것이겠어.

⑤ 윤희: 결국 진정한 '태평천하'란 인력거꾼과 같은 하층 노동자들도 사람답게 살 수 있는 평등한 세상이라는 주제 의식을 보여 주고 있어.

【081~083】 다음 글을 읽고 물음에 답하시오.

[앞부분의 줄거리] 신문 기자인 진수는 취재를 위해 판문점에 방문하고 우연히 북측 여기자와 만나 남북 교류에 대해 대화한다.

그녀가 달래듯이 말했다.

"그렇지가 않아요. 조금도 복잡하지도 착잡하지도 않아요. 지극히 간단하지 않아요? 당신도 자기 운명을 자기가 쥐고 있다고 생각하시지요? 그렇지 않으세요? 그렇지요? 그러니까 간단하지요, 패배 의식과 우유부단은 못써요, 문제는 간단한 걸 괜히 복잡하게 생각하려고 대들어요. 교류를 하면 교류가 되는 거야요."

"그러나 경우로서의 타산이 있어요, 그런 본질론이 통하지 않아요, 그렇게 간단히 생각하는 건 당신들로서의 경우이고 이편 경우는 또 이편 경우거든요, 이편 경우의 내력이 또 있어요, 철저한 현실주의가 작용하는 거지요. 사실상 막 하는 말로 먹느냐 먹히느냐 하는 측면 아시지요? 우리 조금 더 얘기가 솔직해져야 하겠군요. 그 이외의 모든 것은 방법에 불과해요."

그러나 그녀는 두 눈을 깜짝깜짝했다.

"요컨대 피할 까닭은 없어요. 어떻게 생각하세요? 정치의 표준이라는 걸 어디다가 두고 계시나요? 어느 특정된 개인의, 혹은 집단의, 감정적인 장애라든가 타성에서 오는 고집이라든가 우선 그런 건 제거되어야 하지 않아요? 선택할 권리는 묻혀서 사는 일반에게 있어요, 그 사람들에게 선택할 기회와 자유를 주어야 해요."

그녀는 얼굴이 붉어지면서 좀 강렬한 어조로 이렇게 말했다. 진수가 응했다.

"그렇지요, 선택할 자유를 주어야지요, 아무렴요. 당신들은 줍니까, 당신들 세계에서 자유라는 건 어떤 양상을 지니는가요? 자유조차 강제당하는 건 아니요? 설사 그것이 당신들이 얘기하는 진보적 민주주의가 표방하는 선택된 몇 사람의 일정한 양식으로서의 옳은 강제라고 가정하더라도 말이지요, 꽉꽉하고 죄여 오고…… 어때요? 거기서 견딜 만해요? 솔직히 말하세요."

진수는 조금 신랄한 데를 찌른 듯하여 씽긋 웃었다.

그러자 그녀는 발끈했다.

"신념이 문제지요. 자유는 허풍선과 같은 허황한 것일 수가 없어요. 자유의 진가는 일정한 도덕의식과 결부가 되어서 비로소 발휘되는 거지요, 자유 이전에 정의가 있어요. 그렇지 않으면 자유는 이용만 당해요, **빛 좋은 개살구**지요, 우리 모랄의 기본이 뭣인지 아세요? 우리 전체가 나갈 바 방향이야요. 개인은 거기 한데 엉켜 있어요, 그리구 이 속에서 자유야요, 결국 신념이 문제지요, 당신의 생각은 나태 그것이야요, 타락되고 싶다는 말밖에, 놀고 싶다는 말밖에 아니야요, 자유에 대한 옳은 인식도 없고, 일정한 신념도 없고, 있는 것은 임시 임시 그날그날의 자기와 희부연 자기밖에 없어요. 비트적거리고 주저앉고 싶은 자기……."

"그럼 자기를 팽개치고 무엇이 남아요? 놀고 싶고 적당히 나쁜 짓 하고 싶은 자유란 최고급이지요. 사람은 원래 그렇게 생겨 먹었어요. 그것을 크낙한 관용으로써 받아들일 수 있는 사회가 있어요. 부피와 융통이 있는, 그런 것이 적당히 용서가 되면서도 전체로 균형이 잡혀 있는…… 참, 어느 것이 허풍선이냐 따질까요? **자기조차 팽개쳐 버린 신념덩이**가 허풍선이냐, 그렇지 않으면 적당히 자기를……."

"천만에, 자기가 없이 어떻게 신념이 있을 수 있어요? 자기를 왜 팽개쳐요? 완벽하고 명료한 자기는 신념에 밑받쳐 있어야 해요, 그렇지 않고는 흐늘흐늘하고 비트적거리는 자기의 검불만 남아요. 그리구 당신의 자유에 대한 견해도 썩어 빠진 거야요, 한마디로 썩어 빠진 거야요, 쉰 냄새가 나요, 곰팡이 냄새가…… 어마아, 고런 논리가 어디 있어요?"

"있지요, 있구말구. 사람이 지니고 있는 내면의 부피와 깊이는 한이 없어요. 당신들은 사람도 어떤 효율의 데이터로 간주하구 있어요. 당신들 사회에서의 모랄의 질(質)이 대개 짐작이 되는 데 일면적인 거지요."

(중략)

2백 년쯤 뒤 판문점이란 고어로 '板門店'이 될 것이다(비몽사몽 간에 진수의 생각은 또 비약했다). 그때 백과사전에는 이렇게 쓰일 것이다. **1953년에 생겼다가 19××년에 없어졌다.** 지금의 개성시의 남단 문화 회관이 바로 그 자리다. 원래 점(店), 혹은 점포라는 말은 '상점'이라든가 '가게'라는 말과 동의어로 쓰였다. 이 어휘의 시초는 역사의 단계에 있어 초기 수공업 시대에까지 소급되어야 한다. 이미 고전 경제학에 속하는 문제지만 자유 기업이 성행하면서 이른바 소상인이 대두됨과 더불어 인류 역사의 각광을 받은 어휘이다. 그러나 이 판문점의 경우는 그런 전통적인 뜻의 점포가 아니라 **희한한 점포**였다. 이 점포의 특수한 성격을 밝히자면 당시의 세계 정세, 그 당시 세계의 하늘을 뒤덮었던 냉전 기류를 비롯하여 그밖에도 6·25라는 동족상잔을 설명해야 하고, 그 것은 적지 않게 거창하고도 구구한 일이기 때문에 여기서는 일단 생략하기로 한다. 일언이폐지하여, 회담 장소였다. 휴전 회담이라는 것을 비롯해서 군사 정전 회담이라는 것이 무려 5백여 회에 걸쳐 있었다. '휴전 회담'이라든가 '군사 정전 회담'이라는 말도 긴 설명이 필요한데, 여기서는 역시 생략하기로 한다. 그 회담 기록이 적힌 거창한 문건이 지금 **인류 역사의 기념비적인 익살**로서 개성 박물관에 안치되어 있는 것은 이미 다 아는 사실이다.

― 이호철, 〈판문점〉

081

윗글에 대한 설명으로 가장 적절한 것은?

① 인물 간의 대화를 통해 현실 인식의 첨예한 대립을 드러내고 있다.

② 시대적 배경과 밀접한 어휘를 사용하여 시간의 역전을 보여 주고 있다.

③ 인물의 성격이 변화하는 양상을 통해 서사의 긴장감을 고조시키고 있다.

④ 특정 인물의 시각에서 인물들의 행동을 해석하여 갈등을 분석하고 있다.

⑤ 서술자가 풍자적 어조를 활용하여 중심인물에 대한 비판적 입장을 드러내고 있다.

082

윗글의 '진수'와 '그녀'의 대화에 대한 이해로 적절하지 <u>않은</u> 것은?

① 남북 교류에 대해 '그녀'가 본질적인 면을 중시하는 반면, '진수'는 현실적인 입장을 보이고 있다.

② 남북 교류에 대해 '그녀'가 우호적인 시각을 보이는 반면, '진수'는 부정적인 시각을 드러내고 있다.

③ 남북 교류에 대해 '그녀'가 주체적이고 적극적인 태도로 접근해야 한다는 입장인 반면, '진수'는 신중한 태도로 접근해야 한다고 보고 있다.

④ 자유의 구현에 대해 '그녀'가 도덕과 정의가 전제되어야 한다고 생각하는 반면, '진수'는 그 도덕과 정의의 기준이 객관적이지 않다고 보고 있다.

⑤ 자유의 가치에 대해 '진수'가 개인적 욕망을 추구할 수 있는 자유를 중시하는 반면, '그녀'는 진수가 말하는 자유가 부조리하다고 생각하고 있다.

083

〈보기〉를 참고하여 윗글을 감상한 내용으로 적절하지 <u>않은</u> 것은?

〈보기〉

1960년대 한국 사회는 반공 이데올로기로 인하여 분단 의식이 고착화되어 가는 상황에 있었다. 그로 인해 남북한 간의 이질감은 기존의 동질감을 압도하였고, 그에 따라 분단 체제는 철저히 고정되고 강화되었다. 작가는 남북 간 사고방식의 이질성을 부각시킴으로써, 남북 체제가 지닌 모순성과 편견으로 가득 차 있는 분단의 현실을 비판한다. 한편 작가는 진수의 상상을 통해 미래의 어느 시점에서 판문점을 고찰하여, 남과 북이 대치하는 현실이란 실상은 정상적인 상황이 아닌, 허망하고 우스꽝스러운 상황이라는 것을 환기하며 그 극복의 가능성을 시사한다.

① 남북 교류와 자유에 대한 진수와 북한 여기자의 논쟁을 제시한 것은, 남북 간 사고방식의 이질성을 부각하기 위한 작가의 의도로 볼 수 있겠군.

② '빛 좋은 개살구', '자기조차 팽개쳐 버린 신념덩이'와 같은 표현은, 분단 의식의 고착화로 인해 형성된 서로의 체제에 대한 편견에서 나온 것으로 볼 수 있겠군.

③ 백과사전에 판문점이 '1953년에 생겼다가 19XX년에 없어졌다'고 쓰일 것이라 생각한 것은, 분단 극복에 대한 가능성을 드러내기 위한 것으로 볼 수 있겠군.

④ 판문점을 '희한한 점포'와 같이 규정한 것은, 판문점이 본래의 기능을 상실하고 남북 대치 상황을 확고히 한 것을 보며 남북 체제의 모순성을 고발한 것으로 볼 수 있겠군.

⑤ 판문점에서의 회담 기록들이 '인류 역사의 기념비적 익살'로 치부되는 미래 상황에 대한 상상은, 남북이 대치하는 현실이 실제로는 허망하고 우스꽝스러운 상황임을 환기한다고 볼 수 있겠군.

| 2021학년도 6월 평가원 ⓔ 문학 019쪽

[084~088] 다음 글을 읽고 물음에 답하시오.

가 [앞부분의 줄거리] 전우치는 구미호로부터 천서를 빼앗아 술법을 배웠으나 구미호가 전우치를 속여 천서의 일부를 가져간다.

　　우치 대노 왈,

　　"흉악한 요물이 나를 업수이 여겨 이같이 속이니 내 이제 여우 굴에 가 책을 찾고 요괴를 소멸하리라."

하고 방망이와 송곳을 가지고 여우 굴로 가니, 산천이 깊고 길이 아득하여 찾을 수 없어 도로 돌아와 생각하되, '이 요괴 변화가 예측하기 어려우니 가히 이곳에 오래 머물지 못하리라.' 하고 서책을 수습하여 돌아오니, 대저 천서 상권은 부적을 붙인 까닭에 빼앗아 가지 못함이러라.

　　우치 집에 돌아와 천서를 보아 못 할 술법이 없으매, 과거에 뜻이 없어 스스로 생각하되, '내 벼슬하여 모친을 봉양하려 하면 자연히 더디리라.' 하고 이에 한 계교를 생각하여 몸을 흔들어 변하여 선관이 되어 오색구름을 타고 하늘에 올라 바로 궐내로 들어가 대명전에 자리하니 서기가 공중에 어리었으니 궁중이 황홀했다. 이에 조정의 신하들이 당황하여 갈팡질팡하고 임금께 아뢰기를, [A]

　　"고금에 드문 괴변이라."

하니, 왕이 대경하사 여러 신하를 모아 의논하시더니, 우치가 운무 중에 서고 청의동자가 외쳐 왈,

　　"고려국 왕은 옥황상제 전교를 들으라."

하거늘, 왕이 명하사 바닥에 깔 자리와 향로를 올려놓은 상을 갖춰 놓게 하고 나아가 보니 한 선관이 금관 홍포로 동자를 좌우에 세우고 오색구름 중에 싸여 단정히 섰거늘, 왕이 네 번 절한 후 땅에 엎드리시니, 우치 왈,

　　"하늘의 궁궐이 오래되어 낡고 헐었기에 이제 수리하고자 하여 인간 여러 나라에 뜻을 전하여 모든 물건을 다 바쳤으나 다만 황금 들보 하나가 없는지라. 옥황상제께서 그대 나라에 황금이 유족함을 아시고 이제 뜻을 전하사 칠 월 칠 일 오시에 상량하리니, 그날 미쳐 대령하되 길이 십 척 오 촌이요, 너비 삼 척 이 촌, 만일 그날 미치지 못하면 큰 변을 내리우시리라."

하고 말을 마치자 선악 소리 은은하며 오색구름이 남녘으로 향하여 가더라.

　　　　　　　　　　　　　(중략)

　　우치 무안하여 달아나고자 하더니 화담이 알고 변신하여 삵이 되어 달려드니, 우치가 보라매 되어 날려 한 즉, 화담이 또 한 청사자가 되어 우치를 물어 쓰러뜨리고 크게 꾸짖어 왈,

　　"너 같은 요술이 임금을 속이고 세상을 희롱하니 어찌 죽이지 아니하리오?"

　　우치 애걸 왈,

　　"선생의 도술이 높으심을 모르고 존엄을 범하였으니 죄당만사(罪當萬死)이오나, 소생에게 노모가 있사오니 원컨대 선생은 잔명을 빌리소서."

　　화담 왈,

　　"내 이번은 살리거니와 다시 그런 버릇없는 일을 행치 말고 그대 모친을 봉양하다가 그대 모친이 돌아가신 후에 나와 영주산에 들어가 선도(仙道)를 닦음이 어떠하뇨?"

　　우치 왈,

　　"선생의 교훈대로 봉행하리이다."

하고 인하여 하직한 후에 집에 돌아와 요술을 행치 아니하고 모친을 봉양하더니, 세월이 여류하여 우치 모부인이 졸하니 우치 예를 갖추어 선산에 안장하고 삼 년을 받들더니, 하루는 화담이 왔거늘, 우치가 황망히 나와 맞아 인사를 마치고 자리에 앉은 후에 화담 왈,

　　"그대와 약속한 일이 있으매 그대 상중에 있는 것을 알고 왔거늘, 이제 그 산에 있는 구미호를 잡아 돌상자에 가두고 그 굴에 불 지름이 어떠하뇨?"

　　우치 왈,

　　"이제 선생이 그 여우를 없이하시면 진실로 온 나라의 아주 다행스러운 일이 아닐까 하나이다."

　　화담 왈,

　　"내 이제 그대를 데려가려 하나니, 행장을 꾸리거라."

하거늘, 우치 크게 기뻐하며 재산을 흩어 노복을 주며 왈,

　　"나는 이제 영원히 이별하려 하니, 너희들은 탈 없이 있어 나의 조상의 제사를 받들라."

하고 조상의 무덤에 하직한 후에 화담을 모시고 구름을 타고 영주산으로 향하니, 그 뒷일은 알지 못하니라.

　　　　　　　　　　　　　　　　　　－ 작자 미상, 〈전우치전〉

나 S#1. 궁궐. 낮.

　　궁궐을 향해 날아 내려가는 오색구름. ㉠ 선녀와 천군 호위 속에 전우치가 지상을 내려 본다.

왕: 옥황상제의 아드님께서 오신다. 예를 갖춰라.

　　왕이 손짓하자, 궁중 악사들이 정악을 연주한다. 지상으로 내려온 구름. 전우치가 입을 연다. 쩌렁쩌렁한 목소리에 왕이 고개를 더 낮춘다.

전우치: 지상의 왕은 내가 시킨 대로 황금 1만 냥을 함경도 기근 지역에 보냈느냐?

왕: 그제 제 꿈에 나타나 하명하신 대로 한 치 틀림없이 그리했습니다.

전우치: 하늘에서 그대의 덕을 높이 사 그대가 하늘로 돌아올 때 7배 70배 700배로 갚아 줄 것이다.

왕: 황공하옵니다. 왕가의 보물을 보자시길래 그것 역시 준비했습니다.

전우치: 지상의 왕이 보기보다 아주 똘똘하구나. 근데… 에이 가락이 맘에 안 드는구나.

전우치가 손짓하자, 궁중 악사들이 무엇에 홀린 듯 다른 음악을 연주한다. 맘에 안 드는지, 전우치가 손가락을 튕기자, 악사들은 음악을 바꾼다. 그제서야 맘에 든 전우치. 머리를 흔들어 박자를 느끼며, 보물이 늘어선 곳으로 걷는다. 보물을 발로 툭 쳐 보고, 도자기는 관심 없어 깨고, 보고, 던지고, 보고, 깨는데,

(중략)

거울을 연신 깨던 전우치. ㉡한 거울에 눈이 멈춘다. 작고 투박하다. 앞면은 청동이라 탁하고 뒷면은 자개로 덮여 있다. 전우치가 슬쩍 주머니에 넣는다.

전우치: 왕은 고개를 들라.

왕: 예?

전우치: 내 본시 그림 그리기를 즐겨 해 나무를 그리면 나무가 점점 자라고 짐승을 그리면 그림에서 튀어나오니 내 재주가 아까워 그런데…

전우치가 품에서 두루마리를 꺼내 펼친다. 산수화. 궁녀 2 손에 들게 한다.

전우치: 어떤가?

왕: 지상의 풍경이 아닌 듯 살아 움직이는 것 같습니다. 소인이 과문하여 묻는데 주인 없는 빈 말은 무엇을 상징하는 것입니까?

전우치: 이 도사 전우치가 타고 갈 말이니라.

왕: … 전우치? 망나니 전우치?

전우치가 대동하고 왔던 천군들을 보면, ㉢그저 허수아비에 불과하다.

전우치: 나를 아는가? 유명하면 아무리 이름을 숨긴다고 숨겨지는 것도 아니고 거 참.

왕: 감히 도사 놈이 주상을 능멸해. 여봐라 이놈을 잡아라.

궁중 무관들이 들이닥치는데, 전우치는 태평하게 한 잔 더 걸치고는, 손가락을 튕겨 음악을 바꾼다. 음악은 점점 흥겨워진다. 진땀나는 궁중 악사들.

전우치: 도사 놈이라? 에… 도사는 무엇이냐? ㉣도사는 바람을 다스리고 (바람이 분다) 마른 하늘에 비를 내리고 (순식간에 장대비가 내린다) 땅을 접어 달리고 (술상을 향해 축지법으로 갔다가 돌아온다) 날카로운 검을 바람보다도 빨리 휘두르고 (검이 쉭 – 하는 소리와 함께 허공을 가르고) 그 검을 꽃처럼 다룰 줄 아니 (검이 왕 얼굴 앞에서 꽃으로 변한다) 가련한 사람들을 돕는 게 바로 도사의 일이다. 무릇 **생선은 대가리부터 썩는 법**! 왕과 대신들이 기근에 시달리는 백성을 보살피지 않아 이 도사 전우치가 친히 백성들 심부름을 하고자 왔으니 공치사 받을 일도 아니고.

전우치를 에워싸는 궁중 무관들. 섣불리 접근하지 못하는데, 전우치 천천히 붉은 붓을 들어 술병 모가지 테두리를 둘러 원을 그린다. 서로를 바라보다 자신의 목을 보는 무관들. 모두의 목에 붉은 테두리가 그려져 있다.

전우치: 내가 이 병 목을 치면 너희들은 어떻게 될 거 같으냐?

무관들, 술렁거리며 주춤한다.

왕: 저놈을 잡는 자에게 황금 2천 냥을 주겠다.

전우치: 하하하… 돈을 막 쓰는구나. 하하하…

전우치가 그림 속으로 들어가 말을 타고 사라진다. ㉤웃음소리는 오래도록 왕을 언짢게 한다.

— 최동훈, 〈전우치〉

084

(가)의 화담에 대한 이해로 가장 적절한 것은?

① 전우치가 요술로 세상을 어지럽히지 않도록 이끈다.
② 전우치의 요청에 따라 선도를 닦기 위해 함께 간다.
③ 전우치의 공격을 받으나 도술로 전우치를 제압한다.
④ 전우치와 함께 구미호를 퇴치하여 나라를 안정시킨다.
⑤ 전우치와의 약속을 지키지 않고 영주산에 갈 것을 재촉한다.

085

〈보기〉는 선생님의 안내에 따라 학생들이 (가)를 이해한 내용이다. ⓐ~ⓔ 중 적절하지 <u>않은</u> 것은? [3점]

〈보기〉

선생님: 일반적으로 영웅 소설에서 주인공은 고난을 겪지만 조력자를 만나 병서나 무기 등을 얻어 탁월한 능력을 갖게 됩니다. 이후 주인공이 위기에 처한 나라를 구하는 공을 세워 이름을 떨치며 부귀영화를 누리는 것으로 마무리됩니다. 이때 주인공은 유교적 이념을 존중하는 인물입니다. 이와 같은 전형적인 영웅 소설과 〈전우치전〉이 어떻게 유사하고 다른지 이야기해 봅시다.
학생 1: 전우치가 천서를 익혀 뛰어난 능력을 얻게 된 것은 병서를 익혀 탁월한 능력을 갖게 된 일반적인 영웅 소설과 비슷해요. ······································· ⓐ
학생 2: 전우치가 충을 다함으로써 효를 실천하는 것은 충효라는 유교적 이념을 중시하는 일반적인 영웅 소설과 비슷해요. ··· ⓑ
학생 3: 전우치가 입신양명의 길을 선택하지 않은 것은 나라에 공을 세워 이름을 널리 떨치는 일반적인 영웅 소설과는 달라요. ······································· ⓒ
학생 4: 전우치가 옥황상제의 권위를 이용하여 나라의 재산을 취하려 한 것은 위기에 처한 나라를 구하는 일반적인 영웅 소설과는 달라요. ················· ⓓ
학생 5: 전우치가 재산을 흩어 노복에게 주고 떠나는 것으로 마무리되는 것은 부귀영화를 누리게 되는 일반적인 영웅 소설과는 달라요. ······················· ⓔ

① ⓐ   ② ⓑ   ③ ⓒ   ④ ⓓ   ⑤ ⓔ

086

(가)를 토대로 (나)가 창작되었다고 할 때, [A]와 (나)에 대한 비교로 적절하지 <u>않은</u> 것은?

① 전우치가 왕에게 말하는 태도는 [A]에서는 근엄하였으나, (나)에서는 거드름을 피우는 것으로 변화하였다.
② 전우치가 왕에게 황금을 요구한 까닭은 [A]에서는 모친 봉양을 위한 것이었으나, (나)에서는 백성을 보살피는 것으로 바뀌었다.
③ 전우치가 자신의 요구 실현에 대해 취한 조치는 [A]에서는 실행하지 않을 경우 변을 당하리라 위협하는 것으로, (나)에서는 실행한 것에 대해 보상을 약속하는 것으로 표현되었다.
④ 전우치가 왕과의 만남을 끝내는 모습이 [A]에서는 구름을 타고 남쪽으로 가는 것으로, (나)에서는 돌아올 것을 예고하며 말을 타고 산수화 속으로 들어가는 것으로 나타났다.
⑤ 전우치가 왕에게 자신의 요구를 전하는 장면은 [A]에서는 왕에게 요구하는 모습이 자세히 서술되었으나, (나)에서는 꿈에 나타나 하명하였다는 왕의 대사로 간략히 처리되었다.

087

(나)에 나타난 갈등 양상에 대한 이해로 적절하지 <u>않은</u> 것은?

① 전우치가 자신의 정체를 드러낸 것을 계기로 왕과의 갈등이 표출되어 상황이 새로운 국면으로 전환된다.
② 전우치가 '생선은 대가리부터 썩는 법'이라고 말함으로써 왕과의 갈등이 부패한 지배층에 대한 비판으로 확장된다.
③ 왕이 전우치에게 속아 그를 최고의 예우로 대하는 것은 장차 전우치의 정체가 밝혀질 때 갈등이 증폭되는 요인이 된다.
④ 왕이 전우치를 '옥황상제의 아드님'에서 '도사 놈'으로 바꿔 부르는 것에서 전우치를 향한 왕의 적대적인 인식이 드러난다.
⑤ 왕과 전우치의 주문에 따라 연주되는 음악이 계속 바뀜으로써 왕과 전우치 간의 대결이 우열을 가리기 힘든 상황임이 드러난다.

088

(나)를 영화로 제작한다고 할 때, ㉠~㉤에 대한 연출 계획으로 적절하지 **않은** 것은?

① ㉠: 전우치의 권위와 위엄이 느껴지게 하려면, 지상을 내려다보는 전우치를 올려다보며 촬영해야겠군.

② ㉡: 전우치가 거울에 관심을 갖고 있음을 강조하려면, 전우치의 얼굴이나 눈동자를 화면에 가득 담아야겠군.

③ ㉢: 천군들의 정체로 인한 왕의 당혹감을 표현하려면, 천군이 있던 자리에 놓인 허수아비를 왕의 시점으로 보여 주어야겠군.

④ ㉣: 전우치가 도사로서 가진 출중한 능력을 입체적으로 전달하려면, 여러 공간에서 동시에 일어나는 각각의 장면을 번갈아 보여 주어야겠군.

⑤ ㉤: 왕이 전우치로 인해 불쾌감을 지속적으로 느끼고 있음을 감각적으로 표현하려면, 언짢아하는 왕의 표정을 보여 주며 전우치가 남긴 웃음소리를 효과음으로 길게 끌어야겠군.

[089~093] 다음 글을 읽고 물음에 답하시오.

🄰 꾀꼬리 탓이 아니더냐 황금 같은 저 꾀꼬리
　황금 갑옷 떨쳐입고 세류영(細柳營)에 넘노는 듯
　벽력같이 우는 소리 깊이 든 잠 다 깨운다
　산 절로 수 절로 하니 산수 간에 나도 나도 절로
　이 중에 절로 난 몸이 늙기도 절로 하리
　화류 장대(章臺) 고운 여자
　너희 얼굴 곱다 하고 자랑하지 말려무나
　뒷동산 피는 꽃은 명춘 삼월 피려니와
　나와 같은 **초로인생(草露人生)** 한번 끔쩍 죽어지면
　다시 갱생 어려워라
　낙양성 십리허에 높고 낮은 저 무덤은
　영웅호걸이 몇몇이며 절대가인이 몇몇이냐
　통일천하 진시황은 아방궁(阿房宮)을 사랑 삼고
　삼천궁녀를 시위하여 몇 만 년을 살자 하고
　만리장성 굳게 쌓고 기천만 년 살았더니
　사구평대(沙丘坪臺) 저문 날에 여산청초(驪山靑草) 속절없다
　이러한 영웅들은 사후유명(死後留名) 되려니와 ⎤
　나와 같은 초로인생 한번 끔쩍 죽어지면　　　　｜
　칠성포로 질끈 묶어 소방상 댓돌 위에　　　　　｜
　두렷이 메고 갈 때 한 모퉁이 돌아가니　　　　　｜
　굵은비는 세우 섞어 함박으로 퍼붓는데　　　　　[A]
　무주공산 터를 닦아 청송(靑松)으로 울을 삼고　｜
　두견새로 벗을 삼아 주야장천 누웠으니　　　　　｜
　산은 요요 물은 쾅쾅 이것이 낙이로다　　　　　⎦
　이러한 일 생각하면 아니 놀고 무엇 하리
　노류장화(路柳墻花)를 꺾어서 들고 마음대로만 놀아 보세

－ 작자 미상, 〈영산가〉

🄱 한 잔 먹세그려 또 한 잔 먹세그려 **꽃 꺾어 수(數) 놓고 무진무진 먹세그려**
　이 몸 죽은 후면 지게 위에 거적 덮어 졸라매 메고 가 ⎤
나 오색실 화려한 휘장에 만인이 울며 가나 억새풀 속새 ｜
풀 떡갈나무 백양 속에 가기만 하면 누런 해 흰 달 가는 ｜[B]
비 굵은 눈 회오리바람 불 제 뉘 한 잔 먹자 할꼬　　　⎦
　하물며 무덤 위에 원숭이 휘파람 불 때야 **뉘우친들 어찌하리**

－ 정철, 〈장진주사〉

🄲 서울 남쪽에 너비가 1백 묘(畝)*쯤 되는 못이 있는데, 살림하는 여염집들이 빙 둘러 있어 즐비하고, 이거나 지고 타거나 걸어 그 옆으로 왕래하는 사람들이 앞뒤에 연락부절한다. 어찌 뛰어나게 그윽하고 훤칠하게 넓은 지역이 이 안에 있을 줄 알랴? 후(後) 지원(至元)* 정축년(1337) 여름 연꽃이 만발했을 때

에 현복군(玄福君) 권렴(權廉)이 보고는 사랑하여 바로 못 동쪽에 땅을 사서 누각을 세웠다. 높이는 두 길이나 되고, 연장(延長)은 세 발[丈]이나 되는데, 주추가 없이 기둥을 마련하였음은 썩지 않도록 한 것이요, 기와를 덮지 않고 띠로 이었음은 새지 않도록 한 것이었다. 서까래는 다듬지 않았지만 굵지도 않고 약하지도 않으며, 벽토는 단청(丹靑)하지 않았지만 화려하지도 않고 누추하지도 않아 대략 이러한데, 온 못의 연꽃을 모두 차지하고 있다.

이에 그의 아버지 길창 공(吉昌公)과 형제, 인아(姻婭)들을 초청하여 그 위에서 술을 마시며 화평하고 유쾌하게 놀아 하루해가 지는데도 돌아갈 줄 몰랐는데, 대자(大字)를 잘 쓰는 아들이 있으므로 '운금(雲錦)' 두 자를 쓰도록 하여 누각 이름으로 걸었다.

나는 한번 가 보니 향기로운 붉은 꽃과 푸른 잎의 그림자가 가없이 펼쳐져 이슬을 머금고 바람에 흔들리며, 연기 낀 파도에 일렁이어 소문이 헛되지 않다고 할 만했다. 어찌 그것뿐이랴? 푸르른 용산(龍山)의 여러 봉우리가 처마 앞에 몰렸는데 밝은 아침 어두운 저녁이면 매양 형상이 달라지며, 건너편 여염집들의 집자리 모양을 가만히 앉아서 볼 수 있으며, 지거나 이고 타거나 걸어 왕래하는 사람들 중의 달려가는 사람, 쉬는 사람, 돌아다보는 사람, 손짓해 부르는 사람과 친구를 만나자 서서 이야기하는 사람, 존장(尊長)을 만나자 달려가 절하는 사람들이 또한 모두 모습을 감출 수 없어 바라보노라면 즐겁기 그지없다. 저쪽에서는 한갓 못이 있는 것만 보이고 누각이 있음은 알지 못하니, 또한 어찌 누각에 있는 사람을 알겠는가? **진실로 올라가 구경할 만한 경치가 반드시 궁벽하고 거리가 먼 지방에만 있는 것이 아닌데,** 조정이나 시장에만 마음이 쏠리고 눈이 팔려 우연히 만나면서도 있는 줄을 알지 못한 것이며, 또한 하늘이 만들고 땅이 숨겨 경솔히 사람들에게 보이지 않는 것이 아니겠는가?

권렴은 허리에 만호후(萬戶侯)의 병부(兵符)를 차고 외척(外戚)의 권세를 누리면서, 나이는 아직 옛날 강사(强仕)*하던 나이가 채 못 되니, 부귀와 이록(利祿)에 빠져도 취하기 십상인데도 능히 **인자(仁者)와 지자(智者)들이 좋아하던 바를 좋아하**며, 주민들에게 놀라움을 주지도 않고 호사(豪士)들에게 꺼림을 받지도 않으면서, 갑자기 뛰어나게 그윽하고 훤칠하게 넓은 지역을 시장이나 조정에 있는 사람들의 마음과 눈이 미치지 못하는 곳에서 찾아내어 소유해서 어버이를 즐겁게 하고 손님에게까지 미치며, 자신을 즐겁게 하고 남에게까지 미치니, 이야말로 가상하다. 익재 거사(益齋居士) 아무는 기한다.

— 이제현, 〈운금루기〉

* 묘: 땅 넓이의 단위. 1묘는 대개 30평임.
* 지원: 원 순제의 연호.
* 강사: 나이 마흔에 처음으로 벼슬을 하게 된다는 뜻으로, 마흔 살을 이르는 말.

089

(가)~(다)에 대한 설명으로 가장 적절한 것은?

① (가)와 (나)는 동일한 시어를 반복하여 운율감을 형성하고 있다.

② (가)와 (다)는 색채 대조를 통해 계절의 흐름에 따른 경물의 변화를 묘사하고 있다.

③ (가)는 (나)와 달리 역설적 표현을 통해 당시 사회의 모습을 풍자하고 있다.

④ (나)는 (다)와 달리 묻고 답하는 형식을 통해 대상에 대한 친밀감을 나타내고 있다.

⑤ (다)는 (가)와 달리 음성 상징어를 사용하여 대상을 역동적으로 묘사하고 있다.

090

[A]와 [B]를 비교하여 이해한 내용으로 적절하지 <u>않은</u> 것은?

① [A]와 [B] 모두 화자가 죽은 뒤의 상황을 가정하고 있다.

② [A]와 [B] 모두 날씨를 통해 무덤가의 쓸쓸한 모습을 나타내고 있다.

③ [A]와 [B] 모두 서로 다른 장례의 모습이 대조적으로 제시되어 있다.

④ [A]는 [B]와 달리 화자가 자신을 다른 대상과 비교함으로써 죽음에 대한 안타까움을 드러내고 있다.

⑤ [A]와 [B] 모두 죽은 뒤에는 살아생전의 즐거움을 즐길 수 없음을 강조하며 주제 의식을 전하고 있다.

091

(가)에 대한 설명으로 가장 적절한 것은?

① '절로 난 몸이 늙기도 절로 하리'에는 자연의 흐름에 대한 순응적 태도가 담겨 있다.

② '자랑하지 말려무나'에는 시끄럽게 지저귀는 '꾀꼬리'에 대한 경계가 담겨 있다.

③ '절대가인이 몇몇이냐'에는 '화류 장대 고운 여자'에 대한 부러움이 담겨 있다.

④ '기천만 년 살잤더니'에는 약속을 지키지 않고 떠난 대상에 대한 원망이 담겨 있다.

⑤ '여산청초 속절없다'에는 '영웅호걸'의 남다른 모습에 대한 예찬이 담겨 있다.

092

(다)의 글쓴이의 생각으로 적절하지 않은 것은?

① 운금루는 비록 소박하지만 경치를 구경하는 데 부족함이 없다.

② 운금루에서 여염집의 모양과 사람들을 구경하는 것은 즐거운 일이다.

③ 운금루에 가 보니 권렴에 대한 세간의 소문이 헛되다는 것을 깨달았다.

④ 권렴은 세상의 부귀영화를 추구할 수 있지만 이에 몰두하지 않은 인물이다.

⑤ 권렴이 운금루를 지은 것은 자신뿐만 아니라 다른 사람도 즐겁게 한 가상한 일이다.

093

〈보기〉를 바탕으로 (가)~(다)를 감상한 내용으로 적절하지 않은 것은?

〈보기〉

선생님: (가)는 조선 시대의 잡가, (나)는 사설시조, (다)는 고전 수필로 모두 인생의 즐거움에 대해 다루고 있는 작품입니다. (가)는 자연물과 인간의 대비를 통해, (나)는 살아 있을 때의 즐거움과 죽은 뒤의 초라함의 대비를 통해 삶의 덧없음을 강조하고 이를 통해 모두 살아생전에 인생을 마음껏 즐기자는 주제 의식을 전달하고 있습니다. 이와 달리 (다)는 글쓴이가 자신의 경험을 바탕으로 경치가 아름다운 곳에 대한 사람들의 통념을 비판하며, 가까운 곳에서 아름다움을 발견하고 이를 즐기기 위한 삶의 태도를 제시하고 있습니다.

① (가)의 '뒷동산 피는 꽃'은 무한한 자연을, '초로인생'은 유한한 인생을 나타내는 것으로써, 자연과 인간의 대비를 통해 삶의 덧없음을 보여 주고 있군.

② (나)의 '꽃 꺾어 수 놓고 무진 무진 먹세그려'는 꽃가지를 꺾어 잔 수를 세어 가며 술 마시며 인생을 마음껏 즐기는 모습을 낭만적으로 묘사하고 있군.

③ (가)의 '노류장화를 꺾어서 들고 마음대로만 놀아 보세'와 (나)의 '뉘우친들 어찌하리'는 모두 살아생전에 마음껏 즐기자는 주제 의식을 전달하고 있군.

④ (다)의 '진실로 올라가 구경할 만한 경치가 반드시 궁벽하고 거리가 먼 지방에만 있는 것이 아닌데'에서 경치가 아름다운 곳에 대한 사람들의 통념을 비판하고 있군.

⑤ (다)의 '인자와 지자들이 좋아하던 바를 좋아'한다는 가까운 곳에서 아름다움을 발견하고 이를 즐기기 위해서는 마음의 수양이 필요하다는 글쓴이의 생각을 제시하고 있군.

ⓔ 문학 (다) 267쪽

[094~099] 다음 글을 읽고 물음에 답하시오.

가 시(詩)를 믿고 어떻게 살아가나
서른 먹은 사내가 하나 잠을 못 잔다.
먼 ─ 기적 소리 처마를 스쳐가고
잠들은 아내와 어린것의 베개 맡에
ⓐ 밤눈이 내려 쌓이나 보다.
무수한 손에 뺨을 얻어맞으며
항시 곤두박질해 온 생활의 노래
ⓑ 지나는 돌팔매에도 이제는 피곤하다.
먹고 산다는 것,
너는 언제까지 나를 쫓아오느냐.

ⓒ 등불을 켜고 일어나 앉는다.
담배를 피워 문다.
쓸쓸한 것이 오장을 씻어 내린다.
㉠ 노신(魯迅)*이여
이런 밤이면 그대가 생각난다.
온 ─ 세계가 눈물에 젖어 있는 밤
상해(上海) 호마로(胡馬路) 어느 뒷골목에서
쓸쓸히 앉아 지키던 등불
등불이 나에게 속삭인다.
여기 하나의 상심(傷心)한 사람이 있다.
여기 하나의 굳세게 살아온 인생이 있다.

― 김광균, 〈노신〉

* 노신: 루쉰. 중국의 작가(1881~1936). 일본에서 유학하여 의학을 배우다가 문학으로 전환하였음. 민중애, 사회악과 인간악의 증오 및 투쟁 정신이 작품 전체에 흐르고 있음. 대표작으로 〈아큐정전〉, 〈광인 일기〉 등이 있음.

나 너 떠나간 지
세상의 달력으론 열흘 되었고
내 피의 달력으론 십 년 되었다

나 슬픈 것은
네가 없는데도
밤 오면 잠들어야 하고
ⓓ 끼니 오면 / 입안 가득 밥알 떠 넣는 일이다

옛날 옛날 적
그 사람 되어 가며
그냥 그렇게 너를 잊는 일이다

ⓔ 이 아픔 그대로 있으면
그래서 숨 막혀 나 죽으면 / 원도 없으리라

그러나
나 진실로 슬픈 것은

언젠가 너와 내가
이 뜨거움 까맣게
잊는다는 일이다

― 문정희, 〈이별 이후〉

다 나는 어려서부터 글을 소리 내어 읽는 것을 좋아했는데 책 중에는 아직 소리 내어 읽어 보지 못한 것이 적지 않다. 그저 만년의 광경으로 냇가 언덕에서 새벽부터 저녁까지 소리 내어 책을 읽으면서 공부를 마치기를 그려 보며 밤중에 등불로 길을 비추듯 그 근원을 잃고 헤매지 않기만을 바랐다. 이제 한차례 입을 벌리면 그 소리가 깨진 종과 같다. 빠르고 느림에 가락이 없고 맑고 탁함은 조화에 어긋나 칠음(七音)을 구분하지 못하고 팔풍(八風)을 알지 못한다. 처음엔 낭랑하게 하려 하다가도 나중에는 말을 더듬게 되니 이에 서글퍼져서 읽기를 그만두고 만다. 덕성이 나태해져 **이 마음을 유지할 수가 없으니 이것이 슬퍼할 만한 것 중의 큰일이다.**

한편 또다시 곰곰이 생각해 보았다. 내가 나이는 많지만 몸은 가볍고 건강하다. 걸어서 산을 오르고 먼 길에 종일 말을 타기도 한다. 혹 천 리가 넘는 길에도 다리가 시거나 등이 뻐근한 줄 모른다. 내 연배를 살펴보더라도 나만 한 사람은 보기 드물다. 이 때문에 자못 혼자 기분이 좋아졌다. 혼자 즐거워하다 보니 쇠약해진 것을 까맣게 잊고 아직도 젊었다고 생각하곤 했다. 어떤 일을 만나면 멋대로 행동하고 흥에 겨우면 먼 데까지 갔다가 반드시 몹시 피곤한 지경이 되어서야 돌아오곤 했다. 산만하여 수습을 못 하므로 스스로 맹세하기를 자취를 거두고 한가로이 쉬면서 일 년 내내 문을 나서지 않을 작정을 했다. 하지만 예전 하던 버릇에 얽매여 저녁에 후회하고도 아침이면 되풀이하곤 했다. 대개 쇠하고 성함의 경계가 분명치 않아 그때그때 감당해 낼 수 있었기 때문이다.

이제 느닷없이 형체가 일그러져서 추한 꼴이 드러났다. 이 꼴로 사람 앞에 나서면 놀라 슬퍼하지 않을 이가 없다. 그럴진대 내가 비록 잠깐이나마 늙음을 잊고자 한들 그럴 수가 없다. 이제부터 비로소 노인으로 자처할 수 있게 된 셈이다. 선왕의 제도에 나이가 예순이 되면 마을에서 지팡이를 짚고 군복을 입지 않으며 직접 배우지도 않는다고 했다. 내가 일찍이 《예기(禮記)》*를 읽었어도 이 뜻을 익히지 않았으므로 한없이 망령된 행동이 많았다. 이제 그 잘못을 크게 깨달았으니 날이 어두워지면 들어가 쉴 수가 있을 것이다. 이가 나를 일깨워 준 것이 많은 셈이다.

㉡ 주자*는 눈이 멀어 존양(存養)*에 전념하게 되자 도리어 진작 눈이 멀지 않은 것을 안타까워했다. 이렇게 말한다면 내

이가 빠진 것 또한 너무 늦었다. 형체가 일그러지니 고요함에 나아갈 수가 있고 말이 헛나오니 침묵을 지킬 수가 있다. 살코기를 잘 씹을 수 없으니 담백한 것을 먹을 수가 있고, 경전 외는 것이 매끄럽지 못하고 보니 마음을 살필 수가 있다. 고요함에 나아가면 정신이 편안해지고, 침묵을 지키면 허물이 줄어든다. 담백한 것을 먹으면 복이 온전하고 마음을 살피면 도가 모인다. 그 손익을 따져 보면 얻는 것이 훨씬 더 많지 않겠는가?

대개 늙음을 잊은 자는 망령되고 늙음을 탄식하는 자는 천하다. 망령되지도 천하지도 않아야 늙음을 편안히 여기는 것이다. 편안히 여긴다는 말은 쉬면서 자적하는 것을 말한다. 기쁘게 화평함에 처하고 성대하게 조화를 올라타 형상의 밖에서 노닐며 요절과 장수를 마음으로 따지지 않으니 천리를 즐겨 근심하지 않는 사람에 가깝다 하겠다. 그래서 아래와 같이 [노래]를 짓는다.

– 김창흡, 〈낙치설〉

* 예기: 유학 오경(五經)의 하나. 의례의 해설 및 음악 · 정치 · 학문에 걸쳐 예(禮)의 근본정신에 대하여 서술함.
* 주자: 중국 송나라의 유학자인 '주희(朱熹, 1130~1200)'를 높여 이르는 말. 도학(道學)과 이학(理學)을 합친 이른바 송학(宋學)을 집대성함.
* 존양: 맹자가 제시한 도덕 수양에 관한 '존심양성'으로, 인간의 본심인 수오지심 · 측은지심 · 사양지심 · 시비지심의 사단을 보존하여 인간이 천부적으로 부여받은 본성인 인의예지를 회복해야 한다는 것을 의미함.

094

(가)와 (나)의 공통점으로 가장 적절한 것은?

① 영탄적 표현을 통해 대상에 대한 경외감을 드러내고 있다.
② 상승적 이미지를 활용하여 역동적 분위기를 조성하고 있다.
③ 음성 상징어를 사용하여 화자의 처지를 생생하게 그리고 있다.
④ 유사한 통사 구조의 반복을 통하여 주제 의식을 부각하고 있다.
⑤ 청자를 명시적으로 설정하여 그에게 바람직한 행위의 실천을 당부하고 있다.

095

〈보기〉를 참고하여 (가)~(다)를 감상한 내용으로 적절하지 않은 것은?

〈보기〉

작가에게 현실의 삶에서 느끼는 비애는 문학적 영감을 주는 주된 소재이다. 이처럼 비애감을 지니며 살아가는 현실을 형상화한 문학 작품에서는 비애감을 유발하는 이유가 구체적으로 제시되기 마련이다. 또한 작품에 따라 비애감을 토로하기만 하는 경우도 있지만, 비애감을 극복하려는 의지까지 표출하고 있는 경우도 있다.

① (가)에서 '시를 믿고 어떻게 살아가나'는 '먹고 산다는 것'으로 표현되는 생계의 문제로 인해 이상을 추구하지 못하는 비애감을 드러낸 것이라 할 수 있군.
② (가)에서 '여기 하나의 군세게 살아온 인생이 있다.'는 노신의 삶에 대한 긍정적 인식을 통해 삶의 비애를 극복하려는 의지를 나타낸 것이라 할 수 있군.
③ (나)에서 '세상의 달력으론 열흘 되었고 / 내 피의 달력으론 십 년 되었다'는 물리적 시간과 심리적 시간의 차이를 통해 이별로 인해 화자가 느끼는 비애감을 강조한 것이라 할 수 있군.
④ (나)에서 '옛날 옛날 적 / 그 사람 되어 가며 / 그냥 그렇게 너를 잊는 일이다'는 현재의 사랑이 과거의 사랑처럼 쉽게 잊힐까 두려워하는 화자의 비애감을 드러낸 것이라 할 수 있군.
⑤ (다)에서 '이 마음을 유지할 수가 없으니 이것이 슬퍼할 만한 것 중의 큰일이다.'는 이가 빠져 비애감을 느낀 이유가 책 읽기조차 제대로 할 수 없는 상황 때문임을 나타낸 것이라 할 수 있군.

096

(다)의 '나'가 지녔을 생각으로 적절하지 않은 것은?

① 이가 빠져 발음이 좋지 않아 경전을 잘 외지 못하니 마음을 살필 수 있군.

② 이가 빠진 일을 계기로 늙어서도 젊은 사람처럼 행동하려고 했던 것을 반성하게 되었어.

③ 이제는 나이에 어울리는 삶의 방식이 따로 있다는 《예기》의 내용이 옳다는 것을 알게 되었어.

④ 담백한 음식의 섭취로 복을 온전하게 유지할 수 있으니 이가 빠진 것도 나쁜 것만은 아니야.

⑤ 나이가 들어 인생을 즐길 수는 없지만 쉬면서 자적하고 죽음에 대비하는 마음가짐을 가져야겠군.

097

㉠과 ㉡에 대한 설명으로 가장 적절한 것은?

① ㉠은 ㉡과 달리 '나'의 현실 인식에 문제가 있음을 인지하게 만드는 존재이다.

② ㉠은 ㉡과 달리 '나'에게 질문을 던져 '나'의 태도의 변화를 유도하는 존재이다.

③ ㉡은 ㉠과 달리 '나'가 자신과 동일시하며 현재의 삶을 성찰하도록 하는 존재이다.

④ ㉠과 ㉡ 모두 '나'에게 과거에 지녔던 마음으로 돌아갈 것을 깨우치는 존재이다.

⑤ ㉠과 ㉡ 모두 '나'가 자신이 처한 문제 상황을 극복하는 데 모범으로 삼은 존재이다.

098

〈보기〉는 (다)의 마지막에 글쓴이가 지은 노래의 일부이다. (다)를 바탕으로 〈보기〉를 이해한 내용으로 적절하지 않은 것은?

> ──〈보기〉──
>
> 하늘에 빛나는 찬란한 **별**도, / 떨어지는 한낱 볼품없는 돌
> 여름내 무성한 **나뭇잎**도, / 서리 내리면 떨어지는 법
> **이것은 절로 그리되는 일**, / 딱하다 애처롭다 할 것 없다네.
> 나는 조용히 자취를 감춘 채, / 침묵 속에 **내 마음을 지키려** 하네.
> **편안한 잠자리** 하나면, / 온갖 인연이 부질없는 일
> 배 채우는 데는 **고기** 필요 없고, / 얼굴은 동안이 아니어도 상관없네.
> **정신이 깨어 있는 자**여! / 주인은 오직 그대일 뿐이네.

① 떨어지는 '별'과 '나뭇잎'은 문맥상 나이가 들어 빠진 '이'와 대응되는 자연물이다.

② '이것은 절로 그리되는 일'은 나이가 들면 쇠약해지는 것이 순리임을 의미한다.

③ '내 마음을 지키려' 한다는 것은 노인으로서 분수를 지키며 살겠다는 다짐이다.

④ '편안한 잠자리'와 '고기'는 자신의 건강을 자부하며 살았던 과거의 삶과 관련된다.

⑤ '정신이 깨어 있는 자'는 늙음을 편안하게 여기는 경지에 오른 사람을 뜻한다.

099

ⓐ~ⓔ에 대한 이해로 적절하지 않은 것은?

① ⓐ의 '밤눈'은 '서른 먹은 사내가 하나 잠을 못' 자는 것과 연결되어 괴로운 화자에게 위안을 주는 가족의 사랑을 상징한다.

② ⓑ의 '돌팔매'는 '무수한 손에 뺨을 얻어맞는' 것과 연결되어 화자에게 가해지는 시련을 의미한다.

③ ⓒ의 '등불'은 '상해 호마로 어느 뒷골목'의 '등불'로 연결되어 화자에게 노신을 떠올리게 한다.

④ ⓓ의 '밥알 떠 넣는 일'은 '밤 오면 잠'드는 일과 연결되어 화자가 이별 후에도 변함없이 일상을 살아가는 모습을 나타낸다.

⑤ ⓔ의 '원'은 '진실로 슬픈 것'과 연결되어 차라리 죽는 한이 있어도 '너'가 잊히는 일이 없으면 좋겠다는 화자의 소망을 드러낸다.

[100~104] 다음 글을 읽고 물음에 답하시오.

가 내가 왜 일찍부터 삶의 이면을 보기 시작했는가.

그것은 내 삶이 **시작부터 그다지 호의적이지 않**다는 것을 알았기 때문이다. **삶이란 것을 의식할 만큼 성장**하자 나는 당황했다. 내가 딛고 선 **출발선은 아주 불리한 위치**였다. 더구나 그 호의적이지 않은 삶은 내가 빨리 존재의 불리함을 깨닫고 거기에 대비해 주기를 흥미롭게 기다리고 있었다. 나는 어차피 호의적이지 않은 내 삶에 집착하면 할수록 상처의 내면을 견디지 못하리란 것을 알았다. 아마 그때부터 내 삶을 거리 밖에 두고 미심쩍은 눈으로 그 이면을 엿보게 되었을 것이다. 그러다 보니 나는 삶의 비밀에 빨리 다가가게 되었다.

엄마가 죽은 것은 내가 여섯 살 때라고 한다. 내게는 엄마에 대한 기억이 단 한 가지도 없다. 그래서인지 그리움도 없다. 엄마를 떠올리게 하고, 내게 엄마에 대한 그리움이 없다는 것을 자각하게 하는 것은 오히려 엄마의 존재를 한사코 감추려 하는 할머니에게서이다. 할머니가 나를 바라보는 눈빛에는 모든 할머니에게는 귀하기 마련인 제 손녀딸을 보는 대견한 이상의 안쓰러움이 있다. 그 눈빛이 바로 내게 엄마라는 존재의 상실을 떠올리게 하는 한편, 그 눈빛의 넉넉한 울타리 안에서라면 굳이 엄마를 그리워할 이유가 없다는 것을 깨닫게 해주기 때문이다.

(중략)

우리 집 어른들은 나를 모두 귀여워한다. 장군이 엄마는 내가 부모 없이 외할머니 밑에서 자라는 것이 불쌍해서라고 하고 광진테라 아줌마는 언제나 1등을 하기 때문이라고 한다. 문화사진관 아저씨는 인사성이 밝아서 그렇다고 하는가 하면 또 뉴스타일양장점의 시다 미스 리 언니는 내가 예쁘게 생겨서라고 한다.

하지만 나는 어른들이 나를 귀여워하는 진짜 이유를 알고 있다. 그것은 바로 내가 자기들의 비밀을 알고 있다고 생각하기 때문이다. 비밀을 저당잡혀 있기 때문에 그들은 나를 귀여워할 수밖에 없다. 나는 사람들의 마음속에 그런 비굴함이 있다는 것을 진작에 알았다.

내가 어른들의 비밀에 쉽게 접근한 것은 바로 어린애이기 때문이다. 정확히 말해서 ㉠'**어린애로 보이기**' 때문이다. 어른들은 자기들이 다루기 쉽도록 어린애를 그저 어린애로 보려는 준비가 되어 있기 때문에 어린애로 보이기 위해서는 예쁘다거나 영리하다거나 하는 단순한 특기만으로 충분하다.

나처럼 일찍 세상을 깨친 아이들은 **어른들이 바라는 어린이 행세**를 진짜 어린이 수준밖에 못 되는 아이들보다 훨씬 더 그럴듯하게 해낸다. 그래서 어른들 비밀의 겉모습은 조금 엿봤을망정 그 비밀의 본질에 대해서는 아무것도 모르는 척 행동한

다. 그것이 어른들을 얼마나 안심시키면서 또한 귀여움을 촉발시키는지 모른다. 비밀이란 심술궂어서 자기를 절대 보이기 싫어하는 것만큼이나 누군가에게 공유되어지기를 간청하는 속성이 있기 때문이다.

또 한 가지 내가 어른들의 비밀에 접근하는 방법은 관찰이다. 할머니가 늘 칭찬하는 대로 나는 눈썰미가 있는 데다 내가 본 것들을 내 나름대로 분석하는 데 흥미를 갖고 있다. 이따금 나는 동정심, 의리, 탐욕 등 사람의 마음속을 헝클어 놓는 것들에 대해 실험을 하기도 한다. 이모 같은 만만한 상대나 장군이처럼 내가 하찮게 여기는 동급생들이 주로 대상이 되는데, 그런 실험은 내게 어른들의 비밀을 해석하는 통찰력을 길러 준다.

어쨌든 내가 이렇게 어른들의 비밀 속에서 삶의 비밀을 캐내는 것은 **내 삶을 거리 밖에서 보려는 긴장의 한 방법**이다. 내 삶을 거리 밖에 떨어뜨리고 보지 못했다면 나는 자폐를 일으켰을지도 모른다.

– 은희경, 〈새의 선물〉

나 S#112. 안방

멍하니 벽에 기대어 망부의 사진을 응시하고 있는 정숙. 정숙 벌떡 일어나 사진을 돌려놓고 만다. 이때 "엄마!" 하고 옥희 뛰어 들어온다.

옥희: (뒤에다 봉투를 감추고) 말이지 말이지, 아저씨가 엄마 주라구 이걸 주지 않아? (하며 봉투를 내민다. 파랗게 질리는 정숙, 봉투를 들고 어쩔 줄을 모른다.)

옥희: 지나간 달치 밥값이래.

정숙: 응? (비로소 안도한다. 정숙 봉투를 뜯어 본다. 지전이 나온다. 정숙의 입가에 미소가 인다. 후– 하고 한숨을 쉰다. 그러다 흠칫하더니 그의 얼굴이 갑자기 다시 긴장하며 굳어진다. ⓐ 하얀 손가락에 네모로 접은 쪽지가 잡혀 있다. 손이 바르르 떨린다.)

옥희: 엄마! 그게 뭐야?

정숙: 아무것도 아냐. (하며 돌아서 짐짓 망설이다 결심한 듯 쪽지를 펴 본다.)

ⓑ <u>선호의 소리</u>: 이 여사! 방을 비라는 말씀 곧 비리다. 그러나 방을 비듯이 내 가슴속에 점하고 있는 이 여사의 모든 것을 비울 수는 없겠습니다. 사랑합니다. 비로소 이 사실을 알았습니다. 또한 이 한마디가 아무리 모순되고 부당할지라도 생명처럼 절대적인 것임을 자부하고 또 고백합니다. 이 여사! 많은 말은 하지 않겠습니다. 다만 이것뿐입니다.

(중략)

잠을 자던 옥희가 소스라쳐 깨더니 두리번거린다. ⓒ <u>장롱 문</u>

이 열려 있는 그 앞 언저리에는 망부의 의복과 사진 등이 흩어져 있으며 정숙은 넋을 잃은 사람처럼 장롱에 기대어 무엇인가를 중얼대고 있다. 그 월광을 받은 새하얀 정숙의 얼굴에는 두 줄기 눈물까지 흘러내린다.

옥희: 엄마 뭘 해?

정숙 물끄러미 바라본다. 옥희 정숙 앞으로 가 품 안에 안긴다.

옥희: 어디 아파? / 정숙: 아니. / 옥희: 근데 왜 울어?

정숙 쓰게 웃으며 눈물을 훔친다.

정숙: 가 자자! / 옥희: 엄마두 같이 자!

정숙: 응, 그래. (하며 흩어진 의복을 장롱 속에 챙겨 넣은 다음 옥희를 안고 자리로 돌아온다.)

옥희: 엄마 기도해야지.

정숙: 정말 (옥희 눈을 감는다. 정숙도 눈을 감고 기도를 한다.)

정숙: 하늘에 계신 우리 아버지시여! 이름을 거룩하게 하옵시며 나라가 임하옵시며 뜻이 하늘에서 이루어진 것처럼 땅에서도 이루어지이다. 오늘날 우리에게 일용할 양식을 주옵시고 우리가 우리에게 죄 지은 자를 용서하여 준 것처럼 우리 죄를 사하여 주옵시고 우리를 시험에 들지 말게 하옵시고…… 우리를 시험에 들지 말게 하옵시고…… 시험에 들지 말게…… 시험에 들지 말게…….

이렇게 막히어 되풀이하자,

옥희: 엄마 내 마저 할게. 다만 악에서 구하옵소서. 대개 나라와 권세와 영광이 아버지께 영원히 있사옵니다. 아멘.

정숙: 아멘.

정숙, 옥희를 자리에 뉘고 자기도 자리 속으로 들어간다. 나란히 누워 천정을 바라보는 모녀.

정숙: 옥희야! (하고 조용히 부른다.) / 옥희: 응?

정숙: 엄마는 옥희 하나문 그뿐이야. 옥희는 언제나 엄마하구 살지? / 옥희: 응.

정숙: 엄마가 늙어서 꼬부랑 할머니가 돼두 옥희는 엄마하구 같이 살지? / 옥희: 응.

정숙: 옥희가 유치원을 졸업하구 초등학교를 졸업하구 중학교, 고등학교, 대학교를 졸업하구 훌륭한 사람이 돼두 옥희는 엄마하고 꼭 같이 살지?

옥희: 시집 안 가구?

정숙: ? (아연해 하면서 빙그레 웃는다.) ⓓ

S#113. 안방 (낮)

자리 속에서 엎드려 무엇을 쓰고 있는 정숙, 머리는 헝클어지고 환자와 같다. ⓔ

옥희의 소리: 다음날은 마침 주일날이었어요. 엄마는 갑자기

몸이 아프시다고 예배당에 나가는 것을 그만두시고 자리 속에서 엎드려 무엇인가를 열심히 썼다간 찢어 버리곤 하시겠어요. 정말 요새 와서 우리 엄마는 참 이상해지셨답니다.

– 주요섭 원작 · 임희재 각색, 〈사랑방 손님과 어머님〉

100

(가)의 '나'와 (나)의 '옥희'에 대한 설명으로 적절한 것은?

① (가)의 '나'는 (나)의 '옥희'와 달리 어른들의 불합리한 면을 비판하는 인물이다.

② (가)의 '나'는 (나)의 '옥희'의 달리 어른들의 비밀을 알고도 모르는 척하는 인물이다.

③ (나)의 '옥희'는 (가)의 '나'와 달리 어른들의 관심을 끌기 위해 과장된 행동을 하는 인물이다.

④ (가)의 '나'와 (나)의 '옥희'는 모두 어른들의 세계에 대한 호기심을 해결하기 위해 애쓰는 인물이다.

⑤ (가)의 '나'와 (나)의 '옥희'는 모두 어른들의 동정심을 유발함으로써 자신이 원하는 바를 얻는 인물이다.

101

(가)와 (나)의 내용에 대한 이해로 적절하지 않은 것은?

① (가): '나'는 어른들을 관찰하고 분석하는 것을 좋아한다.

② (가): '나'는 어른들이 자신을 귀여워하는 진짜 이유를 알고 있다고 생각한다.

③ (가): 할머니는 '나'가 죽은 엄마를 그리워하는 것을 안쓰러워한다.

④ (나): 정숙은 죽은 남편의 의복과 사진을 보면서 갈등한다.

⑤ (나): 옥희는 지나간 달 밥값이 담긴 봉투에서 나온 쪽지에 대해 궁금해한다.

102

〈보기〉를 바탕으로, (가)를 감상한 내용으로 적절하지 <u>않은</u> 것은?

─────〈보기〉─────

성장 소설이란 어린아이가 성인이 되어 가는 과정을 담고 있는 작품들을 가리킨다. 일반적인 성장 소설에서 주인공은 자신의 내면을 뚫고 나와 외부 세계와 부딪힘으로써 성장을 경험한다. 그런데 일반적인 성장 소설과 달리 이 작품의 주인공인 '나'는 어린 시절의 상처로부터 자신을 보호하기 위해 외부 세계로 나가는 것을 거부한다. 대신 외부 세계로부터 거리를 두고 자신을 타인들에게 '보이는 나'와 그러한 자신을 '바라보는 나'로 분리시킴으로써 스스로를 방어하는 모습을 보인다.

① '나'가 여섯 살 이후 자신의 성장 과정을 서술하고 있다는 점에서 성장 소설의 특징을 보이고 있다고 할 수 있겠군.

② '시작부터 그다지 호의적이지 않'은 삶과 '아주 불리한 위치'였던 '출발선'은 '나'의 어린 시절의 상처라고 할 수 있겠군.

③ '삶이란 것을 의식할 만큼 성장'하는 과정에서 '나'는 외부 세계와 부딪혀서 좌절한 경험을 갖게 되었겠군.

④ '어른들이 바라는 어린이 행세'를 하는 '나'는 타인들에게 '보이는 나'에 해당한다고 할 수 있겠군.

⑤ '내 삶을 거리 밖에서 보려는 긴장의 한 방법'은 외부 세계로부터 거리를 둠으로써 스스로를 방어하는 방법이라고 할 수 있겠군.

103

㉠에 대한 설명으로 가장 적절한 것은?

① 어른들이 '나'의 거짓말을 알아채지 못하도록 하는 방법이다.

② 어른들의 불필요한 간섭이나 잔소리를 피하기 위한 방법이다.

③ 어른들이 원하는 모습을 보여 관심을 독차지하기 위한 방법이다.

④ 어른들의 약점을 건드려서 '나'가 원하는 것을 얻기 위한 방법이다.

⑤ 어른들의 비밀에 쉽게 접근하기 위해 그들의 경계를 늦추는 방법이다.

104

〈보기〉의 시나리오 기법을 활용하여, (나)의 ⓐ~ⓔ를 찍기 위한 제작 회의를 한다고 할 때 적절하지 <u>않은</u> 것은?

─────〈보기〉─────

• 내레이션(NAR./narration): 장면에 나타나지 않으면서 진행에 따라 그 내용이나 줄거리를 장면 밖에서 해설하는 것.

• 오버랩(O.L./overlap): 하나의 화면이 끝나기 전에 다음 화면이 겹치면서 먼저 화면이 차차 사라지게 하는 기법.

• 줌 인(zoom in): 카메라의 위치를 고정한 채 줌 렌즈의 초점 거리를 변화시켜 촬영물에 접근하여 가는 것처럼 보이도록 하는 촬영 기법.

• 클로즈업(C.U./close-up): 어떤 대상이나 인물을 화면에 크게 나타내는 것.

• 페이드아웃(F.O./fade-out): 화면이 처음에 밝았다가 점차 어두워지는 것.

① ⓐ는 아저씨가 보낸 쪽지를 부각할 수 있도록 클로즈업으로 잡는 것이 좋을 것 같습니다.

② ⓑ는 쪽지를 읽는 정숙의 내적 갈등에 초점을 맞춰 선호의 소리는 내레이션으로 처리하고 정숙이 나오는 화면은 바뀌지 않는 것이 좋을 것 같습니다.

③ ⓒ는 정숙의 내적 갈등이 더욱 심해지고 있다는 것을 시각적으로 보여 줄 수 있도록 줌 인으로 처리하는 것이 좋을 것 같습니다.

④ ⓓ는 밤이 깊어지면서 장면이 마무리되므로 페이드아웃으로 처리하는 것이 좋을 것 같습니다.

⑤ ⓔ는 정숙의 이상한 모습에 옥희가 당황하고 있다는 것을 보여 줄 수 있도록 정숙의 모습과 옥희의 모습을 오버랩으로 처리하는 것이 좋을 것 같습니다.

ⓔ 문학 (나) 067쪽

[105~109] 다음 글을 읽고 물음에 답하시오.

가 얼음 위에 댓닢 자리 보아 님과 나와 얼어 죽을망정
얼음 위에 댓닢 자리 보아 님과 나와 얼어 죽을망정
정(情) 둔 오늘 밤 더디 새오시라 더디 새오시라

㉠ **경경(耿耿)*** **고침상(孤枕上)***에 어느 잠이 오리오
서창(西窓)을 열어하니 도화(桃花)가 발(發)하도다
도화는 시름없어 소춘풍(笑春風)하도다* 소춘풍하도다

넋이라도 님을 한데 녀닛 경(景)* 여겼더니
넋이라도 님을 한데 녀닛 경(景) 여겼더니
벼기더시니* 뉘러시니잇가 뉘러시니잇가

올하* 올하 아련 비올하
여울은 어디 두고 **소(沼)***에 자러 오느냐
소콧 얼면 **여울도 좋으니** 여울도 좋으니

남산(南山)에 자리 보아 옥산(玉山)을 베고 누워
금수산(錦繡山) 이불 안에 사향(麝香) 각시를 안아 누워
남산에 자리 보아 옥산을 베고 누워
금수산 이불 안에 사향 각시를 안아 누워
약(藥) 든 가슴을 맞추옵사이다 맞추옵사이다

아소 님하 / 원대평생(願代平生)에 여읠 줄 모르옵세
– 작자 미상, 〈만전춘별사〉

* 경경: 근심에 싸인.
* 고침상: 외로운 잠자리.
* 소춘풍하도다: 봄바람에 웃는구나.
* 녀닛 경: 살아가는 모습.
* 벼기더시니: 우기시던 이. 헐뜯던 이.
* 올하: 오리야.
* 소: 연못, 늪.

나 **모시를 이리저리 삼아** 두로 삼아 감삼다가*
가다가 한가운데 똑 끊어지었거늘 호치단순(晧齒丹脣)*으로
홈빨며 감빨아* 섬섬옥수(纖纖玉手)로 두 끝 마주 잡아 비부
쳐* 이으리라 저 모시를
우리도 사랑 **끊어져 갈 제 모시같이 이으리라**
– 작자 미상

* 감삼다가: 감아 삼다가. 여기서 '삼다'는 '삼이나 모시 따위의 섬유를 가늘게 찢어서 그 끝
을 맞대고 비벼 꼬아 잇다.'라는 말임.
* 호치단순: 하얀 이와 붉은 입술. 미인의 아름다움을 나타냄.
* 홈빨며 감빨아: 흠뻑 빨며 이로 감아 빨아.
* 비부쳐: 비벼서.

다 연전에 우리 시삼촌께옵서 동지상사(同至上使) 낙점(落點)
을 무르와* 북경(北京)을 다녀오신 후에, 바늘 여러 쌈을 주시
거늘, 친정(親庭)과 원근(遠近) 일가에게 보내고, 비복(婢僕)들
도 쌈쌈이 낱낱이 나눠 주고, 그 연분(緣分)이 비상(非常)하여
너희를 무수히 잃고 부러뜨렸으되, **오직 너 하나**를 연구(年久)
히 보전(保全)하니, 비록 무심한 물건이나 어찌 사랑스럽고 미
혹(迷惑)지 아니하리요. 아깝고 불쌍하며, 또한 섭섭하도다.

나의 **신세 박명(薄命)**하여 슬하(膝下)에 한 자녀 없고, **인명
(人命)이 흉완(凶頑)***하여 일찍 죽지 못하고, 가산(家産)이 빈
궁(貧窮)하여 침선(針線)에 마음을 붙여 널로 하여 시름을 잊
고 생애(生涯)를 도움이 적지 아니하더니, 오늘날 너를 영결
(永訣)하니, 오호통재라. 이는 귀신(鬼神)이 시기하고 하늘이
미워하심이로다.

아깝다 바늘이여, 어여쁘다 바늘이여, 너는 미묘한 품질과
특별한 재치를 가졌으니, 물중(物中)의 명물(名物)이요, **군세
고 곧기는 만고(萬古)의 충절(忠節)**이라. 추호(秋毫) 같은 부리
는 말하는 듯하고, 두렷한 귀는 소리를 듣는 듯한지라. ㉡ **능
라(綾羅)와 비단(緋緞)에 난봉(鸞鳳)과 공작(孔雀)을 수놓을
제, 그 민첩하고 신기(神奇)함은 귀신이 돕는 듯하니, 어찌 인
력(人力)이 미칠 바리요.**

(중략)

이 생(生)에 백년동거(百年同居) 하렸더니, 오호애재라, 바
늘이여. 금년 시월 초십일 술시(戌時)에 희미한 등잔 아래서,
관대(冠帶) 깃을 달다가, 무심중간(無心中間)에 자끈동 부러지
니 깜짝 놀라와라. 아야 아야, 바늘이여, 두 동강이 났구나. 정
신이 아득하고 혼백(魂魄)이 산란(散亂)하여 마음을 빻아 내
는 듯, 두골을 깨쳐내는 듯, 이윽도록 기색혼절(氣塞昏絶)*하
였다가 겨우 정신을 차려, 만져 보고 이어 본들 속절없고 하릴
없다. **편작***의 신술로도, 장생불사(長生不死) 못 하였네. 동네
장인(匠人)에게 때이련들 어찌 능히 때일손가. 한 팔을 베어
낸 듯, 한 다리를 베어 낸 듯, 아깝다 바늘이여, 옷섶을 만져
보니 꽂혔던 자리 없네.

오호통재라. **내 삼가지 못한 탓**이로다. **무죄(無罪)한 너**를
마치니 백인(伯仁)이 유아이사(由我而死)*라. 누를 한(恨)하며
누를 원(怨)하리요. 능란한 성품과 공교(工巧)한 재질(才質)을
나의 힘으로 어찌 바라리요. 절묘한 의형(儀形)은 눈 속에 삼
삼하고, 특별한 품재(稟才)는 심회가 삭막하다. 네 비록 물건
이나 무심치 아니하면, 후세(後世)에 다시 만나 평생 동거지정
(同居之情)을 다시 이어, 백년고락(百年苦樂)과 일시생사(一時
生死)를 한가지로 하기를 바라노라. 오호애재라, 바늘이여.
– 유씨 부인, 〈조침문〉

* 무르와: 받아.
* 흉완: 흉악하고 모질.
* 기색혼절: 숨이 막혀서 까무러침.

* 편작: 춘추 전국 시대의 전설적인 명의.
* 백인이 유아이사라: 내가 백인을 직접 죽인 것은 아니나 '백인이 나로 인해 죽었다'는 의미로, 중국 진나라 때의 승상이었던 왕도와 관련된 고사임.

105

(가)~(다)에 대한 설명으로 가장 적절한 것은?

① (가)와 (나)는 모두 대화 형식을 활용하여 대상에 대한 화자의 태도를 드러내고 있다.

② (가)와 (다)는 모두 구체적인 날짜를 제시하여 작중 상황에 구체성을 더하고 있다.

③ (나)와 (다)는 모두 음성 상징어를 사용하여 생동감을 살리고 있다.

④ (가), (나), (다)는 모두 감탄사를 사용하여 화자의 애상감을 드러내고 있다.

⑤ (가), (나), (다)는 모두 대상에 감정을 이입하여 화자의 외로움을 강조하고 있다.

106

〈보기〉를 바탕으로 (가)를 감상한 내용으로 적절하지 <u>않은</u> 것은?

> ─〈보기〉─
>
> (가)는 임과 이별하기 전과 후의 시간을 겪으면서 화자가 가지는 다양한 감정의 흐름을 바탕으로, 임과 영원히 함께 있고 싶은 소망과 염원을 그리고 있다. 화자는 임과의 이별을 거부하지만 어쩔 수 없이 찾아온 이별 앞에서 깊어지는 외로움과 슬픔을 드러낸다. 또 이별의 원인이 자신에게 있지 않음을 드러내기도 하고, 이별 후 방탕한 생활을 하는 임이 자신에게 다시 돌아오기를 바라는 마음을 드러내기도 한다. 화자는 이별이 지속되고 있는 현실적 한계 속에서도 임과의 해후와 합일을 포기할 수 없다는 소망도 드러낸다.

① 임과 함께하는 '정 둔 오늘 밤'이 '더디 새오시라'를 통해, 시간의 지연으로 임과 함께하는 시간을 늘리고 싶은 화자의 간절함을 드러내고 있다.

② '도화는 시름없어 소춘풍하도다'를 통해, 임과의 이별 후 자신의 처지와 대비되는 자연을 접하면서 화자의 외로움이 더욱 심화되고 있음을 드러내고 있다.

③ '벼기더시니 뉘러시니잇가'를 통해, '넋이라도 님'과 함께하고자 했던 소망이 이루어지지 않은 것이 화자 때문이 아님을 드러내고 있다.

④ '올하'가 '소에 자러' 갔다가 '소'가 얼어 '여울도 좋으니' 하고 '여울'로 가는 모습을 통해, 화자와의 이별로 인해 힘들어하며 방탕한 생활을 하는 임의 모습을 드러내고 있다.

⑤ '옥산을 베고' 눕고 '금수산 이불 안에' 눕는 것을 통해, 이별이 지속되는 상황 속에서도 임과의 해후와 합일을 소망하는 화자의 마음을 드러내고 있다.

107

〈보기〉의 설명을 바탕으로 (나)와 〈보기〉의 [A]를 연결 지어 이해한 내용으로 적절하지 않은 것은?

〈보기〉

　문학적 형상화는 삶에 대한 구체적 경험이 촉발하는 정서와 인식을 드러내는 것을 말한다. 이렇게 볼 때, (나)의 작가는 대상과 관련한 실생활의 경험으로부터 임과 오래오래 사랑하고 싶은 소망을 이끌어 내고 있다. 한편, (나)와 유사한 내용의 시조가 『진본 청구영언』에도 실려 있는데, [A] 초장과 중장의 내용은 같으나 종장은 '이 인생(人生) 긋처갈 제 져 모시쳐로 니으리라.'라고 되어 있어 주제 의식 면에서 차이를 보인다. 이 경우는 실생활의 경험으로부터 장수하고자 하는 소망을 이끌어 내며 인생의 유한성을 극복하고자 하는 욕망을 형상화한 것으로 이해할 수 있다.

① '모시를 이리저리 삼'는 행위는 실생활의 구체적 경험을 형상화한 것으로, 시상의 계기가 되었다고 볼 수 있다.

② '한가운데 똑 끊어'진 상황은 '인생' 측면에서는 한번 끊기면 돌이킬 수 없는 인간의 유한성을 환기하고, '사랑' 측면에서는 임과의 사랑이 끊어진 상황을 환기한다고 볼 수 있다.

③ '홈빨며 감빨아'는 끊어진 모시실을 잇는 행위로, '인생' 측면에서 보면 인간의 삶이 지닌 무상함을 강조한 것으로 볼 수 있다.

④ 끊어진 모시실을 '섬섬옥수로 두 끝 마주 잡아 비부쳐' 이으려는 행위는 '사랑' 측면에서 보면 사랑을 회복하기 위한 화자의 노력으로 볼 수 있다.

⑤ '끊어져 갈 제 모시같이 이으리라'는 화자가 잇고 싶어 하는 대상에 따라 장수 또는 임과의 영원한 사랑에 대한 화자의 소망과 의지를 드러낸 것으로 볼 수 있다.

108

㉠, ㉡에 대한 설명으로 가장 적절한 것은?

① ㉠은 주어진 현실에 순응하는 태도를, ㉡은 현실적 한계를 극복하려는 태도를 드러내고 있다.

② ㉠은 자신과 외부 세계 사이의 이질감을, ㉡은 자신과 대상 사이의 조화로움을 강조하고 있다.

③ ㉠은 해소되지 않은 문제 상황으로 인한 고통을, ㉡은 문제 상황을 초래한 대상에 대한 거리감을 나타내고 있다.

④ ㉠은 자신의 상황이 변화되지 않을 것이라는 절망감을, ㉡은 대상의 속성이 일시적이었다는 깨달음을 제시하고 있다.

⑤ ㉠은 대상의 부재로 인한 화자의 처지와 정서를, ㉡은 상실한 대상이 가졌던 자질에 대한 화자의 태도를 드러내고 있다.

109

(다)를 이해한 내용으로 적절하지 <u>않은</u> 것은?

① '나'는 바늘과의 인연을 소중히 여기며 '오직 너 하나'만 남은 바늘에 대한 애정이 컸기에 바늘을 잃은 슬픔도 큰 것이겠군.

② '나'가 처했던 '신세 박명'과 '인명이 흉완'의 상황은 고통의 원인이었던 동시에 바늘에 대한 사랑과 의존의 마음을 가지게 한 바탕이 되었겠군.

③ '나'가 '굳세고 곧'은 바늘의 모습을 '만고의 충절'을 지닌 존재로 나타낸 것은 자신의 뜻을 잘 따라 주었던 바늘에 대한 고마움 때문이겠군.

④ '나'는 바늘이 부러진 상황을 '장인'조차도 돌이킬 수 없다고 생각하기 때문에 그로 인한 자신의 상심은 '편작의 신술'로도 치료될 수 없다고 하는 것이겠군.

⑤ '나'가 '내 삼가지 못한 탓'과 '무죄한 너'를 잇따라 언급하고 있는 것은 바늘을 잃어 버린 상황이 자신 탓이라는 자책감을 가지고 있기 때문이겠군.

🔵 문학 (가) 219쪽 / (나) 306쪽

[110~115] 다음 글을 읽고 물음에 답하시오.

가 [앞부분의 줄거리] 영동 탄광의 14번 갱에서 사고가 일어나고, 소장과 노조 지부장은 유일한 생존자인 만석에게 사고의 원인이 가스 누출이 아니라 광부 중 한 명이 고의로 다이너마이트를 터뜨려 일어난 일이라고 진술해 주면 특별 대우를 해 주겠다며 회유한다. 만석은 복잡한 마음으로 아들이 다니는 학교로 향한다.

(교사가 관객들에게 말한다.)

교사: 나는 이곳 국민학교에 부임해 온 지 얼마 되질 않습니다. 솔직히 말해서 좌천당해 온 거나 다름없지요. 문화 시설도 없고, 뭔가 새로운 자극이나 신선한 변화도 없는, 그래서 현대에 살다가 갑자기 저 까마득한 옛날 식물의 유해들이 석탄으로 만들어지던 쥬라기(紀) 때로 보내져 왔구나, 그런 생각이 들곤 합니다. 나하고 자리를 바꾼 전임 교사는 완전히 가르칠 의욕을 잃어버렸다고 실토하더군요. 그저 교과서나 뒤적거리게 하다가 시간이 지나면 종을 쳐서 아이들을 집으로 보내 놓고, 멍하게 시키면 **쥬라기** [A] **의 산들**을 바라보곤 했었다는 겁니다. 풀과 나무마저 새까맣기만 한 이곳에서, 나 역시 그렇게 될까 봐 겁이 더럭 났습니다. 그래서 나는 각오를 한 거지요. 뭔가 특출한 걸 보여 줌으로써, 교사로서의 내 능력을 과시하고도 싶습니다. 두고 보십시오! 분명히 우리 합창단은 전국 경연 대회에서 일등을 할 겁니다! 그것은 나를 무능하다 좌천시킨 사람들에게 크나큰 충격이 되겠지요.

(중략)

합창단: (만석이를 가리키며) 저분이 계시니까 연습이 안 돼요.

교사: (만석에게) 나가십쇼! 연습에 방해가 됩니다.

만석: ㉠ 경연 대회엔 꼭 나가실 겁니까?

교사: 그야 물론이지요.

만석: 선생님, 노래를 못 부르는 아이들은 지금 14번 **갱 속**에 있습니다.

교사: 뭐라구요? 지금도 그 속에 있어요? 도대체 그 애들 부모는 뭘 하구 있습니까? 갱 속에 들어가서 아이들을 데리고 나와야지요!

만석: 들어가질 못합니다, 갱 속에는.

교사: ㉡ 왜 못 들어갑니까?

만석: 어른들이 들어오면 그 애들은 더 깊이 들어가겠다는 겁니다.

교사: ㉢ 칠복이 때문이군요! 그 녀석이 고집을 부리니까 다른 아이들도 못 나오는 거예요!

만석: 칠복이를 설득시켜 봤습니다.

교사: 잘 안 돼요? 그 녀석은 자기 아버지 말밖엔 듣질 않습니다!

만석: 칠복이 아버지와 함께 가서 타일러 봤습니다만…… 허사였어요. 선생님, 경연 대회에 나가는 걸 포기하실 수는 없습니까?

교사: 그걸 요구하던가요. 갱 속의 아이들이?

만석: 네.

교사: ㉣ 도저히 포기할 수는 없어요! 차라리 내가 이번 일에 책임을 지고 사표를 내라면 내겠습니다. 그렇지만 노래를 못하는 아이들 때문에 노래를 잘하는 아이들을 희생시킬 수는 없습니다! (합창단을 가리키며), 저 합창단을 보십쇼. **모든 것이 새까맣게 절망적인 이곳**에서, 오직 저 아이들만이 아름다운 목소리로 희망을 노래하고 있습니다.

만석: (합창단을 바라본다.)

교사: 방해 말고 돌아가십시오. 연습을 계속해야겠습니다.

만석: 그러나 선생님, 꼭 경연 대회엘 나가겠다는 저 합창단은 우리들입니다.

교사: 우리들이라니요?

만석: 소장, 지부장, 광부 박 씨, 조 씨, 김 씨, …… 난 저 아이들에게 변함없는 우리들의 모습밖엔 볼 수가 없군요.

교사: 어째서 그렇게밖엔 보이지가 않습니까? 저 아이들은 좀 더 나은 곳에서 좀 더 나은 자리를 차지하고 살게 될 겁니다.

만석: 글쎄요, 현재 우리들처럼 석탄을 캐면서 살지는 않겠지요.

교사: (합창단의 한 아이에게) 진욱이, 이리 나와! 보십쇼, 여기 댁의 아드님이 있습니다. 우리 **합창단에서 가장 뛰어난 아이**입니다. 그런데 이 아이가 장차 당신과 똑같은 사람이 될 거라고 하시겠습니까?

만석: 진욱아…….

한 합창단원: 네, 아버지.

교사: (의기양양하게) 어떻습니까?

만석: 내 아들입니다. 그러나, **광부 박 씨**이기도 합니다.

교사: ㉤ 도대체…… 광부 박 씨라니요?

만석: 내 눈엔 그렇게 뵙니다. 내 아들 뒤에 숨어 있는 저 사람은 나중에 박 씨가 될 것이 틀림없습니다. (합창단 전원을 가리키며) 내 눈에는 보여요. 저기 저 애는 나중에 소장같이 될 것이며, 저기 저 애는 지부장이, 저기 저 애는 광부 이 씨가, 저기 저애는 광부 김 씨가 될 것입니다.

합창단: (야유의 고함을 지른다.) 우우— 우—.

교사: (지휘봉을 휘두른다.) 노래를 해! 아름다운 노래를!

합창단: 우— 우우—.

교사: 노래를 하라니까!

합창단: 우— 우우—.

교사: (만석에게) 누가 무어라고 해도 교사로서 나에게는 확신이 있습니다. ㉥ 저 애들은 분명히 당신들 같은 그런 인간이 아닙니다.

– 이강백, 〈쥬라기의 사람들〉

나 "우리 아버진 좋은 분이야. 요즈음 세상에 보기 드문 분이지. 자식들에게 호강 대신 여러 가지 어려움을 겪게 하고 싶으셨던 거야. 덕택에 나는 이번 방학에 아주 소중한 경험을 할 수 있었지. **돈 주고도 살 수 없는 귀한 경험이었어.**"

참, 생각난다. 인형 옷 만드는 집 아줌마가 텔레비전 연속극 얘길 하면서, 재벌의 아들이 인생 공부 삼아 물장사가 뭔가 하는 얘기를 하던 것이 생각났다. 아무리 연속극이라지만 구역질 나는 얘기라고 생각했다. 도대체 가난을 뭘로 알고 즈네들이 희롱을 하려고 해. 부자들이 제 돈 갖고 무슨 짓을 하든 아랑곳할 바 아니지만 가난을 희롱하는 것만은 용서할 수 없지 않은가. 가난한 계집을 희롱하는 건 용서할 수 있다손 치더라도 가난 그 자체를 희롱하는 건 용서할 수 없다. 더군다나 내 가난은 그게 어떤 가난이라고. 내 가난은 **나**에게 있어서 소명(召命)이다. [B]

"아버진 만족하고 계셔, 내가 그동안 그 지독한 생활을 잘 견딘 걸. 그래서 친구분들한테도 자식들을 그렇게 고되게 키우는 걸 권하실 모양이야. 실상 요새 있는 사람들, 자식을 너무 연하게 키우거든."

맙소사. 이제부터 부자들 사회에선 가난 장난이 유행할 거란다. 기름진 영감님들이 모여 앉아, 자네 자식 거기 아직 안 보냈나? 웬걸, 지금 여권 수속 중이네. 누가 그까짓 미국 말인가, 빈민굴 말일세 하고.

(중략)

"자, 돈 여기 있어. 다시 데리러 올 테니 옷가지라도 준비해. 당장이라도 데리고 가고 싶지만 그런 꼴로 갈 순 없잖아."

나는 돈을 받아 그의 얼굴에 내동댕이치고 그리고 그를 내쫓았다. 여섯 방의 식구들이 맨발로 뛰어나와 구경을 할 만큼 목이 터지게 악다구니를 치고 갖은 욕설을 퍼부어 그가 혼비백산 도망치게 만들었다.

"가엾게시리 미쳤구나."

그는 구두짝을 주섬주섬 집어 들고 도망치면서 중얼거렸지만 아마 곧 나에 대해 잊어버리게 될 것이다. 폐병쟁이를 잊어버리듯이 쉬 잊어버릴 것이다.

나는 그를 쫓아 보내고 내가 얼마나 떳떳하고 용감하게 내 가난을 지켰나를 스스로 뽐내며 내 방으로 들어왔다. ⓑ 그런데 내 방은 좀 전까지의 내 방이 아니었다. 빗발로 얼룩얼룩 얼룩진 채 한쪽이 축 처진 반자지, 군데군데 속살이 드러난 더러운 벽지, 지퍼가 고장난 비닐 트렁크, 절뚝발이 날림 포마이카 상, 제 몸보다 더 큰 배터리와 서로 결박을 짓고 있는 낡은 트랜지스터라디오, 우그러진 양은 냄비와 양은 식기들─, 이런 것들이 어제와 똑같은 자리에 있는데도 어제의 것이 아니었다. 그것들은 다만 무의미하고 추했다. 어제의 그것들은 서로 일사불란 나의 가난을 구성하고 있었지만, 지금 그것들은 분해되어 추한 무용지물일 뿐이었다. 판잣집이 헐리고 나면

판잣집을 구성했던 나무 판때기, 슬레이트, 진흙덩이, 시멘트 벽돌, 문짝 들이 무의미한 쓰레기더미가 되듯이 내 가난을 구성했던 내 살림살이들이 무의미하고 더러운 잡동사니가 되어 거기 내동댕이쳐져 있었다. 나는 그것들을 다시 수습할 수 있을 것 같지가 않았다. **내 방에는 이미 가난조차 없었다.** 나는 상훈이가 가난을 훔쳐 갔다는 걸 비로소 깨달았다. 나는 분해서 이를 부드득 갈았다. 그러나 내 가난을, 내 가난의 의미를 무슨 수로 돌려받을 수 있을 것인가.

— 박완서, 〈도둑맞은 가난〉

110

[A]와 [B]에 대한 설명으로 가장 적절한 것은?

① [A]는 [B]와 달리, 등장인물이 특정 집단의 행동을 비판적으로 평가하고 있다.

② [B]는 [A]와 달리, 등장인물이 특정 인물의 주장에 반박하며 그와 다른 사례를 제시하고 있다.

③ [A]와 [B]는 모두, 등장인물이 하려는 일과, 그러한 일을 하려는 이유를 드러내고 있다.

④ [A]와 [B]는 모두, 등장인물이 전해 들은 이야기를 언급하며 자신의 정서를 표출하고 있다.

⑤ [A]는 등장인물이 과거 사건이 발생하게 된 경위를, [B]는 앞으로 발생할 사건을 요약적으로 보여 주고 있다.

111

(가)의 '교사'와 '만석'에 대한 설명으로 가장 적절한 것은?

① '만석'은 자기 아들만 합창단에서 배제된 것에 대해 불만을 가지고 있었다.

② '만석'은 아이들을 살리기 위해 어른들이 갱 속으로 들어가야 한다고 주장하였다.

③ '교사'는 진욱이가 광부인 아버지보다 조금 더 나은 삶을 살 것이라고 확신하였다.

④ '교사'는 자신의 능력을 과시하기 위해서 일부러 탄광촌에 있는 국민학교에 자원하였다.

⑤ '교사'는 노래를 잘하는 아이들이 노래를 못하는 아이들을 배려해야 한다고 생각하였다.

112

(가)를 연극으로 상연한다고 할 때, ㉠~㉤에 대한 연출가의 조언으로 적절하지 <u>않은</u> 것은?

① ㉠: 교사가 합창 경연 대회에 나가려고 하는 것에 대해 못마땅한 태도로 연기해 주세요.

② ㉡: 이미 예상되는 상황이라는 듯이 상대방에게 책임을 전가하는 어투로 연기해 주세요.

③ ㉢: 칠복에 대한 반감과 자신의 예상이 틀리지 않다는 확신이 전달되도록 연기해 주세요.

④ ㉣: 상대방의 요구를 수용할 생각이 없다는 단호한 의지가 드러나도록 연기해 주세요.

⑤ ㉤: 만석의 말을 이해할 수 없어 답답하고 짜증나는 듯한 표정으로 연기해 주세요.

113

(나)의 내용에 대한 이해로 적절하지 <u>않은</u> 것은?

① '나'는 자신에 대한 기억이 상훈에게 오래 남아 있지 않을 것이라 확신하였다.

② 상훈의 아버지는 상훈이 가난한 삶을 잘 참아 냈다고 여기며 이에 대해 만족하였다.

③ 상훈은 자신의 호의를 거절하며 악다구니를 하는 '나'의 모습을 보고 당황하며 도망쳤다.

④ 상훈은 '나'의 모습이 너무 초라하여 당장 자신의 가족들에게 보여 주기 어렵다고 판단하였다.

⑤ '나'는 가난한 계집이라는 이유로 상훈이 자신을 농락한 것을 결코 용납할 수 없다고 생각하였다.

114

ⓐ와 ⓑ에 대한 설명으로 가장 적절한 것은?

① ⓐ에는 '그런 인간'에 대한 경멸이, ⓑ에는 '좀 전까지의 내 방'에 대한 환멸이 담겨 있다.

② ⓐ에는 '저 애들'의 장래에 대한 긍정적 전망이, ⓑ에는 '내 방'에 대한 인식의 변화가 담겨 있다.

③ ⓐ에는 '저 애들'로 인해 야기될 상황에 대한 두려움이, ⓑ에는 '내 방'의 달라진 인상에 대한 놀라움이 담겨 있다.

④ ⓐ는 '저 애들'과 '그런 인간'의 공통점을, ⓑ는 '내 방'과 '좀 전까지의 내 방'의 차이점을 부각하고 있다.

⑤ ⓐ는 '저 애들'이 자라 '그런 인간'이 될 것임을, ⓑ는 '내 방'을 '좀 전까지의 내 방'으로 되돌릴 수 없음을 강조하고 있다.

115

〈보기〉를 참고하여, (가)와 (나)를 감상한 내용으로 적절하지 <u>않은</u> 것은?

─〈보기〉─

1970년대 이후 우리 사회는 급속한 산업화로 급격한 경제적 발전을 이루었지만, 그 이면에는 빈부 격차나 물질 만능주의 등의 사회적 문제가 대두되었다. (가)와 (나)는 이러한 시대를 배경으로 노동자들의 열악한 삶의 모습을 그려 내며 당대 사회에 대한 비판 의식을 드러낸다. 이때 노동자의 삶에 대한 당사자의 시각과 제삼자의 시각차로 인해 인물 간의 갈등이 야기되는 설정은, 특정 계층의 부도덕한 행태나 이기적인 인간 군상을 부각한다.

① (가)에서 교사가 탄광촌을 '쥬라기의 산들'이라고 하며 '모든 것이 새까맣게 절망적인 이곳'이라고 말하는 것에서, 탄광 노동자들의 삶에 대한 제삼자의 비관적 시각이 드러나는군.

② (가)에서 '갱 속'의 아이들이 위험한 상황임에도 교사가 합창 연습을 강행하는 것에서, 자신의 목적을 이루기 위해 탄광 노동자의 아이들을 이용하는 이기적인 면모가 드러나는군.

③ (가)에서 교사가 진욱을 '합창단에서 가장 뛰어난 아이'라고 평가하는 것과 달리 만석이 진욱을 '광부 박 씨'라고 부르는 것에서, 노동자의 삶의 변화 가능성에 대한 인물들 간의 시각차가 드러나는군.

④ (나)에서 그가 '나'와 함께 지낸 시간을 '돈 주고도 살 수 없는 귀한 경험'이라고 인정하는 것에서, 모든 것을 돈으로 환산하려는 물질 만능주의적 세태에 대한 부정적 시각이 드러나는군.

⑤ (나)에서 '나'가 '내 방에는 이미 가난조차 없었다'라고 분개하는 것에서, 삶의 자존감을 잃은 노동자의 비참한 심정과 함께 부유층의 부도덕한 행태에 대한 비판적 시각이 드러나는군.

📖 문학 (다) 277쪽

[116~121] 다음 글을 읽고 물음에 답하시오.

가 꽃이 지기로소니
바람을 탓하랴.   [A]

주렴 밖에 성긴 별이
하나둘 스러지고

귀촉도 울음 뒤에
머언 산이 다가서다.

촛불을 꺼야 하리   [B]
꽃이 지는데

꽃 지는 그림자
뜰에 어리어

하이얀 미닫이가   [C]
우련 붉어라.

묻혀서 사는 이의
고운 마음을

아는 이 있을까   [D]
저어하노니

꽃이 지는 아침은
울고 싶어라.   [E]

– 조지훈, 〈낙화〉

나 **홍진(紅塵)**에 묻힌 분들 이내 생애(生涯) 어떠한고
옛사람 풍류(風流)를 미칠까 못 미칠까
천지간(天地間) 남자(男子) 몸이 나만 한 이 많건마는
㉠산림(山林)에 묻혀 있어 지락(至樂)을 모를 건가
수간모옥(數間茅屋)을 벽계수(碧溪水) 앞에 두고
송죽(松竹) 울울리(鬱鬱裏)에 풍월주인(風月主人) 되었구나
엊그제 겨울 지나 새봄이 돌아오니
도화행화(桃花杏花)는 석양리(夕陽裏)에 피어 있고
녹양방초(綠楊芳草)는 세우 중(細雨中)에 푸르도다
칼로 말아 낸가 붓으로 그려 낸가
㉡조화신공(造化神功)*이 물물마다 헌사롭다*
수풀에 우는 새는 춘기(春氣)를 못내 겨워
소리마다 교태로다

물아일체(物我一體)어니 흥(興)이에 다를쏘냐
시비(柴扉)에 걸어 보고 정자(亭子)에 앉아 보니
소요음영(小搖吟詠)하야 산일(山日)이 적적(寂寂)한데
ⓐ 한중진미(閑中珍味)를 알 이 없이 혼자로다
이봐 이웃들아 **산수(山水)** 구경 가자스라
답청(踏靑)일랑 오늘 하고 욕기(浴沂)일랑 내일 하세
아침에 채산(採山)하고 저녁에 조수(釣水)하세
갓 괴어 익은 술을 갈건(葛巾)으로 걸러 놓고
꽃나무 가지 꺾어 수(數) 놓고 먹으리라
화풍(和風)이 건듯 불어 녹수(綠水)를 건너오니
청향(淸香)은 잔에 지고 낙홍(落紅)은 옷에 진다
준중(樽中)이 비었거든 날더러 아뢰어라
소동(小童) 아해더러 주가(酒家)에 술을 물어
어른은 막대 짚고 아해는 술을 메고
미음완보(微吟緩步)하여 시냇가에 혼자 앉아
명사(明沙) 맑은 물에 잔 씻어 부어 들고
청류(淸流)를 굽어보니 떠오나니 도화(桃花)로다
ⓒ 무릉(武陵)이 가깝도다 저 산이 거기인고
송간(松間) 세로(細路)에 두견화(杜鵑花)를 부여 들고
봉두(峰頭)에 급히 올라 구름 속에 앉아 보니
천촌만락(千村萬落)이 곳곳이 벌여 있네
연하일휘(烟霞日輝)는 금수(錦繡)를 펴 놓은 듯
엊그제 검은 들이 봄빛도 유여(有餘)할사
ⓓ 공명(功名)도 날 꺼리고 부귀(富貴)도 날 꺼리니
청풍명월(淸風明月) 외(外)에 어떤 벗이 있사올고
단표누항(簞瓢陋巷)*에 허튼 생각 아니하네
ⓔ 아모타 백년행락(百年行樂)이 이만한들 어찌하리

– 정극인, 〈상춘곡〉

* 조화신공: 만물을 창조한 신의 공로.
* 헌사롭다: 야단스럽다.
* 단표누항: 누항에서 먹는 한 그릇의 밥과 한 바가지의 물이라는 뜻으로, 선비의 청빈한 생활을 이르는 말.

다 찰찰하신 **노주인**이 조석으로 물을 준다, 거름을 준다. 손아(孫兒)들을 데리고 일삼아 공을 들이건마는 이러한 간호만으로는 병들어 가는 화단을 어찌하지 못하였다.

그 벌벌하고 탐스럽던 수국과 옥잠화의 넓은 잎사귀가 모두 누릇누릇하게 뜨기 시작하고 불에 덴 것처럼 부풀면서 말라 들었다.

"빗물이나 수돗물이나 물은 마찬가질 텐데……."

물을 주고 날 때마다, 화단에서 어정거릴 때마다 노인은 자못 섭섭해하였다.

비가 왔다. 소나기라도 한 줄기 쏟아졌으면 하던 비가 사흘이나 순조로이 내리어 화분마다 맑은 물이 가득가득 고이었다.

노인은 비가 갠 화단 앞을 거닐며 몇 번이나 혼자 수군거리었다.

"그저 하눌 물이라야…… 억조창생이 다 비를 맞아야……."

만지기만 하면 가을 가랑잎 소리가 날 것 같던 풀잎사귀들이 기적과 같이 소생하였다. 노랗게 뜸이 들었던 수국잎들이 시꺼멓게 약이 오르고 나오기도 전에 옴츠러지던 꽃봉오리들이 부르튼 듯 탐스럽게 열리었다. 노인은 기특하게 여기어 잎사귀마다 들여다보며 어루만지었다.

원래 서화를 좋아하는 어른으로 화초를 끔찍이 사랑하는 노인이라, 가만히 보면 그의 손이 가지 않은 나무가 없고 그의 공이 들지 않은 가지가 없다. 그중에도 석류나무 같은 것은 철사를 사다 층층이 테를 두르고 곁가지 샛가지를 자르기도 하고 휘어 붙이기도 하여 사 층 나무도 되고 오 층으로 된 나무도 있다. 장미는 홍예문같이 틀어 올린 것도 있고 복숭아나무는 무슨 비방으로 기른 것인지 키가 한 자도 못 되는 어린나무에 열매가 도닥도닥 맺히었다. 노인은 가끔 ⓑ안손님들까지 사랑 마당으로 청하여 이것들을 구경시키었다. 구경하는 사람마다 희한해하였다.

그러나 다행히 이러한 화단이 우리 방 앞에 있음에도 불구하고 나는 한 번도 노주인의 재공(才功)을 치하하지 못한 것은 매우 서운한 일이라고 생각한다.

그가 있는 재주를 다 내어 기르는 그 사 층 나무 오 층 나무의 석류보다도 나의 눈엔 오히려 한편 구석 응달 밑에서 주인의 일고지혜(一顧之惠)도 없이 되는 대로 성큼성큼 자라나는 봉선화 몇 떨기가 더 몇 배 아름답게 보이기 때문이다.

무럭무럭 넘치는 기운에 마음대로 뻗고 나가려는 가지가 그만 가위에 잘리우고 철사에 묶이어 채반처럼 뒤틀려 있는 것은 아무리 보아도 괴로운 꼴이다. 불구요 기형이요 재변이라고 안 할 수 없다.

노인은 푸른 채반에 붉은 꽃송이를 늘어놓은 것 같다고 하나 우리의 무딘 눈으로는 도저히 그런 날카로운 감상을 즐길 수 없을 뿐 아니라 도리어 불유쾌를 느낄 뿐이었다.

자연은 신이다. 이름 없는 한 포기 작은 잡초에 이르기까지 신의 창조가 아닌 것이 없다. 신의 작품으로서 우리 인간이 손을 대지 않으면 안 될 만한 그러한 **졸작**, 그러한 **미완품**이 있을까? 이것은 생각만으로도 어리석은 일일 것이다.

우리는 자연을 **파괴하고 불구되게** 할 수는 있다. 그러나 그것을 창조하거나 개작할 재주는 없을 것이다.

                                                    – 이태준, 〈화단〉

116

(가)~(다)에 대한 설명으로 가장 적절한 것은?

① (가)는 설의적 표현을 통해 대상에 대한 비판적 태도를 드러내고 있다.
② (나)는 시간에 따라 시상을 전개하여 과거에 대한 그리움을 드러내고 있다.
③ (다)는 구체적인 청자를 설정하여 개인적 체험으로부터 얻은 깨달음을 진술하고 있다.
④ (가), (나)는 청각적 심상을 통해 화자의 정서를 간접적으로 드러내고 있다.
⑤ (나), (다)는 색채어를 사용하여 계절의 흐름에 따른 자연의 변화를 나타내고 있다.

117

(가)의 [A]~[E]에 나타난 화자의 태도로 적절하지 않은 것은?

① [A]: 꽃이 지는 모습을 바라보며 자연의 섭리에 순응하는 태도를 나타내고 있다.
② [B]: 날이 밝은 후에 꽃이 지는 모습을 관조하고자 하는 태도를 드러내고 있다.
③ [C]: 집 안에서 바라보는, 떨어지는 꽃의 아름다움에 대한 감탄을 드러내고 있다.
④ [D]: 꽃에 대한 자신의 순수한 마음을 알아주는 사람이 없는 현실에 대한 서러움을 드러내고 있다.
⑤ [E]: 꽃이 지는 모습을 보면서 느끼는 비애감을 집약적으로 제시하고 있다.

118

(나)의 ㉠~㉤을 이해한 내용으로 적절하지 <u>않은</u> 것은?

① ㉠에는 자연 속에서 느끼는 흥취를 모르는 세상 사람들에 대한 화자의 안타까움이 담겨 있다.

② ㉡에는 봄이 되어 온갖 꽃과 나무들이 만들어 내는 아름다운 풍경에 대한 화자의 예찬이 담겨 있다.

③ ㉢에는 현실에 안주하지 않고 이상적인 세계를 추구하고자 하는 화자의 의지가 담겨 있다.

④ ㉣에는 부귀와 공명 같은 세속적 명리와 거리를 두고자 하는 화자의 심리가 담겨 있다.

⑤ ㉤에는 자연에 묻혀서 즐겁게 지내는 자신의 삶에 대한 화자의 만족감이 담겨 있다.

119

(다)에 대한 설명으로 적절하지 <u>않은</u> 것은?

① 노인이 아침저녁으로 화단에 물을 주었음에도 비를 맞지 못한 화초들은 누렇게 뜨고 말라 갔다.

② 노인은 철사로 테를 두르고 샛가지를 자르며 휘어 붙이는 등 다양한 방법을 통해 화초를 가꾸었다.

③ 노주인은 가끔 여자 손님들까지 사랑 마당에 초대하여 자신이 공을 들여 키운 화초를 구경시켰다.

④ '나'는 노주인의 집에 세 들어 살면서도 노주인의 화단을 제대로 구경하지 못하여 서운함을 느꼈다.

⑤ '나'는 아무런 보살핌 없이 자라나는 봉선화가 노주인이 정성을 들여 키우는 화초보다 아름답다고 생각하였다.

120

ⓐ와 ⓑ에 대한 설명으로 가장 적절한 것은?

① ⓐ는 ⓑ와 달리 화자가 심리적으로 거리감을 두는 대상에 해당한다.

② ⓑ는 ⓐ와 달리 자연을 바라보는 태도가 글쓴이와 상이한 사람에 해당한다.

③ ⓐ와 ⓑ는 모두 화자나 글쓴이가 정신적으로 교감할 수 있는 대상에 해당한다.

④ ⓐ는 화자와 상반된 삶을 사는 사람이고, ⓑ는 글쓴이의 삶을 비판하는 사람이다.

⑤ ⓐ는 화자처럼 자연에 은둔하는 사람이고, ⓑ는 글쓴이처럼 노주인의 화단을 예찬하는 사람이다.

121

〈보기〉를 참고하여 (가)~(다)를 감상한 내용으로 적절하지 <u>않은</u> 것은?

〈보기〉

(가)~(다)는 모두 자연을 소재로 화자나 글쓴이의 정서와 삶의 태도, 가치관 등을 드러내고 있다. (가)에서 자연은 세상을 피해 은거하는 공간으로, 현실과 단절되어 살아가는 화자가 삶에 대한 무상감을 드러내고 있다. (나)에서 자연은 화자가 속세에서 벗어나 살아가는 공간으로, 화자는 자연 속에서의 소박한 삶을 가치 있게 여기는 태도를 보여 주고 있다. 그리고 (다)에서 자연은 아름다움의 대상으로, 자연의 아름다움에 대한 인물 간의 관점 차이를 통해 글쓴이의 가치관을 드러내고 있다.

① (가)의 '묻혀서 사는 이'는 화자 자신을 나타낸 것으로, 화자가 세상을 피해 자연에서 은거하고 있음을 확인할 수 있군.

② (나)의 '수간모옥'과 '산수'는 '홍진'과 대조를 이루는 공간으로, 화자가 속세에서 벗어나 자연에서 생활하고 있음을 알 수 있군.

③ (나)의 '단표누항'은 청빈한 삶을 나타내는 것으로, 그런 생활 속에서 '허튼 생각'을 하지 않는다는 것에서 자연 속에서 소박하게 살아가는 삶을 가치 있게 여기는 화자의 태도를 확인할 수 있군.

④ (다)의 '졸작'과 '미완품'은 사람에 의해 파괴된 자연의 모습을 비유한 것으로, 글쓴이가 예찬하는 자연 본래의 아름다움과는 거리가 멀다고 할 수 있군.

⑤ (다)의 '노주인'은 글쓴이와 대비되는 인물로, 그가 화단을 가꾸는 행동을 자연을 '파괴하고 불구되게' 하는 행동이라고 평가하는 것에서 글쓴이의 가치관을 알 수 있군.

[122~127] 다음 글을 읽고 물음에 답하시오.

ⓔ 문학 (가) 100쪽

가
조금 전까지는 거기 있었는데
어디로 갔나,
밥상은 차려놓고 어디로 갔나,
넘치지지미 맵싸한 냄새가
코를 맵싸하게 하는데   ⎱[㉮]
어디로 갔나,
이 사람이 갑자기 왜 말이 없나,
내 목소리는 메아리가 되어
되돌아온다.
내 목소리만 내 귀에 들린다.
이 사람이 어디 가서 잠시 누웠나,
옆구리 담괴가 다시 도졌나, 아니 아니 [㉯]
이번에는 그게 아닌가 보다.
한 뼘 두 뼘 어둠을 적시며 비가 온다.
혹시나 하고 나는 밖을 기웃거린다.
나는 풀이 죽는다.   ⎱[㉰]
빗발은 한 치 앞을 못 보게 한다.
왠지 느닷없이 그렇게 퍼붓는다.
지금은 어쩔 수가 없다고.

– 김춘수, 〈강우〉

나
공주: 이번 싸움에 이기고 돌아오시면 대장군이 되셔야
지. 벌써 됐어야 할 것을……. 그때마다 이러쿵저러
쿵하던 무리들도 이번 승전에는 반대할 구실이 없을
테지. 장군을 멀리 보내려고 하지만 그건 안 돼. 장군
은 이 몸 가까이, 늘 이 몸 가까이서 이 몸을 지켜 주
어야지. 내가 그날 장군을 뵈었던 그날부터 장군은
이 몸의 방패요, 이 몸의 울타리였지. 비록 용맹하다
고는 하나 **산속에서 짐승들의 왕으로 평생을 바치었**
을 장군을 대고구려의 장군까지 밀어 온 것이 이 몸 [A]
인데……. 아니, 나도 할 만큼 한 것이지. 어느 여염
집 아낙네가 나만큼 일을 했으랴. **장군과 함께 걸어**
온 이 길에서 나는 어떤 반대자들이건 사정없이 물리
쳐 왔다. 앞으로도 내 길을 막는 자는 용서치 않으리
라. 그런데 (귀를 기울이며) 아직 날은 밝지 않고, 싸
움터에서 오는 파발마도 이르지 않았겠고……. 이상
스럽게 마음이 설레는군.
  ㉠온달의 영(靈) 등장. 갑옷을 입고 투구는 벗었다. 온몸에
낭자한 피. (적절한 조명과 분장으로 유명을 달리한 온달의 모
습을 강조.)

공주: 오, 장군. (달려간다.)
온달: (손을 들어 막으며) 가까이 오지 마시오.
공주: (멈춰 선다.) 장군.
온달: 가까이 오지 마시오.
공주: 이게 어찌 된 일입니까?
온달: 나는 이미 이 세상 사람이 아니오.
공주: (경악하며) 오!
온달: 공주, 이번 싸움에 나는 기필코 이기려 하였소. 나는
싸웠소. 그리고 이겼소.
공주: 그러나 장군께서…….
온달: 나를 죽인 것은 신라 군사가 아니오.
공주: 그것이 웬 말입니까?
온달: 나를 죽인 것은 고구려 사람이오.
공주: 내 편이…….
온달: 그렇소, 우리 사람이 나를 죽였소.
공주: 그놈이, 오호, 누굽니까?
온달: 그 일은 급하지 않소. 공주. 내가 여기 온 것은 당신에
게 작별을 고하기 위함이오.
공주: 하느님, 이것이 꿈입니까?
온달: 꿈이 아니오, 공주. 내 말을 잘 들으시오. 장수   ⎤
가 싸움에서 죽는 것은 마땅한 일. 비록 내 편의 흉계
에 죽음을 당했을망정 나는 상관없소. 공주, 당신을
이 세상에 두고 가는 것이 내 한이오. 내가 없는 궁성
에 의지 없을 당신을 생각하면 차마 내 어찌 저승길
의 걸음을 옮기리까. 공주, 이 몸에게 베푸신 크나큰
은혜 티끌만큼도 갚지 못하고 가는 이 사람은 죽어도
죽지 못하겠습니다. 10년 전 그날, 이 몸이 하늘을 보
던 그날, 당신이 내 오막살이에 오신 날, 이 몸은 당
신의 꽃다운 얼굴에 눈멀고 당신의 목소리에 귀먹었
습니다. 당신은 그 전날 밤에 내게 오셨습니다. 산에
서 동굴에서 지낸 하룻밤에 당신은 나와 더불어 천년 [B]
을 맹세하셨습니다. 그날, 당신께서 내 앞에서 갓을
벗어 보이셨을 때 나는 알아보았습니다. 당신이 내
하늘인 것을 알아보았습니다. 벙어리 된 이 몸은 당
신의 망극한 말씀을 들으면서도 벙어리 된 입을 놀릴
수 없었습니다. 당신은 이후 내 하늘이었습니다. 산
짐승과 더불어 살던 이 몸에게 사람 세상의 온갖 지
혜를 가르치신 당신, 창으로 곰을 잡듯, 덫으로 이리
를 잡듯, 적의 군사를 잡는 것은 쉬운 일이었습니다.
당신을 위해서 나는 싸웠습니다. **당신의 기쁨을 위해**
서 신라와 백제의 성과 장수들을 나는 취하였습니다. ⎦
싸움터의 길은 내가 짐승들을 쫓던 그 길보다 더는 험하지
않았습니다. 설사 천 배나 그 길이 험하였기로서니 나에

게 그것이 무슨 두려움이었겠습니까. 이 천한 몸에게 주
어진 영광도 오직 공주를 위한 방패라 생각하고 나는 두
려운 줄도 몰랐습니다. 공주, 고구려 평양성의 인심은 무
섭더이다. 이 몸은 **산에서 활을 쏘고 창으로 끼니를 얻던
그때처럼 편한 마음을 한시도 가지지 못하였습니다.** 나보
다 뛰어난 사람들이 구름처럼 모인 평양성에서 나는 눈멀
고 귀먹은 짐승이었습니다. 나는 보지도 듣지도 않았습니
다. 부마 될 내력 없다고 이 몸을 비웃는 소리도 나에게는
가을날 산의 가랑잎 스치는 소리더군요. 하늘인 당신을
모신 이 몸은 아무것도 듣지도 보지도 않았습니다. 무엇
을 들어야 할 이치가 있었을까요? 숱한 사람들이 나에게
말했습니다. 공주 당신께서 하시는 이야기를 다 들어서
는 안 된다고. 온달은 나라의 부마이고 나라의 장군이라
고…… 그러나 다 이 몸에게는 부질없는 말들. **공주, 당
신이 나의 고구려였습니다. 고구려, 그것은 당신이었습니
다.** 덕이 높으신 왕자의 말씀도 내 귀는 듣지 못하였습니
다. 그분들은 모두 다른 고구려를 섬기는 어른들인 것을
나는 알게 되었지만 지금까지도 이 몸과는 상관없는 일입
니다. 지금 나는 당신에게서 떠납니다. 나는 두렵습니다.
당신 말고 다른 고구려를 섬기는 사람들이 당신을 해칠
일이, 공주…….

공주: 장군. (가까이 다가선다.)

온달: (다가서다가) 안 됩니다. (손을 들어 막으면서 한 발 물
러선다.)

공주: 가지 마시오. 장군.

온달: 이윽고 새벽이 되겠으니, 죽은 자는 제 몸이 있는 곳
을 찾아가야지요. (ⓒ이때 새벽 종소리)

공주: 장군. 장군을 해친 자가 누굽니까?

온달: 머리에, 머리에 상처가 있는 장수, 잠든 나를 찌른 그
자를 내가 칼로 쳤소. (뒷걸음질로 물러간다.)

공주: 장군 이름을, 그자의 이름을…….

온달: (고개를 젓는다.) 공주, 어머니를, 어머니를……. (영
사라진다.)

─ 최인훈, 〈어디서 무엇이 되어 만나라〉

122

(가)와 (나)의 공통점으로 가장 적절한 것은?

① 일상적 체험을 바탕으로 자연의 섭리를 깨닫고 있다.
② 개인의 삶을 억압하는 사회의 모순을 비판하고 있다.
③ 상대방의 죽음으로 인해 환기된 정서를 나타내고 있다.
④ 이상과 현실을 대비하여 초월적 세계를 지향하고 있다.
⑤ 부정적인 상황을 극복하고자 하는 의지를 드러내고 있다.

123

**〈보기〉를 참고하여 (가)와 (나)의 [A], [B]를 이해한 내용으로 가장 적
절한 것은?**

〈보기〉

문학에서 화자나 인물의 말은 작품을 전개하는 중요한 요소
로 나타난다. 흔히 독백이나 대화의 형식으로 나타나는 말을
통해 상황이나 사건이 제시되며, 이에 대한 화자나 인물의 심
리와 정서도 표출된다. 또한 이전의 사건을 요약하거나 상대
방과의 관계를 나타내기도 한다.

① (가)와 (나)의 [A]는 독백을 통해 상대방과의 갈등 상황을 제
시하고 있다.
② (가)는 구체적인 청자를 설정하여 화자와 청자 사이의 관계를
나타내고 있다.
③ (나)의 [A], [B]는 비유를 통해 상대방이 자신에게 지니는 의
미를 드러내고 있다.
④ (나)의 [A]를 통해 인물이 상대방에 대해 느끼고 있는 원망의
원인을 보여 주고 있다.
⑤ (나)의 [B]를 통해 상대방에 대한 오해가 풀려 인물이 만족감
을 느끼고 있음을 드러내고 있다.

124

(가)에 대한 설명으로 적절하지 <u>않은</u> 것은?

① 화자는 '어디로 갔나'를 반복하며 '이 사람'의 행방에 대해 궁
금해하고 있다.
② 화자는 과거를 회상하며 '이 사람'과 함께했던 시간의 소중함
을 깨닫고 있다.
③ 화자는 '내 목소리만 내 귀에 들'리는 상황을 통해 '이 사람'의
부재를 짐작하고 있다.
④ 화자는 '혹시나' 하는 기대감을 가지고 '밖을 기웃거'리지만
기대가 충족되지 않고 있다.
⑤ 화자는 '지금은 어쩔 수가 없다고' 하면서 체념적으로 현실을
수용하고 있다.

125

(가)의 [㉮]~[㉲]를 이해한 것으로 적절하지 <u>않은</u> 것은?

① [㉮]는 감각적 이미지를 동원하여 화자가 처한 상황을 나타내고 있다.

② [㉯]는 추측과 이에 대한 부정을 통해 상황에 대한 화자의 인식을 드러내고 있다.

③ [㉰]는 자연 현상을 활용하여 화자의 애상적 정서를 부각하고 있다.

④ [㉮]에서 [㉱]로 시상이 전개되면서 화자의 상실감이 심화되고 있다.

⑤ [㉮], [㉯]는 상승 이미지를, [㉲]는 하강 이미지를 통해 외부와의 단절감을 강조하고 있다.

126

㉠, ㉡에 대한 설명으로 가장 적절한 것은?

① ㉠은 무대 밖의 상황을 암시하고, ㉡은 무대 위의 상황을 구체화한다.

② ㉠은 새로운 사건의 발생을 암시하고, ㉡은 인물의 성격 변화를 암시한다.

③ ㉠은 현재의 정황을 보여 주고, ㉡은 과거에 있었던 사건의 의미를 밝혀 준다.

④ ㉠과 달리 ㉡은 시간의 경과를 알려 주는 음향을 통해 인물의 퇴장을 암시한다.

⑤ ㉡과 달리 ㉠은 구체적인 외양 묘사를 통해 인물의 혼란스러운 심리를 드러낸다.

127

〈보기〉를 바탕으로 (나)를 감상한 내용으로 적절하지 <u>않은</u> 것은?

> ───〈보기〉───
>
> 〈어디서 무엇이 되어 만나랴〉는 《삼국사기》의 온달 설화를 변용한 작품이다. 이 작품의 주인공은 평강 공주로, 그는 남성을 대리자로 내세워 성공하고자 하는 여성 영웅인 동시에, 정치적 반대자에게 끊임없이 시달리며 이들에게 복수하고자 하는 존재로 그려지고 있다. 공주는 온달을 내세워 이들에게 복수를 감행하지만, 복수를 이루지 못하고 온달마저 희생당한다. 결국 왕자가 사주한 자국 병사에게 죽임을 당하는 공주의 삶은, 욕망으로 인해 고통받는 인간의 모습을 그려 낸 것이다. 한편, 온달은 자신의 목숨보다 공주를 아끼는 인물로, 작가는 진정한 사랑을 실천하는 온달과 욕망을 충족하기 위해 온달을 이용하는 공주를 대비하여 바람직한 삶의 자세를 이야기하고 있다.

① '산속에서 짐승들의 왕으로 평생을 바치었을 장군을 대고구려의 장군까지 밀어 온 것이 이 몸인데'를 통해, 공주가 온달을 대리자로 내세워 성공하고자 하는 인물임을 알 수 있군.

② '장군과 함께 걸어온 이 길에서 나는 어떤 반대자들이건 사정없이 물리쳐 왔다.'를 통해, 공주가 정치적 반대자들에게 복수하는 데 온달을 이용하였음을 알 수 있군.

③ '당신의 기쁨을 위해서 신라와 백제의 성과 장수들을 나는 취하였습니다.'를 통해, 온달이 참전한 목적이 명성이나 지위를 얻는 데 있는 것이 아니라 공주를 위한 것이었음을 알 수 있군.

④ '산에서 활을 쏘고 창으로 끼니를 얻던 그때처럼 편한 마음을 한시도 가지지 못하였습니다.'를 통해, 처음 만났을 때와 달리 자신이 장군이 된 이후 공주가 복수를 꾀하는 인물로 변한 것에 대해 온달이 안타까워했음을 알 수 있군.

⑤ '공주, 당신이 나의 고구려였습니다. 고구려, 그것은 당신이었습니다.'를 통해, 온달은 공주를 진정으로 아끼고 사랑해 온 인물임을 알 수 있군.

ⓔ 문학 (가) 074쪽

[128~132] 다음 글을 읽고 물음에 답하시오.

가 말으소서 말으소서 하 의심(疑心) 말으소서
득민심(得民心) 외에는 하올 일 없나이다
향천년(享千年) 몽중전교(夢中傳敎)*는 귀에 쟁쟁하여이다
〈제10수〉

베 나아 공부 대답(貢賦對答)* **쌀** 찧어 요역 대답(徭役對答)*
옷 벗은 적자(赤子)들이 배고파 설워하네
㉠원컨대 이 뜻 알으사 임금 은혜 고루 베푸소서 〈제11수〉

힘써 하는 싸움 나라 위한 싸움인가
옷밥에 묻혀 있어 할 일 없어 싸우놋다
㉡아마도 그치지 아니하니 다시 어이하리 〈제13수〉

말리소서 말리소서 이 **싸움** 말리소서
지공무사(至公無私)히 말리소서 말리소서
진실로 말리고 말리시면 **탕탕평평(蕩蕩平平)**하리이다
〈제16수〉

어와 거짓 일이 금은 옥백(金銀玉帛) 거짓 일이
장안(長安) 백만 가(百萬家)에 누구누구 지녔는가
어즈버 **임진년(壬辰年)** 티끌이 되니 거짓 일만 여기노라
〈제27수〉

㉢공명을 원(願)찮거든 부귀인들 바랄쏘냐
일간모옥(一間茅屋)에 고초(苦楚)히 혼자 앉아
밤낮의 우국 상시(憂國傷時)를 못내 설워하노라 〈제28수〉
– 이덕일, 〈우국가〉

* 몽중전교: 꿈속에서 태조 이성계가 준 가르침.
* 공부 대답, 요역 대답: 나라에 바치던 세금과 노동을 대신함.
* 탕탕평평: 싸움, 시비, 논쟁 따위에서 어느 쪽에도 치우침이 없이 공평함.

나 천하에 두려워할 대상은 오직 백성뿐이다. **백성**은 홍수나 화재 또는 호랑이나 표범보다도 더 두려워해야 한다. 그런데도 윗자리에 있는 사람들은 백성들을 업신여기면서 가혹하게 부려 먹는데 어째서 그러한가?

이미 이루어진 것을 여럿이 함께 즐거워하고, 늘 보아 오던 것에 익숙하여 그냥 순순히 법을 받들면서 윗사람에게 부림을 당하는 사람들은 **항민(恒民)**이다. 이러한 항민은 두려워할 필요가 없다. 모질게 착취당하여 살가죽이 벗겨지고 **뼈**가 부서지면서도 집안의 수입과 땅에서 산출되는 것을 다 바쳐서 한없는 요구에 이바지하느라 혀를 차고 탄식하면서 윗사람을 미

워하는 사람들은 원민(怨民)이다. 이러한 원민도 굳이 두려워할 필요는 없다. 자신의 자취를 푸줏간 속에 숨기고 몰래 딴마음을 품고서, 세상을 흘겨보다가 혹시 어떤 큰일이라도 일어나면 자기의 소원을 실행해 보려는 사람들은 호민(豪民)이다. 이 호민은 몹시 두려워해야 할 존재이다. 호민이 나라의 허술한 틈을 엿보며 일의 형편을 이용할 만한 때를 노리다가 팔을 떨치며 밭두렁 위에서 한번 소리를 지르게 되면, 원민은 소리만 듣고도 모여들어 모의하지 않고서도 소리를 지르고, 항민도 또한 제 살길을 찾느라 호미, 고무레, 창, 창 자루를 가지고 쫓아가서 무도한 놈들을 죽이지 않을 수 없는 것이다.

(중략)

진나라가 망한 것은 진승과 오광 때문이었고, 한나라가 어지러워진 것은 황건적 때문이었다. 당나라가 쇠퇴하자 왕선지와 황소가 그 틈을 타고 일어났는데, 마침내 백성과 나라를 망하게 한 뒤에야 그쳤다. 이러한 일들은 모두 백성들에게 모질게 굴면서 저만 잘 살려고 한 죄의 대가이며, 호민들이 그러한 틈을 잘 이용한 것이다. ㉣하늘이 임금을 세운 것은 백성을 돌보게 하기 위해서였지, 한 사람이 위에서 방자하게 눈을 부릅뜨고서 계곡같이 커다란 욕심을 부리라고 한 것은 아니었다. 진나라, 한나라 이후의 화란(禍亂)*은 당연한 결과였지, 불행했던 것은 아니다.

조선은 중국과는 다르다. 땅이 비좁고 험하여 사람도 적고, 백성 또한 나약하고 게으르며 잘아서, 뛰어난 절개나 넓고 큰 기상이 없다. 그런 까닭에 평상시에 위대한 인물이나 뛰어난 재주를 가진 사람이 나와서 세상에 쓰이는 일도 없었지만, 난리를 당해도 호민이나 사나운 병졸들이 반란을 일으켜 앞장서서 나라의 걱정거리가 되었던 적도 없었으니 그 또한 다행이었다. 비록 그렇긴 하지만 지금의 시대는 고려 시대와는 같지 않다. 고려 시대에는 백성들에게 조세를 부과하는 데에 한계가 있었고, 산림(山林)과 천택(川澤)에서 나오는 이익도 백성들과 함께 했었다. 장사할 사람에게 그 길을 열어 주고, 물건을 만드는 기술자에게 혜택이 돌아가게 하였다. 또 수입을 잘 헤아려 지출을 하였기에 여분의 저축이 있어 갑작스럽게 커다란 병화(病禍)나 상사(喪事)가 있어도 조세를 추가로 징수하지는 않았다. 하지만 고려 말기에 이르러서는 **삼공할 정도***였다.

우리 조정은 그렇지 아니하여 구구한 백성이면서도 신을 섬기고 윗사람을 받드는 범절을 중국과 대등하게 하고 있었는데, ㉤백성들이 내는 조세가 다섯 푼이라면 조정에 돌아오는 이익은 겨우 몇 푼이고 그 나머지는 간사한 자들에게 어지럽게 흩어져 버린다. 또 관청에서는 여분의 저축이 없어 일만 있으면 한 해에도 두 번씩이나 조세를 부과하는데, 지방의 수령들은 그것을 빙자하여 칼질하듯 가혹하게 거두어들이는 것 또한 끝이 없었다. 그런 까닭에 백성들의 시름과 원망은 고려 말

보다 더 심한 상태였다. 그런데도 **윗사람들**이 태평스레 두려워할 줄 모르고, 우리나라에는 호민이 없다고 생각한다. 불행하게도 **견훤이나 궁예 같은 자**가 나와서 몽둥이를 휘두른다면 근심하고 원망하던 백성들이 가서 따르지 않으리라고 어떻게 보증하겠는가?

– 허균, 〈호민론〉

* 화란: 재앙과 난리를 통틀어 이르는 말.
* 삼공할 정도: 삼공을 염려할 정도였다는 뜻으로, 흉년이 들면 사당에 제사를 못 지내고 서당에는 학생이 없으며 뜰에는 개가 없다는 뜻임.

128

(가)와 (나)에 대한 설명으로 가장 적절한 것은?

① (가)는 (나)와 달리 과거와 현재를 대비하여 현실의 상황을 부각하고 있다.

② (나)는 (가)와 달리 비유적 표현을 사용하여 대상에 대한 회의적 태도를 부각하고 있다.

③ (가)와 (나)는 모두 시간의 변화에 따라 요구 사항을 단계적으로 제시하고 있다.

④ (가)와 (나)는 모두 의문형 문장을 사용하여 현실에 대한 부정적 인식을 드러내고 있다.

⑤ (가)와 (나)는 모두 영탄적 표현을 사용하여 상황의 변화에 대한 기대감을 드러내고 있다.

129

〈보기〉를 바탕으로 (가)를 감상한 내용으로 적절하지 않은 것은?

〈보기〉

'우국가'는 나라의 상황에 대한 근심을 문학적으로 형상화한 시가 문학의 한 갈래를 일컫는다. 이러한 경향의 작품들은 공동체 외부와 내부의 부정적 상황을 환란(患亂)으로 규정하는 것에서부터 출발하는데, (가)에는 임진왜란이라는 외부적 환란과 당쟁이라는 내부적 환란이 나타나 있다. 작가는 임진왜란 이후 권력층이 자기 이익만 추구하며 당쟁을 일삼고 정치에서 가장 중요하게 여겨야 할 것이 무엇인지를 생각하지 않는 현실과 백성들이 겪는 고통에 대한 안타까움을 드러내고 있다. 그리고 공도(公道)*가 결핍된 상황을 회복하기 위해 임금이 해야 할 일에 대한 충언, 나라를 지키지 않으면 귀한 재물도 전쟁의 잿더미가 된다는 교훈, 전쟁의 여파가 해소되지 않은 상황 등을 나타내고 있다.

* 공도: 공평하고 바른 도리.

① 〈제10수〉에서 '득민심'은 정치에서 가장 중요하게 여겨야 할 것을 나타낸 것으로, '몽중전교는 귀에 쟁쟁하여이다'를 통해 '득민심'의 중요성을 강조하고 있군.

② 〈제11수〉에서 '베'와 '쌀'은 백성들이 겪는 고통스러운 현실을 보여 주는 소재로, 〈제13수〉에서 '옷밥'은 당쟁을 일삼는 정치가들이 자신의 이익만을 위해 싸우는 현실을 보여 주는 소재로 사용되어 현실을 고발하는 효과를 내고 있군.

③ 〈제16수〉에서 '싸움'은 공도가 결핍되어 있는 상황으로, 화자는 이러한 상황 속에서 '지공무사'의 태도를 버리려는 임금을 '진실로' 말리며 공도가 회복된 '탕탕평평'에 도달해야 한다고 충언하고 있군.

④ 〈제27수〉에서는 '금은 옥백'과 '임진년 티끌'을 연결하여, 자기 이익에만 몰두하는 권력층을 비판하고 나라를 지키는 일의 중요성을 강조하고 있군.

⑤ 〈제28수〉에서 '일간모옥'은 화자가 거주하고 있는 공간으로, 이곳에서 '밤낮'으로 이어지는 화자의 '우국 상시'를 통해 나라가 처한 환란의 여파가 해소되지 않고 있음을 드러내고 있군.

130

㉠~㉤에 대한 설명으로 적절하지 <u>않은</u> 것은?

① ㉠에서 화자는 청자에게 정중하게 부탁을 함으로써 현실의
문제를 해결해 줄 것을 호소하고 있다.

② ㉡에서 화자는 문제가 일어나기 전의 상황을 언급함으로써
현재의 문제 상황이 해결되기를 기대하고 있다.

③ ㉢에서 화자는 물질적 가치에 거리를 둠으로써 자신이 부정적
으로 바라보는 대상과 변별되는 삶의 자세를 보여 주고 있다.

④ ㉣에서 글쓴이는 초월적 존재의 의도를 언급함으로써 아랫사
람을 위하는 윗사람의 태도를 강조하고 있다.

⑤ ㉤에서 글쓴이는 자신의 이익만을 추구하는 존재들의 잘못된
행태를 제시함으로써 이들에 대한 비판적 시각을 드러내고
있다.

131

(나)에 대한 이해로 적절하지 <u>않은</u> 것은?

① 호민은 세상의 기회를 틈타 자신의 욕구를 실현하기 위해 반
란을 일으킬 수 있는 백성들이다.

② 중국 진·한의 화란은 백성들을 괴롭히고 자신의 이익만을
챙긴 위정자들로 인한 필연적인 결과였다.

③ 조선에서는 뛰어난 재주를 가진 인물이 나오기 쉽지 않으나 나
라의 근심이 되는 인물이 나오기는 쉬운 경향이 있다.

④ 원민은 삶의 고달픔을 겪으면 이에 대한 감정적 반응을 보이
는 데에 그치기 때문에 현실 개혁의 선두 주자가 되기 어렵다.

⑤ 조선의 관청은 자금을 비축하고 있지 않았기 때문에 큰 비용
이 드는 상황이 발생하면 백성들에게 조세를 부과하여 해결
하려 했다.

132

〈보기〉를 참고하여 (나)를 이해한 내용으로 적절하지 <u>않은</u> 것은?

─〈보기〉─

〈호민론〉은 위정자들이 백성 위에 군림하는 존재가 되어서
는 안 된다는 작가의 인식을 바탕으로, 백성의 종류와 위정자
들이 두려워해야 할 백성의 특징을 제시하고 있다. 그리고 예
전보다 못한 당시 정치 상황의 문제점을 지적하고, 백성을 두
려워하지 않고 가혹하게 대하는 위정자의 행위가 빚어낼 수
있는 미래 상황에 대한 염려를 드러내고 있다. 이를 통해 작가
는 위정자들의 자각적 반성이 필요함을 주장하며, 가혹한 현
실에 대한 비판과 개혁 의지를 간접적으로 보여 주고 있다.

① '백성'을 호랑이나 표범보다 두려워해야 한다고 여기는 것은,
스스로를 백성 위에 군림하는 존재라고 생각하는 위정자들의
자각적 반성이 필요하다는 작가 의식이 반영된 것으로 볼 수
있다.

② '항민'을 위정자들이 두려워할 필요가 없는 백성들이라고 여
기는 것은, 위정자들이 보이는 가혹한 행태에 불만을 가지지
않고 순응한 채 지내는 백성들에 대한 작가의 인식이 나타난
것으로 볼 수 있다.

③ '삼공'을 할 정도였다는 고려 말기의 상황을 제시한 것은, 조
선보다 나은 상황이었던 고려 시대에도 어려움이 있었음을
들어 당시 정치 상황에 대한 위기감을 환기하고자 한 것으로
볼 수 있다.

④ '윗사람들'을 태평스레 두려워할 줄 모르는 자들이라고 평가
한 것은, 자신들의 현재 행위가 가져올 미래의 부정적 상황을
인식하지 못하는 위정자들에 대한 작가의 비판 의식이 표출
된 것으로 볼 수 있다.

⑤ '견훤이나 궁예 같은 자'를 백성들이 따를 인물이라고 여기는
것은, 위정자들의 잘못된 인식을 깨우쳐 새로운 변화를 이끌
어 낼 인물의 출현을 바라는 작가의 현실 개혁 의지가 표현된
것으로 볼 수 있다.

ⓔ 문학 (나) 272쪽 / (다) 211쪽

[133~138] 다음 글을 읽고 물음에 답하시오.

가 산자락 덮고 잔들
산이겠느냐.
산그늘 지고 산들
산이겠느냐.
산이 산인들 **또 어쩌겠느냐.**
아침마다 우짖던 산까치도 이제는
간 데 없고
저녁마다 문살 긁던 다람쥐도 지금은
온 데 없다.
길 끝나 산에 들어섰기로
그들은 또 어디 갔단 말이냐.
어제는 온종일 진눈깨비 뿌리더니
오늘은 하루 종일 내리는 폭설.
빈 하늘 빈 가지엔
홍시 하나 떨 뿐인데
어제는 온종일 난을 치고
오늘은 하루 종일 물소릴 들었다. ⎤ [A]
산이 산인들 또
어쩌겠느냐.

– 오세영, 〈겨울노래〉

나 ㉠ 감나무 잎새를 흔드는 게
어찌 바람뿐이랴.
감나무 잎새를 반짝이는 게
어찌 햇살뿐이랴.
아까는 **오색딱다구리가**
따다다닥 찍고 가더니
봐 봐, 시방은 **청설모가**
쪼르르 타고 내려오네.
사랑이 끝났기로서니
그리움마저 사라지랴.
그 그리움 날로 자라면
㉡ 주먹송이처럼 커갈 땡감들.
때론 머리 위로 흰 구름 이고
때론 온종일 ㉢ 장대비 맞아보게.
이별까지 나눈 마당에
기다림은 ㉣ 웬 것이랴만,
감나무 그늘에 평상을 놓고 ⎤
그래 그래, 밤이면 잠 뒤척여
산이 우는 소리도 들어보고 ⎥ [B]
새벽이면 퍼뜩 깨어나
계곡 물소리도 들어보게. ⎦

그 기다림 날로 익으니
서러움까지 익어선
저 짙푸른 감들, ㉤ 마침내
형형 등불을 밝힐 것이라면
세상은 어찌 환하지 않으랴.
하늘은 어찌 부시지 않으랴.

– 고재종, 〈감나무 그늘 아래〉

다 나와 남을 놓고 보면, 나는 친하고 남은 소원하다. 나와 사물을 놓고 보면 나는 귀하고 사물은 천하다. 그런데도 세상에서는 도리어 친한 것이 소원한 것의 명령을 듣고, **귀한 것이 천한 것에게 부려지는 것은 무엇 때문인가?** 욕망이 그 밝음을 가리고, 습관이 참됨을 어지럽히기 때문이다.

이에 온갖 감정과 여러 행동이 모두 남들을 따라만 하고 스스로 주인이 되지 못한다. 심한 경우에는 말하고 웃는 것이나 얼굴 표정까지도 저들의 노리갯감으로 바치며, 정신과 사고의 땀구멍과 뼈마디 하나도 나에게 속한 것이 없게 되니, 부끄러운 일이다.

내 친구 이 처사(李處士)는 예스러운 모습과 마음을 가졌으며 자신과 상대방을 구별하지 않고, 겉치레하지도 않는다. 하지만 마음에는 지키는 것이 있어서 평생 남에게 구해 본 적도 없고 좋아하는 사물도 없었다. 오직 부자(父子)가 서로를 지기(知己)로 삼아 위로하고 격려하며 부지런히 일하여 제힘으로 먹고살 따름이었다.

처사는 손수 심은 나무가 수백에서 천 그루에 이르는데, 그 뿌리·줄기·가지·잎은 한 치 한 자를 모두 아침저녁으로 물 주고 북돋아서 기른 것이다. 나무가 다 자라서 봄이면 꽃을 얻고 여름이면 그늘을 얻으며 가을이면 열매를 얻으니, 처사의 즐거움을 알 만하다.

처사가 또 동산에서 목재를 가져다 작은 암자 한 채를 짓고 편액을 아암(我菴: 나의 집)이라고 달았으니, 사람이 날마다 하는 행위가 모두 나에게 연유한다는 것을 보인 것이다. 저 일체의 영화·권세·부귀·공명은 나의 천륜이 단란하게 즐김과 본업에 갖은 힘을 다 쓰는 것과 견주어 외적인 것으로 여겼다. 단지 외적인 것으로 여길 뿐만이 아니었으니, 처사는 선택할 바를 안 것이다.

훗날 내가 처사를 찾아가 아암 앞의 늙은 나무 밑에 앉게 되면 마땅히 다시 "남과 나는 평등하며 만물은 하나의 몸이다."라는 뜻을 이야기 나눌 것이다.

– 이용휴, 〈아암기〉

133

(가), (나)의 공통점으로 가장 적절한 것은?

① 유사한 통사 구조를 반복하여 시적 의미를 강조한다.

② 사물에 인격을 부여하여 세태에 대한 비판적 태도를 보여 준다.

③ 음성 상징어를 활용하여 대상의 움직임을 역동적으로 표현한다.

④ 색채 이미지의 대비를 통해 대상이 변화하는 모습을 부각한다.

⑤ 시간을 나타내는 표현을 통해 과거와 현재의 불연속성을 나타낸다.

134

(가)에 대한 이해로 적절하지 <u>않은</u> 것은?

① '산이 산인들 또 어쩌겠느냐'는 화자가 도달한 달관의 경지를 드러낸다.

② '간 데 없고', '온 데 없다'는 부재를 반복적으로 표현함으로써 화자의 고독감을 강조한다.

③ '길 끝나 산에 들어섰기로'는 화자가 있는 공간이 인간 세상과 단절된 곳임을 나타낸다.

④ '진눈깨비'와 '폭설'은 화자를 고립시키는 역할을 하는 동시에 '그들'과 관련된 추억을 불러일으킨다.

⑤ '빈 하늘 빈 가지'의 '홍시 하나'는 고독의 공간에서 느끼는 화자의 외로움을 강조한다.

135

[A], [B]에 대한 설명으로 가장 적절한 것은?

① [A]는 화자가 세속적 삶과 절연하는 모습을, [B]는 화자가 새로운 사랑을 기다리는 모습을 나타낸다.

② [A]는 화자가 자연의 질서에 동화되는 모습을, [B]는 화자가 내적으로 성숙해 가는 모습을 나타낸다.

③ [A]는 화자가 자신의 상처를 위로하는 모습을, [B]는 화자가 다른 대상의 아픔에 공감하는 모습을 나타낸다.

④ [A]는 화자가 과거에 맺은 인연에 연연해하는 모습을, [B]는 화자가 이별의 상처를 극복해 가는 모습을 나타낸다.

⑤ [A]는 화자가 자신의 삶에 회의감을 느끼는 모습을, [B]는 화자가 내적 갈등을 바탕으로 성찰하는 모습을 나타낸다.

136

㉠~㉤에 대한 설명으로 적절하지 <u>않은</u> 것은?

① ㉠이 외부적 요인에 의해 흔들리고 '반짝이는' 것은 이별 후 화자의 마음이 동요하는 것과 대응한다.

② ㉡은 '사랑이 끝났'음에도 불구하고 그리움의 감정이 오히려 커지는 상황을 암시한다.

③ ㉢은 '이별' 이후 화자가 겪어야 하는 고통의 시간을 내포한다.

④ ㉣은 '이별까지 나눈 마당'과 조응하며 화자의 정서 변화의 당위성을 강조한다.

⑤ ㉤은 '저 짙푸른 감들'이 날로 익어 '형형 등불'이 된 것에 대한 화자의 감탄을 부각한다.

137

(다)의 글쓴이에 대해 설명한 내용으로 가장 적절한 것은?

① 천륜을 중시하는 것은 외적인 것에 치중하는 것이라며 경계한다.

② 남의 시선에 얽매이지 않고 성실한 삶을 사는 것을 긍정적으로 평가한다.

③ 남의 의견보다 자신의 뜻을 중시하며 사는 것에 대해 부정적으로 평가한다.

④ 사람들이 부귀나 공명을 좇는 것은 귀한 것을 가치 있게 여기기 때문이라고 생각한다.

⑤ 나와 남을 구별하는 모습이나 일상생활에서 주변의 사물을 천시하는 태도를 경계한다.

138

〈보기〉를 참고하여 (가)~(다)를 감상한 내용으로 적절하지 <u>않은</u> 것은?

─〈보기〉─

　　문학에서 의문문은 대체로 수사적(修辭的) 기능을 한다. 즉, 문장의 형식은 의문문이지만, 상대방의 답변을 요구하지 않고 강한 긍정이나 강한 부정의 뜻을 내포하며 특정 의미를 강조하는 경우가 많다. 수사적 기능 이외에 문학에서 의문문의 기능은 물음의 형식을 통해 기존의 인식에 대해 문제를 제기함으로써, 독자로 하여금 인식의 전환을 촉구하여 깨달음에 이르도록 하는 것이다.

① (가)의 '산이겠느냐'와 '또 어쩌겠느냐'는 상대방의 답변을 요구하지 않는 진술로 허무 의식을 드러내고 있군.

② (가)의 '그들은 또 어디 갔단 말이냐'는 자연과 합일된 경지를 지향하면서도 속세에 대한 미련을 버리지 못한 내적 상태를 강조하고 있군.

③ (나)의 '어찌 바람뿐이랴', '어찌 햇살뿐이랴'는 '감나무 잎새'가 '오색딱따구리'나 '청설모' 등의 다양한 존재에게 끊임없이 영향을 받고 있음을 나타내고 있군.

④ (나)의 '세상은 어찌 환하지 않으랴'는 시간이 지나면 부정적 상황이 극복될 수 있을 것이라는 전망을 제시하고 있군.

⑤ (다)의 '귀한 것이 천한 것에게 부려지는 것은 무엇 때문인가'는 인식의 전환을 통해 스스로가 삶의 주체가 되어야 한다는 깨달음에 이르도록 하고 있군.

MEMO

MEMO

고전 시가

001 ①	002 ④	003 ③	004 ⑤	005 ③
006 ②	007 ①	008 ③	009 ④	010 ②
011 ④	012 ④	013 ⑤	014 ⑤	015 ⑤
016 ③	017 ⑤	018 ②	019 ⑤	020 ①
021 ④	022 ④			

현대시

023 ③	024 ④	025 ⑤	026 ②	027 ⑤
028 ②	029 ①	030 ⑤	031 ④	032 ④
033 ③	034 ①	035 ④	036 ⑤	037 ⑤
038 ①	039 ④	040 ②	041 ③	042 ⑤
043 ④	044 ③	045 ⑤		

고전 소설

046 ①	047 ①	048 ⑤	049 ②	050 ②
051 ⑤	052 ①	053 ②	054 ④	055 ①
056 ③	057 ①	058 ④	059 ⑤	060 ⑤
061 ②	062 ④	063 ①	064 ④	

현대 소설

065 ③	066 ③	067 ⑤	068 ③	069 ②
070 ④	071 ③	072 ③	073 ③	074 ③
075 ④	076 ③	077 ⑤	078 ⑤	079 ③
080 ⑤	081 ①	082 ②	083 ④	

갈래 복합

084 ①	085 ②	086 ④	087 ⑤	088 ④
089 ①	090 ③	091 ①	092 ③	093 ⑤
094 ④	095 ④	096 ⑤	097 ⑤	098 ④
099 ①	100 ②	101 ③	102 ④	103 ⑤
104 ⑤	105 ③	106 ④	107 ④	108 ⑤
109 ④	110 ④	111 ③	112 ②	113 ⑤
114 ②	115 ④	116 ④	117 ④	118 ③
119 ④	120 ②	121 ④	122 ③	123 ③
124 ②	125 ⑤	126 ④	127 ④	128 ④
129 ③	130 ②	131 ③	132 ⑤	133 ①
134 ④	135 ②	136 ④	137 ②	138 ②

메가스터디

실전 N제

문학 138제

정답 및 해설

메가스터디BOOKS

메가스터디 실전 N제

문학 138제

정답 및 해설

고전 시가

◆ **정답 체크** 본문 p. 16~27

001 ①	002 ④	003 ③	004 ⑤	005 ③	006 ②
007 ①	008 ③	009 ④	010 ②	011 ④	012 ④
013 ⑤	014 ⑤	015 ⑤	016 ③	017 ⑤	018 ②
019 ⑤	020 ①	021 ④	022 ④		

[001~003] (가) 윤선도, 〈몽천요〉
(나) 최현, 〈명월음〉

🅔 포인트

- **방법** (가) 전문 일치 / (나) E교재 외
- **포인트** E교재에서는 윤선도의 〈몽천요〉를 김만중의 〈구운몽〉과 엮어 갈래 복합 지문으로 제시하고 구절의 의미, 표현상 특징, 작품의 내용, 인물의 성격 등을 물었다. 또한 문학에서 '꿈'이 지니는 의미와 기능을 외적 준거로 제시하고 이를 바탕으로 두 작품을 비교 감상할 수 있도록 하였다. 우리 교재에서는 〈몽천요〉를 최현의 〈명월음〉과 엮어 제시한 기출 지문을 선정하여 표현상 특징은 물론, 작품의 창작 배경을 바탕으로 작품을 폭넓게 이해할 수 있도록 구성하였다. (가), (나)에 나타난 화자의 정서와 태도에 주목하여 감상해 보도록 한다.

(가) 윤선도, 〈몽천요〉

- **해제** 이 작품은 정치 현실에 대한 개탄과 우국지정을 노래한 연시조이다. 당시 조선의 임금이었던 효종은 자신의 스승이자 오랜 은거 생활을 하고 있던 작가를 관직으로 불러들였는데, 서인 세력이 이러한 인사가 옳지 않다고 상소하여 작가는 직무에서 물러나게 됐다. 이러한 상황을 바탕으로 작가는 자신을 시기하는 신하들과 정쟁이 벌어지는 정치 현실에 대한 안타까움을 꿈속 세계를 통해 형상화했다.
- **주제** 정치 현실에 대한 개탄과 나라를 걱정하는 마음
- **구성**

제1수	궁궐에 갔지만 신하들이 꺼리는 상황
제2수	선정에 대한 포부와 좌절
제3수	자신의 이상을 실현하지 못하는 안타까움

(나) 최현, 〈명월음〉

- **해제** 이 작품은 임진왜란 속에서 피란길에 올랐던 임금(선조)을 '명월'에 빗대면서 나라에 큰 위기가 닥쳐온 것에 대한 근심과 걱정, 그리고 이를 해소하고 밝은 미래가 회복되기를 바라는 심정을 그려 낸 가사이다. 화자는 명월을 세상을 밝게 비추는 덕성이 있는 존재로 바라보고, 구름을 걷어 내어 명월의 밝은 빛을 회복하고 싶은 소망을 드러내면서도 현실 타개가 쉽지 않다고 여기고 있다. 그러나 풍운이 변해도 본질은 변하지 않는다는 인식의 전환을 이루어 충심(단심)을 지키며 기다린다면 예전처럼 밝은 미래가 도래할 것이라는 믿음을 드러내었다.

- **주제** 국가적 위기에 대한 걱정과 임금에 대한 변함없는 충정
- **구성**

서사	세상을 밝게 비추는 달에 대한 예찬
본사 1	거문고를 연주하며 달빛 비치는 풍경을 즐김
본사 2	구름이 달을 가린 현실에 근심하고 시름함
본사 3	부채와 비로 구름을 걷어 내고 싶은 마음
결사	변함없는 충정과 미래에 대한 희망

---

001 표현상 특징 파악 답 ①

(가)는 제3수의 '하늘이 이지러졌을 때 무슨 기술로 기워냈는고 / 백옥루 중수할 때 어떤 목수 이루어냈는고'에서 대구의 방식을 확인할 수 있다. (나)도 '단단 환선으로 긴 바람 부쳐 내어 / 이 구름 다 걷과다. 기원 녹죽으로 / 일천 장 비를 매어 저 구름 다 쓸과다.'에서 대구의 방식을 활용하여 운율감을 형성하고 있다.

오답 피하기

② (나)는 '매화 한 가지 계영인가 돌아보니, / 처량한 암향이 날 따라 근심한다.'에서 감각적 이미지를 활용한 계절감을 확인할 수 있다. 그러나 (가)에서 계절감은 드러나지 않는다.
③ (가)와 (나)는 모두 대화의 형식을 활용하고 있지 않다.
④ (가)와 (나)는 모두 인간과 자연을 대비하고 있지 않다. (나)는 달과 구름이라는 자연물을 소재로 하여 나라의 어지러운 상황을 우의적으로 표현하고 있을 뿐이다.
⑤ (가)와 (나)는 모두 현실 비판 의식은 일부 나타나지만, 명령적 어조를 활용하고 있지 않다.

002 시어 · 시구의 의미 이해 답 ④

ⓔ '백만억 창생'은 화자가 옥황에게 묻고자 하는 걱정의 대상으로, 현실 속 백성들이라고 할 수 있다. 하지만 작가가 백성들로 인해 임금을 떠난 것은 아니므로 적절하지 않다.

오답 피하기

① ⓐ '뭇신선'은 화자를 꺼리고 꾸짖는 대상이므로 작가를 질시하는 이들이라고 볼 수 있다. 작가는 이 세력을 의식하여 임금의 지극한 부름을 사양하였다.
② ⓑ '강호'는 화자가 '내 분수'로 여기며 머무는 곳이므로, 작가가 현실 정치를 떠나 은거하고 있는 삶의 공간을 의미한다고 볼 수 있다.
③ ⓒ '천상십이루'는 천상 세계의 옥황이 머무는 곳이므로, 현실 속에서 작가를 필요로 하는 임금이 있는 궁궐을 의미한다고 볼 수 있다.
⑤ ⓓ '목수'는 백옥루를 손질하고 고치는 역할을 하므로 무너진 현실을 바로잡을 수 있는 주체이며, 작가를 비롯한 인재를 비유한다고 볼 수 있다.

003 외적 준거에 따른 감상 답 ③

'금작경'은 화자가 혼자 방에서 닦았지만 제 몸만 밝히고 남을 비출 줄 모르는 대상으로, 이기적인 신하를 의미한다고 볼 수 있다. 따라서 피란길에 오른 임금의 상황을 비유한 것으로 볼 수 없다.

오답 피하기

① 부정적인 상황 속에서 자신의 마음먹은 뜻을 사뢰려고 한 것이므로 암담한 시대 현실과 관련된 것이라 볼 수 있다.

② 구름에 가려 달빛이 옛날의 빛을 잃고 아득해진 것이므로 임금이 처한 상황이 점점 부정적으로 변하고 있다고 볼 수 있다.

④ 단단 환선(부채)으로 바람을 부쳐 내어 달빛을 가린 구름을 다 걷어 내려고 하고 있으므로, 부정적인 현실을 바꾸고자 하는 소망을 드러낸 것으로 볼 수 있다.

⑤ 자신의 품은 뜻을 허사라고 한 것은 자신을 미미한 티끌과 흙인 '진토'로 인식했기 때문인데, 이는 신분적 제약에서 비롯된 생각으로 볼 수 있다.

[004~006] (가) 이현보, 〈귀거래 귀거래 말뿐이오〉
(나) 위백규, 〈땀은 떨어질 대로 떨어지고〉
(다) 작자 미상, 〈논밭 갈아 기음매고〉

🄴 포인트

- **방법**　(가) 전문 일치 / (나) E교재 외 / (다) E교재 외
- **포인트**　E교재에서는 이현보의 〈귀거래 귀거래 말뿐이오〉를 〈강산 좋은 경을〉, 〈공명을 헤아리니〉와 엮어 제시하고 시어·시구의 의미, 작품의 내용 등을 물었다. 또한 전원생활에 대한 기대나 지향을 담고 있다는 외적 준거를 바탕으로 세 작품을 비교 감상할 수 있도록 하였다. 우리 교재에서는 〈귀거래 귀거래 말뿐이오〉를 자연에서의 삶을 형상화한 다른 두 시조와 엮어 제시함으로써 작품 감상의 폭을 넓혔다. (가)~(다)에 제시된 공간의 성격, 화자의 정서와 태도 등을 파악하도록 한다.

(가) 이현보, 〈귀거래 귀거래 말뿐이오〉

▶ **해제**　이 작품은 이현보가 벼슬을 그만두고 고향으로 돌아갈 때, 중국의 시인 도연명의 〈귀거래사〉를 본받아 지었다고 전해지는 시조로, 〈효빈가〉라고도 한다. 화자는 귀거래라는 말만 하는 사람들과 달리 귀거래를 실천하면서 자연과 더불어 사는 전원생활에 대한 기대감을 드러내고 있다.

▶ **주제**　전원생활에 대한 기대감

▶ **구성**

초장	말만 하고 귀거래를 실천하지 않는 사람들
중장	전원으로 돌아가려는 의지
종장	전원으로 돌아간 생활에 대한 기대감

(나) 위백규, 〈땀은 떨어질 대로 떨어지고〉

▶ **해제**　이 작품은 조선 후기의 실학자 위백규가 쓴 〈농가구장〉의 일부로, 여름철 농촌의 삶을 묘사하고 있다. 사대부가 지은 전원 시조이면서도 농촌을 풍류의 공간으로 인식하거나 관념적으로 접근한 기존 사대부의 작품들과 달리 농촌을 삶의 현장으로 인식하고 농부의 처지에서 농민의 삶의 모습을 구체적이고 사실적으로 그려 내고 있다는 점이 특징이다.

▶ **주제**　건강한 농촌의 삶과 일하는 즐거움

▶ **구성**

초장	햇볕 아래에서 땀 흘려 일하는 농부의 모습
중장	바람을 쐬며 잠시 쉬는 농부의 모습
종장	길 가는 손님이 농부를 바라봄

(다) 작자 미상, 〈논밭 갈아 기음매고〉

▶ **해제**　이 작품은 힘들고 고된 노동을 하며 살아가는 농민들의 생활상을 사실적으로 그린 사설시조이다. 조선 전기 사대부의 시조와 명확히 구별되는 작품으로, 고된 노동 속에서도 여유와 흥취를 즐기는 서민들의 생활과 풍류가 잘 드러나 있다. 또한 일상어의 나열을 통해 농민들의 일상생활과 하루의 일과를 생동감 있게 구체적으로 표현하고 있다.

▶ **주제**　힘든 농사일 속에서 누리는 여유로움과 흥겨움

▶ **구성**

초장	농사일을 마친 후에 산에 갈 준비를 함
중장	산에서 고된 일을 마친 후 여유롭게 쉼
종장	해 질 녘이 되어 노래를 부르며 돌아가려 함

004 표현상 특징 파악 답 ⑤

(다)의 주된 표현법은 내용적으로 연결되거나 비슷한 어구를 여러 개 늘어놓아 전체의 내용을 표현하는 열거법이다. 특히 (다)의 중장에서는 시적 대상인 농부의 행동을 나열하여 생동감 있게 표현하고 있다. 그러나 (가)에는 열거법이 사용되지 않았다.

오답 피하기
① (가)~(다) 모두 자연물에 상징적 의미를 부여한 표현은 사용되지 않았다. (가)에서 '청풍명월'은 상징적 의미가 부여된 것이 아니라, '청풍'과 '명월'이라는 자연의 일부로 자연 전체를 나타내는 대유법이 사용된 것이다.
② (가)~(다) 모두 비유적 표현을 활용한 예찬적 태도는 드러나 있지 않다.
③ (가)에서는 대구법을 확인할 수 없다. 오히려 (나)의 '땀은 떨어질 대로 떨어지고 볕은 쬘 대로 쬔다'에서 대구법을 활용하여 땀 흘려 일하는 농부의 모습을 묘사하고 있다.
④ (나)의 종장을 설의적 표현으로 볼 여지가 있지만 대상에 대한 기대감을 강조하고 있는 것은 아니다. (가)의 '전원이 장무하니 아니 가고 어찌할꼬'에서도 설의법을 활용하고 있으며 전원으로 돌아가려는 화자의 의지를 강조하고 있다.

005 외적 준거에 따른 감상 답 ③

〈보기〉에서 사대부들은 유교적 이상 실현이 여의치 않거나 물러날 때가 되었다고 판단하면 관직을 버리고 고향으로 돌아갔다고 했다. 이때, 현실 상황을 직접적으로 비판하기보다는 고향과 자연의 상황을 제시하며 자신이 돌아갈 수밖에 없음을 나타내었다고 했는데, (가)의 '전원이 장무하니 아니 가고 어찌할꼬'도 동일한 맥락에서 이해할 수 있다. '전원이 장무하니'는 잡초가 무성하여 황폐하다는 뜻인데, 이는 자연의 상황을 통해 자신이 관직을 버리고 고향으로 돌아갈 수밖에 없는 이유를 제시한 것이다.

오답 피하기
① 〈보기〉에서 사대부들은 자연으로 돌아가고자 하는 마음을 표현할 때 〈귀거래사〉를 관습적으로 인용하였다고 했다. (가)의 '귀거래'라는 시어는 도연명의 〈귀거래사〉에 나오는 구절이므로, 작가는 전원으로 돌아가고자 하는 마음을 표현하기 위해 '귀거래사'를 인용하는 관습을 따르고 있다고 볼 수 있다.
② 〈보기〉에서 사대부들은 자신의 뜻을 실현하기 어렵다고 판단하면 관직을 버리고 은거하며 자연과 더불어 무욕의 삶을 즐긴다고 했다. (가)의 화자가 돌아갈 '초당'은 '청풍명월'이 기다리고 있는 자연 속 공간에 해당하므로, 무욕의 삶을 즐기기 위해 설정된 곳이라 이해할 수 있다.
④ 〈보기〉에서 실제로 강호에 돌아가는 행위와 상관없이 〈귀거래사〉를 인용한 시의 창작이 많았다고 하였다. (가)의 화자는 '귀거래 귀거래 말뿐이오 갈 이 없네'라고 하였으므로 관습적으로 '귀거래'를 읊지만 이를 행동으로는 옮기지 않는 사람들에 대해 비판적 인식을 드러내고 있다고 볼 수 있다.
⑤ 〈보기〉에서 사대부들은 자신의 뜻을 실현하기 어렵다고 판단하면 관직을 버리고 자연을 즐기며 학문 수양에 힘썼다고 했다. 이로 보아 (가)의 화자가 '귀거래'의 뜻을 이룬다면 '청풍명월'을 벗 삼아 학문을 수양하는 삶을 살게 될 것임을 추측할 수 있다.

006 시구의 의미 파악 답 ②

ⓒ에서는 힘겨운 농사일을 마친 농부의 여유로운 모습이 나타나고, ⓓ에서는 '길 가는 손님'이 그 모습을 바라보고 있을 뿐이다. 농부와 '길 가는 손님'이 협력하여 일을 해결하는 상황이 아니므로, 서로 돕고 사는 공동체를 엿볼 수 있다는 설명은 적절하지 않다.

오답 피하기
① ㉠에서는 무더운 여름날 땀 흘려 일하는 농부의 모습이, ⓔ에서는 논밭의 김을 매고 나무하러 갈 준비를 하는 농부의 모습이 나타난다.
③ ⓒ에서는 농부가 열심히 일을 하다가 잠시 바람을 쐬며 휘파람을 불고 있고, ⓗ에서는 산에서 나무를 하다 잎담배를 피고 콧노래를 부르다 잠시 졸고 있으므로 고단한 삶 속에서 즐기는 여유로움이 나타난다.
④ ⓔ과 ⓕ에서는 논밭의 김을 매고 산에 가 나무를 하는 모습이 연속되면서 쉴 틈 없이 바쁜 농부의 일과가 드러난다.
⑤ ⓗ과 ㉥에서는 고된 일을 마치고 '콧노래'를 부르며, '긴 소리 짧은 소리'를 하는 모습에서 낙천적 삶의 태도가 감각적(청각적) 이미지로 드러난다.

ⓔ 포인트

- **방법** (가) 전문 일치 / (나) E교재 외
- **포인트** E교재에서는 정서의 〈정과정곡〉을 민사평의 〈소악부〉 중 제6장과 엮어 제시하고 표현상 특징 등을 물었다. 그리고 두 작품 모두 이별의 상황에서 비롯된 정서를 자연물을 활용하여 나타내고 있다는 점에서 주목하여, 이 부분을 깊이 있게 감상할 수 있도록 문제를 구성하였다. 우리 교재에서는 〈정과정곡〉을 조우인의 〈자도사〉와 함께 제시하였는데, 이들이 억울한 귀양살이 또는 옥살이를 하는 상황에서 창작된 작품이라는 점에 착안하였다. 화자의 정서와 태도, 표현상 특징 등을 비교 파악하도록 한다.

(가) 정서, 〈정과정곡〉

▶ **해제** 이 작품은 고려 의종 때의 문신(文臣) 정서가 역모에 가담했다는 참소를 받아 고향인 동래로 귀양을 가게 되었을 때 지은 고려 가요이다. 작가는 자신을 다시 곧 부르겠다고 약속한 임금(의종)의 약속을 믿고 기다렸으나 소식이 없자 이 노래를 지었다고 한다. 자신의 억울하고 원통한 심정을 드러내며 결백을 호소하는 한편, 임을 다시 모시고 싶다는 소망을 표현하고 있다.

▶ **주제** 연군의 정과 결백의 호소

▶ **구성**

기(1~4행)	자신의 현재 처지와 결백 호소
서(5~10행)	임과 함께하고 싶은 심정과 결백에 대한 해명
결(11행)	임에 대한 애원

(나) 조우인, 〈자도사〉

▶ **해제** 이 작품은 광해군 시절 간신들의 모함으로 역모 사건에 휘말려 옥살이를 했던 작가가 임금에 대한 충정을 드러내며 당시의 정치 현실을 한탄한 충신연주지사의 가사이다. 화자를 천상에서 유배 내려온 선녀로 설정하여 연군의 정을 그리고 있다는 점에서, 정철의 〈사미인곡〉과 〈속미인곡〉을 계승한 작품으로 평가받고 있다. 하지만 정철의 작품과 달리, 임에 대한 연모의 정뿐 아니라 원망을 직접적으로 표출하며 현실 비판적 시각까지 드러내고 있다는 점에서 차이가 있다고 할 수 있다.

▶ **주제** 연군지정과 정사(政事)의 어지러움에 대한 한탄

▶ **구성**

서사	임에 대한 그리움
본사 1	임을 향한 연모의 정
본사 2	임을 만나지 못하는 슬픔과 억울함 토로
결사	재회의 기약과 임의 각성 촉구

007 화자의 정서와 태도 파악 답 ①

(가)와 (나)의 화자 모두 그리운 임이 부재하는 부정적인 상황에 놓여 있다. (가)의 화자는 임에게 직접적으로 다시 사랑해 줄 것을 호소하고 있고, (나)의 화자 역시 자규의 넋이 되어서라도 임의 잠을 깨우겠다고 하여 임에게 억울함을 하소연하고 있다. 즉 두 작품의 화자 모두 임과 이별한 부정적인 현실 상황에서 벗어나기를 소망하고 있다.

오답 피하기

② (가)와 (나)의 화자가 자연에서 위로를 받는 내용은 찾아볼 수 없다. (가)에 등장하는 '접동새'는 화자의 그리움과 슬픔을 드러내고, '잔월효성'은 화자의 결백을 강조하는 역할을 한다. 또한 (나)에 제시된 자연물 역시 화자의 분신이나 화자의 처지를 부각하는 대상으로 사용되었을 뿐, 화자에게 위로를 주는 대상은 아니다.

③ (가)와 (나)에는 임과 이별하고 홀로 지내는 외로움과 연모의 정, 재회의 염원 등이 드러날 뿐, 현재와 대비를 이루는 행복했던 과거를 그리워하는 내용은 나오지 않는다.

④ (가)의 화자는 자신의 결백을 강조하며 다시 사랑해 줄 것을 애원하고 있을 뿐, 지난날을 반추하며 자신의 삶에 대해 성찰하고 있지 않다. 다만 (나)의 화자는 '언어에 공교 없고 눈치 없이 다닌 일을 / 풀어서 헤아리고 다시금 생각하니 / 조물주의 처분을 누구에게 물으리오'에서 지난날을 반추하며 자신의 삶에 대해 성찰하고 있다고 볼 여지가 있다.

⑤ (가)에는 '잔월효성'이라는 초월적 대상이 등장한다. 하지만 이는 화자가 자신의 결백을 강조하기 위한 소재에 해당할 뿐, 초월적 대상과의 합일을 통해 이상 세계를 추구하는 것과는 관련이 없다. (나)도 자신의 처지를 '조물주'의 처분으로 생각하며 자책하는 태도가 드러날 뿐, 초월적 대상과의 합일을 통해 이상 세계를 추구하는 모습은 드러나지 않는다.

008 표현상 특징 파악 답 ③

[A]는 '과도 허물도 천만 없소이다 ~ 아아 님아 돌이켜 들으시고 사랑해 주소서'에서 자신의 억울함을 직접적으로 하소연하며 임의 사랑을 다시 받고 싶은 소망을 드러내고 있다. [B]는 '아쟁을 꺼내어 원망의 노래 슬피 타니', '자규의 넋이 되어 ~ 피눈물 울어 내어 / 오경에 잔월을 섞어 임의 잠을 깨우리라'에서 구체적인 행동을 통해 자신의 원통한 심정을 호소하며 억울함을 부각하고 있다.

오답 피하기

① [B]에서는 '아쟁'으로 '원망의 노래'를 탄다거나, '자규의 넋이 되어' '피눈물'을 '울어' 낸다고 하여 청각적 이미지를 통해 임을 향한 원망의 정서를 드러내고 있다. 하지만 [A]에서는 청각적 이미지를 활용한 정서 표현은 나타나지 않는다.

② [A]는 '우기던 이가 누구였습니까', '님께서 나를 벌써 잊으셨습니까'에서 의문형 문장을 활용하여 자신의 결백을 주장하는 한편, 임에 대한 의구심이나 원망을 드러내고 있다. 이때 미래 상황에 대한 화자의 불안감은 나타나지 않는다. [B] 역시 '조물주의 처분을 누구에게 물으리오'에서 의문형 문장을 활용하여 자신의 현재 처지에 대한 인식을 드러내고 있을 뿐, 미래 상황에 대한 화자의 불안감은 나타나지 않는다.

④ [A]에서는 현재와 과거를 대비하고 있지 않다. 또한 [B]에 나오는 자연물인 '매화 달'이나 '자규' 등은 모두 화자와 대비되는 대상이 아니라 화자의 외로운 처지를 부각하는 대상이다.

⑤ [A]의 '과도 허물도 천만 없소이다'에서는 유사한 의미를 지닌 시어인 '과'와 '허물'을 반복 사용하여 화자가 자신의 결백을 강조하고 있다. [B]에서는 '이화의 피눈물'과 같은 비유적 표현을 통해 화자의 억울함이나 원망의 정서를 드러내고 있다. 따라서 [A]와 [B] 모두 절대자에 대한 귀의와는 관련이 없다.

009 소재의 의미와 기능 파악　　　　답 ④

ⓔ '반벽청등'은 임에게 닥칠 암울한 미래 상황을 암시하는 것이 아니라, 임과 이별한 후 고독하게 지내는 화자의 처지를 드러내는 소재이다.

오답 피하기
① ㉠ '접동새'는 임을 그리워하며 울고 있는 화자의 감정이 이입된 대상으로 화자의 처지를 드러내는 기능을 한다.
② ㉡ '잔월효성'은 '하느님', '절대자'를 뜻한다. 자신이 결백하다는 것을 하늘도 아실 것이라고 하여, 자신은 아무런 잘못이 없다는 것을 강조하기 위해 쓰였다.
③ ㉢ '국화'는 풍상이 섞어 치며 수많은 꽃이 떨어지는 가운데 피어 있는 것으로 꿋꿋한 지조와 절개를 상징한다. 이는 혼란한 정치 현실, 시련 속 임을 향한 화자의 지조와 절개를 드러낸다.
⑤ ㉤ '자규'는 정한을 상징하는 새로 화자는 '자규'의 넋이 되어 피눈물을 울어 냄으로써 임의 잠을 깨우려 한다. 따라서 이는 임에게 화자의 억울함과 원통함을 알리는 역할을 한다.

010 외적 준거에 따른 감상　　　　답 ②

(가)의 '님께서 나를 벌써 잊으셨습니까'는 임에게 버림받아 체념하는 여성 화자의 넋두리가 아니라, 자신을 잊은 듯한 임에 대한 의구심이나 원망을 표현한 것이다. 자신을 잊지 말아 주기를 바라는 마음, 즉 임에 대한 연모의 정을 드러낸 구절에 해당한다.

오답 피하기
① (가)의 '우기던 이가 누구였습니까'는 자신을 죄인이라고 우기던 사람이 누구였냐며 묻는 것으로 자신은 모함을 받은 것이라는 사실을 환기하고 있다. 또 '과도 허물도 천만 없소이다'에서 화자는 자신은 전혀 잘못한 것이 없다며 결백을 강하게 주장하고 있다. 따라서 〈보기〉를 참고할 때 '우기던 이가 누구였습니까'는 작가가 모함을 받은 상황을, '과도 허물도 천만 없소이다'는 작가가 자신의 결백을 드러내는 구절에 해당한다.
③ (나)의 '풍상이 섞어 치고'와 '삭풍이 몹시 부니'는 화자가 당면한 어지러운 현실을 바람과 서리가 섞어 치고 차가운 바람이 심하게 부는 자연 현상에 빗댄 구절이다. 따라서 〈보기〉를 참고할 때 이는 비유적 표현을 활용하여 작가로 하여금 옥고를 치르도록 한 당시의 부정한 정치 현실을 나타낸 구절에 해당한다.
④ (나)의 '임의 터진 옷을 깁고자 하건마는'에서 바느질로 옷을 깁는 것은 과거 여성들이 하던 일이었다. 따라서 〈보기〉를 참고할 때 이는 신하가 임금에게 충성을 다하는 것, 즉 연군지정을 여성이 임을 그리워하며 옷을 깁는 것으로 형상화한 구절에 해당한다.
⑤ (나)의 '임의 잠을 깨우리라'에서 아직도 임은 잠에서 깨어나지 못한 상황이므로 화자는 자규의 넋이 되어 피눈물로 울어 내어 임의 잠을 깨우겠다고 말하고 있다. 따라서 〈보기〉를 참고할 때 이는 임금의 잘못된 판단을 일깨우려는 작가의 충직한 신하로서의 마음을 임의 각성을 다짐하는 여인의 모습으로 드러낸 구절에 해당한다.

[011~014] 김진형, 〈북천가〉

Ⓔ 포인트

• **방법**　부분 일치
• **포인트**　E교재에서는 〈북천가〉를 단독 지문으로 제시하고 표현상 특징, 시어·시구의 의미, 화자의 정서와 태도, 기행 가사로서의 면모 등을 물었다. 〈북천가〉는 유배를 가게 된 경위와 유배지에 이르는 과정을 밝히고 유배지에서 경험한 외로움, 유배를 가게 된 일에 대한 원망 등을 토로한다는 점에서 유배 가사의 전형성을 보여 주면서도, 유배지에서 융숭한 대접을 받는다든지 기생 군산월과 사랑을 나눈다든지 하는 부분은 매우 이색적이기에 주목할 만하다. 우리 교재에서는 E교재와 일부 다른 대목을 제시하여 폭넓은 감상을 유도하였다.

▶ **해제**　이 작품은 관리의 비행을 고발하는 상소를 올렸다가 모함을 받아 함경도 명천으로 유배를 가게 된 작가 김진형이 유배의 경위와 과정을 밝히고 유배의 심정을 장구하게 토로하고 있는 유배 가사이다. 유배당한 슬픔과 괴로움을 담고 있지만 현실 복귀에 대한 소망을 반복적으로 드러내고 있지는 않으며 유배지에서의 풍류와 학자로서의 자부심, 가족에 대한 그리움 등 다양한 심리를 드러내고 있다. 조선의 유배 가사 가운데서 작가의 개성이 돋보이는 작품이라고 할 수 있다.

▶ **주제**　유배 생활의 애환과 가족에 대한 그리움

▶ **구성**

서사	유배를 가게 된 경위와 심정
본사 1	한양에서 북관까지의 유배 여정
본사 2	북관에서의 경험과 심정
본사 3	북관에서 명천까지의 유배 여정
본사 4	유배에서 풀려난 기쁨과 돌아오는 여정
결사	유배 생활에 대한 소회

011 표현상 특징 파악　　　　답 ④

ⓔ에서 화자는 하늘의 '기러기'에 감정을 이입하고 있다. 즉 ⓔ의 '기러기 처량하고'는 현재 유배 중인 화자가 자신의 처량하고 서글픈 마음을 자연물인 '기러기'에 투영하여 드러낸 것이다.

오답 피하기
① ㉠의 '온 조정이 울컥한다'는 과장된 표현으로 볼 수 있으나 이를 통해 화자의 고독감을 강조한 것은 아니다. 화자는 ㉠을 통해 자신의 상소에 대한 조정의 반응을 드러내고 있다.
② ㉡은 질문의 방식을 활용하여 내용을 강조하는 설의적 표현으로, 화자는 ㉡을 통해 유배 온 자신의 처지에 '꽃자리에 손님 대접', '기생 풍류'는 어울리지 않는다고 자조적으로 말하고 있다. 따라서 사회 현실의 부정적 측면을 비판하는 태도가 드러나는 것은 아니다.
③ ㉢ '한가하면 풍월 짓고 심심하면 글 외우니'는 유사한 문장 구조를 반복한 대구적 표현으로, 유배지에서의 화자의 일상의 모습을 보여 준다. 하지만 이는 뒤에 이어지는 '변방의 외로운 몸'에서 확인할 수 있듯이 화자의 고독하고 적막한 모습을 보여 주는 것으로, ㉢에서 화자가 유유자적하는 생활에 대한 만족감을 드러내고 있다고 볼 수 없다.

⑤ ⓔ의 '실낱같은 이내 목숨'은 화자의 목숨을 실낱에 빗댄 비유적 표현이다. 이는 화자의 목숨과 운명이 실같이 가늘고 위태로운 처지임을 드러내는 것이지 특정한 대상에 대한 화자의 그리움을 표출하고 있는 것이 아니다.

012 시어의 기능 및 시적 상황 파악 　　답 ④

'조밥 피밥 기장밥'은 가난하고 배고프게 살아가는 백성들의 모습을 보여 주는 시어로, 화자의 처지와는 관련이 없다. 화자는 유배지에 와 있지만 열악한 처지에 놓여 있지 않다. 화자는 '높은 대문 넓은 사랑'의 주인집에 머물고 있으며 본관이 음식상을 차려 낼 정도로 극진히 대접받고 있다. '편히 편히 날 보내다'에서도 화자가 편하고 윤택하게 생활하고 있음을 알 수 있다.

오답 피하기
① 화자는 명천으로의 유배를 명 받고 '두루마기 흰 띠'의 차림, 즉 죄인의 차림으로 '적소'로 향하고 있다.
② 화자는 유배지에 도착해 자신이 머물 '주인집'에 찾아가는데, 이 집을 '높은 대문'에 '넓은 사랑'을 갖춘 '삼천석꾼 집'이라고 표현하고 있다. 이를 통해 화자가 거처하게 될 주인집의 경제 상황이 부유함을 짐작할 수 있다.
③ 화자는 '주인집'에 머물면서 외로움을 느끼고 있는데, 이를 '시와 술에 회포 붙'인다고 표현하고 있다. 즉 화자는 시를 짓고 술을 마시면서 유배지에서의 외로움을 풀고자 하고 있다.
⑤ '봉투를 떼어 보니 ~ 폭마다 친척이요 면마다 고향이라', '종이 위의 점과 획은 자식 조카 눈물이요 / 옷 위의 얼룩은 아내의 눈물이라'로 보아 화자는 '봉투', 곧 편지를 받고 '친척'과 '고향'의 소식을 확인하고 자식과 조카, 아내의 눈물을 짐작하고 있다. 따라서 화자는 '봉투'를 통해 고향과 가족의 소식에 대한 반가움과 가족에 대한 그리움으로 인한 슬픔을 느끼고 있는 것이다.

013 화자의 정서와 태도 파악 　　답 ⑤

[A]에서 화자는 자신의 지위를 언급하지 않았고 늦은 나이에 과거 급제하여 어려운 일을 겪고 있는 데 대한 회한을 드러내고 있을 뿐 현실의 부당함을 강조하고 있지 않다. [B]에서 화자는 '본관'으로, '북관 수령'이라는 지위를 언급하고 있지만, 상대방에게 슬퍼하지 말고 함께 어울려 놀자고 위로하고 있을 뿐 행동 변화를 촉구하고 있지 않다.

오답 피하기
① [A]에서 화자는 '세상 사람들아 이내 거동 구경하소'라고 말을 건네고 있다. 이때 화자가 말을 건네는 상대방은 '세상 사람들'이다. 그리고 [B] 바로 앞의 '본관이 하는 말이'로 보아 [B]의 화자는 '본관'이며, [B]의 화자가 유배 온 김 교리를 위로하는 것으로 보아 [B]의 화자가 말을 건네는 상대방은 [A]의 화자이다.
② [A]의 '무슨 일로 다 늙어 분주한가'에 현재 상황에 대한 부정적 감정이 나타나 있으며, [B]의 '죄 없이 오는 줄은 / 북관 수령 아는 바요 온 백성이 울었으니'에 상대방에 대한 긍정적인 인식이 나타나 있다.
③ [A]의 '과거를 보려거든 젊었을 때 하지 않고 / 오십에 급제하여 무슨 일로 다 늙어 분주한가'에서 화자는 늦은 나이에 등과한 지난 일을 언급하며 오늘날 귀양을 가게 된 것에 대한 회한을 드러낸다. [B]에서 화자는 '이번 유배 죄 없이 오는'에서 김 교리의 현재 상황을 언급하고 '온 백성

이 울었으니 / 조금도 슬퍼 말고 나와 함께 노십시다'라며 위로하고 있다.
④ [A]에서 화자는 '세상 사람들아 이내 거동 구경하소'라고 하여 자신의 일을 하소연하려 하고 있다. [B]에서 화자는 '나와 함께 노십시다', '오늘부터 놀자꾸나'라고 하면서 상대방에게 함께 어울릴 것을 제안하고 있다.

014 외적 준거에 따른 감상 　　답 ⑤

화자는 유배지에서 학문을 배우기를 청하는 사람들에게 사양을 하였으나 이를 피할 수 없다고 말하고 있다. 이는 유배지에서도 학문적으로 인정을 받고 있는 자신의 모습에 대한 화자의 자부심이 내포된 구절로 이해할 수 있다. 화자가 현실 복귀의 소망을 이룰 수 없다고 여기고 있는 것은 아니다.

오답 피하기
① 화자는 형벌을 두려워하지 않고 임금께 상소한 것을 '빛나고' 옳은 일이라고 말하고 있다. 이는 화자가 유배를 가게 된 상황에서도 임금께 상소를 올린 행동을 떳떳하게 여기고 있다는 것을 보여 준다.
② 화자는 '명천'으로 유배를 가게 된 것이 '놀랍'고 '괴이하다'고 하였다. 이는 화자가 유배를 가게 될 것을 예상하지 못하고 있었으며 이를 억울하게 여기고 있음을 보여 준다.
③ 화자는 유배지에 가서 '병풍 자리 음식상'을 받고 '풍악을 앞세'운 자리에 주인과 앉아 있다. 이는 화자가 낯선 유배지에서도 천대받지 않고 융숭한 대접을 받고 있음을 보여 준다.
④ 화자는 유배지에서도 학문을 청하기 위해 모여든 경내의 선비들에게 학문을 전수한다. '소문 듣고' 모여든 경내의 선비들이 '육십 명'이나 된다는 것은 유배지에서도 화자가 학식이 높은 인물로 존경받고 있다는 것을 보여 준다.

[015~018] (가) 작자 미상, 〈우부가〉
(나) 작자 미상, 〈용부가〉

Ⓔ 포인트

- **방법** (가) E교재 외 / (나) 부분 일치
- **포인트** 〈용부가〉는 용부(庸婦), 즉 우둔하고 못난 부인의 행실에 대해 풍자하면서 부인들의 부정적 행실과 당대 여성들에 대한 경계의 내용을 담고 있는 가사 작품이다. E교재에서는 〈용부가〉를 단독 지문으로 제시하고, 작품의 내용과 함께 가사의 교훈적 역할에 대해 물었다. 우리 교재에서는 익명의 부인과 '뺑덕어멈'의 그릇된 행실이 열거되는 장면을 활용하고, '우부(愚夫)'의 잘못된 행실을 비판한 작품인 〈우부가〉와 함께 엮어 각 작품을 더욱 깊이 있게 감상할 수 있도록 하였다.

(가) 작자 미상, 〈우부가〉

▶ **해제** 이 작품은 조선 후기에 지어진 작자 미상의 가사로, 제목을 통해 알 수 있듯이 어리석은 사내의 행적을 다루고 있다. 여기서 어리석은 사나이는 '개똥이', '꼼생원', '꽁생원' 세 사람으로, 이들은 각각 양반과 중인, 하층민을 대표하는데, 그중 개똥이의 행적이 작품의 핵심을 이룬다. 개똥이에 대한 내용 중, 전반부는 부모 덕에 호의호식하다가 많은 재산을 함부로 탕진하였다는 것이고, 중반부는 돈을 벌기 위해 무슨 짓이든지 가리지 않고 하였다는 것이며, 후반부는 거지 신세가 되었다는 것이다. 작가는 이를 통해 유교적 규범을 저버린 양반의 비참한 말로를 보여 주며 자기 분수를 지키고 헛된 욕심은 내지 말아야 한다는 유교적 규범을 강조하고 있다.

▶ **주제** 도덕적 타락에 대한 비판과 경계

▶ **구성**

전반부	개똥이 구경 권유와 개똥이에 대한 평가
중반부	개똥이의 도덕적 타락
후반부	패가망신한 개똥이의 모습

(나) 작자 미상, 〈용부가〉

▶ **해제** 이 작품은 인륜이나 도덕을 저버린 어리석은 부인의 행적을 다루고 있다. 작품의 전반부에 등장하는 익명의 부인은 양반층 부녀로, 시집의 흉을 보며 유교적 윤리 의식을 망각한 채 개인의 욕구를 충족시키는 데만 관심을 두고 있다. 후반부의 뺑덕어멈은 신분은 명시되어 있지 않으나 그 행위를 보아서 서민층임을 짐작하게 하는데, 인륜을 저버리는 행위로 인해 패가망신하는 과정을 생생하게 보여 주고 있다. 작가는 마지막 부분에서 청자에게 직접 이들의 행위를 보아 자신의 처신을 경계하라고 강조하고 있다. 신분의 상·하층을 가릴 것 없이 인륜과 도덕을 저버리고 부녀들이 악행을 일삼는 일이 있음을 개탄하며, 유교적 질서와 규범이 준수되고 회복되기를 바라는 마음을 전하고 있는 것이다.

▶ **주제** 여인들의 잘못된 행위에 대한 비판과 경계

▶ **구성**

전반부	'저 부인'의 못된 행실에 대한 비판
중반부	'뺑덕어멈'의 못된 행실에 대한 비판
후반부	백성들에 대한 경계

---

015 표현상 특징 파악 답 ⑤

(가)와 (나) 모두 인물의 부정적 면모를 드러낼 뿐, 과거의 그릇된 삶에 대한 인물의 성찰 내용은 나타나 있지 않다.

오답 피하기

① (가)는 '남촌 한량 / 개똥이는 / 부모덕에 / 편히 놀고'처럼 4음보의 율격을 규칙적으로 활용하고 있고, (나)도 '출가한 지 / 석 달 만에 / 시집살이 / 심하다고'처럼 4음보의 율격을 규칙적으로 활용하여 리듬감을 형성하고 있다.

② (가)는 '내 말씀 광언인가 저 화상을 구경하게'처럼 화자가 청자에게 말하는 방식으로 시상을 시작하고 있고, (나)도 '흉보기도 싫다마는 저 부인의 모양 보소'처럼 화자가 청자에게 말하는 방식으로 시상을 전개하고 있다. 이를 통해 청자는 표현 대상인 '저 화상(개똥이)'과 '저 부인'에 집중하게 되는 효과가 있다.

③ (가)의 화자는 '대모관자 어디 가고 물렛줄은 무슨 일고 / 통영갓은 어디 가고 헌 파립에 통모자라'처럼 과거의 부유하고 화려했던 삶과 현재의 삶을 대비하여 표현 대상의 비참한 현재 모습을 부각하고 있다.

④ (나)의 화자는 '무식한 창생들아 ~ 힘을 쓰고 ~ 위주하소'에서 청자에게 명령적 어조로 바람직한 삶을 살라고 말하고 있다. 그러나 (가)에는 명령적 어조로 청자에게 바람직한 삶을 살라는 뜻을 나타낸 부분이 없다.

016 시구의 의미 파악 답 ③

ⓒ에서 '상팔십'은 가난하게 산 강태공의 삶에서 비롯된 말로, 가난한 삶을 의미한다. 따라서 '상팔십이 내 팔자'라고 한 것은 개똥이가 오래 살지 못할까 봐 두려워하는 마음을 표현한 것이 아니라, '가장(집안의 물건)'을 다 팔아도 가난한 삶에서 벗어날 수 없는 처지를 표현한 것이다.

오답 피하기

① '경계판'은 행동을 깨우치는 말이 적힌 나무판으로, 이것을 짊어지고서도 행동은 개차반으로 하는 것으로 볼 때, 자신의 행위는 돌아보지 않고 타인의 행위만 지적하는 개똥이의 태도를 표현한 것으로 볼 수 있다.

② '구목'과 '서책'은 양반의 유교적 가치관과 관련 있는 소재인데, 구목을 베어 장사를 하여 돈을 마련하고, 서책을 팔아 빚을 준다는 것으로 볼 때, 개똥이가 양반으로서의 체면을 중시하지 않음을 알 수 있다.

④ '반분대'와 '털 뽑기'는 자신의 외모를 가꾸는 행위로, 이러한 행위로 시간을 보낸다는 것으로 볼 때, 부인이 허영에 빠져 외모 가꾸기에 치중하고 있음을 알 수 있다.

⑤ '물레'와 '씨아'는 가사 노동의 도구인데, 그 앞에서 선하품과 기지개를 하는 것으로 볼 때, 뺑덕어멈이 힘든 가사 노동을 회피하기 위해 게으름을 피우고 있음을 알 수 있다.

017 외적 준거에 따른 감상 답 ⑤

(가)의 '사람마다 도적이요 원망하는 소리로다'를 통해 주변 인물들이 개똥이를 '도적'이라고 직접적으로 비난하며 원망하고 있음을 알 수 있다. 그런데 (나)의 '여기저기 사설이요 구석구석 모함이라'는 주변 사람들이 '저 부인'에 대해 한 말이 아니라, '저 부인'이 친정에 쓴 편지의 내용에 대한 화자의 평가로 볼 수 있으므로, 당대인들의 비난이 드러나 있다는 감상은 적절하지 않다.

오답 피하기

① (가)의 '동네 상놈 부역이요 먼 데 사람 행악이며'와 '살결박에 소 뺏기와 불호령에 솥 뺏기'는 개똥이가 양반의 지위를 이용해 다른 사람들을 억압하고 개인의 이익을 취하는 모습을 표현한 것이다. 이를 통해 그가 자신의 탐욕을 위해 도덕적 타락을 일삼고 있음을 알 수 있다.

② (나)의 '긴 장죽이 벗님이요 문복하기 소일이요'와 '들고 나니 초롱꾼에 팔자나 고쳐 볼까'는 담배를 피우고 점 보기를 즐기며 외간 남자와 도망가 살려는 부인의 바람을 표현한 것이다. 이를 통해 부인이 즐거운 것만 추구하려는 본능적 욕구에 충실한 인물임을 알 수 있다.

③ (가)의 '부모 조상 돈망하여'와 (나)의 '제 조상은 젖혀 놓고 불공하기 위업이라'는 부모와 조상을 잘 섬겨야 한다는 유교적 가치관을 무시한 행위라고 할 수 있다.

④ (가)의 '내 인사는 나중이요 남의 흉만 잡아낸다'와 (나)의 '이 집 저 집 이간질로 모함 잡고'는 자신이 해야 할 도리는 하지 않으면서 주변 사람들의 흉을 보며 갈등을 유발하는 행위로, 모두 공동체 사회의 질서를 어지럽히는 행위라 할 수 있다.

018 인물의 태도 파악   답 ②

[B]에서는 남편과 자식의 초라하고 헐벗은 모습을 삽살개 뒷다리와 털 벗은 솔개미로 과장되게 표현하고 있다. 이는 앞에서 '무당 소경 푸닥거리'로 '의복가지' 다 내주는 뺑덕어멈의 행위로 미루어 볼 때, 엉뚱한 데 돈을 쓰면서 가족에 대한 도리를 다하지 못하는 뺑덕어멈의 잘못된 행실을 우회적으로 비판한 것이라 할 수 있다.

오답 피하기

① [A]에는 시댁 식구들에 대해 화자가 아니라 '저 부인'의 평가가 직접적으로 제시되어 있다. 이를 통해 시댁 식구들에 대한 '저 부인'의 불만을 알 수 있다.

③ [A]에는 '여우 같은', '십벌지목'과 같은 관용적 표현이 나타나 있다고 볼 수 있으나, 부인의 인품에 대한 화자의 논평은 제시되어 있지 않다. 또한 [B]에는 남편과 자식의 외양을 '삽살개 뒷다리'와 '털 벗은 솔개미'에 비유한 비유적 표현이 드러나 있으나, '뺑덕어멈'의 인품에 대한 화자의 논평은 제시되어 있지 않다.

④ [A]에서는 가족 구성원들의 태도를 열거해 가족 구성원에 대한 '저 부인'의 원망을 드러내고 있다. 그러나 [B]에서는 가족들의 초라하고 헐벗은 모습만 드러날 뿐 '뺑덕어멈'의 원망이 부각되고 있는 것은 아니다.

⑤ [A]에는 가족 구성원의 다양한 반응이 나타나 있다고 볼 여지가 있으나, '저 부인'의 행실에 대한 가족들의 상반된 평가가 드러나 있지는 않다. [B]에서는 '뺑덕어멈'의 행실에 대한 가족들의 평가가 아니라, 화자가 '뺑덕어멈'의 남편과 자식의 모습을 제시하고 있다.

[019~022] (가) 신지, 〈영언십이장〉
(나) 이익, 〈화왕가〉

ⓔ 포인트

• 방법   (가) 부분 일치 / (나) 전문 일치

• 포인트 E교재에서 〈영언십이장〉은 속세와 대비되는 삶의 모습을 다루고 있다는 공통점과 처사로서의 삶의 차이점을 중심으로 이별의 〈장육당육가〉와 엮어 제시하였다. 우리 교재에서는 대비의 방식을 통해 화자가 지향하는 가치와 주제 의식을 강조한다는 공통점에 착안하여 이익의 〈화왕가〉와 엮어 지문과 문항을 구성하였다. 화자가 지향하는 삶의 가치와 시적 상황에 주의하며 작품을 감상할 필요가 있다.

(가) 신지, 〈영언십이장〉

▶ 해제   이 작품은 벼슬길에 나아가지 않고 향촌에서 지내던 작가가 반구정을 지어 놓고 여생을 보낼 때 지은 것이다. 반구정 주변의 아름다운 경치와 유유자적하게 자연을 즐기며 지내는 화자의 삶이 잘 드러나 있다. 작가는 이 작품을 이황의 〈도산십이곡〉의 뜻에 화답하고자 하는 의도에서 지은 것이라고 밝혔다. 그래서 작품 속에 〈도산십이곡〉과 유사한 구절이 많이 나타난다. 다만 다른 연시조의 구절이나 중국의 한시 작품을 인용한 부분 등이 있어 이 작품만의 독특한 특징을 찾기 어려워 문학적 형상화가 떨어진다는 평가를 받기도 한다.

▶ 주제   반구정 주위의 풍경과 흥취

▶ 구성

제1수	반구정의 깨끗한 풍경과 자연 친화적인 태도
제2수	반구정의 아름다운 정경을 즐기는 풍류
제3수	반구정 주변의 절경을 보며 한가한 흥취를 느낌
제4수	자연의 백구와 더불어 늙어가겠다는 다짐
제5수	이백과 소부처럼 자연을 즐기며 사는 삶의 추구
제6수	세속적 욕망을 초월한 유유자적한 삶
제7수	늘 깨끗하게 살아가는 삶
제8수	한밤중의 자연에서 느끼는 맑은 뜻과 즐거움
제9수	자연의 분명한 이치에 대한 깨달음
제10수	도리를 따르는 대장부의 삶에 대한 자부심
제11수	삶의 태도를 한결같이 유지하려는 의지
제12수	사계절의 아름다운 정경에 대한 흥취

(나) 이익, 〈화왕가〉

▶ 해제   이 작품은 설총의 〈화왕계〉를 바탕으로 창작된 한시이다. 《삼국사기》 열전 편에 설총이 신라 신문왕에게 〈화왕계〉를 들려주어 군주가 마땅히 지녀야 할 태도를 일깨웠다는 내용이 나온다. 작가는 이를 활용하여 참된 신하의 모습을 보여 준 설총을 예찬하면서 신하는 군주에게 충간을 할 수 있어야 하며, 군주는 충간을 할 수 있는 인재를 적극 등용하고 충신의 말을 수용해야 한다는 교훈을 우회적으로 전달하고 있다.

▶ 주제   군주의 바른 도리를 일깨운 설총의 업적과 그에 대한 예찬

▶ 구성

1~2행	신하가 임금에게 〈화왕가〉를 노래함
3~12행	임금에게 현인을 등용하기를 간언함

13~16행	신하의 간언을 수용한 임금이 태평과 화합을 이룸
17~18행	설총에 대한 화자의 예찬

019 표현상 특징 파악 답 ⑤

〈제1수〉에서 '백구'라는 시어를 반복하고 있지만, 이는 '백구'에게 느끼는 친밀감을 통해 자연 친화적인 태도를 드러낼 뿐, '백구'를 향한 그리움을 강조하고 있지는 않다.

오답 피하기

① 〈제1수〉의 '백구야 나지 마라 네 벗인 줄 모롤소냐'에서 설의적 표현을 활용하여 자연과의 일체감을 드러내고 있다.
② 〈제3수〉의 초장, 중장, 〈제6수〉의 초장, 〈제8수〉의 중장 등에서 대구적 표현을 사용하여 반구정 주변의 풍경을 그려 내고 있다.
③ 〈제6수〉에서 '부귀공명'을 '헌 신'에 빗대는 비유적 표현을 사용하여 '부귀공명'의 가치를 평가하고 있다.
④ 〈제1수〉의 '백구야'에서 말을 건네는 방식을 통해 '백구'에 대한 친근감을 부각한다.

020 시어의 의미와 기능 파악 답 ①

㉠의 '홍화발'은 붉은 꽃이 피었다는 의미로, 봄이라는 계절감을 환기하여 화자의 흥취를 이끌어 내고 있다.

오답 피하기

② ㉡은 임금을 미혹하는 대상으로, 화자는 이를 염려하고 있다.
③ ㉠은 붉은 꽃이 핀 아름다운 모습으로 화자가 예찬하는 대상이지만 화자 자신과 동일시하는 대상은 아니다. 한편 ㉡은 화자가 경계하는 대상이다.
④ ㉠과 ㉡은 모두 붉은 색채감을 드러내는 대상으로, 화자가 경계하는 대상은 ㉠이 아니라 ㉡이다.
⑤ ㉠은 예찬의 대상이지만 ㉡은 예찬의 대상이 아니다. 또한 ㉡에는 화자가 긍정적으로 평가하는 삶의 모습이 투영되어 있지도 않다.

021 외적 준거에 따른 감상 답 ④

[D]에 '신라의 임금'이라는 표현이 나타나는 것으로 보아 이는 '이야기 1'에 해당한다. 하지만 '난손'과 '두약'은 '신라의 임금'이 아닌 뛰어난 인재를 비유적으로 나타내는 표현이다.

오답 피하기

① [A]는 설총이 신문왕에게 〈화왕가〉를 들려주는 상황을 소개하는 '이야기 1'로, '임금'은 신문왕을, '신하'는 설총을 의미한다.
② [B]는 〈화왕가〉의 내용으로 '이야기 2'에 해당한다. 여기서 '임금'은 [A]의 '임금'과 달리 〈화왕가〉에 등장하는 '화왕'을 의미한다.
③ [C]는 〈화왕가〉의 내용으로 '이야기 2'에 해당한다. '백두옹'은 현명한 신하를, '잡초'는 임금의 총기를 어지럽히는 소인배를 나타낸 것이다. 이를 통해 충언을 할 수 있는 인재를 등용해야 한다는 교훈을 전달하고 있다.
⑤ [E]는 임금에게 충언을 하여 나라의 태평과 화합을 이룬 설총의 업적을 예찬하는 내용으로 '이야기 1'에 해당한다. 이를 통해 [A]의 '신하'가 '스승 설총'이라는 것을 짐작할 수 있다.

022 외적 준거에 따른 감상 답 ④

(나)의 '누가 알리오'는 백두옹이라는 인재를 임금이 알아보지 못하는 현실을 나타내므로, 인재가 있음에도 등용되지 못하는 현실을 나타낸다고 볼 여지가 있다. 그러나 '그것을 어이하오'는 백두옹과 같은 인재가 잡초와 같은 소인배에 가려져 천거할 길이 없는 상황, 즉 충신이 등용되지 못하는 상황에 대한 안타까움을 나타내므로 천거할 만한 마땅한 인재가 없는 현실을 비판한다고 볼 수 없다.

오답 피하기

① (가)의 '한흥 계워 하노라'는 자연에서 즐기는 여유로운 생활에 대한 화자의 만족감을 나타내고 있다. 한편 '일반청의미를 어든 이 나뿐인가 하노라'는 자연의 참된 의미를 얻은 이가 나뿐이라는 의미를 함축하고 있으므로 자신의 삶에 대한 자부심을 드러낸다고 볼 수 있다.
② (가)에서는 '부귀공명'을 '헌 신'에 빗대며 부귀영화에 대한 덧없음을 나타내고, '부귀빈천위무'에 동요하지 않겠다는 것을 통해 세속적 욕망에 초연한 화자의 태도를 나타내고 있다. 이를 통해 자연 친화적인 삶에 대한 화자의 지향을 강조하며 화자가 궁극적으로 추구하는 가치를 암시한다고 볼 수 있다.
③ (가)의 '입정위 행대도하니'는 자신이 도리에 어긋나는 일을 하지 않았다는 의미를 담고 있으므로 자신의 삶을 되돌아본 후 자평한 내용으로 볼 수 있으며, 여기에는 자신의 삶에 대한 자부심, 즉 부끄럽지 않은 삶을 살았다는 인식이 내포되어 있다.
⑤ '(나)의 색황'은 여색이나 간신 등에 현혹되는 것을 의미하고 '현인을 가까이하는 것'은 임금이 충신을 가까이에 두는 것을 의미한다. 따라서 이는 대비를 통해 간신이나 여색 등에 의해 임금의 총기가 흐려지는 상황을 경계하고, 충신을 등용해야 한다는 주제 의식, 즉 임금이 선정을 베풀 수 있도록 도와줄 수 있는 신하의 필요성을 강조하려는 의도를 보여 준다고 볼 수 있다.

현대시

본문 p. 28~39

◆ 정답 체크

023 ③	024 ④	025 ⑤	026 ②	027 ⑤	028 ②
029 ①	030 ⑤	031 ④	032 ④	033 ③	034 ①
035 ④	036 ⑤	037 ⑤	038 ①	039 ④	040 ②
041 ③	042 ⑤	043 ④	044 ③	045 ⑤	

[023~025] (가) 조지훈, 〈산상의 노래〉
(나) 손택수, 〈나무의 수사학 1〉

ᄐ 포인트

- **방법** (가) 전문 일치 / (나) ᄐ교재 외
- **포인트** ᄐ교재에서는 광복을 주요 소재로 한 조지훈의 〈산상의 노래〉와 심훈의 〈그날이 오면〉을 엮어 지문으로 제시하여 배경 및 소재의 의미와 기능을 묻는 문제, 당대의 시대적 배경에 주목한 외적 준거를 통해 작품을 감상하는 문제 등을 출제하였다. 우리 교재에서는 〈산상의 노래〉와 손택수의 〈나무의 수사학 1〉을 함께 다룬 기출 지문을 선정하여 비교 감상할 수 있도록 하였다. 표현상 특징, 시구의 의미와 기능에 주목하여 작품을 감상하도록 한다.

(가) 조지훈, 〈산상의 노래〉

- **해제** 이 작품은 우리나라가 광복을 맞이한 1945년에 발표된 시로, 광복의 기쁨과 조국의 밝은 미래에 대한 염원을 노래했다. 광복 직후를 배경으로 고통스러웠던 일제 치하 시기를 되돌아보고, 광복의 기쁨과 감격을 표현하고 있다. 또한 조국의 밝은 미래를 기대하며, 민족의 새로운 과제를 해결하고 미래를 모색하고자 하는 지사적 면모를 드러내고 있다. 이 시에서는 다양한 감각적 이미지와 상징적이고 대립적인 의미의 시어를 활용하여, 광복의 기쁨과 조국의 미래에 대한 염원이라는 주제 의식을 효과적으로 표현하고 있다.

- **주제** 광복의 기쁨과 조국의 미래에 대한 염원

- **구성**

1연	광복을 염원하던 화자의 바람
2~3연	광복을 맞이한 화자의 기쁨과 감격
4~5연	광복 후의 희망적 상황
6연	광복 후의 평화로운 모습
7연	광복 후 새로운 미래에 대한 기다림과 기대감

(나) 손택수, 〈나무의 수사학 1〉

- **해제** 이 작품은 삭막한 도시에서 꽃을 피우는 나무를 통해 도시의 삶에 적응하지 못하고 힘겹게 살아가는 현대인의 아픔을 형상화하고 있는 시이다. 도시의 이주민인 화자는 도로변의 시끄러운 가로등 곁에서도 꽃을 피워 내는 가로수를 보며, 도시의 삶에 제대로 적응하지 못하고 힘겹게 살아가는 현대인들의 모습을 떠올리고 가로수와 동질감을 느끼고 있다. '반어법을 가르친 것이다', '참을 수 없다', '치욕으로 푸르다' 등의 단정적 진술을 사용하여 도시의 가로수가 처

한 상황을 드러내고, 이를 바탕으로 도시의 삶에 적응하지 못하고 힘겹게 살아가는 현대인의 모습을 부각하고 있다.

- **주제** 각박한 도시에서 살아가는 현대인의 아픔

- **구성**

1~3행	도시에서 꽃을 피우는 나무
4~10행	도시의 나무에 동질감을 느끼는 도시의 이주민인 화자
11~16행	나무를 고통스럽게 하는 것들
17~20행	삭막한 도시 환경을 견디며 치욕으로 푸른 나무

---

023 표현상 특징 파악 ⠀⠀⠀⠀⠀⠀⠀⠀⠀답 ③

(가)는 '어둠 속에 나래 떨던 샛별아 숨으라.'에서 명령형 어미 '-으라'를 사용하여 샛별의 행동을 유도하고, '사슴과 토끼는 / 한 포기 향기로운 싸릿순을 사양하라.'에서 명령형 어미 '- 아라'를 사용하여 사슴과 토끼의 행동을 유도하고 있다. 한편 (나)는 '도시가 나무에게 / 반어법을 가르친 것이다', '참을 수 없다', '치욕으로 푸르다' 등에서 단정적 진술을 사용하여 삭막한 도시 환경 속에서 살아가는 나무의 모습을 표현하고 있다. 그런데 (나)에서는 나무에 빗대어 화자와 같은 도시 현대인의 모습을 표현하고 있다는 점에서, 단정적 진술을 활용해 표현한 나무의 모습을 통해 각박한 도시에서 살아가는 현대인의 아픔이라는 주제 의식을 드러내고 있음을 알 수 있다.

오답 피하기

① (가)의 4연 '떠오르는 햇살은 / 시월상달의 꿈과 같고나.'에서 '시월상달'은 계절(가을)을 연상시키는 시어이나, 계절의 변화에 따라 달라지는 주변 풍경을 나타내지는 않는다. 한편 (나)의 공간적 배경은 '도시'의 '도로변'으로, 이곳에서 불빛과 소음을 견디고 있는 나무의 모습을 그리고 있을 뿐, 공간의 이동이나 이에 따른 풍경 변화는 나타나지 않는다.

② (가)는 '높으디높은 산마루', '환히 트이는 이마 위 / 떠오르는 햇살' 등에서 시각적 이미지를 통해 자연의 모습을 제시하고 있다. 그런데 이는 화자가 서 있는 공간과 광복을 맞이하며 느끼는 기쁨 등을 표현하기 위해 사용된 것으로, 자연의 위대함과는 관계가 없다. (나)는 '붕붕거린다는 것', '시끄러운 가로등' 등에서 청각적 이미지가 사용되었는데, 이는 나무가 처한 고통스러운 상황을 나타낸 것으로 자연에 대한 두려움과는 무관하다.

④ (가)는 '나래 떨던 샛별아 숨으라'에서 샛별을 사람처럼 부르며 숨는 행동을 할 것을 요구하고 있으므로 인격화된 사물을 청자로 하여 화자의 소망을 전달한다고 볼 수 있다. 한편 (나)에서도 '도시가 나무에게 / 반어법을 가르친 것이다', '나무는 나의 스승', '그가 견딜 수 없는 건' 등에서 '도시'와 '나무'를 인격화하여 표현하고 있다. 하지만 '도시'와 '나무'를 청자로 설정하고 있지 않으며, 이들에게 화자의 소망도 전달하고 있지 않다.

⑤ (가)에는 문장 성분의 순서를 바꾸어 제시하는 도치된 표현이 나타나지 않는다. 한편 (나)의 '참을 수 없다 나무는'에는 도치된 표현이 사용되었으나 이는 나무가 처한 부정적 상황을 부각한 것이며, 화자가 처한 부정적 현실에 대한 극복 의지를 강조한 것은 아니다.

024 시구의 의미와 기능 파악 ⠀⠀⠀⠀⠀⠀⠀⠀답 ④

[A]의 '무엇'은 화자가 '긴 밤'에 '울'면서 '간구'한 대상으로, 과거의 어두운 현실 속에서 화자가 염원했던 것(조국 광복)이라 할 수 있

다. 그리고 [B]의 '무엇'은 '긴 밤'이 지나고 '아침'이 온 후에 화자가 '기다리'는 대상이므로, 앞으로 맞이하고자 하는 바람직한 미래라고 할 수 있다. 이때 [B]의 '무엇'은 [A]의 '무엇'이 이루어지고 난 후에 화자가 새롭게 기다리는 대상으로, 미래에 대한 기대가 담겨 있다는 점에서 화자의 지향점이라고 할 수 있다. 그런데 '나래 떨던 샛별'은 과거 '어둠 속'에 있던 것이고, '향기로운 싸릿순'은 '새들 즐거이 구름 끝에 노래 부르고' 있는 평화로운 세계에서 '사슴과 토끼'가 서로 '사양'하는 것으로, 이들 모두 화자의 지향점으로 기능하고 있지 않다.

오답 피하기

① [A]에서 화자는 '낡은 고목에 못 박힌 듯' 고통스러운 모습으로 '높으디높은 산마루'에서 '무엇을 간구하며 울'고 있다. 이때 화자를 울게 한 문제는 '무엇'이 부재 또는 결핍된 상황으로, 부정적 의미를 담고 있다. 한편 [B]에서 화자는 '높으디높은 산마루'에서 '무엇을 기다리'고 있으므로, 기다림의 대상은 '무엇'이다. 이때 화자는 '맑은 바람' 속에서 '노래하'며 즐거운 마음으로 '무엇을 기다리'고 있으므로, 화자가 기다리는 대상은 긍정적 의미를 지닌 것임을 알 수 있다. 따라서 [A]에서 화자를 울게 한 문제는 부정적인 것이므로, [B]에서 화자가 기다리는 대상은 아님을 알 수 있다.

② [A]에서 '못 박힌 듯'한 자세는 고통스러운 자세를 연상시키며, 화자가 '울어 왔다'는 데에서, '못 박힌 듯' 기댄 자세는 과거의 고통을 드러낸다고 볼 수 있다. 그리고 [B]에서 화자는 앞으로 오게 될 '무엇'을 '맑은 바람 속'에서 '옷자락을 날리며' '노래하'고 기다리고 있다는 점에서, '옷자락을 날리며' 서 있는 자세에는 미래에 대한 기대가 담겨 있음을 알 수 있다.

③ [A]에서 화자는 '무엇을 간구하며 울'며 '긴 밤'을 지내는 부정적 상황에 놓여 있다. 그런데 이러한 부정적 상황은 '이 아침'이 밝아 오면서 은은한 '종소리'가 울려오는 생명력 넘치는 평화로운 상황으로 변화된다. 그리고 화자는 [B]의 '맑은 바람 속'에서 '무엇을 기다리며 노래하는' 새로운 상황을 맞이하게 되므로 적절하다.

⑤ [A]에서 화자는 '낡은 고목에 못 박힌 듯' 생명력 없는 고통스러운 자세로 '무엇을 간구하'고 있다는 점에서, '간구'를 통해 '서늘한 가슴의 한복판'까지 '종소리'가 '은은히 울려오'며 생명력이 회복되기를 바라는 기원을 표출한다고 볼 수 있다. 한편, [B]의 '노래'는 '메마른 입술에 피가 돌'며 생명력이 회복된 후 '무엇을 기다리'며 부르는 것이라는 점에서, 생명력이 회복된 이후의 소망을 드러낸 것이라고 볼 수 있다.

025 외적 준거에 따른 감상   답 ⑤

〈보기〉에서 '도시의 가로수는 나무의 푸름이나 아름다운 꽃조차도 도구적 가치에 의해서 평가된다.'라고 하였다. 그리고 (나)의 화자는 '도시에 제대로 뿌리박지 못하면서도 도시 환경에 적응하여 꽃을 피우는 나무에서 치욕을 읽어' 내었다고 하였다. 이를 종합해 보면 '치욕으로 푸르다'는 도시에 제대로 뿌리박지도 못한 채 도구적 가치로 평가받는 꽃을 피우는 것이 나무에게는 치욕이라는 의미로 이해할 수 있다. 이때 나무의 '꽃'은 나무가 도시에 뿌리박지는 못했지만 그래도 '도시 환경에 적응하여' 피운 것이므로, '치욕으로 푸르다'를 환경에 적응하지 못하는 나무에 대한 비판적 표현으로 이해하는 것은 적절하지 않다.

오답 피하기

① 〈보기〉에서는 '도시에 제대로 뿌리박지 못하면서도 도시 환경에 적응하

여 꽃을 피우는 나무에서 치욕을 읽어 낸 것이다. 그것은 도시의 이주민인 화자가 나무에 대해 동질감을 느끼는 이유이기도 하다.'라고 하였다. 이를 참고할 때, (나)에서 '들뜬 뿌리'는 '도시에 제대로 뿌리박지 못'한 모습을 의미하며, 화자는 '악착같이 들뜬 뿌리라도 내리자'며 도시 환경에 적응하려고 안간힘을 쓰고 있음을 알 수 있다. 따라서 '들뜬 뿌리'는 도시에 뿌리박지 못하면서도 도시 환경에 적응하려는 나무의 상황에 대한 도시 이주민인 화자의 동질감이 반영된 것이라 할 수 있다.

② 〈보기〉에서 나무는 '삭막한 도시 환경에도 불구하고 고통을 참아 내며 꽃을 피우는 모습', 즉 '도시 환경에 적응하여 꽃을 피우는' 모습을 보인다고 하였다. '내성'은 환경 조건의 변화에 견딜 수 있는 생물의 성질을 의미하므로, '내성이 생긴 이파리'는 나무가 삭막한 도시 환경 속에서 고통을 견디고 적응하면서 지니게 된 성질을 보여 준다고 할 수 있다.

③ 〈보기〉에 따르면 나무는 '삭막한 도시 환경' 속에 놓여 있는데, 이는 (나)의 '도로변 시끄러운 가로등 곁'에서 확인할 수 있다. 나무는 시끄러운 소리와 가로등 불빛으로 인해 제대로 된 휴식도 취하지 못하고 고통을 겪고 있는 것이다. 따라서 '시끄러운 가로등 곁'은 나무가 꽃을 피우며 참아 내야 하는 삭막한 도시 환경을 나타낸 것이라고 할 수 있다.

④ 〈보기〉에 따르면 나무는 '삭막한 도시 환경에도 불구하고 고통을 참아 내며 꽃을 피우'고 있다. 그런데 나무는 '도로변 시끄러운 가로등 곁'에서 매일 '신경증과 불면증'을 겪고 있다. '신경증'은 도로변의 소음으로 인한 것이고, '불면증'은 밤새 켜진 가로등으로 인한 것으로 볼 수 있다. 따라서 '신경증과 불면증'은 나무가 꽃을 피우며 도시에 적응하기 위해 견뎌 내야 하는 고통이라고 할 수 있다.

⑤ 포인트

- **방법** (가) 전문 일치 / (나) E교재 외
- **포인트** E교재에서는 시적 대상에 대한 화자의 공감과 위로가 나타난 이용악의 〈전라도 가시내〉와 신경림의 〈나목〉을 엮어 지문으로 제시하여 표현상 특징을 묻는 문제, 시구의 의미와 기능을 묻는 문제 등을 출제하였다. 우리 교재에서는 겨울을 계절적 배경으로 삼고 청자에게 말을 건네는 방식을 사용한 〈전라도 가시내〉와 이수익의 〈결빙의 아버지〉를 엮어 지문을 구성하였다. 표현상 특징과 〈전라도 가시내〉의 서사성, 소재의 의미와 기능에 주목하여 작품을 감상하도록 한다.

(가) 이용악, 〈전라도 가시내〉

- ▶ **해제** 이 작품은 북간도 술막에서 이루어진 '전라도 가시내'와 '함경도 사내'의 만남을 통해 일제 강점기에 추운 북간도까지 떠밀려 가야 했던 유이민의 비참하고 비극적인 삶을 형상화한 시이다. 한반도 제일 남쪽에 있는 전라도와 제일 북쪽에 있는 함경도에서 각각 온 남녀가 북간도에서 만났다는 것은 우리 민족 전체가 고향을 잃어버릴 수밖에 없었던 현실을 나타낸다. 이 시는 이러한 혹독한 현실에 처한 우리 민족의 정서를 서사적으로 그려 내고 있다.

- ▶ **주제** 북간도로 떠밀려 간 우리 민족의 비극적 삶

- ▶ **구성**

1연	전라도 가시내를 만난 함경도 사내
2연	흉흉하고 불안한 북간도의 상황
3연	전라도 가시내의 사연에 공감하는 함경도 사내
4연	북간도로 온 전라도 가시내의 비극적 인생
5연	전라도 가시내를 위로하는 함경도 사내
6연	시련과 역경을 극복하려는 함경도 사내의 다짐

(나) 이수익, 〈결빙의 아버지〉

- ▶ **해제** 이 작품은 어린 시절 추위를 막아 주던 아버지에 대한 추억을 떠올리며 아버지에 대한 그리움을 어머니에게 고백하듯이 드러내는 시이다. 화자는 어릴 적 어느 겨울밤 외풍 때문에 벌벌 떨면서 아버지의 품에 파고들어 잠이 들었는데, 이제 부모가 되어 아이들에게 이불을 덮어 주며 자신을 품어 주던 아버지를 그리워한다. 그리고 영하의 한강교를 지나면서, 문득 한강의 하얀 얼음이 아버지의 화신(化身) 같다고 여긴다. 얼음이 된 아버지가 여린 물살이 잘 흘러가라고 등으로 혹한을 막고 있다고 생각하는 것이다.

- ▶ **주제** 아버지의 헌신적 사랑과 아버지에 대한 그리움

- ▶ **구성**

1연	어릴 적 추위를 막아 주던 아버지에 대한 회상
2연	추운 밤 아이들을 보며 느끼는 아버지에 대한 그리움
3연	얼어붙은 한강의 얼음을 보며 떠올리는 아버지의 사랑

026 표현상 특징 파악 답 ②

(가)는 '가시내'를, (나)는 '어머님'을 청자로 설정하여 말을 건네는 어투를 사용함으로써 시상을 전개하고 있다.

오답 피하기

① (가), (나) 모두 반어적인 표현을 통해 주제 의식을 드러내고 있지 않다.

③ (가), (나) 모두 처음 부분이 마지막 부분에 반복되는 수미상관의 형식은 나타나지 않는다.

④ (가)의 화자는 전라도 가시내를 가까이에서 보고 있으나 원경으로 시선을 이동하고 있지는 않으며, (나)의 화자는 3연에서 한강물을 멀리서 바라보고 있다고 볼 수 있지만 근경으로부터 시선을 이동한 것은 아니다. (나)의 화자는 1, 2연에서 과거를 떠올리고 3연에서 현재 상황을 제시할 뿐, 대상을 가까이에서 바라보지는 않았다.

⑤ (나)에는 영탄적 표현이 사용되지 않았으며, (가)에서 '가시내야' 등을 영탄적 표현으로 볼 수 있지만 이를 통해 대상에 대한 경외감을 드러내지는 않는다.

027 외적 준거에 따른 감상 답 ⑤

(가)에서 '나'와 '가시내'가 함께 공유하는 갈등은 암울한 시대 상황(일제 강점기)과 관련하여 인물이 사회와 겪는 갈등이라고 할 수 있다. 하지만 '눈포래 휘감아치는 벌판에 우줏우줏 나설 게다'로 보아 이러한 갈등은 두 사람의 대화 이후에도 지속될 것임을 예상할 수 있다. 따라서 '자욱도 없이 사라질 게다'를 통해 '나'와 '가시내'가 함께 공유하던 갈등이 모두 해소되고 행복한 결말로 이야기가 마무리된다고 보는 것은 적절하지 않다. '자욱도 없이 사라질 게다'는 현실을 극복하려는 의지가 담겨 있는 표현이다.

오답 피하기

① (가)는 '함경도 사내'가 '가시내'의 이야기를 독자들에게 전달해 주는 형식으로 되어 있다. 따라서 '함경도 사내'는 작중 인물이면서 주인공의 이야기를 전달하는 서술자의 역할을 한다고 볼 수 있다.

② '북간도 술막'은 서로 알지 못하던 '함경도 사내'와 '가시내'가 만나게 되는 장소로, 두 인물의 이야기가 전개되는 공간적 배경이 된다.

③ '가시내'가 '나'에게 들려준 '가난한 이야기'는 '너의 가슴 그늘진 숲속을 기어간 오솔길' 등의 이미지와 연결되면서 '가시내'가 겪어 온 힘겨운 삶을 떠올리게 한다.

④ (가)는 "두 인물이 '북간도 술막'에서 만난 현재의 이야기(2연) → '가시내'의 회상을 통한 과거의 이야기(4연)"로 시간의 흐름이 역순행적으로 제시되고 있으므로, 시간적 순서가 서술 전략에 따라 재배열되었다고 할 수 있다.

028 소재의 의미와 기능 파악 답 ②

ⓐ는 고향인 함경도를 떠나서 북간도로 넘어온 사내의 힘겨운 삶의 여정을 보여 주는 것일 뿐, 고향을 떠나온 사내가 자신의 결정이 옳다는 확신을 하게 되는 계기로 작용하는 것은 아니다.

오답 피하기

① ⓐ의 '무쇠 다리'는 두만강을 넘어온 사내의 여정을 나타낸다. 즉 ⓐ는 고향을 떠나온 (가)의 화자의 상황을 보여 준다는 점에서 정착할 곳을 찾지 못하고 떠도는 삶을 환기함을 알 수 있다.

③ (나)의 화자가 '오늘은 영하의 한강교를 지나면서 문득' 생각했다는 것에서 ⓑ의 '한강교'는 (나)의 화자에게 일상적 공간임을 알 수 있다.

④ (나)의 화자는 ⓑ의 한강교를 지나면서 어린 시절 추위를 막아 주던 아버지를 떠올리고 돌아가신 아버지를 그리워한다. 따라서 ⓑ는 화자가 그리워하는 아버지를 떠올리는 계기로 작용함을 알 수 있다.

⑤ ⓐ는 '발을 얼구며'를 통해, ⓑ는 '영하'를 통해 겨울이라는 이미지와 결합되어 시적 분위기를 형성함을 알 수 있다.

029 시구의 의미 파악   답 ①

'예닐곱 살 적 겨울'은 아버지의 사랑을 느낄 수 있었던 추억 속의 시간을 의미하고, '추운 밤'은 옛 추억을 떠올리게 하는 현재의 시간을 의미한다. 그러나 이것들이 결합하여 아버지가 화자의 곁에 영원히 존재하기 어려운 이유를 암시하고 있지는 않다.

오답 피하기

② '외풍'은 어린 시절에 화자를 한없이 춥게 했던 것으로, 화자를 따뜻하게 감싸 주던 아버지의 '가슴팍'과 대비되는 대상이다.

③ '여린 물살'은 꽁꽁 언 얼음의 보호를 받으며 흘러가고 있는 것으로, '벌레'나 '잠든 아이들'과 마찬가지로 아버지의 보호를 받는 연약한 존재라고 할 수 있다.

④ '그 겨울밤의 아버지가 / 이승의 물로 화신해 있음을 보았습니다.'로 보아, '이승의 물'은 화자에게 죽어서 '한 줌 뼛가루'가 된 아버지가 환생한 것으로 느껴지는 대상이라고 볼 수 있다.

⑤ '얼어붙은 잔등'은 '여린 물살'을 보호해 주기 위해 자신은 '혹한을 막으며 / 하얗게 얼음으로 엎드려' 있는 것으로, '나를 품에 안고 추위를 막아 주던' 아버지의 사랑을 떠오르게 한다.

[030~033] (가) 유치환, 〈생명의 서·일장〉
(나) 김종해, 〈항해 일지 1 – 무인도를 위하여〉

Ｅ 포인트

- **방법** (가) 전문 일치 / (나) E교재 외
- **포인트** E교재에서는 삶을 살아가는 태도와 동력에 대해 그려 낸 유치환의 〈생명의 서·일장〉과 이정록의 〈희망의 거처〉를 엮어 지문으로 제시하여 공간적 배경의 의미와 기능을 문제, 시구의 의미와 기능을 묻는 문제 등을 출제하였다. 우리 교재에서는 화자의 의지적 태도가 나타난다는 점에서 〈생명의 서·일장〉과 김종해의 〈항해 일지 1 – 무인도를 위하여〉를 엮어 지문을 구성하였다. 표현상 특징과 시어 및 시구의 의미와 기능에 주목하여 작품을 감상하도록 한다.

(가) 유치환, 〈생명의 서·일장〉

▶ **해제** 이 작품은 '아라비아 사막'이라는 극한의 공간을 설정하여 삶의 본질을 회복하겠다는 화자의 비장한 의지를 노래하고 있다. 자신의 지식과 인생에 회의감을 느낀 화자는 생명력을 회복하기 위해 역설적으로 일체가 모래 속에 사멸하여 생명력이 없는 극한의 공간인 아라비아 사막으로 가겠다고 한다. 화자는 그곳에서 치열하게 자신을 성찰하여 원시의 본연한 자태를 찾겠다는 것이다. 특히 '백골을 쪼이리라'라는 표현에는 이러한 소망에 대한 화자의 강렬한 의지가 나타나 있다.

▶ **주제** 생명의 본질을 추구하는 비장한 의지

▶ **구성**

1연	생명의 본질에 대한 회의
2연	생명의 본질을 구할 수 있는 극한 공간인 아라비아 사막으로 향함
3연	생명의 본질을 찾고자 하는 비장한 의지

(나) 김종해, 〈항해 일지 1 – 무인도를 위하여〉

▶ **해제** 이 작품은 인생을 항해에 비유하여, 현실의 고난에서 벗어나 이상을 향해 나아가겠다는 의지를 드러내고 있다. 노를 젓는 행위는 인생을 살아가는 행위를 빗댄 것으로, 화자는 노를 저어 가는 배 위에서 인생의 무상감을 느끼고 무인도로 상징되는 이상향에 나아가고자 한다. 그 과정이 쉽지 않기에 좌절도 하지만, '눈을 감고서도 선명히 떠오르는 저 별빛을 향하여' '노질을 계속해야 한다'고 다짐한다. 즉 이상에 대한 멈출 수 없는 화자의 의지를 표출하고 있는 것이다.

▶ **주제** 생의 고단함과 이상을 향해 나아가려는 의지

▶ **구성**

1~6행	삶의 덧없음에 대한 탄식과 비애
7~13행	이상을 향해 가지 못하는 처지에 대한 탄식
14~16행	이상을 향해 나아가려는 의지

030 표현상 특징 파악   답 ⑤

(가)는 '나의 지식이 독한 회의를 구하지 못하고 / 내 또한 삶의 애증을 다 짐 지지 못하여'에서 유사한 통사 구조를 반복함으로써 생명의 본질을 찾지 못한 화자의 상황을 부각하고 있다. (나)는 '사라

져 가는 것, 떨어져 가는 것, 시들어 가는 것들의'에서 유사한 시구를 나열하여 삶의 덧없음을 느끼는 화자의 상황을 부각하고 있다.

오답 피하기
① (가)는 '백일이 불사신같이 작열하고'를 통해 계절적 배경이 여름임을 짐작할 수 있고, (나)는 '눈보라 날리는 엄동 속에서도'를 통해 계절적 배경이 겨울임을 짐작할 수 있다. 그러나 (가)와 (나) 모두 계절의 흐름에 따라 변화하는 정경을 보여 주고 있지는 않다.
② (가)와 (나) 모두 시각적 이미지의 시어를 사용하고 있지만, 대비되는 색채 이미지의 시어를 사용하지는 않았다.
③ (가)와 (나)는 모두 음성 상징어를 활용하고 있지 않으므로 적절하지 않다.
④ (가)와 (나) 모두 독백적 어조로 주제 의식과 화자의 정서나 생각을 드러내고 있다.

031 시어의 의미와 기능 파악
답 ④

'하여' 앞의 내용은 생명의 본질을 찾기 위해 극한의 공간으로 떠나 치열한 성찰을 하겠다는 것이고, '하여' 뒤의 내용은 생명의 본질을 찾을 수 없다면 차라리 죽음을 택하겠다는 것이다. 그러므로 '하여'는 생명의 본질을 찾기 위한 화자의 소망을 바탕으로 화자가 지니는 결연한 의지를 나타내기 위해 쓰인 것으로 볼 수 있다. 따라서 '하여'가 생명의 활기를 되찾은 화자의 만족감을 드러낸다는 이해는 적절하지 않다.

오답 피하기
① 화자는 자신이 가려는 '아라비아 사막'을 '저 머나먼'이라고 표현했는데, 이는 아무리 먼 곳이라도 반드시 그곳에 가겠다는 화자의 적극적 태도를 부각하는 역할을 한다.
② '영겁'은 영원한 세월이라는 뜻이므로, '영겁의'는 모든 생명체가 모래 속에서 죽어 없어져 적막한 '사막'의 상태를 강조한다고 볼 수 있다.
③ 화자는 '사막'에서의 '고독'을 '열렬'하다고 표현했는데, '열렬하다'는 어떤 것에 대한 애정이나 태도가 매우 맹렬한 것을 의미한다. 따라서 화자가 '고독'에 대해 긍정적으로 인식하고 있음을 알 수 있다. '사막'에서 느끼는 '고독'은 삶의 본연한 자태를 찾기 위해 화자 스스로 선택한 것이기에 화자는 '고독'에 대해 긍정적으로 인식하고 있는 것이다.
⑤ '본연한 자태'를 '다시' 배우지 못하면 '백골을 쪼이'겠다고 하는 것은 지금은 '본연한 자태'를 상실한 상태라는 것을 나타낸 것이다.

032 시구의 의미와 기능 파악
답 ④

화자는 '청계천'에서 배를 정박하는데, 그곳에서 '헛되고 헛되도다, 무인도여'라며 한탄하고 있다. 이는 무인도에 다다를 수 없는 현실에 대한 덧없음을 나타낸 것이므로, ㉣에서 '청계천'은 화자가 현실의 상황에 대해 허무함을 느끼는 공간이라 할 수 있다.

오답 피하기
① '사라져 가는 것, 떨어져 가는 것, 시들어 가는 것들'은 덧없이 소멸하는 것들로, 화자에게 삶의 소중함이 아니라 삶의 덧없음을 일깨우는 존재들이다.
② '그물을 던지고 낚시질하여 날것을 익혀 먹는 일'은 생존을 위해 화자가 행하고 있는 일상의 삶을 의미한다.

③ '집어등'을 끄겠다는 것은 삶의 덧없음을 느낀 화자가 먹고살기 위한 삶을 잠시 멈추겠다는 의미이다. 따라서 '집어등'은 화자에게 삶의 기쁨을 환기하는 역할을 하지 않는다.
⑤ '(무인도를) 누구에게도 보이지 않다'라는 것은 화자가 자신이 추구하는 이상을 타인에게 드러내지 않는다는 의미로 이해할 수 있다. 따라서 '누구'는 위기 상황에 놓인 화자가 의지하고 싶은 인물이라고 볼 수 없다.

033 외적 준거에 따른 감상
답 ③

(나)에서 '한 잔의 술잔 속에서도 얼비치는 저 무인도를'은, 인생의 허무함 속에서도 이상적 공간인 '무인도'를 떠올리는 화자의 모습을 보여 주는 시행이다. 화자는 이미 현실의 덧없음을 알고 있기에, '무인도'로 상징되는 이상을 떠올리며 현실에서 벗어나 이상을 향해 나아가겠다고 다짐하고 있다. 따라서 화자가 이상을 추구할 것인지 현실에 안주할 것인지 사이에서 갈등하고 있다는 감상은 적절하지 않다.

오답 피하기
① (가)에서 화자가 가려는 '아라비아 사막'을 '백일이 불사신같이 작열하고' '일체가 모래 속에 사멸한' 극한의 공간으로 표현한 것은, 생명력 회복을 위해 이처럼 괴롭고 힘든 상황을 기꺼이 감내하겠다는 화자의 생각을 드러낸 것으로 볼 수 있다.
② (가)에서 '열사의 끝'에서 '호올로 서면' 반드시 '나'와 대면한다는 것은, 본질적 자아를 찾기 위한 자기 성찰을 통해 생명의 참모습을 발견할 수 있다는 화자의 확신을 표현한 것이라 할 수 있다.
④ (가)에서 '병든 나무처럼 생명이 부대'끼는 것은 현재 자신의 지식과 삶에 대해 회의를 느끼는 화자의 부정적 인식을 드러낸 것이다. (나)에서 '부음 위에 떠서 노질'하는 것이 '부질없'다고 한탄하는 것은 삶이 덧없다고 느끼는 화자의 부정적 인식을 드러낸 것이다.
⑤ (가)에서 '사구에 회한 없는 백골을 쪼이리라'는 것은 본질적 자아를 찾기 위해 죽음을 각오하겠다는 화자의 의지를 드러낸 것으로, (나)에서 '엄동 속에서도' '별빛'을 향해 '노질을 계속'하겠다는 것은 이상에 대한 추구를 멈출 수 없다는 화자의 강한 의지를 드러낸 것으로 볼 수 있다.

E 포인트

- **방법** (가) 전문 일치 / (나) 전문 일치
- **포인트** E교재에서는 문제 상황에 대한 성찰을 다룬 최승호의 〈내 영혼의 북가시나무〉와 백석의 〈남신의주 유동 박시봉방〉, 정약용의 〈수오재기〉를 엮어 지문으로 제시하여 구절의 의미를 묻는 문제, 배경 및 소재의 의미와 기능을 묻는 문제 등을 출제하였다. 또한 E교재에서는 이문재의 〈광화문, 겨울, 불꽃, 나무〉와 이태준의 〈화단〉, 김시습의 〈애물의〉를 엮어 지문으로 구성하여 소재의 의미와 기능을 묻는 문제, 말하기 방식을 묻는 문제, 자연에 대한 각 작품의 관점을 묻는 문제 등을 출제하였다. 우리 교재에서는 〈내 영혼의 북가시나무〉와 〈광화문, 겨울, 불꽃, 나무〉를 엮어 부정적 현실의 시적 형상화 방식과 화자의 인식을 비교 감상할 수 있도록 하였다. 표현상 공통점과 부정어의 쓰임, 문제에 제시된 외적 준거에 주목하여 작품을 감상하도록 한다.

(가) 최승호, 〈내 영혼의 북가시나무〉

▶ **해제** 이 작품은 이념의 혼재와 강요로 인해 상처받은 화자가 자신의 영혼을 '북가시나무'로 표현하여 순수함을 지켜 나가고자 하는 결의를 드러낸 시이다. 화자의 영혼은 이념이 난립하는 현실 속에서 '흠집투성이 몸통'만이 남겨진 상태에 놓여 있다. 그러나 부정적 현실 속에서도 화자를 표상하는 북가시나무는 이에 대한 '반역'을 꿈꾼다. '반역'은 위협으로 가득한 현실을 극복하고자 하는 의지를 함축한 시어로, 이는 참다운 자유와 사랑이 담긴 시를 쓰고자 하는 소망으로 구체화된다.

▶ **주제** 부정적 현실 속에서도 신념과 순수성을 지키며 시를 창작하려는 의지

▶ **구성**

1연	외부 세계의 횡포에 상처 입은 영혼
2연	이상 세계를 향한 꿈과 지친 영혼을 향한 위로
3연	현실의 횡포(이념)에 시달리고 고통받는 영혼
4연	현실에 대한 저항과 아름답고 참된 시를 쓰고자 하는 소망

(나) 이문재, 〈광화문, 겨울, 불꽃, 나무〉

▶ **해제** 이 작품은 현대 도시 문명에 의해 자연의 생명력이 파괴되는 현실에 대한 비판적 인식을 담아낸 시이다. 한겨울에도 전구에 휘감긴 채 불꽃나무가 되어 버린 광화문 거리의 겨울나무들은 휴식과 충전으로서의 '어둠'도 제거된 비정상적인 밤을 보내고 있다. 전구 불빛에 의해 강제적이고 자연스럽지 못한 광합성을 하는 광화문의 겨울나무들을 보며, 화자는 도시 문명에 의해 자연의 질서가 파괴되고 인간 중심적 관점에서 자연을 대하는 현실에 대한 비판적 인식을 드러내고 있다.

▶ **주제** 자연의 질서를 파괴하는 현대 도시 문명에 대한 비판과 성찰

▶ **구성**

1연	밤에도 어두워지지 않는 광화문 네거리
2연	환하게 밝은 광화문의 밤 풍경
3연	자연의 이치를 거스르는 도시의 풍경

034 표현상 특징 파악 답 ①

(가)는 '과일을 나눠 주는 시', '초록과 금빛의 향기를 뿌리는 시'에서 의인화 기법을 사용하여 부정적 현실 속에서도 신념과 순수성을 지키며 시를 창작하려는 의지라는 주제 의식을 형상화하고 있다. (나)에서는 겨울나무에 전구가 켜지는 것을 '가로수들이 / 일제히 불을 켠다'라고 의인화하여 표현하고, '해군 장군의 동상도 잠들지 못하고 / 문 닫은 세종문화회관도 두 눈 뜨고 있다'에서 대상을 의인화하여 자연의 질서를 파괴하는 현대 도시 문명에 대한 비판과 성찰이라는 주제 의식을 형상화하고 있다.

오답 피하기

② (가)는 5연에서 '언젠가 나는 쓸 수도 있으리라 초록과 금빛의 향기를 뿌리는 시를'과 같이 어순의 도치를 통해 시 창작에 대한 소망과 실현 의지를 강조하고 있으나, 대상을 통해 얻은 깨달음을 강조하고 있지는 않다. 또한 (나)에서는 어순의 도치가 나타나지 않으므로 적절하지 않다.

③ (가)는 4연의 '살벌한 몸통으로 서서 반역하는 내 영혼의 북가시나무여'에서 영탄적 어조를 사용하여 부정적 상황에 맞서고 있는 화자의 모습을 표현하면서 부정적 현실에 대한 화자의 인식을 강조하고 있으므로 적절하지 않다. (나)는 '불꽃나무!'에서 느낌표를 사용한 영탄적 어조가 나타나나, 이는 꼬마전구가 켜진 겨울나무의 인위적 아름다움에 현혹될 뻔한 상황을 나타낸 것이다. 따라서 영탄적 어조를 통해 긍정적 현실에 대한 인식을 강조하고 있다고 보기 어렵다.

④ (가)에서는 3연의 '귀 있는 바람은 들었으리라'와 같이 추측의 표현을 사용하여 '깃발과 플래카드들이 / 내 앙상한 몸통에 매달려 나부끼는 소리, / 그 뒤에 내 영혼이 소리 죽여 울고 있는 소리'를 '바람'이 들었을 것이라는 추측을 드러내고 있으나, 화자와 '바람'이 서로 감정을 나누는 교감을 나타낸 것은 아니다. 또한 (나)에서 '어둠도 이젠 병균 같은 것일까'와 같이 추측의 표현을 사용하였으나, 이는 안식과 휴식의 시간인 '어둠'을 병균처럼 여기는 부정적 현실에 대한 생각을 드러낸 것으로, 화자와 대상 간의 교감을 나타낸 것은 아니다.

⑤ (가)는 1연에서 '하늘에서 새 한 마리 깃들이지 않는'이라는 시행을 마지막 연에서 변주하여 '하늘에서 새 한 마리 깃들여 / 지저귀지 않아도'와 같이 표현하고 있고, 이를 통해 화자가 처한 상황을 부각하고 있다. 그러나 (나)에서는 처음 시구를 마지막 시구에서 반복·변주하고 있지 않다.

035 외적 준거에 따른 감상 답 ④

〈보기〉에서 (가)는 이념의 강요와 그에 따른 폭력이 지속되는 현실을 담아내고 있다고 하였다. 이를 고려하면 '시퍼런 생기를 띠'고 있는 '대장간의 낫'과 '뾰족하게 빛이 나'는 '톱니'는 북가시나무에 봄기운이 찾아오는 순간에도 여전히 존재하는 폭력이라는 점에서 '내 영혼'에 강요되는 이념의 폭력을 의미한다고 이해할 수 있다. 화자는 이에 '살벌한 몸통으로 서서 반역하'려는 저항의 태도를 보이는데, 이는 순수함의 가치를 지키고자 하는 의지적 모습으로 이해할 수 있다. 그런데 이 시에서 '봄기운'을 계기로 화자가 순수함의 가치를 자각한다는 내용은 찾을 수 없다. 또한 화자가 '신목의 향기'를 맡으며 밤을 보내고, '깃발과 플래카드'를 원치 않으며, '영혼이 소리 죽여 울고 있'었던 것으로 볼 때, 화자는 순수함의 가치를 '봄기운'을 느끼기 전부터 알고 있었을 것으로 볼 수 있다.

오답 피하기

① 〈보기〉에서는 이념들이 난립하고 강요되는 현실이 영혼을 황폐하게 만드는 근원이라는 점을 제시하고 있다. 이를 고려하면 '무슨 무슨 주의의 엿장수들'은 특정 이념을 맹목적으로 신봉하는 세력으로 볼 수 있고, 엿장수들의 '가위질'은 자기 생각과 맞지 않으면 가차 없이 재단하려는 행위로 볼 수 있다. 따라서 '내 영혼의 북가시나무엔 / 가지도 없고 잎도 없'이 '흠집투성이 몸통뿐'인 상황을 만든 '엿장수들'의 '가위질'은 특정 세력에 의해 이념이 강요되는 현실 상황을 보여 준다고 할 수 있다.

② 〈보기〉에서 화자는 부정적 현실에서도 고통의 시간을 감내하는 모습을 보인다고 하였다. 이를 고려하면 화자가 '신목의 향기'를 맡으며 밤을 보내는 것은 현실의 고통을 견디는 모습으로 이해할 수 있다. 이처럼 화자가 견디는 것은 '더 해 입을 것도 의무도 없는' '허공', 즉 이념의 강요에 따른 의무가 존재하지 않는 자유로운 세계로서의 '허공'을 꿈꾸며 현실을 감내하는 것으로 볼 수 있다.

③ 〈보기〉에서 화자가 처한 현실에는 이념의 강요에 따른 폭력이 존재한다고 하였다. 이를 고려하면 '국도변'은 화자가 '깨어나면' 마주하게 되는 현실로, 이념의 깃발과 플래카드들이 화자의 '앙상한 몸통'에 매달려 고통을 주고, 그 뒤에서 화자의 영혼이 소리 죽여 울고 있는 상황으로 구체화되고 있다. 따라서 '국도변'은 화자의 영혼이 소리 죽여 울고 있는 공간이자, 이념의 강요에 따른 폭력의 심각성을 환기하는 공간이라고 볼 수 있다.

⑤ 〈보기〉에서 화자는 자신의 황폐해진 영혼이 소생하여 시를 쓰며 자유의 세계로 나아가고자 하는 소망을 드러내고 있다고 하였다. 이를 고려하면 화자가 쓰고자 하는 '시'는, 이념의 허상이라는 현실의 부정적 상황을 이겨 내고자 하는 의지를 담은 것이라는 점에서 현실 극복 의지를 보여 준다고 이해할 수 있다.

036 시어와 시구의 의미 파악　　　　　　답 ⑤

'밤에도 잠들지 못하는 사람들'은 현대 도시 문명 속에서 안식과 휴식, 재충전의 시간인 '밤'을 잃어버린 사람들로, '어둠'과 '겨울'의 시간을 잃어버린 겨울나무와 같이 비정상적인 상황에 놓여 있는 사람들이라고 할 수 있다. 이들은 인공의 빛으로 밝혀져 해가 져도 어둠 속에 잠기지 못하는 광화문 거리에 있는 존재들이므로, '광화문은 광화문'이 된 상황을 인식하고 있다고 볼 수도 있다. 또한 이들은 부정적인 현실을 인식하고 있다고 볼 수는 있으나, '겨울이 교란당하고 있는' 현실에 대한 비판 의식이나 염려까지 보이고 있지는 않다. 이들은 화자가 바라보고 있는 관찰 대상일 뿐, 화자의 비판 의식이나 염려를 대변하는 존재들은 아니다.

오답 피하기

① '불꽃나무'는 '수만 개의 꼬마 전구'를 매단 채 서 있는 '가로수'들을 가리킨다. 이를 보고 화자는 '불현듯 불꽃나무! 하며 손뼉을 칠 뻔했다'라고 밝히고 있는데, 이는 전구라는 인공 장치를 단 나무들의 인위적인 아름다움에 순간적으로 현혹되어 박수를 칠 뻔했음을 드러내는 것이라고 이해할 수 있다.

② '낮을 켜 놓은 권력들'은 광화문 거리를 '휘황'하도록 만든 존재를 가리킨다. '수만 개 꼬마전구들'이 '어둠'도, '밤'도 사라지게 하고 있으므로, 이는 자연적 질서에 따른 휴식과 안식의 시간인 '밤'과 '어둠'을 거부하는 도시 문명의 일면을 보여 준다고 할 수 있다.

③ 화자는 겨울나무들이 하고 있는 광합성이 '이상한' 것이라고 여기고 있는데, 이는 겨울나무들이 햇빛이 아닌 '수만 개 꼬마전구들'의 불빛에 의해 인위적인 광합성을 하고 있기 때문이다. 이는 자연적이 아닌 인위적인 광

합성이라는 점에서 도시 문명에 의해 자연의 질서가 파괴된 현실을 보여 준다고 이해할 수 있다.

④ 화자는 '뿌리로 내려가 있'어야 할 '겨울나무들'이 '저녁마다 황급히 올라' 온다고 하였는데, 이를 '겨울이 교란당하고 있다'고 표현함으로써 현대 도시 문명으로 인해 자연이 순리에서 벗어나 비정상적인 상황에 놓이게 됨을 부각하고 있다.

037 외적 준거에 따른 감상　　　　　　답 ⑤

⑩에서는 광화문에 있는 '해군 장군의 동상'이 잠드는 것과 관련한 부정어를 사용하고 있다. 이는 밤이 되었음에도 휘황한 낮과 같은 광화문의 풍경을 보여 주는 것으로, 밤이 밤답지 못한 비정상적 상황을 환기하고 있다. 따라서 ⑩의 풍경은 주변의 비정상적 상황과 조화를 이루지 못하는 것이 아니라 오히려 비정상적인 나무들의 모습과 조응하여 부정적 현실의 면모를 강조하고 있다. 그리고 해군 장군의 동상은 비정상적인 상황을 보여 주기 위해 활용한 소재로, 고독감을 환기하는 소재는 아니다.

오답 피하기

① ㉠에서는 '새 한 마리 깃들이지 않'이라며 새가 나무에 찾아오는 것과 관련하여 부정어를 사용하고 있다. 이를 통해 새 한 마리가 깃들 수 있는 가지도 없고 잎도 없는 북가시나무의 상황, 즉 화자의 영혼이 처한 부정적 상황을 드러내고 있다.

② ㉡에서는 '가지도 없고 잎도 없다'와 같이 부정어를 사용하여, 가위질을 하는 엿장수들의 횡포로 인해 가지와 잎이 모두 잘려 버린 '내 영혼의 북가시나무', 즉 황폐화된 화자의 내면을 드러내고 있다.

③ ㉢에서는 '원치 않는'이라며 부정어를 사용하여 화자의 영혼에 매달려 나부끼는 '깃발과 플래카드들이' 화자가 원하지 않는 대상임을 드러내고 있다. 따라서 ㉢의 깃발과 플래카드는 화자가 거부하고자 하는 대상임을 알 수 있다.

④ ㉣에서는 '어두워지지 않는다'와 같이 부정어를 사용하여, 해가 저서 어두워지는 것이 정상적인 자연 현상이지만 그렇지 못한 채 여전히 밝은 상태에 있음을 드러내고 있다. 이는 해가 진 이후 정상적으로 어두워지는 것과 배치되는 상황을 나타낸다.

[038~041] (가) 이육사, 〈황혼〉
(나) 신동엽, 〈향아〉

E 포인트

- 방법 (가) 전문 일치 / (나) E교재 외
- 포인트 E교재에서는 소외된 대상에 대한 화자의 연민이 나타난 이육사의 〈황혼〉과 최두석의 〈성에꽃〉을 엮어 지문으로 제시하여 표현상 특징을 묻는 문제, 시구의 의미와 기능을 묻는 문제 등을 출제하였다. 우리 교재에서는 〈황혼〉과 신동엽의 〈향아〉를 엮어 비교 감상할 수 있도록 구성하였다. 시구 및 소재의 의미와 기능, 두 작품에 나타난 화자의 바람에 주목하여 작품을 감상하도록 한다.

(가) 이육사, 〈황혼〉

▶ 해제 이 작품은 '골방'에 있는 화자가 '황혼'을 통해 인간 본연의 외로움을 인식하고, 소외되고 고통받는 존재들에 대한 애정을 표현하고 있는 시이다. '골방'은 폐쇄적인 공간이지만 이 공간 안에서 화자는 소외된 여러 대상들을 떠올리고, 그 대상들에게 자신의 애정을 보내고자 한다. 이는 궁극적으로 자아를 고립시키지 않고 외부 세계와 합일하고자 하는 소망을 드러낸 것으로, 작가의 휴머니즘을 형상화한 것이라고 볼 수 있다. 표현 면에서는 '황혼'을 의인화하고 말을 건네는 방식으로 시상을 전개하는 것이 특징적이다.

▶ 주제 소외된 존재들에 대한 애정

▶ 구성

1연	인간 본연의 외로움에 대한 인식
2연	소외된 이들에 대한 애정
3연	소외된 이들의 구체적 모습
4연	소외된 이들에게 애정을 베풀고자 하는 마음
5연	사라지는 황혼에 대한 아쉬움

(나) 신동엽, 〈향아〉

▶ 해제 이 작품의 화자는 순수한 존재인 '향'을 부르며 '옛날'로 돌아가자고 말하고 있다. 이 작품에서 '옛날'은 '전설 같은 풍속'을 지닌 시절로, 자연과 인간이 조화를 이루던 아름답고 순수한 때이며, 위선과 가식을 보이는 현대 사회와 대조되어 화자가 지향하는 세계이다. 이 작품은 청유형 문장과 과거와 현재의 대비를 통해 순수한 세계로 돌아가고자 하는 화자의 소망을 드러내고 있다.

▶ 주제 순수한 세계로 회귀하고자 하는 소망

▶ 구성

1연	오래지 않은 옛날로 돌아가기를 소망함
2연	아름답고 소박한 옛날의 삶의 모습을 떠올림
3연	옛날의 풍속으로 돌아가기를 소망함
4연	순수하고 건강한 고향으로 돌아가기를 소망함
5연	옛날의 풍속으로 돌아가 순수한 마음을 회복하기를 소망함

038 표현상 특징 파악   답 ①

(가)는 '황혼'을 의인화하여 '황혼'에게 말하는 방식을 활용함으로써 소외된 존재들에게 애정을 보내고 싶은 마음을 드러내고 있다. (나)는 순수한 존재인 '향아'를 부르면서 옛날로 가자고 말하고 있다. 따라서 (가)와 (나)는 모두 말을 건네는 방식을 활용하여 화자의 의도를 부각하고 있다.

오답 피하기

② (가)는 말줄임표가 아닌 줄표(—)를 사용하고 있다. (나)는 '석양……'에 말줄임표가 사용되고 있으나 이것이 화자의 내면적 고뇌를 나타내고 있는 것은 아니다.
③ (가)는 '황혼아'를 반복하고 있고, (나)는 '향아'를 반복하고 있지만, 이러한 호명의 반복을 통해 시적 대상의 속성을 드러내고 있는 것은 아니다.
④ (가)와 (나)는 모두 반어적 표현을 활용하고 있지 않다.
⑤ (가)의 '인간은 얼마나 외로운 것이냐' 등을 설의적 표현이라고 볼 수도 있으나 이를 통해 상황의 변화에 대한 화자의 기대를 강조하고 있지는 않다. (나)는 설의적 표현을 활용하고 있지 않다.

039 화자의 정서와 태도 파악   답 ④

(가)의 화자는 '골방'에서 '황혼'을 맞아들이고 외부 세계로 관심을 넓혀, [A]에서는 '골방' 밖 세계의 다양한 대상들의 구체적인 모습을 떠올리고 있다. 이때 '수녀들'과 '수인들'은 화자가 현재 바라보고 있는 대상이 아니라 상상하여 떠올린 존재들이다. 한편 (나)의 화자는 '오래지 않은 옛날'로 돌아가기를 소망하며 [B]에서 행복했던 '옛날'의 모습을 구체적으로 떠올리고 있다. 이 '옛날'은 과거의 순수한 세계로, 화자는 이를 회상하며 과거로의 회귀를 바라고 있는 것이다. 따라서 [A]는 대상('황혼')으로부터 촉발된 화자의 상상을 구체화한 것이고, [B]는 과거에 대한 화자의 회상을 구체화한 것이라고 할 수 있다.

오답 피하기

① [A]의 '별들', '수녀들', '수인들'은 모두 화자가 연민과 애정을 지닌 대상이므로 [A]는 화자가 연민을 느끼고 있는 대상을 열거한 것이 맞다. 그러나 [B]는 화자가 그리워하는 대상을 묘사한 것일 뿐, 화자가 연민을 느끼고 있는 대상을 열거한 것이 아니다.
② [A]와 [B]에서 세계의 순환적 질서에 대한 인식은 찾아볼 수 없다.
③ [A]에서 화자는 종교적 신념을 보이고 있지 않다. [B]는 인간과 자연이 조화를 이루는 옛날의 정경을 묘사한 것으로 화자는 이를 긍정적으로 여기며 그리워하고 있다. 따라서 [B]에는 화자의 자연 친화적 태도가 나타나 있다고 볼 수 있다.
⑤ [A]에서 화자는 소외된 존재들에 대한 연민과 애정을 보이고 있을 뿐, 현실에 대한 혐오 의식을 드러내고 있지 않다. 또한 [B]에서 화자는 아름답고 소박했던 옛날의 삶의 모습을 떠올리고 있을 뿐, 현실을 개혁하고자 하는 의지를 표현하고 있지 않다.

040 시구의 의미와 기능 파악   답 ②

ⓒ은 사라져 버리는 '황혼'을 비유한 것으로, '황혼'의 영속적 속성을 나타낸 것이 아니다. '한번 식어지면 다시는 돌아올 줄 모르나 보다'

를 통해, 화자는 '암암히' 사라지는 '황혼'에 대한 아쉬움을 드러내고 있음을 알 수 있다.

오답 피하기

① ㉠ 뒷 구절의 '인간은 얼마나 외로운 것이냐'로 보아, 화자는 인간의 근원적 고독에 대해 인식하고 근원적 고독을 느끼는 인간의 모습을 ㉠에 비유하고 있다고 할 수 있다.

③ ㉢은 맑고 깨끗하게 흘러가는 '냇물'을 비유한 것으로, 화자가 되찾고자 하고 지향하는 세계의 한 부분을 보여 준다고 할 수 있다.

④ ㉣은 '고향'의 빛나던 모습을 비유한 것이다. 화자는 그러한 '고향'을 찾아가자고 말하고 있으므로 ㉣은 옛날의 '고향'에 대한 화자의 그리움을 드러내고 있다고 할 수 있다.

⑤ ㉤은 소박하게 살아가는 삶의 모습을 비유한 것이다. 즉, ㉤은 꾸밈이나 거짓이 없는 수수한 삶을 비유한 것으로, 화자가 긍정적으로 인식하는 삶의 모습을 드러내고 있다고 할 수 있다.

041 외적 준거에 따른 감상　답 ③

(가)에서 화자가 '지구의 반쪽만을 나의 타는 입술에 맡겨 다오'라고 한 것은 소외된 존재들에게 애정을 베풀겠다는 인간애, 휴머니즘을 드러낸 것이다. 화자가 현실의 불완전함으로 인해 인간과 현실이 하나가 될 수 없다는 자각을 드러낸 것은 아니다.

오답 피하기

① (가)에서 '골방'에 있는 화자는 '커―튼을 걷는' 행위를 통해 '황혼'을 맞아들이고 '골방' 밖의 다양한 대상들을 생각하게 된다. 따라서 화자가 '골방의 커―튼을 걷는' 행위는 화자의 내면이 폐쇄적 공간 밖의 세계와 만날 수 있게 되는 계기로 작용한다고 할 수 있다.

② (가)에서 화자는 '황혼'을 통해 소외된 존재들을 포용하려는 태도를 보여 주고 있다. 따라서 화자가 '황혼'의 '품 안에 안긴 모든 것'에 '입술을 보내'겠다고 하는 것은 소외된 존재들에 대한 포용과 사랑의 태도를 드러낸 것이며, 세계와의 합일을 소망하는 심정을 나타낸 것이라고 할 수 있다.

④ (나)에서 화자는 '옛날'과 대비되는 현재는 '미끄덩한 기생충의 생리와 허식에 인이 박'혔다고 말하고 있다. 이는 화자가 기생충처럼 타인에게 해를 끼치고 허위와 가식에 찬 현대 문명의 부정적 측면을 지적한 것이라고 할 수 있다.

⑤ (나)에서 화자는 '전설 같은 풍속'이 있던 때로 돌아가자고 하면서 '냇물 굽이치는 싱싱한 마음 밭으로 돌아가자'고 말하고 있다. 이는 자연과 인간이 조화를 이루던 옛날과 같은 이상과 현실이 합일되기를 바라는 마음을 드러낸 것이라고 할 수 있다.

[042~045] (가) 최두석, 〈성에꽃〉
　　　　　　 (나) 박목월, 〈만술 아비의 축문〉

ⓔ 포인트

- **방법**　(가) 전문 일치 / (나) T교재 외
- **포인트**　T교재에서는 소외된 대상에 대한 화자의 연민이 나타난 최두석의 〈성에꽃〉과 이육사의 〈황혼〉을 엮어 지문으로 제시하여 표현상 특징을 묻는 문제, 시구의 의미와 기능을 묻는 문제 등을 출제하였다. 우리 교재에서는 상대를 따뜻한 시선으로 대하는 화자의 모습이 드러난다는 점에서 〈성에꽃〉과 박목월의 〈만술 아비의 축문〉을 엮어 지문을 구성하였다. 두 작품에 나타난 화자의 특징, 시구의 의미와 기능에 주목하여 작품을 감상하도록 한다.

(가) 최두석, 〈성에꽃〉

▶ **해제**　이 작품은 새벽 시내버스 차창에 낀 성에를 서민들의 삶에 빗대어, 서민들의 삶에 대한 애정과 부정적 현실에 대한 안타까움을 형상화하고 있는 시이다. 화자는 어느 추운 겨울날의 새벽 시내버스 안에서 차창에 선연하게 피어난 '성에꽃'을 보며, 힘겹지만 치열한 삶을 살아가는 서민들의 입김과 숨결을 떠올린다. 그리고 자신과 함께 부정한 현실에 맞서다가 구속된 친구에 대한 그리움을 드러내면서 암울한 시대 상황에 대한 안타까움을 드러내고 있다.

▶ **주제**　힘겨운 현실을 살아가는 서민들의 삶에 대한 애정과 연민

▶ **구성**

1~4행	새벽 시내버스의 차창에 피어난 성에꽃
5~10행	서민들의 삶의 흔적인 성에꽃
11~19행	서민들의 삶에 대한 연민과 애정
20~22행	지금은 만날 수 없는 친구에 대한 안타까움

(나) 박목월, 〈만술 아비의 축문〉

▶ **해제**　이 작품은 대화체 형식을 통해 가난하지만 정성을 다해 제를 올리는 '만술 아비'의 마음을 형상화하고 있는 시이다. 1연에서는 '만술 아비'가 돌아가신 아버지의 제사를 지내며 아버지가 좋아하는 음식을 올리지 못한 것을 안타깝게 여기고, 초라한 음식이라도 많이 먹고 가라는 마음을 드러낸다. 2연에서는 제3자인 화자가 '만술 아비'에게 망령의 혼이 감동하여 '굵은 밤이슬'이 내린다고 하며, 아버지에 대한 '만술 아비'의 진정한 사랑과 정성을 높이 평가하고 있다.

▶ **주제**　돌아가신 아버지에 대한 애틋한 사랑과 정성

▶ **구성**

1연	아버지의 제사상에 올리는 가난한 아들의 축문 (아들의 독백)
2연	아들의 정성에 대한 망령의 감동(제3자의 평가)

042 표현상 특징 파악　답 ⑤

(가)는 '어느 누구의 막막한 한숨이던가 / 어떤 더운 가슴이 토해 낸 정열의 숨결이던가'에서 의문형 문장을 활용하여 추운 겨울날 '성에꽃'을 피워 낸 사람들에 대한 화자의 이해와 공감을 강조하고 있다. 그리고 (나)는 '축문이 당한기요.'에서 의문형 문장을 활용하여 글을

알지 못해 축문을 마련할 수 없는 상황을 대하는 화자(만술 아비)의 안타까움을 강조하고, '인정보다 귀한 것 있을락꼬.'에서 의문형 문장을 통해 변변치 못한 제사상이라도 정성껏 차린 '만술 아비'를 위로하는 또 다른 화자의 마음을 강조하고 있다.

오답 피하기
① (가)는 '오랫동안 함께 길을 걸었으나 / 지금은 면회마저 금지된 친구여.'에서 과거와 현재를 대비하여 화자가 처한 현실 상황을 드러내고 있다. 하지만 (나)에서는 과거와 현재의 대비가 나타나지 않는다. 화자(만술 아비)가 처한 현실 상황은 화자의 진술을 통해 직접적으로 제시되고 있다.
② (가)는 '이마를 대고 본다 ~ 지금은 면회마저 금지된 친구여.'에서 장면의 전환이 일어난다고 볼 수 있으며, (나)는 2연에서 새로운 화자가 등장하며 장면의 전환이 일어난다. 하지만 (가)와 (나)에서 긍정적 미래에 대한 기대감은 드러나지 않는다.
③ (가)는 '엄동 혹한'과 '성에꽃'에서 겨울의 계절감이 드러나며, (나)는 '윤사월 보릿고개'에서 늦봄 혹은 초여름의 계절감이 드러난다. 이 중 (가)의 '엄동 혹한'은 힘겨운 현실을 상징하고 '지금은 면회마저 금지된 친구'를 떠올리게 하는 계절이라는 점에서 현실의 부조리함을 암시하고 있다고 볼 여지가 있다. 그러나 (나)의 '윤사월 보릿고개'는 식량이 떨어져 힘겨운 시기를 나타낼 뿐, 현실의 부조리함을 암시하고 있지는 않다.
④ (나)는 '소금에 밥'과 '간고등어'를 대조적 의미를 지닌 시어로 볼 수 있으며, 각각 화자가 처한 현실적 상황과 화자가 바라는 대상임을 고려할 때 이를 통해 현실과 이상의 거리감을 드러낸다고 볼 수 있다. 하지만 (가)에서는 현실과 이상의 거리감이 드러나지 않는다. '엄동 혹한'과 '성에꽃', '막막한 한숨'과 '정열의 숨결'을 각각 대조적 의미를 지닌 시어로 볼 수 있지만, 이는 힘겨운 현실과 그런 현실 속에서 성실하게 살아가는 사람들의 삶을 상징하는 것으로, 현실과 이상의 거리감을 드러내고 있지는 않다.

043 외적 준거에 따른 감상 답 ④

화자는 [D]의 '어느 누구의 막막한 한숨이던가 / 어떤 더운 가슴이 토해 낸 정열의 숨결이던가'에서 애환 어린 삶임에도 열심히 살아가는 서민들에 대한 연민과 공감의 태도를 보이고 있다. 그러나 화자가 자신의 삶을 성찰하거나 무기력하게 느끼고 있지는 않다. '일없이 정성스레 입김으로 손가락으로 / 성에꽃 한 잎 지우고 / 이마를 대고 본다'는 '성에꽃'을 통해 느낀 서민들의 삶에 대해 연민과 공감의 태도를 드러내는 것이다. 이는 '정성스레'라는 시어를 통해 알 수 있다. 또한 [E]에 제시된 '오랫동안 함께 길을 걸었으나'라는 시구에서 화자가 부정적인 현실 상황에 무기력하게만 지내지 않았음을 알 수 있다.

오답 피하기
① '성에꽃'은 추운 겨울에도 새벽에 버스를 타고 다니는 서민들의 입김과 숨결이 만들어 낸 성에를 비유적으로 표현한 것이다. 이를 꽃으로 인식하는 것에서 화자가 이들의 삶에 애정을 지니고 아름답게 여기고 있음을 알 수 있다. 또한 '엄동 혹한'은 힘겨운 상황임을 암시하는 계절적 배경으로 볼 수 있다. 이를 볼 때 '엄동 혹한일수록 / 선연히 피는 성에꽃'은 힘겨운 상황일수록 더욱 아름답게 인식되는 서민들의 삶의 모습을 비유적으로 표현한 것으로 볼 수 있다.
② '처녀 총각 아이 어른 / 미용사 외판원 파출부 실업자의 / 입김과 숨결'에서 '성에꽃'을 서민들이 남긴 삶의 흔적으로 여기는 화자의 인식을 알 수 있다. 그리고 '번뜩이는 기막힌 아름다움'에서 서민들의 삶을 아름답게

느끼는 화자의 태도가 드러난다. 이는 화자가 서민들과 그들의 삶을 애정이 담긴 시선으로 바라보고 있음을 보여 준다.
③ 화자가 버스 안에서 자리를 옮겨 다니며 '성에꽃' 하나하나를 살펴보며 그 '아름다움'에 취하는 것은 서민들의 삶의 모습을 소중하게 여기며 그들의 삶을 이해하려는 태도로 볼 수 있다.
⑤ '성에꽃'의 아름다움을 느끼던 화자는 그것이 피어난 '차창'에 기대어 감옥에 갇힌 채 '면회마저 금지된 친구'를 떠올린다. 서민들의 삶을 연민 어린 시선으로 바라보던 화자가 그런 처지의 친구를 떠올리는 것은, 당시의 부정적인 시대 상황이 서민들의 삶을 더욱 어렵게 만들고 있다는 인식과 안타까움의 정서를 암시적으로 드러낸 것으로 볼 수 있다.

044 시구의 의미와 기능 파악 답 ③

'나(만술 아비)'는 가난한 살림에 윤사월 보릿고개까지 겹쳐 '아베'의 제사상에 소금과 밥밖에 못 올리는 처지이지만, '아베'가 '저승길'에 '배고플' 것을 걱정하며 '소금에 밥이나마 많이 묵고 묵고 가'라고 축원을 올리고 있다. 따라서 '저승길 배고플라요'에는 '아베'에 대한 '나'의 걱정과 안타까움의 정서가 담겨 있다고 할 수 있다. 그러나 '아베'를 재회하지 못하는 현실에 대한 '나'의 자조는 담겨 있지 않다.

오답 피하기
① '소금에 밥이나마 많이 묵고 가이소'는 '나'가 '아베'에게 한 말로, '나'가 어려운 형편 속에서도 준비한 '소금에 밥'은 '아베'에 대한 '나'의 지극한 정성과 애틋함을 의미한다. 따라서 '소금에 밥이나마 많이 묵고 가이소'에는 '아베'에 대한 '나'의 애틋함이 담겨 있다고 할 수 있다.
② '티눈'은 화자인 '나'가 글을 알지 못해 축문을 쓸 수 없는 처지임을 나타낸 시어이고, '등잔불도 없는 제사상'은 '나'가 등잔불도 켤 수 없는 가난한 형편임을 나타내는 시어이다. 따라서 '티눈'과 '등잔불도 없는 제사상'은 모두 '나'의 불우한 처지를 나타낸 것이라 할 수 있다.
④ '니 정성이 엄첩다'는 2연의 화자가 궁핍한 처지임에도 불구하고 '아베'의 제사에 정성을 다하는 '만술 아비'를 긍정적으로 평가한 것이다. 따라서 '니 정성이 엄첩다'에는 '만술 아비'의 정성에 대한 화자의 따뜻한 시선이 담겨 있다고 할 수 있다.
⑤ '굵은 밤이슬'은 만술 아비의 정성스러운 태도에 감응한 망령, 즉 만술 아비의 '아베'가 저승으로 돌아가면서 흘리는 눈물을 의미한다. 따라서 '굵은 밤이슬'은 '만술 아비'의 '정성'에 대한 '아베'의 감동을 형상화한 것이라 할 수 있다.

045 외적 준거에 따른 감상 답 ⑤

〈보기〉에서 현상적 화자는 시의 표면에 드러나는 화자라고 하였다. (나)의 2연에서는 '나', '내' 등이 나타나 있지 않으므로 화자가 시의 표면에 드러나 있지 않다. 즉, (나)에서 2연의 화자는 함축적 화자에 해당한다. 따라서 (나)의 2연에서 '허구적 주체로서의 화자'가 시적 상황과 자신의 내면을 드러내고 있다는 감상 내용은 적절하지 않다. 한편 (가)는 11행 '나는 무슨 전람회에 온 듯'에서 화자가 시의 표면에 드러나며, '나'가 자신의 경험과 그로 인한 내면 의식을 독백적으로 표출하고 있다.

오답 피하기
① (가)는 '나는 무슨 전람회에 온 듯'에서 화자가 시의 표면에 드러나 있으므로 (가)의 '나'는 현상적 화자이다. 또한 화자는 '성에꽃'을 관찰한 경험과

그로 인한 자신의 내면을 독백적으로 표출하고 있다.

② (나)는 1연의 '내 눈이 티눈인 걸'에서 화자가 시의 표면에 드러나 있으므로 (나)에서 1연의 화자는 현상적 화자이다. 1연에서 화자인 '나(만술 아비)'는 청자인 '아베'에게 제사상에 축문을 쓸 수 없음을 고백하며 밥이나 많이 드시고 가라는 발언을 반복하고 있다. 그런데 2연에서는 화자가 달라지면서, 시의 표면에 드러나지 않는 화자가 '여보게 만술 아비'라며 겉으로 드러난 현상적 청자인 '만술 아비'에게 말을 건네고 있다. 즉 2연이 시작하는 부분에서 화자가 바뀌고 있는데, 이때 2연의 현상적 청자는 1연의 현상적 화자이다.

③ 〈보기〉에서 '허구적 객체로서의 화자'는 화자의 행위나 발언이 독자의 관찰의 대상이 되는 것으로, 청자에게 말을 건네는 형식을 취함으로써 극적인 성격을 지니는 경우가 많다고 하였다. (나)의 1연에서 '나(만술 아비)'는 '아베요 아베요'라며 '아베'에게 말을 건네고 있으므로, 화자가 청자에게 말을 건네는 형식으로 시상을 전개하여 극적 효과를 강화하고 있다고 할 수 있다.

④ 〈보기〉에서 '시인의 시점을 한 화자'는 화자가 자신의 경험과 그로 인한 내면을 독백적으로 표출하며 이를 통해 호소력을 획득한다고 하였다. (가)에서 화자인 '나'는 자신의 경험과 내면 심리를 독백적으로 제시하고 있으므로, (가)의 화자는 '시인의 시점을 한 화자'에 해당한다고 볼 수 있다. 그러나 이와 달리 (나)의 1연과 2연에 나타난 화자는 '시인의 시점을 한 화자'로 볼 수 없다. (나)에서 1연의 화자인 '나'는 관찰의 대상이 되고 구체적 청자에게 말을 건네고 있으므로 '허구적 객체로서의 화자'에 해당하며, 2연의 화자는 시의 표면에 드러나 있지 않으므로 함축적 화자에 해당한다.

고전 소설

◆ 정답 체크
본문 p. 40~51

046 ①	047 ①	048 ⑤	049 ②	050 ②	051 ⑤
052 ①	053 ②	054 ④	055 ①	056 ③	057 ①
058 ④	059 ⑤	060 ⑤	061 ②	062 ④	063 ①
064 ④					

[046~049] 작자 미상, 〈김진옥전〉

ⓔ 포인트

- **방법** 작품 일치
- **포인트** EBS교재에는 아버지와 만난 김진옥이 남해 용왕의 환대를 받고 동곡 용왕(우리 교재에서는 등곡 용왕)의 침입에 대해 알게 되는 장면, 우양 공주(우리 교재에서는 무양 공주)의 계략으로 김진옥의 부인 유 소저가 죽을 위기에 처하는 장면, 김진옥이 동곡 용왕의 침범을 물리치고 승전한 후 용궁 잔치에서 환대를 받는 장면이 수록되었다. 〈김진옥전〉은 천상계에서 적강한 주인공이 국가적 위기를 극복하는 영웅담으로, 이때 주인공은 초월적 존재의 도움을 받아 위기를 극복한다. 우리 교재에서는 이러한 〈김진옥전〉의 특징에 주목하여 김진옥이 수중계에서 받은 선물들의 신이한 능력을 통해 위기에 처한 유 부인을 구하는 장면을 지문으로 구성한 기출문제를 수록하였다. 이질적 세계를 넘나들며 서사를 전개하는 〈김진옥전〉의 특징을 중심으로 작품을 감상해 보도록 한다.

- ▸ **해제** 이 작품은 영웅 소설이자 적강 소설로, 천상계에서 죄를 지어 인간계로 내려온 김진옥이 시련과 고난을 극복하고 활약하는 영웅담이다. 전반부는 김진옥과 유 승상 딸의 결연담을 중심으로, 후반부는 김진옥의 영웅담을 중심으로 사건이 전개된다. 혼인을 결정하는 데 부모보다는 자식의 의지가, 천자보다는 신하의 의지가 반영된다는 점이 주목할 만하다. 한편 〈김진옥전〉은 수중계와 지상계를 오가며 서사가 전개된다는 점이 특징이다. 수중계와 지상계에서 일어난 사건들이 번갈아 제시되고 또 두 세계가 서로 영향을 미치면서 두 세계의 연계성을 강화한다. 또한 수중계에서 김진옥이 공을 세우고 환대받는 것과 지상계에서 그의 부인과 아들이 죽을 위기에 처하는 상황을 대비시킴으로써 독자의 흥미를 높이고 있다.

- ▸ **주제** 남녀 간의 사랑을 통한 고난의 극복과 영웅의 일생
- ▸ **전체 줄거리** 천상계에서 동자였던 김진옥은 선녀와 희롱한 죄로 중국 명나라 김시광의 아들로 태어난다. 공부를 하기 위해 나가 있던 중 선우족의 침략으로 부모님과 헤어진 김진옥은 화산 도사를 만나 무예와 학문을 익히고, 한 늙은 중을 만나 앞날에 대한 예시를 듣고 유 승상의 딸 유 소저와 혼약을 맺는다. 김진옥이 과거에 급제하여 한림학사가 되자 천자는 그를 사위로 삼으려 하고, 유 승상은 이미 정혼한 박 생과의 혼약을 깰 수 없다는 이유로 김진옥과 딸의 혼인을

반대한다. 그럼에도 김진옥은 천자와 유 승상의 반대를 극복하고 황태후의 도움으로 유 소저와 혼인한다. 선우족이 다시 침범하자 김진옥은 대원수가 되어 물리치고 회군하는 길에 한 섬에서 아버지와 우연히 재회하게 된다. 김진옥은 아버지와 배를 타고 섬에서 나오다가 용왕이 보낸 사자를 따라 용궁으로 가고 그곳에서 남해 용왕의 요청에 따라 등곡 용왕을 물리치는 공을 세운다. 한편 김진옥의 회군이 늦어지자 그에게 혼약을 거절당하여 한을 품고 있던 무양 공주는 김진옥의 부인(유 부인)과 아들을 참소한다. 이에 천자는 유 승상을 파면시키고 유 부인을 옥에 가둘 것과 김진옥의 아들 애운을 강물에 버릴 것을 명한다. 애운은 용왕의 도움으로 목숨을 건지고 화산 도사가 꿈을 통해 김진옥에게 유 부인이 위급함을 알려 준다. 김진옥은 급히 돌아와 유 부인을 구출하고 무양 공주의 역모를 밝힌 후 천자를 도와 태평성대를 이룬다.

046 작품의 내용 파악 　　　　　　　　　　 답 ①

김진옥은 화산 도사의 도움으로 배를 타고 순식간에 강을 건너 말을 짓쳐 들어가며 장안 삼거리에 무수한 사람이 삼대같이 모여 있고, 수레 위에 한 부인을 달아 놓은 것을 보고 자신의 아내일 것이라고 생각한다. 그리고 용왕이 준 진주를 이용하여 유 부인을 살린다. 즉 김진옥은 장안에 이르러 유 부인의 위기를 알게 되었고 그곳의 특성이 아니라 용왕이 준 진주를 이용하여 유 부인을 구했다.

오답 피하기

② '원수가 그 모자의 경상을 보니 가슴이 미어지는 듯하니 분심이 충천하여 동한 등을 잡아 급히 죽이려 하되, 일반 대관을 천자의 명령 없이 자진 처치함이 신자의 도리가 아니라'로 볼 때 김진옥은 아들과 부인을 해치려 한 동한 등을 잡아 죽이고 싶지만 천자의 명령 없이 그들을 자진 처치함이 신하의 도리가 아니라고 생각하고 있다. 즉 김진옥은 유 부인을 해치려 한 선영과 동한 등을 응징하려면 천자의 허락을 받아야 한다고 생각하였다.

③ 용왕은 김진옥이 수부에 들어와 수부를 보전하게 해 준 것을 매우 고맙게 생각하여 '천자께 현신을 두신 치하'를 담은 글과 예단을 봉하여 김진옥에게 주었다. 즉 용왕은 김진옥의 공과 관련된 내용을 글로 적어 천자에게 알리려 하였다.

④ 난영은 유 부인을 붙들고 슬피 통곡하며 "가련하고 애닲을사, 유 부인 같은 요조숙녀 이렇게 참혹히 원사(원통하게 죽음을)할 줄 꿈에나 생각하였으리오."라고 하였다. 즉 난영은 유 부인이 억울하게 죽을 상황에 처해 있다는 것을 알고 있었다.

⑤ 천자의 명을 받고 애운을 물속에 넣으려던 무사는 애운의 통곡을 듣고 애운을 불쌍히 여겨 달라고 있다.

047 서술상 특징 파악 　　　　　　　　　　 답 ①

선영과 동한 등이 유 부인을 빨리 죽이라고 재촉하는 상황에서, [가]의 김진옥은 애운을 데리고 만리강에 다다르지만, 만리강의 강변에는 배가 한 척도 없다. 사공에게 물으니 예부에서 관리를 보내 만리강에 있는 배 수천 척을 새벽닭이 울기 전에 모두 올려 가게 했

다고 한다. 유 부인을 구하러 가야 하는 상황에서 김진옥이 배를 구할 수 없는 것은 김진옥이 난관에 처했음을 의미하며 이러한 주인공 김진옥의 모습은 서사에 긴장감을 높여 준다.

오답 피하기

② [가]에는 만리강 강변에 배가 한 척도 없는 풍경이 제시되어 있을 뿐, 주인공 김진옥의 심정과 조응하는 배경은 묘사되어 있지 않다.

③ [가]에는 김진옥이 만리강 강변에 배가 한 척도 없는 것을 보고 사공을 찾아 그 이유를 묻는 모습이 제시되어 있을 뿐, 강변에 배가 없는 상황에 대응하는 김진옥의 태도를 통해 김진옥에 성격을 부각하고 있지는 않다.

④ [가]에 김진옥과 애운, 사공이 등장하지만, 주인공인 김진옥과 주변 인물 간의 갈등 양상은 나타나 있지 않다.

⑤ [가]에는 주인공 김진옥이 유 부인을 구하러 가던 중 화산 도사의 도움을 받게 되는 상황의 원인이 제시되어 있다. 그러나 [가]에서 사건의 진행 과정을 제시하거나 사건의 결말을 예고하고 있지는 않다.

048 외적 준거에 따른 감상 　　　　　　　　 답 ⑤

김진옥은 수중계에서 한 번 부치면 운무가 자욱하고, 비 올 때 부치면 꽃나무 가지마다 꽃이 만발하는 '부채'와 칼자루에 불을 켜면 밤이 낮 같고, 몸에 차면 귀신이 범하지 못하는 '칼', 천만인이 먹어도 없어지지 않는 분로주라는 술이 담긴 '금표통'을 선물로 받는다. 이 선물들은 모두 신이한 능력을 지닌 소재들로, 이어지는 이야기 속에서 이 소재들은 수중계와 지상계 사이의 연계 관계를 나타낸다. 그러나 이러한 소재들이 가진 능력을 통해 김진옥이 수궁계와 지상계를 넘나들 수 있는 것은 아니다.

오답 피하기

① 용왕은 애운이 빠진 그 강의 용신에게 칙지를 내려 물에 들어온 애운을 살리라 한다. 이는 용궁을 구한 김진옥에 대한 보답으로서 수중계의 인물인 용왕이 지상계에 영향을 미친 것이라 할 수 있다. 〈보기〉에 따르면, 수중계와 지상계가 서로 영향을 주고받는 관계를 맺고 있음을 보여 주는 사건을 통해 두 세계의 연계성을 강화하고 있다. 따라서 용왕이 용신으로 하여금 애운을 살리게 한 것은 수중계와 지상계의 연계성을 강화해 주고 있다고 할 수 있다.

② 김진옥이 용왕이 준 신물 '진주'를 유 부인의 입에 넣자, 유 부인의 호흡이 통하며 눈을 떴다. 〈보기〉에 따르면, 이 글에서는 여러 소재를 활용하여 수중계와 지상계의 연계 관계를 나타내고 있다. 따라서 김진옥이 '진주'를 활용하여 유 부인을 살리는 것은 수중계의 신물이 지상계에 영향을 미친 것으로 두 세계의 연계 관계를 보여 주고 있다고 할 수 있다.

③ 지상계의 인물인 김진옥은 수중계의 인물인 남해 용왕의 요청에 따라 등곡 용왕을 물리치고 용왕의 수부를 보전하는 데 공을 세운다. 〈보기〉에 따르면, 수중계와 지상계가 서로 영향을 주고받는 관계를 맺고 있음을 보여 주는 사건을 통해 두 세계의 연계 관계를 보여 준다. 따라서 지상계의 김진옥이 수중계인 용왕의 수부를 보전하는 데 공을 세운 것은 지상계의 인물이 수중계에 영향을 미친 것으로 두 세계의 연계 관계를 보여 주고 있다고 할 수 있다.

④ 김진옥이 용궁의 진귀한 선물들을 받아 황성으로 돌아온 장면에 이어서 애운이 죽을 위기에 처하는 장면이 제시된다. 〈보기〉에 따르면, 수중계와 지상계에서 일어난 사건들을 번갈아 제시하며 수중계의 인물들이 주인공을 대하는 것과 지상계의 인물들이 주인공의 가족을 대하는 것이 대비되도록 설정하여 서사의 흥미성을 높이고 있다. 따라서 수중계에서 주

인공 김진옥이 환송을 받는 사건에 이어 지상계에서 주인공의 아들인 애운이 위기에 처한 사건을 제시한 것은 김진옥과 대비되는 애운의 처지를 부각하여 서사의 흥미성을 높여 주고 있다고 할 수 있다.

049 구절의 의미 파악 답 ②

ⓛ은 서술자의 개입을 통해 물에 빠진 애운을 소소한 창천이 굽어 살필 것이라며 애운이 구출될 것을 암시하고 있다. ⓜ 역시 서술자의 개입을 통해 유 부인이 살아날 것이라는 것을 암시하고 있다. 따라서 ⓛ과 ⓜ 모두 독자로 하여금 뒤이어 일어날 사건을 짐작하게 하고 있다.

오답 피하기

① ⓐ은 애운의 가련한 처지에 대한 서술자의 주관적 견해를, ⓓ은 유 부인이 죽은 상황에 대한 슬픔을 강조하여 서술자의 주관적 견해를 드러낸 것이다. 따라서 ⓐ, ⓓ이 인물에 대한 비판적 의식을 보여 주고 있다는 설명은 적절하지 않다.

③ ⓐ은 애운의 가련한 처지에 대한 서술자의 주관적 판단을, ⓜ은 유 부인이 살아날 것이라는 서술자의 주관적 판단을 드러내고 있다.

④ ⓛ은 서술자의 개입을 통해 물에 빠진 애운을 소소한 창천이 굽어살필 것이라며 애운이 구출될 것을 암시하고 있다. ⓒ은 김진옥이 탄 말의 특성을 드러내고 있다. 따라서 사건을 이해하는 데 필요한 대상의 특성을 설명해 주고 있는 것은 ⓛ이 아니라 ⓒ이다.

⑤ ⓒ은 김진옥이 탄 말의 특성을 드러내고 있다. ⓓ은 유 부인이 죽은 상황에 대한 슬픔을 강조하여 서술자의 주관적 견해를 드러낸 것이다. 즉 ⓒ은 상황의 비극성을 강조하고 있지 않고 ⓓ은 '천지 일월이 무광하고 산천초목이 다 슬퍼하더라.'라며 유 부인이 죽은 상황의 비극성을 강조하고 있다. 따라서 인물이 처해 있는 상황의 비극성을 강조하고 있는 것은 ⓒ이 아니라 ⓓ이다.

[050~053] 작자 미상, 〈숙향전〉

⒠ 포인트

- 방법 작품 일치
- 포인트 〈숙향전〉은 여성 주인공이 고난을 겪고 극복하는 영웅의 일대기 구조에 따라 전개되고 있으며, 그 극복의 과정에서 초월적 존재가 도움을 준다는 점에서 비현실적 면모를 보인다. T교재에서는 파랑새, 할미와 청삽사리 등의 조력이 두드러지는 장면을 지문으로 구성하고, 소재의 기능은 물론 작품의 내용을 종합적으로 감상하는 문제를 제시하였다. 우리 교재에서는 숙향과 이선의 천상계에서의 인연이 인간 세계에서 이어지는 장면을 지문으로 제시함으로써 이원적 세계관을 바탕으로 작품을 구조적으로 이해할 수 있도록 구성하였다.

▶ 해제 이 작품은 조선 후기에 창작된 작자 미상의 한글 소설로, 숙향이 하늘이 정해 준 배필인 이선과의 사랑을 성취하고 천상으로 되돌아간다는 내용으로 이루어져 있다. 천상계와 지상계의 이원론적 세계관이 반영되어 있고, 여성 주인공이 고난을 겪고 극복하는 과정이 영웅의 일대기 구조에 따라 전개된다는 점이 특징이다. 또한 초월적 존재가 등장하여 위기에 빠진 숙향을 돕는 등 비현실적 요소가 많다는 점에서 환상적 특징이 강한 소설로 평가된다.

▶ 주제 고난과 시련의 극복을 통한 운명적 사랑의 성취

▶ 전체 줄거리 송나라 때 김전은 장 씨와 결혼해 낳은 딸 숙향을 피난길에 잃어버린다. 숙향은 장 승상 부부의 양녀가 되어 큰 사랑을 받으며 지내다가 계집종 사향의 모함으로 쫓겨난다. 숙향은 강물에 몸을 던지기도 하고 갈대밭에 불이 나 죽을 뻔하지만 초월적 존재의 도움으로 살아나고, 이화정에서 술을 파는 할미를 우연히 만나 함께 살게 된다. 어느 날 숙향은 천상 선녀로 놀던 꿈을 꾸고 이를 수놓는다. 이선이 숙향의 수를 보고 자신의 꿈과 같은 것에 놀라며 숙향을 찾게 되고 부모 몰래 숙향과 인연을 맺는다. 이를 알게 된 이선의 아버지는 대노하여 낙양 수령 김전에게 숙향을 죽이라고 명령한다. 김전은 숙향이 자신의 딸인 줄 모르고 숙향을 문초하고 할미가 술법으로 숙향을 구해 낸다. 우여곡절 끝에 숙향은 부모인 김전 부부와 상봉하고 이선의 부모로부터 며느리로 인정받는다. 이선은 과거에 장원 급제하고 숙향과 다시 만나 화목하게 지낸다. 이후 이선은 황태후의 병환에 쓸 선약을 구하러 험난한 길을 떠나 약을 구해 오고, 그 공으로 초나라 왕이 되어 숙향과 부귀를 누리다가 선계로 돌아간다.

050 작품의 내용 파악 답 ②

'그 노파가 혹시 이 집의 족자를 훔쳐다가 자기에게 판 것이 아닌가 의심스러워 말하되'의 주체는 조적이다. 즉 공자가 아니라 조적이 노파가 족자를 훔쳐다가 판 것이 아닌지 의심하고 있다.

오답 피하기

① '태을 선관이 땅에 엎드려서 두 손으로 받아 들고 숙향을 눈 주어 보았으므로, 숙향이 당황해서 몸을 두루 가누는 바람에'에서, 숙향은 태을 선관

이 자신의 모습을 눈여겨보자 당황하였음을 확인할 수 있다.

③ '선은 자기가 지은 글을 금자로 그림 위에 쓰고 족자로 꾸며서 자기 방에 걸고 주야로 바라보니 몸은 비록 인간에 있으나 마음은 전부 요지에 있는 듯하니라. 그리고 오직 소아를 찾고자 하는 소원으로 초조하던 중'에서, 공자는 족자를 바라보며 요지에서 만난 소아를 그리워하였음을 확인할 수 있다.

④ '수레 위의 항아가 숙향을 알아보고', '그 다음에 항아의 인도로 소아를 만나 보신 상제께 항아가 아뢰되'에서, 월궁항아는 숙향을 알아보고 상제를 만날 수 있게 인도하였음을 확인할 수 있다.

⑤ 소아를 찾아서 무엇을 하려느냐는 노파의 물음에 "나는 소아가 아니면 평생 혼인하지 않을 결심이니 어서 만나게 해 주시오."라고 대답하는 것에서, 공자는 족자에 수를 놓은 사람, 즉 소아를 찾아 인연을 맺기로 결심한 것을 확인할 수 있다.

051   대화의 의도 파악   답 ⑤

[A]의 "뛰어난 문장이 없어서 여의치 못하였나이다."는 찬을 지을 만한 뛰어난 문장가가 이선밖에 없다는 의미로, 조적이 뛰어난 찬을 짓기에는 자신의 능력이 부족하다는 점을 드러낸 것이라고 볼 수도 있다. 그러나 [B]의 "우리에게는 소용되나 그대에게는 필요 없을 테니"는 공자가 조적에게 족자의 소용을 언급하여 족자를 자신에게 팔 것을 권유하고 있는 것이지, 공자가 상대방인 조적에게 돈이 필요하다는 것을 강조하고 있는 것은 아니다.

오답 피하기
① [A]에서 조적은 족자에 넣을 찬을 짓기 위해서 공자를 찾아오게 된 경위를 설명하고 있다.

② [B]에서 공자는 "이것은 천상의 요지도이니"라고 하여 조적이 보여 준 그림에 대해 알고 있음을 드러내고 있다.

③ [A]에서 조적은 "듣자오니 공자의 문필이 천하에 제일이라 하옵기에"라고 하여 공자에 대한 세상의 평가를 근거로 하여 자신이 공자를 찾아왔음을 밝히고 있다.

④ [B]에서 공자는 "다른 수족자와 바꾸어 주거나 중가를 주겠으니 팔고 가는 것이 어떠하오?"라고 하여 의문형 표현을 활용하여 상대방에게 족자를 팔 것을 제안하고 있다.

052   소재의 기능 파악   답 ①

"꿈에 본 천상의 광경이 어떠하던가요?", "그런 광경을 보고 그냥 지내면 잊어버리기 쉬우니", "그 찬란한 광경을 수를 놓아서 기록해 두시오."라는 내용을 통해서 ㉠(수)은 숙향이 요지에서 경험한 일을 기억하기 위한 장치로서 기능한다는 것을 알 수 있다. 그리고 숙향이 놓은 수를 보고 선이 숙향을 찾기 위해 이화정을 방문하는 것으로 보아 ㉡(수)은 숙향과 선을 만나게 해 주기 위한 장치로서 기능한다는 것을 알 수 있다.

오답 피하기
② 꿈에서 숙향이 천상에서 죄를 지어 지상에서 벌을 받는다는 내용이 나오므로 ㉠이 인물의 과거를 보여 준다고 볼 여지가 있다. 그러나 ㉡은 선이 꿈에서 보았던 것과 같은 선경이므로 선과 숙향의 만남을 매개할 뿐, 인물들의 애정을 확인하게 해 주기 위한 장치로서 기능한다고 보기 어렵다.

③ ㉠은 숙향이 꿈에서 본 것을 기억하기 위한 것이지, 고통을 덜어 주기 위한 장치가 아니다. ㉡은 두 인물을 만나게 해 줄 매개일 뿐, 인물들이 고난을 극복할 수 있게 하기 위한 장치가 아니다.

④ ㉠은 꿈을 기억하기 위한 장치일 뿐, 숙향의 재주를 증명하기 위한 장치는 아니다. ㉡은 천상의 요지도를 숙향과 선만이 안다는 점에서 두 인물 모두 예사로운 존재가 아님을 보여 주는 기능을 한다고 볼 수 있다.

⑤ ㉠은 꿈에서 본 천상 요지도의 광경을 수놓은 것일 뿐 숙향의 어떤 소망을 담고 있다고 볼 수 없다. ㉡도 인물들이 과거에 저지른 잘못을 깨닫게 하는 기능을 한다고 볼 수 없다.

053   외적 준거에 따른 감상   답 ②

선이 수를 놓은 사람을 찾기 위해서 이화정으로 오고, 숙향이 이화정에서 수를 놓고 있다가 선을 보게 되는 것을 통해 이화정은 지상에서 두 남녀의 만남이 이루어지는 공간이라는 것을 알 수 있다. 〈보기〉에 비추어 볼 때, 이화정이 지상에서 두 남녀의 만남이 이루어지는 공간이라는 점은 현실 세계의 속성에 해당한다.

오답 피하기
① 〈보기〉에서 '이화정'은 '신성성과 세속성이 공존하는 공간'이라고 하였는데, '이화정'이 '난양 동촌리'에 위치하면서 술을 파는 공간이라는 설정은 세속성을 나타낸다.

③ 숙향은 월궁의 선녀로 천상계에서 죄를 지어 지상계로 내려온 인물이다. 이처럼 천상계의 선녀가 죄를 짓고 지상계로 내려온다는 설정은 세계를 천상계와 지상계로 구분하는 이원적 세계관을 바탕으로 한다.

④ 주인공 숙향은 '청조'의 인도로 '천상의 꿈'을 통해 천상과 지상을 오갔으므로, 천상계와 지상계 모두와 관련이 있는 인물이라고 할 수 있다.

⑤ 숙향은 이화정에 온 소년의 모습이 꿈에 요지도에서 만난 신선의 얼굴과 같다고 하였다. 이처럼 천상에서 만난 인물과 지상에서 본 인물이 같다는 것은 천상계와 지상계가 긴밀하게 연관되어 있음을 보여 준다.

E 포인트

- **방법**　작품 일치
- **포인트**　E교재에서는 〈구운몽〉을 윤선도의 〈몽천요〉와 엮어 고전 소설 + 고전 시가의 갈래 복합 세트를 구성하고, 두 작품의 주요 장치인 '꿈'의 의미와 기능에 대해 파악하도록 문제를 출제하였다. 우리 교재에서는 〈구운몽〉의 주제 의식이 가장 잘 드러난 부분으로, 성진이 꿈에서 깨어나 죄를 뉘우친 뒤 인간 욕망의 덧없음을 깨닫는 대목을 지문으로 제시하여 작품의 내용을 심도 있게 파악할 수 있도록 하였다.

▶ **해제**　이 작품은 '성진'이라는 인물이 꿈속에서 입신양명하여 부귀공명을 이루고 인생무상이라는 깨달음을 얻는다는 내용의 몽자류 소설이다. 수도승인 성진은 팔선녀를 본 이후 세속적 삶에 대한 욕망을 가지게 되고, 이를 알아챈 육관 대사는 하룻밤 꿈을 통해 세속적 욕망의 허망함을 깨닫게 한다. 여덟 명의 여인과 인연을 맺고 부귀영화를 누리는 삶을 산 성진(양소유)은 만년에 그 모든 것이 결국에는 허망한 것이라고 느끼고 불생불멸하는 도를 얻어 인간의 괴로움에서 벗어나기 위해 불도에 귀의하고자 한다. 한편, 이 작품에는 유교, 불교, 도교 사상이 모두 나타나는데, 육관 대사와 성진은 불교의, 성진의 꿈속 삶은 유교의, 팔선녀는 도교의 세계를 나타낸다. 결국 꿈에서 깬 성진이 꿈속 세계인 유교적 삶을 부정하고, 불교에 귀의한 팔선녀와 함께 정진하여 극락으로 가는 결말은 불교를 긍정하는 작가 의식을 보여 준다.

▶ **주제**　부귀영화의 덧없음과 인생무상에 대한 깨달음

▶ **전체 줄거리**　중국 당나라 때 불교를 전하러 온 육관 대사가 법당을 짓고 불법을 베풀었는데, 동정호의 용왕도 이에 참석한다. 육관 대사는 용왕에게 사례하기 위해 제자인 성진을 용왕에게 보낸다. 용왕의 후대로 술에 취하여 돌아오던 성진은 팔선녀와 석교에서 마주치자 말을 주고받으며 희롱을 꾀한다. 선방에 돌아온 성진은 팔선녀의 미모에 도취되어 불가에 회의를 품다가 육관 대사에 의해 팔선녀와 함께 인간 세상으로 추방된다. 성진은 양 처사의 아들 양소유로, 팔선녀는 각기 진채봉, 계섬월, 적경홍, 정경패, 가춘운, 이소화, 심요연, 백능파로 태어난다. 양소유는 과거에 급제하고 나라에 큰 공을 세우는 과정에서 다양한 사연을 통해 팔선녀와 인연을 맺어 2처 6첩을 거느리게 되었다. 이들은 화목한 가운데 부귀와 영화를 마음껏 누린다. 어느 가을날 여덟 미인과 가무를 즐기던 양소유는 뒷동산에 올라 문득 인생의 무상함을 느낀다. 이에 장차 불도를 닦아 영생을 구하고자 할 때, 노승이 찾아와 문답하는 가운데 긴 꿈에서 깨어난다. 꿈에서 깬 성진은 자신의 죄를 뉘우치고 육관 대사의 후계자가 되어 열심히 불도를 닦아 팔선녀와 함께 극락세계로 돌아간다.

054 서술상 특징 파악 　　　　답 ④

성진과 팔선녀가 꿈에서 경험한 것을 바탕으로 부귀영화의 허망함, 인생의 덧없음과 같은 주제 의식을 드러내고 있다.

오답 피하기

① 이 작품은 전지적 작가 시점으로 서술자는 작품에 등장하지 않는다.

② '진시황, 한무제, 당명황'이라는 역사적 인물들을 나열하며 인간사의 모든 것이 허망하다는 것을 보여 주고 있을 뿐, 인물의 체험을 나열해 사건에 사실성을 부여하고 있는 것은 아니다.

③ 육관 대사가 꿈에 등장한 것을 초월적 존재가 등장한 것이라고 볼 수 있으나, 육관 대사가 인물 간의 갈등을 조정하고 있는 것은 아니다.

⑤ 우의란 다른 사물에 빗대어 비유적인 뜻을 나타내거나 풍자하는 것으로 이 작품에는 나타나지 않는다.

055 인물의 심리와 태도 파악 　　　　답 ①

'여러 낭자도 다 남악 선녀로서 세속의 인연이 장차 다한 가운데 승상의 말씀을 들으니 어찌 감동치 아니하겠는가?'라는 서술자의 논평 뒤에, 소유의 처첩들은 "상공이 번화한 중에 이 마음이 있으니 분명 하늘의 뜻입니다. 첩 등 여덟 사람이 마땅히 아침저녁으로 예불하여 상공을 기다릴 것이니, 상공은 밝은 스승을 얻어 큰 도를 깨달은 후에 첩 등을 가르치십시오."라고 말한다. 즉 소유의 처첩들은 소유의 결정에 감동하여 훗날 소유를 따라 불교에 입문하겠다고 하고 있을 뿐 섭섭함을 느끼고 있지 않다.

오답 피하기

② 소유가 '선도는 허망하니 족히 구할 것 아닌데'라고 말한 것에서 확인할 수 있다.

③ 소유가 '여러 낭자와 함께 서로 만나 정이 두텁고 심정이 늙도록 더 긴밀하니, 전생 연분이 아니면 어찌 그러하겠소? 연분이 있어 모이고 연분이 다하면 흩어지기는 천리의 떳떳한 일이오.'라고 말한 것에서 확인할 수 있다.

④, ⑤ 성진이 '당초 일념 그르침을 사부가 경계하려 하여 인간 세상에 나가 부귀영화와 남녀 정욕을 한번 알게 하신 게구나.', "이제야 깨달았습니다. 성진이 함부로 굴어 도심이 바르지 못하니 마땅히 괴로운 세계에 있어 길이 앙화를 받을 것을 사부께서 한 꿈을 불러 일으켜 성진의 마음을 깨닫게 하시니, 사부의 은덕은 천만 년이라도 갚지 못하겠습니다."라고 말한 것에서 확인할 수 있다.

056 외적 준거에 따른 감상 　　　　답 ③

성진은 인간 세상에서 부귀영화를 누린 후 꿈에서 깨어 현실로 돌아온 뒤 '당초 일념 그르침을 사부가 경계하려 하여 인간 세상에 나가 부귀영화와 남녀 정욕을 한번 알게 하신 게구나.'라고 생각하고, 육관 대사에게 '함부로 굴어 도심이 바르지 못'한 것을 사죄하고 있다. 따라서 '함부로 굴어 도심이 바르지 못하'고 한 것은 불가의 적막함을 회의하고 속세의 부귀공명을 희구한 일이 옳지 못한 것이라는 인식에서 비롯된 반성이라고 할 수 있다. 그런데 〈보기〉에서 불가의 적막함을 회의하고 속세의 부귀공명을 희구하는 것은 첫 번째 부정이라고 하였으므로, 이를 두 번째 부정에 대한 반성을 의미한다고 설명하는 것은 적절하지 않다.

오답 피하기

① 〈보기〉에서 속세의 부귀공명을 회의하고 불가의 세계를 다시 희구하는 것이 두 번째 부정이라고 하였다. 이 글의 앞부분에서 소유는 '이 세 임

금('진시황, 한무제, 당명황')은 천고의 영웅이어서 사해로 집을 삼고 억조 창생으로 신첩을 삼아 해와 달과 별을 돌이켜 천세를 지내고자 하였지만 이제 어디 있는가?'라고 하며 속세의 부귀공명에 대한 허무함을 드러내고 있다. 따라서 이는 속세의 부귀공명을 회의하는 두 번째 부정에 해당한다.

② 이 글의 앞부분에서 소유는 속세의 부귀공명의 허무함을 말하고 '내 근래에 꿈을 꾸면 항상 부들방석 위에서 참선하는 것이 불가에 반드시 인연이 있는 것 같다'고 하며 불도를 통해 '불생불멸의 도'를 얻고자 한다고 하였다. 즉 소유는 속세의 부귀공명을 회의하는 두 번째 부정을 통해 불가의 세계를 희구하게 된 것이다.

④ 〈보기〉에서 '두 번째 부정은 현실과 꿈이 다르지 않다는 육관 대사의 말로 다시 부정된다'고 하였다. 즉 세 번째 부정은 현실과 꿈을 이분법적으로 구분지어 생각하는 것에 대한 부정인 것이다. 성진이 '세상과 꿈을 다르게' 안다는 것은 현실과 꿈을 이분법적으로 구분지어 생각한다는 것이다. 따라서 육관 대사가 이를 책망하는 것은 세 번째 부정에서 비롯된 것이라고 할 수 있다.

⑤ 육관 대사의 세 번째 부정 이후, 팔선녀가 들어와 '정욕을 금치 못해 중한 책망을 입었는데, 사부께서 구제하심을 입어 한 꿈을 깨었다'고 말하니, 육관 대사가 크게 웃으며 '너희들이 진실로 꿈을 알았다'고 하였다. 이는 팔선녀가 육관 대사가 말한 세 번째 부정의 깨우침을 얻어 육관 대사를 만족시켰기 때문으로 볼 수 있다.

[057~060] 작자 미상, 〈심청전〉

ⓔ 포인트

- **방법** 작품 일치
- **포인트** 〈심청전〉은 판소리계 소설로, 다양한 이본이 존재한다. E교재에서는 이본 중 '박순호 소장 39장본'에서 발췌한 내용을 수록하였으며, 심 봉사(심학규)가 맹인 잔치에 참석하기 전에 안씨 맹인과 연을 맺고, 맹인 잔치에 가서 심청과 만나 눈을 뜨게 되는 장면을 지문으로 구성하였다. 우리 교재에서는 심청이 인당수에 빠지는 장면과, 옥황상제의 명을 받은 사해용왕과 지부왕이 물에 빠진 심청을 모셔 각별히 대우하는 장면, 장 승상 부인이 심청을 생각하는 장면, 심청이 어머니인 옥진 부인을 만나는 장면을 지문으로 구성하였다. 고전 소설의 특징을 고려하면서 인물의 심리와 태도를 이해하고 전체적인 서사 구조를 파악하며 작품을 감상하도록 한다.

- ▶ **해제** 이 작품은 판소리 〈심청가〉를 소설화한 판소리계 소설이다. 〈심청전〉은 효녀 지은 설화, 인신 공희 설화, 맹인 개안 설화 등의 배경 설화를 바탕으로 형성되었다. 또한 필사본, 방각본, 활자본 등의 다양한 이본이 전하고 있으며 신소설로 개작되기도 했다. 이본에 따라 내용과 표현에 차이가 나타나기는 하지만 '가난한 심 봉사가 홀로 심청을 키움 → 심 봉사가 눈을 뜨고 싶은 마음에 공양미 삼백 석을 시주하기로 함 → 심청이 공양미 삼백 석을 마련하기 위해 뱃사람들의 제물이 되기로 함 → 심청이 인당수에 빠짐 → 초월적 존재의 도움으로 구조된 심청이 꽃봉오리에 싸여 돌아옴 → 뱃사람들이 꽃을 황제에게 바침 → 황제가 꽃에서 나온 심청과 혼인함 → 심청이 아버지를 만나기 위해 맹인 잔치를 엶 → 심청과 심 봉사의 재회와 심 봉사의 개안'이라는 서사 전개는 공통적이다. 〈심청전〉의 이본이 다양한 것은 그만큼 이 작품이 폭넓은 향유층에게 사랑받았음을 의미한다. 부모를 위해 기꺼이 자신을 희생하는 효의 실천은 지배층의 윤리 의식과 부합한다. 또한 몰락 양반인 심 봉사의 딸이 황후가 되는 과정은 신분 상승에 대한 민중의 욕구를 충족할 수 있었다는 점에서 이 작품의 인기에 영향을 주었다고 볼 수 있다.

- ▶ **주제** 심청의 지극한 효성과 권선징악
- ▶ **전체 줄거리** 황주의 맹인 심학규의 딸 심청은 어머니를 잃고 앞 못 보는 아버지의 손에서 동냥젖을 먹고 자랐는데, 마음이 착하고 효성이 극진하였다. 심청은 십오 세에 공양미 삼백 석을 시주하면 아버지가 눈을 뜨게 된다는 말을 듣고 남경 선인(船人)들에게 팔려 인당수의 제물이 되나, 사해용왕의 도움으로 수궁에서 지내다가 연꽃 속에 들어가 인당수 위로 오르게 된다. 그 후 뱃사람들이 심청이 들어 있는 연꽃을 발견하고 왕에게 바친다. 심청은 왕에게 바쳐진 연꽃 속에서 나와 황후가 되고, 맹인 잔치를 베풀어 아버지 심 봉사를 만난다. 심 봉사는 그 자리에서 눈을 뜨고, 심청과 행복하게 살게 된다.

057 서술상 특징 파악 답 ①

'명이 내리니 사해용왕과 지부왕이 모두 다 놀라 어찌 두려워하지 않으리오', '눈물 뿌려 통곡하니 천지 미물인들 어찌 아니 감동하리.' 등에 사건에 대한 서술자의 주관적 논평이 제시되어 있다.

오답 피하기
② 이 글에 인물의 외양을 치밀하게 묘사하여 성격을 드러낸 부분은 나타나 있지 않다.
③ 이 글에 주인공인 심청의 영웅적 행위는 나타나지 않는다. 심청은 다른 전기적인 인물의 도움을 받을 뿐이다.
④ 옥황상제, 사해용왕, 지부왕 등의 인물과 물에 빠진 심청이 살아나 죽은 어머니를 다시 만나는 사건은 사실적이라고 볼 수 없으며, 이들은 현실성을 강화하는 것이 아니라 전기성과 관련이 있다.
⑤ 이 글에 인물 간의 갈등은 나타나지 않으며, 따라서 공간의 이동에 따라 갈등이 심화되지도 않는다.

058 인물의 심리와 태도 파악 답 ④

'원래 이 부인은 심 봉사의 처 곽씨 부인이 죽어 광한전 옥진 부인이 되었는데, 딸 심 소저가 수중에 왔단 말을 전해 듣고 상제께 말미를 얻어 모녀 상면하려 오는 길이었다. 심 소저는 뉘신 줄을 모르고 멀리 서서 바라볼 따름인데'에 제시된 것처럼, 심청은 처음에는 옥진 부인이 자신의 어머니인지 모르고 있었다.

오답 피하기
① '무수한 바다의 장군과 군사들이 모여들 제 ~ 선녀들이 받들어 가마에 올렸다.'에서 사해용왕이 물에 빠진 심청을 극진히 맞아들였음을 확인할 수 있다.
② '내일 출천 효녀 심청이가 그곳에 갈 것이니 ~ 삼 년 받들고 단장하여 세상으로 돌려보내라.'에서 옥황상제는 심청이 용궁으로 갈 것을 알고 이를 대비하여 사해용왕과 지부왕에게 명령을 내리고 있음을 확인할 수 있다.
③ 심청이가 물에 빠진 뒤의 진술인 '이때 심 낭자는 너른 바다에 몸이 들어 죽은 줄로 알았는데'에서 심청은 자신이 죽은 줄 알았음을 확인할 수 있다.
⑤ '광한전 맡은 일 분주해서 오래 비워 두기 어렵기로 다시 이별하니 애통하고 딱하다만, 내 맘대로 못 하니 한탄한들 어이할쏘냐? 후에라도 다시 만나 즐길 날이 있으리라.'에서 옥진 부인은 다시 만날 날을 기약하며 심청과 이별하였음을 확인할 수 있다.

059 서사 전개 과정 파악 답 ⑤

심청은 수궁에서 옥진 부인을 만나는데, 옥진 부인은 떠나면서 심청에게 나중에 다시 만나 즐길 날이 있으리라는 예고를 한다. 그러나 이 예고에 심청이 장 승상 부인이 있는 강가로 갈 것이라는 내용은 없으므로 심청이 ㉯를 통해 ㉰로 갈 수 있음을 알았다는 이해는 적절하지 않다.

오답 피하기
① '도사공 하는 말이, / "고사를 지낸 후에 날씨가 순통하니 심 낭자 덕 아니신가?" / 좌중이 같은 생각이라 고사를 마치고'에서 확인할 수 있다.

② 옥황상제가 사해용왕과 지부왕에게 명령한 '내일 출천 효녀 심청이가 그곳에 갈 것이니 몸에 물 한 점 묻지 않게 할 것이며'와 이후 준비 내용에서 확인할 수 있다.
③ '한 잔 술로 위로하니 마땅히 소저의 혼이 아니면 없어지지 아니하리니'와 '부인이 반겨 하며 일어서서 바라보니 가득 부었던 잔이 반이나 줄어들었기로 소저의 영혼을 못내 슬퍼했다.'에서 확인할 수 있다.
④ '딸 심 소저가 수중에 왔단 말을 전해 듣고 상제께 말미를 얻어 모녀 상면하려 오는 길이었다.'에서 확인할 수 있다.

060 외적 준거에 따른 감상 답 ⑤

장 승상 부인이 술을 부으면서 심청을 위로하는 말을 한 것은 사실이다. 그러나 심청이 물에 빠져 죽었기 때문에 그 영혼이 수궁계로 간다는 인식은 나타나지 않는다. 심청이 죽었다면 그 혼이 술잔의 술을 줄어들게 할 것이라는 생각에서, 죽은 인간의 혼이 이승에 남아 있다는 인식을 엿볼 수 있다.

오답 피하기
① 천상계의 옥진 부인이 생전 자신의 딸인 심청을 찾아와 "내 딸 심청아!"라고 부르는 것에서 알 수 있다.
② 천상계의 옥황상제가 인간계에서 벌어지는 심청의 일을 알고 사해용왕에게 명을 내리는 것에서 알 수 있다.
③ '원참군 별주부, 승지 도미, 빈랑 낙지, 감찰왕 잉어며, 수찬 송어와 한림 붕어, 수문장 메기, 청령사령 자가사리, 승지 북어'에서 인간계와 유사한 수궁계의 조직을 확인할 수 있다.
④ 선녀들이 심청을 받들어 가마에 올리자 심청이 자신을 '속세의 비천한 인간'이라고 말한 것에서 확인할 수 있다.

[061~064] 박지원, 〈호질〉

Ⓔ 포인트

- **방법** 부분 일치
- **포인트** 〈호질〉은 양반 계층의 위선적인 행동과 당대 인간들의 부도덕성을 날카롭게 비판하고 있는 작품이다. E교재에서는 호랑이를 만난 북곽 선생이 보이는 비굴한 모습과 그에 대한 호랑이의 질책 부분을 중심으로 지문을 구성하였다. 우리 교재에서는 북곽 선생과 동리자의 위선적인 면모가 분명히 드러나는 장면을 지문으로 구성하고 인물의 성격, 작품의 세부 내용 등을 확인하도록 문제를 제시하였다. 또한 유사한 주제 의식을 지닌 동일 작가의 다른 작품과 비교하도록 함으로써 작품 이해의 폭을 넓혔다.

- ▶ **해제** 이 작품은 우화적 수법으로 인간 사회가 지닌 문제점과 지배층의 위선을 비판함으로써 교훈을 주는 조선 후기의 대표적인 한문 소설이다. 이 작품에 등장하는 북곽 선생은 도학이 높고 인격이 고매하다고 소문이 난 사람이다. 또한 동리자는 수절 과부로 절행(節行)이 뛰어나 모두가 칭찬하고 사모하는 인물이다. 그러나 사실 동리자는 성이 다른 아이들이 다섯이나 있는 위선적 인물이었으며, 북곽 선생 역시 동리자와 밤에 밀회를 갖는 표리부동한 인물이다. 이 작품은 이러한 위선적인 인물들을 통해 당대 양반 계층의 부패한 도덕관념과 허위의식을 풍자하고 있다. 특히 제목인 '호질(虎叱)'은 범의 질책이라는 의미로, 의인화된 존재인 '범'을 내세워 인간 사회 전반에 나타나는 악덕을 날카롭게 비판하고 있다.

- ▶ **주제** 양반 계급의 허위적이고 이중적인 도덕관에 대한 풍자

- ▶ **전체 줄거리** 어느 고을에 훌륭한 학자로서 존경받는 북곽 선생이라는 선비가 있었다. 어느 날 그는 동리자라는 과부의 방에 들어가 그녀와 밀회를 즐기고 있었다. 그런데 동리자에게는 성이 모두 다른 다섯 아들이 있었다. 동리자의 아들들은 북곽 선생을 천 년 묵은 여우로 의심하여 방으로 쳐들어오고, 북곽 선생은 도망치다가 똥구덩이에 빠진다. 때마침 먹잇감을 찾아 마을에 내려온 호랑이는 북곽 선생의 위선과 인간들의 파렴치한 행동 등 부정적인 모습을 신랄하게 꾸짖고는 사라진다. 이에 북곽 선생은 머리를 조아리며 비굴한 모습으로 목숨을 애걸하는데, 새벽에 일하러 나온 농부가 이 모습을 보고 의아하게 생각하며 북곽 선생에게 연유를 묻는다. 북곽 선생은 호랑이가 사라진 것을 알고 또다시 위선적인 선비의 모습으로 돌아와 자기변명을 한다.

061 작품의 내용 이해   답 ②

육혼이 저녁거리로 '석덕지유', 즉 유학자를 권하며 '오미를 갖추었습니다.'라고 말할 때 호랑이는 침을 흘리고 웃음을 지으며 관심을 드러내었다. 그러나 창귀들의 말을 들은 후 호랑이는 즐겁지 않은 듯한 어조로 '고기가 잡'될 것이며, '그 맛이 순수하지 못할' 것이라고 하면서 '석덕지유'에 대해 부정적으로 평가하고 있다. 따라서 육혼이 추천한 대상인 '석덕지유'에 대한 호랑이의 태도 변화가 나타난다고 볼 수 있다.

오답 피하기

① 논의의 대상인 '석덕지유(유학자)'를 바라보는 상반된 관점은 서술자에 의해 제시되는 것이 아니라, 창귀와 호랑이의 대화를 통해 드러나고 있다.

③ 침을 흘리며 육혼의 말을 듣던 호랑이가 먹을 것(석덕지유)에 대해 부정적인 관점을 보이게 된 것은 명분을 중시하기 때문이 아니라, '석덕지유'의 맛이 순수하지 않고 딱딱할 것이라는 실질적 문제 때문이다.

④ 석덕지유에 대해 더 말해 보라는 호랑이의 요구에 창귀들이 서로 다투어 말하는 모습을 보이고 있기는 하지만, 이를 창귀들의 논의를 빨리 끝내고자 하는 다급한 마음 때문이라고 할 수는 없다. 창귀들은 먹을 것에 대한 자신들의 판단을 호랑이에게 들려주고 있을 뿐이다.

⑤ 석덕지유에 대해 군침을 흘리던 호랑이가 부정적 태도를 보이는 태도 변화의 과정은 제시되어 있지만, 최종 결론을 내리지 못해서 갈등하는 모습은 나타나지 않는다.

062 인물의 심리와 태도 파악   답 ④

'다섯 아들'은 여우를 잡아 큰 부자가 되거나, 그림자를 감추는 등 신비한 능력을 얻고자 하고 있다. 따라서 ㉣은 재물과 신비한 능력을 얻겠다는 탐욕에서 나온 행동으로 볼 수 있다.

오답 피하기

① ㉠에서 '다섯 아들'은 방 안에서 '북곽 선생'과 닮은 말소리가 흘러나오는 것을 의아하게 생각하고 있을 뿐, 그 목소리의 주인을 '북곽 선생'으로 단정하고 있지는 않다. 따라서 '북곽 선생'이 방에 있는 이유를 궁금해한다는 설명은 적절하지 않다.

② ㉡에서 '북곽 선생'이 옷깃을 가다듬고 단정히 앉아 있기는 하지만, '동리자'의 요구에 따라 시를 읊고 있으므로 '동리자'의 요구에 대한 거절의 의사를 밝히고 있다고 할 수 없다. 또한 '북곽 선생'이 읊은 시 또한 흥겨운 마음을 노래하고 있으므로 거절의 의사를 드러내고 있다고 볼 수는 없다.

③ ㉢에서 어진 선비인 '북곽 선생'이 과부의 방에 들어갈 리가 없다는 말은 '북곽 선생'의 실체를 파악한 뒤 이루어지는 조롱의 표현이 아니라 위선적 인간의 실체를 파악하지 못한 어리석은 인물들의 말로 볼 수 있다.

⑤ ㉤에서 '호랑이'가 '북곽 선생' 즉, '석덕지유'의 모습에 대해 못마땅한 태도를 보이는 것은 부정적인 인물에 대한 반감의 표현이다. 그러나 이미 전반부에서 '호랑이'는 '석덕지유'의 고기가 맛이 없을 것이라고 판단하며 부정적인 입장을 취했고, "지난번에 내가 들으니 '유는 유다' 하더니 과연 그렇구나."라고 하였으므로 기대했던 것과는 다른 '선비'의 모습에 실망하고 있다고 볼 수 없다.

063 외적 준거에 따른 감상   답 ①

'북곽 선생'은 명망 높은 학자라는 평판과는 달리, 과부의 방에 드나드는 위선적인 인간으로 묘사되고 있다. '벼슬을 좋아하지 않는 척'했다는 것도 관직에 연연하지 않는 고상한 선비인 양 구는 위선적 면모로 이해할 수 있다. 하지만 뒤에 이어지는, 수많은 책을 교정하고 저술했다는 내용과 관련지어 볼 때 무능력한 선비의 모습으로 연결 짓기는 어렵다.

오답 피하기

② 다섯 아들의 성이 다르다는 것은 동리자 아들들의 아버지가 모두 다르다는 의미이다. 이는 절개 있는 부인의 모습과는 거리가 먼 것으로 동리자에 대한 통렬한 풍자가 이루어진 구절로 볼 수 있다.

③ 과부의 방에서 선비와 과부가 밤을 함께 보낸다는 것은 당시의 규범으로 볼 때 있을 수 없는 일이다. 그런데 둘이 한 방에 있으면서 동리자가 북곽 선생에게 시를 청하고 있으므로, 이는 유혹의 의도가 담긴 말로 볼 수 있으며, 이를 통해 정절을 지키지 않는 동리자의 이중적인 모습을 확인할 수 있다.

④ 점잖은 선비인 북곽 선생이 과부의 방에 있을 리 없으므로, 방 안의 남자는 여우가 둔갑한 북곽 선생이 분명하다는 아들들의 말에서 북곽 선생은 결국 여우 같은 존재임을 드러내고 있다. 즉 실제 북곽 선생을 여우가 변한 북곽 선생으로 보는 것이므로, 이는 '북곽 선생'의 실체에 대한 암시라고 할 수 있다.

⑤ '똥'은 이 세상에서 가장 더러운 존재의 대명사로, 북곽 선생이 똥구덩이에 빠져 허우적거리는 것은 북곽 선생을 희화화하여 똥처럼 더러운 인물임을 부각하기 위한 의도의 설정으로 볼 수 있다.

064 다른 작품과의 비교 감상   답 ④

'대비'는 두 가지의 차이를 밝히기 위하여 서로 맞대어 비교하는 것을 의미한다. 우선 [B]에서는 호랑이와 대비하여 인간의 부정적 행실을 비판하고 있다. 그러나 〈보기〉에서는 관직에 오른 양반과 시골의 궁한 양반이 모두 부정적인 모습으로 나타나 있다. 문과에 급제하여 받는 홍패를 '돈 자루'라고 한 것은 그것을 이용하여 많은 재물을 얻을 수 있다는 인식을 보여 주므로, 이는 양반의 부정적인 모습에 해당하며 시골의 궁한 양반이 마을의 일꾼에게 행하는 횡포 역시 양반들이 범하는 부정적인 행동이다. 따라서 〈보기〉에 제시된 관직에 오른 양반과 시골의 궁한 양반이 대비된다고 할 수는 없다. 또한 [B]에서는 호랑이의 성품이 인간의 성품보다 어질다고 이야기하며 인간 사회의 부정적 행태를 비판하고 있지, 양반 사회만의 부패상을 드러내고 있지는 않다.

오답 피하기

① [B]에서는 호랑이의 말을 통해 유학자의 위선과 인간 사회의 부정적인 모습을 제시하여, 당시 사회에 대한 작가의 비판적 인식을 드러내고 있다. 그리고 〈보기〉에서는 문서에 나열된 양반의 특권들에 대해 '도둑놈'이라고 한 부자의 말을 통해 양반들이 자신들의 특권을 이용해 백성들에게 횡포를 부리는 것에 대한 작가의 비판적 의식을 드러내고 있다.

② [B]에서는 인간들의 악행에 대한 호랑이의 비판이 직설적으로 이루어지고 있다. 그러나 〈보기〉의 경우 '문서'를 통해 양반들이 부귀영화를 누리며 백성들에게 횡포를 부리는 모습을 보여 주고 있다.

③ [B]에서는 천하의 이치가 하나임을 들어 부도덕한 인간들을 비판하고 있으며, 〈보기〉에서는 하늘이 넷으로 구분한 민 가운데 양반이 가장 높은 존재임을 바탕으로 양반의 이익이 막대한 것에 대한 정당성을 부여하며 내용을 전개하고 있다.

⑤ [B]에서는 밧줄, 먹바늘, 도끼, 톱 등을 열거하며 이러한 형벌에도 인간의 악행이 그치지 않는 상황을 제시하여 인간의 부정적 본성을 부각하고 있고, 〈보기〉에서는 백성들에게는 횡포에 가까운 양반의 특권을 열거하여 양반 계층의 부정적인 면모를 부각하고 있다.

◆ 정답 체크

본문 p. 52~63

065 ③	066 ③	067 ⑤	068 ③	069 ②	070 ④
071 ③	072 ③	073 ③	074 ③	075 ④	076 ③
077 ⑤	078 ⑤	079 ③	080 ⑤	081 ①	082 ②
083 ④					

[065~068] 김승옥, 〈차나 한잔〉

E 포인트

- **방법** 부분 일치
- **포인트** E교재에서는 '그'가 연재하던 자신의 만화가 신문에 실리지 않자 해고를 당하지 않을까 불안해하는 장면, 결국 해고를 당한 '그'가 선배 만화가 '김 선생'을 만나 술을 마시며 이야기를 나누는 장면을 중심으로 지문을 구성하였다. 그리고 1960년대 산업화 과정에서 도태된 사람들의 불안 심리와 관련하여 작품의 내용을 이해하고 있는지 등을 묻고 있다. 우리 교재에서는 '그'가 신문사 편집국의 '문화부장'에게 해고를 통보받는 장면, E교재와 같이 '그'가 선배 만화가 '김 선생'을 만나 이야기 나누는 장면이 출제된 기출 문제를 선정하였다. 당대 소시민이 처한 상황을 어떻게 표현하고 있는지와 제목 '차나 한잔'의 의미를 바탕으로 인물의 심리와 태도에 주목하여 작품을 감상하도록 한다.

- ▶ **해제** 이 작품은 1960년대를 배경으로 평범한 소시민의 불안과 비애를 그려 낸 현대 소설이다. 신문에 만화를 연재하는 만화가 '그'가 결국 해고를 당하고 마는 모습을 통해, 1960년대에 급속히 진행되었던 산업화 과정에서 도태되거나 배제된 당대 소시민들의 불안정한 처지와 불안 심리를 잘 보여 주고 있다.

- ▶ **주제** 소시민이 겪는 도시적 삶의 불안과 형식적 인간관계

- ▶ **전체 줄거리** 어쩌다가 만화를 그리는 일을 생업으로 삼게 되는 '그'는 이곳저곳에 여러 만화를 연재하지만, 주 수입원은 대통령과 '아톰X군'이 나오는 신문 연재만화이다. 한편 옆방에 사는 아저씨는 일자리를 구하지 못하고 아내가 재봉틀을 돌려 번 돈으로 생계를 유지하지만, 가끔 술을 먹고 아내를 때린다. 며칠째 자신의 만화가 신문에 실리지 않자 '그'는 불안감을 느끼고 설사까지 한다. 불길한 예감에 '그'는 신문사를 찾아가 보지만, 예상대로 문화부장은 '그'에게 해고를 통보한다. 문화부장은 '차나 한잔' 하자며 '그'를 다방으로 데리고 가 위로한다. '그'는 생계를 위해 남들이 모두 기피하는 신문사를 찾아가 보지만 그곳에서마저 거절당하고, 만화가 선배와 만나 술을 마시며 신세 한탄을 한다. 그리고 '그'는 자신도 일자리를 구하지 못하고 아내를 때릴지 모른다고 생각한다.

065 서술상 특징 파악 · 답 ③

[A]에서 '그'는 같은 만화가인 '김 선생'을 만나 자신에게 해고를 통보한 '문화부장'에 대해 말하면서 속으로는 자신의 만화 연재 부탁을 거절한 '문화부장'을 떠올린다. 즉, '그'는 '찻값을 앞질러 내버리던 그 키가 작달만한 문화부장. 날 무척 무안하게 해줬었지.', '자기네 사장이 얼른 뒈져달라는 기도를 하라던 그 사람. 난 참 면목이 없어서 혼났지.'라며 내적 독백을 하고 있다. 따라서 [A]에서는 '그'의 말과 내적 독백을 교차하여 '그'의 비애, 무안함 등의 심리를 드러내고 있음을 알 수 있다.

오답 피하기
① 빈번하게 장면을 전환한다는 것은 장소, 서술하는 시간대, 같은 공간에서 중점이 되는 사건의 인물이 자주 바뀌는 것을 뜻한다. 그런데 [A]에는 '그'가 '김 선생'에게 말하는 장면만 나타날 뿐, 빈번하게 장면을 전환하는 부분은 찾아볼 수 없으며, 긴박한 분위기를 조성하고 있지도 않다.
② [A]에는 '그'가 같은 만화가인 '김 선생'을 만나 자신에게 해고를 통보한 '문화부장'에 대해 말하는 장면이 나타날 뿐, 과거의 장면이 삽입되어 있지 않으며, 갈등 해소의 실마리도 제시하고 있지 않다.
④ [A]에는 '그'가 '김 선생'에게 말하는 발화만 제시되어 있으므로, '그'의 시각만 드러난다.
⑤ [A]에는 '그'가 자신이 겪었던 일을 말하고 있는 상황이 제시되어 있으므로, 동시에 일어난 두 사건을 병치하고 있다고 볼 수 없으며, 인물 간의 갈등을 부각하고 있지도 않다.

066 구절의 의미 파악 · 답 ③

ⓒ '그럼 알고 계셨군요.'는 만화를 그려 오지 않았다는 '그'의 말을 듣고 난 후 '문화부장'이 한 말로, '그'가 자신의 해고 사실을 이미 알고 있었을 것이라는 '문화부장'의 판단을 드러낸다. 따라서 ⓒ이 '그'가 만화를 그려 오지 않을 것을 이미 알고 있었음을 드러낸다는 설명은 적절하지 않다.

오답 피하기
① ㉠ '오늘치 만화 좀……'은 '그'가 만화를 연재하던 신문사의 '문화부장'이 '그'에게 만화 원고를 요구하는 말이다. '그'는 편집국에 들어섰을 때의 분위기를 통해 자신이 해고당할 것임을 예감하고 있는데, '문화부장'이 ㉠과 같이 말하자 당황하며 '문화부장'의 지금 얘기는 불필요한 것이 아닌가 하고 생각한다. 이로 보아 '문화부장'은 '그'의 해고 사실을 알고 있었을 것이므로 ㉠은 '그'의 만화를 형식적으로 요구하는 말이라고 할 수 있다.
② ㉡ '그려 오지 않았는데요.'는 '그'가 자신이 해고당할 것임을 예감하고 자신이 그려 온 만화가 담긴 서류봉투를 좀 더 힘을 주어 옆구리에 끼면서 한 말이다. 즉 '그'는 편집부의 분위기를 통해 자신이 해고당할 것임을 짐작하고, 그려 온 만화를 그려 오지 않았다고 '문화부장'에게 말하고 있는 것이다.
④ ㉣ '그, 어린이 신문에 그리고 있는 거라도 열심히 하고 있게. 기다리면 또 뭐가 생길 테지.'는 '김 선생'이 신문사에서 해고를 당한 '그'와 술을 마시며 건넨 말로, '김 선생'은 기존에 하고 있는 일을 열심히 하며 기다리고 있으면 또 일거리가 생길 것이라고 '그'를 위로하는 태도를 보이고 있다.
⑤ ㉤ '자, '아톰X군', 차나 한잔 하실까?'는 '그'가 자신이 그리는 만화 속 가상 인물에게 하는 말로, '군과도 이별이다.'라는 이어지는 말로 보아 '그'는 '아톰X군'을 더 이상 그리지 않으려는 마음을 드러내고 있음을 알 수 있다.

067 인물의 심리와 태도 파악 · · · · · · · · · · · · · · · 답 ⑤

'그'에게 해고를 통보한 것은 ⓐ '문화부장'이고, '그'가 만화 연재를 부탁하였으나 이를 거절한 것은 ⓑ '문화부장'이다. 따라서 ⓐ와의 만남, ⓑ와의 만남 모두 '그'에게 부정적 감정인 비애를 유발하므로 적절하다.

오답 피하기
① '국장님도 이형의 만화에는 항상 칭찬을 하셨댔는데…… 그…… 독자들이 자꾸 투서를……'이라는 ⓐ '문화부장'의 말로 보아, ⓐ는 '그'가 해고된 상황을 국장의 탓으로 돌리는 것이 아니라 독자의 투서 탓으로 돌려 책임을 회피하고 있다.
② '다방에 가서 그 양반이 그러더군요. 사람 웃기는 방법의 몇 가지 패턴을 안다고 곧 만화가가 되는 것이 아니다. 바로 그 양반이 그랬어요.'에서 '그 양반'은 ⓑ '문화부장'을 가리킨다. 따라서 ⓑ가 만화가의 자질에 대해 말한 것은 맞지만, '그'의 행동 변화를 유도한 것은 아니다.
③ ⓐ '문화부장'은 '차나 한잔 하러 가실까요?'라고 '그'에게 먼저 차를 마시자고 권했다. 또한 [중략 부분의 줄거리]의 '신문사에서 해고당한 그는 다른 신문사의 문화부장을 찾아가 차 한잔 마시자고 권하며 만화 연재를 부탁한다.'로 볼 때 ⓑ '문화부장'은 차나 한잔 마시자는 '그'의 말에 '그'와 함께 차를 마셨음을 알 수 있다. 따라서 '그'에게 먼저 차를 마시자고 권한 사람은 ⓑ가 아니라 ⓐ이다.
④ '저는 이형을 두둔했습니다만……'이라는 ⓐ '문화부장'의 말로 볼 때 ⓐ가 '그'의 능력을 인정했다고 볼 수도 있으나, '그'가 ⓐ에게 어떠한 제안을 한 것은 아니므로 ⓐ가 '그'의 제안을 거절했다는 설명은 적절하지 않다. 또한 ⓑ '문화부장'은 '그'의 만화 연재 부탁을 거절했지만 '그'의 능력을 인정했는지 제시된 부분만으로는 알 수 없다.

068 외적 준거에 따른 감상 · · · · · · · · · · · · · · · · 답 ③

신문사에서 해고당한 '그'는 다른 신문사의 문화부장을 찾아가 차 한잔 마시자고 권하며 만화 연재를 부탁하지만 거절당한다. 이후 만화가인 '김 선생'을 만나 술을 마시며, '새로운 우연이 다가온다는 징조다. 헤헤, 이건 낙관적이죠, 김 선생님?'이라고 말한다. 이처럼 '그'가 자신의 해고를 '새로운 우연이 다가온다는 징조'라고 말하는 것은 해고를 당한 후 새로운 일자리를 구하고자 하는 노력마저 실패한 상황에서 '그'가 느끼는 비애를 우회적으로 드러낸 것이라고 볼 수 있다. 따라서 '그'의 말이 해고를 당한 신문사로부터 다시 만화 연재를 의뢰받게 되리라는 기대를 드러낸 것이라는 감상은 적절하지 않다.

오답 피하기
① 〈보기〉에 따르면, 이 작품은 만화가가 겪는 하루의 사건을 통해 1960년대를 살아가는 소시민의 생계에 대한 불안과 비애를 드러낸다. '그'는 편집국 안에 들어섰을 때 평소와 다르게 심부름하는 계집애의 표정이 달라진 것을 보고 그가 두려워하고 있던 '해고'라는 예측이 틀리지 않았다고 생각하며 전신에서 맥이 빠져나가는 것을 느낀다. 따라서 〈보기〉를 참고할 때 이러한 '그'의 모습을 통해 해고로 인해 생계를 걱정하는 '그'의 불안을 드러내고 있음을 알 수 있다.
② 〈보기〉에 따르면, 작가는 인물의 상황과 심리를 우회적으로 드러내기 위해 비유적 표현을 활용한다. '그'는 '김 선생'에게 자신이 해고된 상황을 이야기하면서 '그러면서 말입니다. 너는 미역국이다, 이거죠.'라고 말한

다. '미역국(을) 먹다'는 '(사람이) 퇴짜를 맞다.'라는 뜻을 가지고 있다. 따라서 '그'가 자신의 해고를 '미역국'이라고 말하는 것은 해고당하는 상황을 비유적 표현을 통해 우회적으로 드러낸 것임을 알 수 있다.

④ 〈보기〉에 따르면, 작가는 인물의 상황과 심리를 우회적으로 드러내기 위해 모순 형용을 활용한다. '모순 형용'이란 의미상 상반되거나 연관성이 적은 단어를 함께 사용하는 표현 방법이다. '그'는 '문화부장'에게 해고 통보를 받는 상황에서의 '차나 한잔'을 '회색빛 도시의 따뜻한 비극'이라고 표현하고 있다. '따뜻한 비극'은 '따뜻하다'와 '비극'이라는 연관성이 적은 단어를 함께 사용한 모순 형용의 표현이다. 따라서 '그'가 이러한 모순 형용의 표현을 사용한 것은 '문화부장'과 차를 마시며 해고를 당한 자신의 비참한 심리를 드러낸 것임을 알 수 있다.

⑤ 〈보기〉에 따르면, 작가는 자신이 그리는 만화 속 가상의 인물에게 말을 하는 상황을 통해 인물의 심리를 드러내기도 한다. '그'는 술을 찍어 '아톰X군'의 얼굴을 술상 위에 그렸다 지우며 '미안하다, '아톰X군'. 어떻게 군의 힘으로 적진을 뚫고 나오기 부탁한다. 이제 난…… 힘이 없단 말야.'라고 말하는데, 이는 자신이 그리는 만화 속 인물에게 말함으로써 연재하던 신문사에서 해고당하고, 새로운 일자리에서도 퇴짜를 맞은 상황에서 느끼는 무력감을 표현한 것이다. 따라서 '그'가 '아톰X군'의 얼굴을 술상 위에 그렸다 지우며 '힘이 없다'고 말하는 것은 '그'가 자신이 처한 상황에 대해 느끼는 무력감을 드러낸 것임을 알 수 있다.

[069~072] 이효석, 〈메밀꽃 필 무렵〉

E 포인트

- **방법** 부분 일치
- **포인트** E교재에서는 소설 〈메밀꽃 필 무렵〉과 이를 각색한 시나리오를 엮어 갈래 복합 지문으로 제시하였다. 소설에서는 장판이 끝난 후 서로 다툰 허 생원과 동이가 대화 장까지의 밤길을 함께 걸으며 혈육의 관계를 서서히 확인해 가는 부분이 수록되어 있다. 시나리오에서는 원작의 내용을 시나리오의 형식에 맞게 각색하고 일부 내용을 삭제·추가하였으며 원작에서 제시하고자 했던 혈연관계에 대한 암시를 비교적 더 강하게 드러내고 있다. 우리 교재에서는 E교재에 제시된 부분과 그 앞부분을 수록하여, 허 생원과 동이의 모친으로 짐작되는 성 서방네 처녀의 과거 이야기를 통해 허 생원과 동이의 혈연적 관계에 대한 이해를 높일 수 있도록 하였다. 달밤이라는 공간적 배경의 기능을 바탕으로 과거와 현재 사건의 의미를 연결 지어 파악해 보도록 한다.

▶ **해제** 이 작품은 과거의 추억을 간직한 채 살아가는 장돌뱅이의 삶의 애환 및 인간이 지닌 근원적인 애정을 다룬 소설이다. 토속적인 어휘 구사와 서정적이고도 낭만적인 묘사로 한국 단편 소설의 걸작으로 평가되고 있다. 이 작품은 메밀꽃이 흐드러지게 핀 달밤을 배경으로 한, 두 개의 사건을 중심축으로 삼고 있는데, 하나는 허 생원이 회상하는 과거의 추억이고 다른 하나는 등장인물들이 봉평 장에서 대화 장으로 옮겨 가는 과정과 관련된 현재의 사건이다. 이를 통해 인간의 근원적 유랑의 삶과 혈육에 대한 애정을 보여 주고 있다. 특히 달밤의 산길을 배경으로 아버지와 아들이 상봉하는 모티프를 아름답게 묘사하고 있다.

▶ **주제** 떠돌이 삶의 애환과 혈육의 정

▶ **전체 줄거리** 장돌뱅이인 허 생원은 자신과 반평생을 같이 지내 온 나귀를 데리고 조 선달과 함께 봉평 장에 간다. 허 생원은 그곳에서 충줏집과 수작하는 동이를 보고 질투와 분노를 느끼며 동이의 뺨을 때려 쫓아내지만 곧 화해한다. 동이는 이후 허 생원의 나귀를 괴롭히는 장터 각다귀들을 쫓아내는 데 도움을 주고, 세 사람은 함께 봉평 장을 떠난다. 허 생원은 달밤의 메밀밭 길을 걸으며 성 서방네 처녀와 맺었던 짧은 인연을 이야기하고, 동이는 아버지를 본 적도 없는 자신의 처지와 의부로 인해 갖은 고생을 했던 어머니에 대해 이야기한다. 냇가를 건너다가 허 생원은 동이 어머니의 고향이 봉평이라는 말을 듣고 발을 헛디뎌 물에 빠지고, 동이가 그를 구해 업고 간다. 허 생원은 동이의 어머니가 있는 제천으로 향하기로 결심하고 동이 역시 자신과 마찬가지로 왼손잡이임을 알게 된다.

069 서술상 특징 파악   답 ②

허 생원이 겪은 과거의 사건과 동이가 겪은 과거의 사건들은 모두 허 생원, 조 선달, 동이가 밤길을 걸어가는 동안의 대화를 통해 요약적으로 제시되고 있다.

오답 피하기

① 이 글에는 메밀꽃이 핀 달밤을 배경으로 허 생원의 과거 회상과 허 생원, 조 선달, 동이의 대화가 제시되어 있을 뿐, 장면이 빈번하게 전환되거나 긴박한 분위기가 조성되고 있지는 않다.

③ 이 글은 대화 위주로 사건이 전개되고 있고, 독백은 나타나지 않는다. 또한 허 생원과 동이의 사연을 중심으로 사건이 제시되고 있으므로 현실과 단절된 인물의 심리 상태가 드러나 있다고 보기 어렵다.

④ 이 글은 처음부터 끝까지 이야기 외부의 서술자에 의해 서술되고 있으므로 공간에 따라 서술자를 달리한다는 설명은 적절하지 않다.

⑤ 이 글에서는 허 생원과 조 선달, 동이의 대화를 통해 과거의 사건이 제시되고 있을 뿐, 다른 장소에서 벌어지는 두 가지 사건을 병치한다거나 이를 통해 인물 간의 갈등을 부각하고 있다고 볼 수는 없다.

070 구절의 의미 파악   답 ④

조 선달은 '늘그막바지까지 장돌뱅이로 지내기도 힘드는 노릇'이고 '대화쯤에 조그만 전방이나 하나 벌이구 식구들을 부르겠'다며 이제 떠도는 장돌뱅이 생활을 접고 정착하고 싶다는 마음을 드러내고 있다. 이에 대해 허 생원은 조 선달과 달리, '난 거꾸러질 때까지 이 길 걷고 저 달 볼테야.'라며 죽을 때까지 장돌뱅이로 살겠다고 하고 있다.

오답 피하기

① '성 서방네는 한창 어려워서 들고날 판인 때였지. 한집안 일이니 딸에겐들 걱정이 없을 리 있겠나.'를 통해 성 서방네가 어려운 형편으로 인해 마을을 떠나야 하는 상황이었으며 이 때문에 성 서방네 처녀가 물방앗간에서 울고 있었음을 알 수 있다.

② '제천인지로 줄행랑을 놓은 건 그다음 날이었나?'는 허 생원이 아직 말하지 않은 이야기를 이미 알고 묻는 조 선달의 질문이다. 이를 통해 성 서방네 처녀와 허 생원이 만나고 헤어진 이야기를 조 선달이 들은 적이 있음을 확인할 수 있다.

③ 허 생원은 성 서방네 처녀와의 만남 이후 봉평이 마음에 들었고 그 후 반평생을 마음에 두게 되었다고 말하고 있다. 이를 통해 성 서방네 처녀에 대한 허 생원의 그리움을 확인할 수 있다.

⑤ 허 생원의 이야기를 통해 성 서방네 처녀의 고향이 '봉평'임을, 그리고 동이의 말을 통해 동이 어머니 또한 고향이 '봉평'임을 알 수 있다.

071 외적 준거에 따른 감상   답 ③

'밤기운 속에 흘러서는' '구수한 자줏빛 연기'는 허 생원이 피운 담배 연기로, 조 선달과 대화하는 현재에 해당하는 서술이다. 따라서 '밤기운 속에 흘러서는' '구수한 자줏빛 연기'는 과거 허 생원이 성 서방네 처녀와 만났던 장면을 더욱 생생하게 묘사한다고 보기 어렵다.

오답 피하기

① 〈보기〉에 따르면, 소설에서 배경은 인물의 행위에 필연성을 부여한다. '달이 너무도 밝은 까닭에' 허 생원은 '돌밭에 벗어도 좋을 것'을 '물방앗간'으로 들어가게 되어 성 서방네 처녀와 마주친다.

② 〈보기〉에 따르면, 소설에서 배경은 과거의 공간과 현재의 공간을 연결해 주는 역할을 한다. 허 생원이 현재 걷고 있는 '산허리'의 '메밀밭'은 허 생원이 떠올리고 있는, '보이는 곳마다 메밀밭'이었던 과거의 공간과 연결되고 있다.

④ 〈보기〉에 따르면, 소설에서 배경은 인물의 행위에 필연성을 부여한다. '부드러운 빛을 흐붓이 흘리고 있'는 현재의 달빛은 허 생원이 '꼭 이런 날 밤'과 같았던 과거의 추억을 회상하도록 만듦으로써 허 생원의 행위에 필연성을 부여하고 있다.

⑤ 〈보기〉에 따르면, 소설에서 배경은 작품의 분위기를 조성한다. '죽은 듯이 고요한 속에서' '흐붓한 달빛'에 '소금을 뿌린 듯이' '피기 시작한' 메밀꽃은 고요한 밤, 달빛이 비추는 메밀꽃을 묘사함으로써 고요하고 낭만적인 분위기를 형성하고 있다.

072 작품의 내용 파악   답 ③

[앞부분의 줄거리]에 따르면, 허 생원은 주막을 찾았다가 젊은 장돌뱅이인 동이가 충줏집과 수작하는 것을 보고 심하게 나무란다. 그리고 산길에서 벗어나 큰길로 가면서 허 생원은 '충줏집에서는 그만 실수를 해서 그 꼴이 되었으나 섧게 생각 말게.'라며 동이에게 미안함을 표현하며 대화를 유도하고 있다. 즉, 허 생원은 ㉯'큰길'에서 동이에게 사과하고 있지만 이는 주막에 있었던 일에 대해서지 ㉮'산길'에서 있었던 일에 대해서가 아니다.

오답 피하기

① ㉮'산길'은 길이 좁은 까닭에 세 사람, 즉 허 생원, 조 선달, 동이는 나귀를 타고 외줄로 늘어서 가게 된다. 그래서 '앞장선 허 생원의 이야기 소리는 꽁무니에 선 동이에게는 확적히는 안 들리게 된다. 이를 통해 ㉮'산길'에서 허 생원과 조 선달이 나눈 대화는 동이에게 명확하게 들리지 않았음을 알 수 있다.

② ㉮'산길'을 벗어나 ㉯'큰길'로 틔어지면서 '꽁무니의 동이도 앞으로 나서 나귀들은 가로 늘어'서게 된다. 그리고 동이는 자신의 과거 성장 과정을 허 생원과 조 선달에게 이야기하게 된다. 이를 통해 허 생원은 동이의 성장 과정을 알게 된다.

④ ㉰'개울'에서 허 생원은 동이 어머니의 고향이 성 서방네 처녀의 고향과 같은 '봉평'이라는 동이의 말을 듣고 놀라 발을 빗디뎌 물에 빠지게 된다.

⑤ ㉰'개울'에서 동이는 물에 빠진 허 생원을 업고 개울을 건넌다. 허 생원은 동이의 등허리에 업혀 따뜻함을 느끼고 '좀 더 업혔으면도' 한다.

ⓔ 포인트

· **방법**　작품 일치

· **포인트**　E교재에서는 마을 젊은이들이 도깨비들에게 밥을 주며 소원을 비는 장면과 당나무 파는 문제를 두고 마을 사람들이 갈등하는 장면을 중심으로 지문을 구성하였다. 우리 교재에서는 한몰 영감이 징용을 갔다가 탈주했던 과거를 회상하는 장면과 한몰 영감이 도깨비들에게 아들과 관련된 일을 부탁하는 장면을 지문으로 구성하여, 한몰댁의 꿈 내용을 통해 한몰 영감 내외가 아들의 생존을 확신하는 이유를 이해할 수 있도록 하였다. 일제 강점기부터 근대 산업화 시대에 이르는 기간까지 우리 민족이 겪은 고통과 서술상 특징에 주목하여 작품을 감상하도록 한다.

▶ **해제**　이 작품은 감내골을 배경으로 한몰 영감 내외와 마을 사람들이 일제 강점기, 6·25 전쟁, 산업화 시대를 거치며 겪는 삶의 변화를 그린 소설이다. 작품의 제목인 '당제'는 마을 신에게 지내는 제사로, 공동체의 결속과 전통을 상징한다. 이 작품은 시대적 격변으로 가족의 이산, 공동체의 갈등, 댐 건설로 인한 고향 상실과 같은 고난을 겪는 농촌 사람들의 삶을 사실적으로 묘사하고 있다. 또한 전통적인 민속 신앙과 산업화로 인한 변화 사이의 갈등을 통해, 현대 사회에서 전통의 의미와 가치를 성찰하게 한다.

▶ **주제**　① 민족 수난의 역사와 산업화로 인한 농촌 사람들의 아픔
　　　　② 민속 신앙을 통한 수난 극복의 의지

▶ **전체**
줄거리　한몰 영감 내외는 6·25 전쟁 때 의용군으로 나가 생사를 알 수 없는 아들을 기다리며 살아왔다. 댐의 건설로 부부가 살고 있는 감내골이 수몰될 상황에 처하자 한몰 영감은 감내골의 마지막 당제의 제주가 될 것을 자처한다. 감내골에는 매년 당제를 지낸 뒤 도깨비들에게 밥을 주는 풍속이 있었고, 감내골 근처 용두산에는 조선 말기 의병들이 몰살당한 뒤 의병굴로 불리는 굴이 있었다. 한몰댁은 이 굴과 관련된 꿈을 꾸고서 한몰 영감의 사망 통지서를 받고도 그가 살아 있음을 확신하게 되었는데 해방 후 한몰 영감은 실제로 귀환했다. 한몰댁은 이 굴과 관련해 아들에 대한 꿈도 꿨기 때문에 아들이 살아 있다고 믿는다. 한편 마을을 보호해 준다는 당나무를 파는 문제를 두고 마을 젊은이들과 자리실 영감 사이에 갈등이 발생하고, 그 와중에 마을의 젊은이들이 단체로 벌에 쏘이는 사건이 일어난다. 자리실 영감은 당나무를 팔려고 했던 일 때문에 벌을 받은 것이라고 젊은이들을 꾸짖고, 한몰 영감과 함께 당제를 모신다. 이후 한몰 영감은 홀로 도깨비들이 있는 곳을 찾아 아들의 안전을 부탁하는 말을 전한다. 한몰 영감 내외는 댐 근처에 오두막집을 짓고 이 집의 주인을 밝히는 안내판을 세운 후 아들을 기다리며 살아간다.

073 서술상 특징 파악　　　　　답 ③

ⓒ은 '도둑놈은 시끄러울 때가 좋더라고'라는 비유적 표현을 활용하여 탄광 갱도가 무너져 혼란스러운 틈을 타 징용당한 탄광에서 도망치기 좋은 상황임을 나타내고 있다. 따라서 인물이 처한 상황을

비유적인 표현을 통해 서술하고 있다는 설명은 적절하다.

오답 피하기

① ㉠은 '그때 일'에 대한 서술자의 서술에 해당할 뿐, 회상 장면이 삽입되지는 않았다.

② 이 작품은 전지적 작가 시점으로 작품 외부에 서술자가 위치한다. ㉡은 서술자가 십장의 행동을 서술한 것일 뿐, 작품 내부의 서술자가 다른 인물을 분석한 것이 아니다.

④ ㉢에는 '눈이 뒤집혀', '몰아치기만 했다'의 주체가 누구인지 명시한 표현이 나타나 있지 않다.

⑤ ㉣에 함몰 영감이 담배에 불을 붙이는 행위가 제시되어 있으나, 이를 돌발적인 행위로 보기 어렵다. 또한 인물이 행동을 하는 의도에 주목하여 서술하고 있지도 않다.

074 인물의 심리와 태도 파악　　　　　답 ③

'예사 때도 지나새나 궁리가 그 궁리였으므로 도망칠 길목은 웬만큼 어림잡고 있었다.'라는 내용을 통해 '한몰 영감'은 낙반 사고가 나기 전부터도 밤낮으로 항상 탄광에서 도망칠 궁리를 하고 있었다는 것을 알 수 있다.

오답 피하기

① '그 아이는 안 죽었소. 누가 내린 자식이라고 그리 쉽게 죽을 것 같소? 틀림없이 미륵보살님이 지켜 주고 계실 것이오.'를 통해 '한몰댁'은 아들의 친구가 전한 아들의 전사 소식을 믿지 않았다는 것을 확인할 수 있다.

② '시어머니는 그 자리에서 ~ 까무러쳤다. 그러나 한몰댁은 ~ 아무래도 그게 자기 남편 유골 같지 않았고, 죽었다는 실감도 들지 않았다.'를 통해 한몰 영감의 사망 통지서와 유골을 받고 까무러친 시어머니와 달리, '한몰댁'은 정신을 잃지 않았음을 확인할 수 있다.

④ '그런디 그 사람들이 간첩을 보낼 적에는 꼭 이쪽에 연줄 있는 사람을 뽑아 보내는 모냥인디, 만당간에 그 녀석이 간첩으로 내려온다면 이것은 이만저만 큰일이 아니네.'라는 말을 통해 '한몰 영감'이 남한에 연고에 있는 아들이 간첩으로 차출되어 남파될 수 있다고 생각하여 노심초사했음을 확인할 수 있다.

⑤ '처음에는 나 혼자 그 걱정을 하고 있는 중 알았등마는 알고 본께 즈그 엄씨도 걱정이 그 걱정이었네.'라는 말을 통해 '한몰 영감'과 '한몰댁'이 같은 걱정을 하고 있었음을 확인할 수 있다.

075 서사적 기능 파악　　　　　답 ④

ⓐ는 아들이 미륵바위 곁에 서 있던 꿈을 의미하고, ⓑ는 한몰 영감이 미륵보살 곁에 서 있던 꿈을 의미한다. 한몰 영감 내외에게 ⓑ는 한몰 영감이 죽지 않고 살아 있음을 알려 준 꿈이므로, ⓐ도 자신들의 아들이 죽지 않고 살아 있음을 알려 주는 꿈이라고 믿고 있다. 따라서 ⓑ와 관련하여 한몰 영감 내외가 경험한 사건은 ⓐ에 대한 그들의 믿음의 근거가 된다고 볼 수 있다.

오답 피하기

① ⓐ로 인해 발생 가능하다고 한몰 영감 내외가 간주하는 사건은 아들이 죽지 않고 북에 살아 있는 것이고, ⓑ 이후 발생한 사건은 함몰 영감이 죽지 않고 살아서 돌아온 것이다. 그러나 ⓐ로 인해 발생 가능하다고 간주했던 사건이 ⓑ 이후 실현되었는지 확인할 수 없다.

② ⓐ는 한몰 영감의 아들이 죽지 않았음을 암시하는 꿈이므로 한몰 영감이 속한 공동체와 관련된 것이 아닌, 한몰 영감 개인의 삶과 관련된 것이라 할 수 있다. ⓑ는 한몰 영감이 죽지 않았음을 암시하는 꿈이므로 한몰 영감 개인의 삶에 대한 것이 맞다.

③ ⓑ에서 한몰 영감 내외의 갈등이 비롯되지 않았을 뿐만 아니라, ⓐ가 현실화되었는지도 알 수 없다.

⑤ ⓑ 이후에 한몰 영감이 살아 돌아온 사건이 계기가 되어 ⓐ에 대한 한몰 영감 내외의 믿음이 강화되므로, ⓐ에 대해 한몰 영감 내외가 냉소적 태도를 드러낸다고 볼 수 없다.

076 외적 준거에 따른 감상   답 ③

'표때기'는 간첩의 신고를 권유하는 내용으로, 한몰 영감이 표때기만 봐도 '간이 오그라붙'는 이유는 아들이 간첩으로 내려올 수도 있다는 생각 때문이다. 또한 '한밤중 달'을 보고 허발로 짖는 강아지 새끼 소리에 한몰 영감이 놀라는 것은, 혹여 간첩으로 내려온 아들을 보고 짖는 소리일지도 모른다는 걱정 때문이다. 이는 북에 있을 아들이 간첩으로 내려올지도 모른다는 걱정에 한몰 영감이 늘 노심초사하고 있음을 보여 줄 뿐, 아들이 간첩으로라도 무사 귀환하기를 바라는 간절함을 드러내는 것은 아니다.

오답 피하기

① 한몰 영감은 '징용'을 갔다가 탄광에서 탈주하여 간신히 살아 돌아왔고, 그의 아들은 6·25 전쟁 때 '의용군'으로 나갔다가 생사 불명이 되었다. 이러한 두 인물의 처지는 일제 강점기와 6·25 전쟁 등 우리 민족이 겪어 온 아픈 역사를 보여 준다고 볼 수 있다.

② '이리 기웃 저리 기웃, 개 짖고 댕기다가 들통이 나는 날에는 무슨 꼴이 되었어?'라는 한몰 영감의 말을 통해, '큰일'이란 간첩으로 내려온 아들이 옛집을 찾다가 사람들의 눈에 띄어 잡히는 상황을 암시하는 것임을 알 수 있다.

④ '저승 혼사'는 한몰 영감 내외의 아들이 죽었다고 믿는 마을 사람들과 아들이 살아 있다고 여기는 한몰 영감 내외의 인식의 차이에서 기인한 것으로, 한몰 영감 내외에게 '죽을 맛'이었던 곤란한 일이다.

⑤ '동네가 몽땅 물속으로 들어가게 되'는 것은 댐 건설로 인해 한몰 영감 내외가 사는 농촌 마을이 수몰되는 위기에 처하는 것으로, 근대 산업화로 인해 우리 민족의 오랜 공동체가 해체되는 위기 상황을 보여 준다고 할 수 있다.

[077~080] 채만식, 〈태평천하〉

Ⓔ 포인트

- **방법**   부분 일치
- **포인트**   E교재에서는 윤 직원이 인력거꾼과 인력거 삯을 두고 실랑이하는 장면과 손자 종학이 동경에서 사상 문제로 피검되었다는 전보를 받은 윤 직원이 분노하는 결말 부분을 지문으로 구성하였다. 우리 교재에서는 E교재의 지문과 대다수 일치하는 부분을 지문으로 구성하여 윤 직원의 왜곡된 역사의식을 풍자하고 있는 부분을 파악할 수 있도록 했다. 채만식 작품에 드러나는 풍자성과 서술상 특징, 소재의 의미와 기능에 주목하여 작품을 감상하도록 한다.

▶ **해제**   이 작품은 일제의 수탈과 착취에 의한 조선의 궁핍한 현실을 '태평천하'라고 여기는 윤 직원과 그 일가의 모습을 통해, 역사의식이 부재한 당시 친일 지주 계층의 부정적 면모를 반어적이고 풍자적인 수법으로 묘사한 소설이다. 윤 직원 일가는 왜곡된 현실 인식과 물질주의적 가치관을 지니고, 도덕적으로 타락한 부정적 인물들로 구성되어 있으며, 이들은 작가의 풍자 대상이 된다.

▶ **주제**   ① 일제 강점기 부조리한 사회 현실에 대한 풍자적 비판
      ② 일제 강점기 한 지주 집안에서 일어나는 갈등과 윤 직원 집안의 몰락 과정

▶ **전체 줄거리**   친일파 대지주인 윤 직원은 아버지에게서 물려받은 재산을 지키는 데만 급급한 인물이다. 돈으로 족보를 사고 기생 춘심에게 흑심을 품지만, 그의 궁극적인 관심은 오직 자신의 재산을 늘리고 지키는 일이다. 그러기 위해서 아들과 손자를 군수와 경찰서장으로 만들려고 하지만, 아들은 노름에, 장손은 주색에 빠져 있으며, 가장 기대를 걸었던 둘째 손자 종학은 사회주의 운동으로 피검된다. 화적패 등으로부터 재산이 강탈당할 위험이 사라진 일제 강점기를 '태평천하'라고 생각하는 윤 직원은 자손들의 행태에 깊이 좌절하며 울부짖는다.

077 서술상 특징 파악   답 ⑤

작품 내의 서술자가 아닌 작품 밖의 서술자가 작중 상황을 전달하고 주관적인 논평을 내리고 있다.

오답 피하기

① 윤 직원의 외양을 서술한 지문의 앞부분을 통해 그의 풍채가 크고 차림새는 격에 맞지 않게 화려하기만 하다는 것을 알 수 있다. 이러한 외양 묘사는 윤 직원의 인색한 행동과 대비되어 더욱 부각되며, 윤 직원의 부정적 성격을 강조하고 희화화하고자 하는 의도를 지니고 있다.

② 중략 이후에 나타난 윤 직원의 발화를 통해 그가 사회주의를 부정적으로 여기고 일제 강점기를 '태평천하'로 생각하고 있음을 알 수 있다.

③ 서술자가 작중 상황에 직접 개입하여 주관적 평가를 내리는 것은 편집자적 논평에 해당한다. '이 풍신이야말로 아까울사', '통탄할 일입니다.' 등에서 윤 직원에 대한 서술자의 주관적 평가가 나타난다.

④ 전라도 사투리를 사용하여 작품에 생동감과 사실감을 부여하고 있다.

078 인물에 대한 이해   답 ⑤

윤 직원은 "나넌 그렇기 처분대루, 응?…… 맘대루 말이네. 맘대루 허라구 허길래, 아 인력거 삯 안 주어도 갱기찮헌 종 알구서, 그냥 가라구 히였지!"라고 말했다. 이를 통해 윤 직원은 "그저 처분해 줍사요!"라는 인력거꾼의 말을 자신에게 유리한 대로 해석하며 돈을 지불하지 않으려고 했음을 알 수 있으므로 적절하다.

오답 피하기
① 윤 직원은 인력거꾼에게 외상을 하려 하지 않았으므로 적절하지 않다.
② 윤 직원은 인력거꾼에게 역정을 냈지만 인력거꾼은 그에게 반발하지 않고 '히죽이 웃기만' 했으므로 적절하지 않다.
③ 인력거꾼은 윤 직원이 '끝끝내 농을' 한다고 생각했으나, 윤 직원은 인력거꾼에게 농담을 하지 않았으므로 적절하지 않다.
④ 인력거꾼은 "그저 처분해 줍사요!"라고 했는데 이는 인력거 삯을 깎아 주겠다는 것이 아니라, 후하게 달라는 의도가 담긴 말이므로 적절하지 않다.

079 소재의 의미와 기능 파악   답 ③

'허긴 그놈이 작년 여름 방학에 나왔을 때버틈 그런 기미가 좀 뵈긴 했어요!'라는 말로 보아, 일부 가족은 종학이 사회주의 활동을 한다는 것을 어렴풋이 짐작하고 있었음을 알 수 있다.

오답 피하기
① 윤 직원은 둘째 손자인 종학이 경찰서장이 되기를 바랐으나 종학이 사회주의 활동에 참여했다가 피검됨에 따라 그 기대가 무너졌다.
② [중략 부분의 줄거리]를 통해 윤 직원이 '전보'를 받고서 종학이 사회주의 운동으로 피검되었음을 알 수 있다.
④ '부랑당패'는 사회주의를 빗댄 표현으로 이를 부정적으로 여기는 윤 직원의 그릇된 가치관이 담긴 말로 볼 수 있다.
⑤ 당시가 일제 강점기임을 고려할 때 '사회주의'는 일제에 맞서는 독립운동이나 저항 운동의 일종으로 볼 수 있다. 이는 부정적인 인물인 윤 직원이 '사회주의'를 '부랑당패'에 비유하거나 일제 강점기의 현실을 '오죽이나 좋은 세상', '태평천하' 등으로 인식한 것에서도 추론할 수 있다.

080 외적 준거에 따른 감상   답 ⑤

'태평천하'란 일제의 약탈을 우회적으로 비판하는 동시에, 식민지 현실에 순응하여 민족의 현실을 외면한 채 왜곡된 역사의식을 지니고 살아가는 인물들을 풍자하기 위한 반어적 표현이다.

오답 피하기
① 서술자는 '간혹 입이 비뚤어진 친구'가 윤 직원을 '광대'로 잘못 인식한다고 표현했다. 이는 격에 맞지 않게 화려하기만 한 윤 직원의 옷차림을 희화화한 것이라고 볼 수 있다.
② '일도의 방백'은 일개 도를 관장하는 수령으로 높은 지위의 벼슬아치를 가리키는 말로, 요란스러운 윤 직원의 차림새를 풍자하는 반어적 표현이다.
③ 윤 직원은 민족의식, 역사의식과는 거리가 먼 사람으로 일제 강점기의 현실을 '태평천하'라고 여기고 있다. 따라서 제목인 '태평천하'는 일제 강점기를 나타내는 반어적 표현이라고 볼 수 있다.
④ 윤 직원은 부유하면서도 인력거꾼에게 삯조차 주지 않으려고 하는데, 이는 민족을 외면하고 자신들의 안위만을 생각하는 이기적인 사람들의 모습과 관련이 있다.

[081~083] 이호철, 〈판문점〉

E 포인트

- **방법** 부분 일치
- **포인트** E교재에서는 진수가 북측 여기자와 남북 교류, 자유와 개인에 대한 인식의 차이를 드러내며 논쟁하는 장면과 소나기가 쏟아져 진수와 여기자가 지프차로 들어가는 장면을 지문으로 구성하였다. 우리 교재에서는 E교재와 마찬가지로 진수와 북측 여기자가 논쟁하는 장면과 진수가 집으로 돌아와 미래에 판문점이 없어지는 상상을 하는 장면을 지문으로 구성하여, 민족 분단의 현실과 분단 체제에 대한 작가의 인식을 파악할 수 있도록 했다. 분단 현실에 대한 비판적 의식과 분단 극복의 가능성, 인물 간의 의견 차이에 주목하여 작품을 감상하도록 한다.

- ▶ **해제** 이 작품은 민족 분단의 비극을 상징하는 1960년대 초의 판문점을 배경으로 고착화되어 가는 남북 간 이데올로기의 장벽을 밀도 있게 형상화하고 있다. 판문점에서 남북한 기자가 나누는 대화를 통해 분단으로 인한 이질감을 부각하고 분단 이데올로기가 개인의 내면에까지 뻗어 있는 당시 분단 체제의 현실을 비판하고 있다. 또한 진수의 상상을 통해 남북한 화해에 대한 바람을 드러내며 분단 극복에 대한 전망을 내비치고 있다. 이 작품은 당시 분단 상황에서의 남한 사회의 풍속을 드러냈다는 점에서도 의의가 있다.

- ▶ **주제** 분단의 아픔과 고착화된 이념 대립으로 인한 이질감

- ▶ **전체 줄거리** 신문 기자인 진수는 취재를 위해서 판문점으로 향하고, 판문점에 도착하여 북측의 기자들을 만난다. 그는 그곳에서 북측의 여기자와 남북의 체제에 대한 토론을 벌이게 되는데, 남한 사회의 속물 의식과 타락성을 고발하는 북측 여기자와 북한 사회의 이론 위주의 원칙적이고 경직된 모습을 비판하는 진수의 논쟁은 결론 없이 끝이 난다. 그러다가 진수는 갑자기 내리는 소나기에 북측 여기자의 손목을 잡고 옆에 있던 지프차에 올라탄다. 북측 여기자는 혹여 자신이 납치되는 것이 아닌가 염려하고 진수는 부드러운 말투로 그녀를 안심시킨다. 이후 그들은 지프차 안에서 서로의 솔직한 속내를 터놓고 대화를 나누며 서로의 인간적인 내면을 확인하게 된다. 이윽고 비가 그치자, 두 사람은 각자 남과 북으로 향하고 취재를 마친 진수는 서울로 돌아와 가족들을 만난다. 이후 진수는 자신의 방에서 잠을 청하지만 잠이 오지 않고, 그는 먼 훗날 판문점이 사라지게 될 날을 상상해 본다.

081 서술상 특징 파악   답 ①

남측 인물인 진수와 북측 인물인 여기자(그녀)의 대화를 통해 남북 교류와 자유에 대한 인물의 서로 다른 인식을 드러내고 있다. 이들은 각자 자신의 생각에 근거하여 상대의 주장을 비판하고 있으므로, 인물 간 대화를 통해 현실 인식의 첨예한 대립을 드러내고 있다고 할 수 있다.

오답 피하기
② '판문점'이라는 시대적 배경과 밀접한 어휘를 사용하고 있으나, 사건이 시

간적 순서대로 전개되지 않고 뒤바뀌어 진행되는 시간의 역전은 나타나 있지 않다.

③ 남측의 진수나 북측의 여기자의 성격이 변화하는 모습은 드러나 있지 않다.

④ 서술자가 진수나 북측 여기자의 시각에서 다른 인물들의 행동을 해석하고 있지 않다.

⑤ 서술자가 풍자적 어조를 활용하고 있지 않고, 중심인물인 진수에 대한 비판적 입장을 드러내고 있지도 않다.

082 인물의 심리와 태도 파악   답 ②

그녀는 교류를 하면 교류가 되는 거라고 말하고 있는데, 이는 남북 교류를 복잡하게 생각할 필요가 없고 단순하게 생각하자는 의사를 밝힌 것이다. 이를 통해 남북 교류에 대해 그녀가 우호적 시각을 갖고 있음을 추측할 수는 있다. 다만 진수는 북한의 경우와 이편 경우는 따로 있다고 하면서 남북 교류를 먹느냐 먹히느냐 하는 측면에서 보아야 한다고 하며 현실적인 시각을 드러내고 있을 뿐, 남북 교류 자체를 부정적으로 보고 있는 것은 아니다.

오답 피하기

① 남북 교류의 문제를 간단하게 생각해야 한다는 그녀의 말에 대해, 진수는 경우로서의 타산이 있기 때문에 그런 본질론은 통하지 않는다고 반박한다. 이를 통해 그녀가 본질적인 면을 중시함을 알 수 있다. 또한 진수는 각자의 경우(사정)가 있기 때문에 남북 교류에는 철저한 현실주의가 작용한다고 말하고 있는데, 이를 통해 진수는 남북 교류에 대해 현실적인 입장에서 접근하고 있음을 알 수 있다.

③ 그녀는 교류를 하면 교류가 되는 거라고 하며 패배 의식과 우유부단을 버려야 한다고 말한다. 이를 통해 그녀가 패배 의식과 우유부단을 남북 교류의 장애물로 생각하고 있고, 이러한 태도에서 벗어나 자기의 운명을 스스로 결정하는 주체적이고 적극적인 태도로 남북 교류 문제를 접근해야 한다고 생각하고 있음을 알 수 있다. 이에 반해 진수는 남북 교류는 현실적인 문제가 있어 그렇게 간단하지 않다고 하면서 신중한 태도를 보이고 있다.

④ 그녀는 자유의 진가는 일정한 도덕의식과 결부되어야 비로소 발휘된다고 하며 자유 이전에 정의가 있어야 한다고 말하고 있다. 이를 통해 그녀는 자유의 구현에 있어서 도덕과 정의가 전제되어야 한다고 생각함을 알 수 있다. 이에 대해 진수는 북한 사회에서의 모랄의 질이 일면적이라고 하면서 객관적이지 않다고 비판하고 있다.

⑤ 진수는 놀고 싶고 적당히 나쁜 짓하고 싶은 자유란 최고급이라고 하며 개인적 욕망을 추구할 수 있는 자유의 가치를 중시하는데, 이에 대해 그녀는 '썩어 빠진 거야요, 쉰 냄새가 나요, 곰팡이 냄새가……'라고 하며 그 자유는 이념에 기반한 것이 아니라 옳지 않다고 비판하고 있다.

083 외적 준거에 따른 감상   답 ④

'희한한 점포'라는 표현은 판문점이 남북 분단으로 인해 생겨난 역사적 특수성이 담긴 공간으로서, 전통적인 뜻의 '점포'와는 다른 성격을 지닌 공간이라는 의미로 사용된 것이다. 그러나 판문점을 '희한한 점포'와 같이 규정한 것은 남북 체제의 모순성을 고발한 것이 아니므로 적절하지 않다.

오답 피하기

① 남측의 진수와 북측의 여기자는 남북 교류와 각 체제에서의 자유에 대해 서로 논쟁을 벌이는데, 이를 통해 서로의 사고방식의 이질감을 확인할 수 있다. 이는 분단 의식이 고착화되면서 남북 간의 이질감이 동질감을 압도한 상황을 부각하려는 작가의 의도로 볼 수 있다.

② '빛 좋은 개살구'는 정의를 염두하지 않은 남측의 자유에 대한 북측 여기자의 비판적 시각을 드러낸 것이고, '자기조차 팽개쳐 버린 신념덩이'는 개인의 자유에 대한 관용이 없는 북측 사상에 대한 진수의 비판적 시각을 드러낸 표현이다. 이는 반공 이데올로기로 인해 분단 의식이 고착화되면서 각 체제에 대한 편견이 가득 차 있던 현실에서 비롯된 것으로 볼 수 있다.

③ 진수는 미래를 상상하며 백과사전에 판문점이 '1953년에 생겼다가 19XX년에 없어졌다.'라고 쓰일 것이라 생각했다. 이는 미래에는 분단 상황을 극복할 수 있으리라는 가능성을 드러낸 것으로 볼 수 있겠군.

⑤ '인류 역사의 기념비적 익살'은 판문점에서의 회담 기록들에 대해 후대 사람들이 내릴 평가를 진수가 상상한 것이다. 그만큼 판문점으로 상징되는 현재의 분단 상황이 얼마나 허망하고 우스꽝스러운 상황인가에 대한 인식을 드러낸 것으로 볼 수 있다.

◆ 정답 체크

본문 p. 64~93

084 ①	085 ②	086 ④	087 ⑤	088 ④	089 ①
090 ③	091 ①	092 ③	093 ⑤	094 ④	095 ④
096 ⑤	097 ⑤	098 ④	099 ①	100 ②	101 ③
102 ③	103 ⑤	104 ⑤	105 ③	106 ④	107 ④
108 ⑤	109 ④	110 ④	111 ③	112 ②	113 ⑤
114 ②	115 ④	116 ④	117 ④	118 ②	119 ④
120 ②	121 ④	122 ④	123 ④	124 ②	125 ⑤
126 ④	127 ④	128 ④	129 ④	130 ④	131 ③
132 ⑤	133 ①	134 ④	135 ②	136 ④	137 ②
138 ②					

[084~088] (가) 작자 미상, 〈전우치전〉
(나) 최동훈, 〈전우치〉

ⓔ 포인트

- **방법** (가) 작품 일치 / (나) EBS교재 외
- **포인트** EBS교재에서는 전우치가 천서를 공부하여 익힌 도술로 곤경에 처한 백성을 구하고 호조 관리와 임금을 혼란에 빠뜨리는 장면을 지문으로 구성하였다. 우리 교재에서는 고전 소설 〈전우치전〉과 이를 현대화한 시나리오 〈전우치〉를 함께 다룬 기출 지문을 선정하여 비교 감상할 수 있도록 하였다. 〈전우치전〉에서는 전우치가 선관으로 변신하여 왕에게 황금 들보를 준비하라고 명령하는 장면과, 화담이 도술을 부려 전우치를 꾸짖고 전우치가 화담을 따라 영주산으로 가는 장면을 지문으로 구성하였다. 〈전우치〉에서는 왕이 옥황상제의 아들 행세를 하는 전우치에게 속고서, 뒤늦게 전우치가 자신을 속였다는 사실을 깨닫는 장면을 지문으로 구성하였다. 인물 간의 갈등 양상, 소설과 시나리오의 차이점 등에 주목하여 작품을 감상하도록 한다.

(가) 작자 미상, 〈전우치전〉

- ▶ **해제** 이 작품은 조선 시대 때 실재했던 인물인 '전우치'의 생애를 소재로 한 소설로, 전우치의 도술 능력과 활약상을 통해 당시 지배 계층의 무능과 부패를 비판적으로 드러내고 있다. 일반적인 영웅의 일대기적 구성에서 벗어나 전우치가 도술을 부리며 일으킨 사건과 행적들을 삽화식으로 나열하는 구성을 취하고 있다는 점과, 전우치의 능력이 체제 수호가 아닌 백성 구제와 지배층 조롱에 쓰인다는 점이 특징적이다.
- ▶ **주제** 전우치의 의로운 활약
- ▶ **전체 줄거리** 고려 시대 명문가의 자손인 전우치는 구미호에게서 천서를 얻어 온갖 술법과 조화를 부릴 수 있게 된다. 과거에 뜻이 없던 전우치는 모친 봉양을 위해 선관으로 변신하여 왕 앞에 나타나 옥황상제의 명령이라면서 황금 들보를 만들어 바치라고 하자, 왕은 전국의 금을 모아 들보를 만들어 바친다.

이것이 거짓임을 알게 된 왕은 크게 분노하여 전우치를 잡아들일 것을 명령하지만, 전우치는 구름을 타고 전국을 돌아다니며 어진 일을 행하고, 탐관오리를 징벌하거나 도적의 무리를 잡아 공을 세우기도 한다. 이를 시기한 간신들이 전우치를 모함하자, 왕은 전우치를 극형에 처하라고 명령한다. 이에 전우치는 산수화 속에 나귀 한 마리를 그린 후, 그림으로 들어가 나귀를 타고 사라져 버린다. 이후 전우치는 화담 서경덕의 도학이 높음을 듣고 그를 찾아갔다가 화담의 도술로 곤욕을 당하고, 화담의 제자가 되어 영주산에 들어가 도를 닦는다.

(나) 최동훈, 〈전우치〉

- ▶ **해제** 이 작품은 고전 소설 〈전우치전〉의 전우치가 주인공인 시나리오로, 고전 소설의 '영웅적인 인물', '도술'을 모티프로 하고 있다. 전우치가 뛰어난 도술 능력으로 왕과 신하 등의 부패한 지배층을 징벌하는 소설의 내용은 시나리오 〈전우치〉에도 나타난다. 그리고 여기에 현대를 배경으로 한 사건을 덧붙여 전우치의 활약상을 흥미롭게 보여 주고 있다.
- ▶ **주제** 요괴와 맞서 싸우며 세상을 구하는 전우치의 활약상
- ▶ **전체 줄거리** 500년 전 조선 시대, 전설의 피리인 만파식적이 요괴의 손에 넘어가자, 세 명의 신선들은 천관 대사와 화담의 도움으로 요괴를 잡아 봉인하고 만파식적을 둘로 나누어 천관 대사와 화담에게 각각 맡긴다. 어느 날 천관 대사가 살해당하고 피리 반쪽이 사라지자, 신선들은 천관 대사의 제자인 전우치를 범인으로 생각하고 전우치를 그림 족자에 봉인한다. 세월이 흘러 2009년, 봉인했던 요괴들이 다시 나타나 세상을 어지럽히고, 화담을 찾지 못한 신선들은 그림 족자 속의 전우치를 불러내어 요괴들을 잡아 오면 봉인을 완전히 풀어 주겠다고 제안한다. 전우치는 달라진 세상을 즐기며 500년 전 첫눈에 반했던 여인의 환생인 서인경을 만나 인연을 맺고, 요괴를 잡는 데 필요한 청동검을 입수한다. 요괴 중 하나였던 화담은 만파식적 전부를 손에 넣고 나타나 전우치를 공격한다. 서인경은 대신선이었던 전생의 기억을 떠올려 복사꽃 가지로 화담의 옆구리를 찌르고, 전우치는 중상을 입은 화담을 굴복시켜 족자에 봉인한다.

---

084 인물에 대한 이해

답 ①

화담은 도술로써 전우치를 제압하고 전우치가 요술을 부려 '임금을 속이고 세상을 희롱'한 일을 꾸짖는다. 이에 전우치는 화담에게 목숨을 살려 달라고 한 후, 집으로 돌아와 '요술을 행치 아니하고 모친을 봉양'하는 일에 힘쓴다. 이로 보아 화담은 전우치가 요술로 세상을 어지럽히지 않도록 이끌었음을 알 수 있다.

오답 피하기

② 화담이 전우치에게 자신과 함께 '영주산에 들어가 선도를 닦'자고 제안했으므로, 화담이 전우치의 요청에 따라 선도를 닦기 위해 함께 간 것은 아니다.

③ '우치 무안하여 달아나고자 하더니 화담이 알고 변신하여 삵이 되어 달려드니', '우치를 물어 쓰러뜨리고' 등에서 알 수 있듯이, 전우치가 화담을 공격한 것이 아니라 화담이 도술을 부려 달아나는 전우치를 잡아 쓰러뜨

리며 제압하였다.

④ 화담이 전우치에게 '구미호를 잡아 돌상자에 가두고 그 굴에 불'을 지르자고 제안하자 전우치는 '선생(화담)이 그 여우를 없'애면 나라가 안정될 것이라고 말했다. 따라서 화담은 전우치에게 구미호를 퇴치하는 것이 어떻겠냐고 물어보았을 뿐, 실제로 전우치와 함께 구미호를 퇴치했는지는 이 글을 통해 알 수 없다.

⑤ 화담은 전우치에게 '그대 모친이 돌아가신 후에 나와 영주산에 들어가 선도를 닦'자고 제안했다. 그리고 화담은 전우치의 모친이 돌아가실 때까지 기다렸다가, 함께 선도를 닦기로 한 약속을 지키기 위해 전우치를 데리러 왔다.

085 외적 준거에 따른 감상　　　　답 ②

전우치는 모친을 봉양하고 모친이 돌아가신 후에는 삼 년의 예를 갖추는 모습을 보이는데, 이를 통해 전우치가 '효'를 실천하는 인물임을 알 수 있다. 그런데 전우치는 선관으로 변신하여 왕을 속이고 황금 들보를 받아 내려고 했으며, '너 같은 요술이 임금을 속이고 세상을 희롱하니'라는 화담의 말에서 알 수 있듯이 왕을 희롱하는 모습을 보인다. 이는 충(忠)과는 거리가 먼 모습에 해당한다.

오답 피하기

① 전우치는 구미호로부터 천서를 빼앗아 술법을 배우고, 천서 상권을 가지고 집으로 돌아와 이를 보고 '못 할 술법이 없'는 뛰어난 재주를 갖게 된다. 따라서 전우치가 천서를 익혀 뛰어난 능력을 갖게 되는 것은 일반적인 영웅 소설에서 주인공이 병서를 익혀 탁월한 능력을 갖게 되는 설정과 유사하다.

③ 전우치는 '과거에 뜻이 없'다고 하였는데, 이는 과거를 보고 출세하여 이름을 떨치는 입신양명의 길을 선택하지 않은 모습으로, 일반적인 영웅 소설에서 나라에 공을 세워 이름을 널리 떨치는 주인공들과는 다른 모습이다.

④ '내 벼슬하여 모친을 봉양하려 하면 자연히 더디리라.'라고 생각한 전우치는, 도술을 부려 선관으로 변신한 후 왕에게 가서 '고려국 왕은 옥황상제 전교를 들으라.'라며 옥황상제의 권위를 빌려 황금 들보를 요구하고 있다. 이는 모친 봉양을 위해 나라의 재산을 취하려는 모습으로, 일반적인 영웅 소설에서 위기에 처한 나라를 구하는 주인공의 모습과는 다른 모습이라 할 수 있다.

⑤ 〈보기〉에 제시된 선생님의 안내에 따르면, 일반적인 영웅 소설은 주인공이 부귀영화를 누리는 것으로 마무리된다고 하였다. 그런데 전우치는 재산을 흩어 노복에게 주고 자신은 화담과 함께 선도를 닦기 위해 영주산으로 향했으므로 일반적인 영웅 소설의 마무리와 다르다고 할 수 있다.

086 원작과 시나리오의 비교　　　　답 ④

[A]에서 전우치는 왕에게 옥황상제의 명이라고 하면서 황금 들보를 준비할 것을 전하고는 오색구름을 타고 남쪽으로 간다. 그런데 (나)에서는 왕이 전우치에게 속았음을 알고 분노하여 전우치를 잡는 사람에게 황금 2천 냥을 주겠다고 하자, 전우치는 돈을 막 쓴다며 왕을 비웃고는 그림 속으로 들어가 말을 타고 사라진다. 이때 전우치는 왕을 비웃은 후 그림 속으로 들어가 말을 타고 사라졌을 뿐, 돌아올 것을 예고하지는 않았다.

오답 피하기

① [A]에서 선관으로 변신한 전우치는 '동자를 좌우에 세우고 오색구름 중에

싸여 단정히' 서서 왕에게 '옥황상제 전교'를 근엄하게 전하는 모습을 보이고 있다. 그런데 (나)에서 옥황상제의 아들로 변신한 전우치는 '지상의 왕이 보기보다 아주 똘똘하구나.'라며 왕을 놀리는 듯한 말을 하거나, '유명하면 아무리 이름을 숨긴다고 숨겨지는 것도 아니고 거 참.' 등과 같이 거드름을 피우는 모습을 보인다.

② [A]에서 전우치는 '내 벼슬하여 모친을 봉양하려 하면 자연히 더디리라.' 하고 계교를 내어 선관으로 변신하여 왕에게 황금을 요구한다. 따라서 [A]에서 전우치가 왕에게 황금을 요구한 까닭은 모친 봉양과 관련됨을 알 수 있다. 한편 (나)에서 전우치는 '지상의 왕은 내가 시킨 대로 황금 1만 냥을 함경도 기근 지역에 보냈느냐?'라고 묻고 있는데, 이를 통해 전우치가 왕에게 황금을 요구한 까닭은 백성을 보살피기 위한 것임을 알 수 있다.

③ [A]에서 전우치는 왕에게 황금 들보를 마련하라고 요구하고 있는데, 만약 이 요구 사항이 제대로 실행되지 않으면 '큰 변을 내리우시리라.'라며 위협하고 있다. 이에 반해 (나)에서 전우치는 '하늘에서 그대의 덕을 높이 사 그대가 하늘로 돌아올 때 7배 70배 700배로 갚아 줄 것이다.'라고 하며 왕이 요구 사항을 실행한 것에 대해 보상을 약속하고 있다.

⑤ [A]에서 전우치는 왕에게 황금 들보를 준비하라고 요구하면서 황금 들보가 필요하게 된 배경(하늘의 궁궐을 수리하고자 하는데 황금 들보 하나가 없음), 옥황상제가 조선을 지목한 이유, 언제까지 황금 들보를 마련해야 하는지 등을 자세하게 설명하고 있다. 그런데 (나)에서는 '그제 제 꿈에 나타나 하명하신 대로 한 치 틀림없이 그렸습니다.'라는 왕의 대사를 통해 전우치가 왕에게 '황금 1만 냥을 함경도 기근 지역에 보내'라고 요구했음을 간략하게 밝히고 있다.

087 갈등의 양상 이해　　　　답 ⑤

(나)에서 전우치가 지상으로 내려올 때, 왕의 손짓에 의해 정악이 연주된다. 그런데 음악의 변화는 왕의 주문이 아닌 전우치의 손짓에 따라 '궁중 악사들이 무엇에 홀린 듯 다른 음악을 연주'하면서 나타난다. 따라서 왕과 전우치의 주문에 따라 연주되는 음악이 계속 바뀐다는 이해는 적절하지 않다. 또한 왕과 전우치의 대결에서 계속 전우치가 우위를 차지하고 있으므로, 왕과 전우치 간의 대결이 우열을 가리기 힘든 상황이라는 이해도 적절하지 않다.

오답 피하기

① 왕은 전우치를 옥황상제의 아들로 생각하고 최대한 예를 갖추어 대하였다. 그런데 전우치가 자신의 정체를 밝히자 왕이 '감히 도사 놈이 주상을 능멸해. 여봐라 이놈을 잡아라.'라고 분노를 표출하면서 전우치와 왕의 갈등이 새로운 국면으로 전환되고 있다.

② 전우치는 도술을 부려 왕을 희롱하면서 '무릇 생선은 대가리부터 썩는 법! 왕과 대신들이 기근에 시달리는 백성을 보살피지 않아 이 도사 전우치가 친히 백성들 심부름을 하고자 왔으니'라고 말하고 있다. 결국 '생선은 대가리부터 썩는 법'이라는 말은 백성들을 보살피지 않고 부패한, '왕과 대신들'과 같은 지배층을 비판한 말이라고 볼 수 있다.

③ 왕은 전우치를 옥황상제의 아들이라고 생각하여 궁중 악사들에게 정악을 연주하게 하고, 자신은 '고개를 더 낮'추며 전우치를 최고의 예우로 대하였다. 그런데 전우치가 자신의 정체를 드러내자 왕은 '감히 도사 놈이 주상을 능멸해.'라고 극도로 분노하는 모습을 보이면서, 왕과 전우치 두 사람의 갈등은 증폭된다.

④ 왕은 전우치를 '옥황상제의 아드님'으로 생각할 때에는 최고의 예를 갖추어 대하며 잘 보이기 위한 행동을 한다. 그러다가 전우치가 자신의 정체

를 밝히자 왕은 전우치를 '도사 놈'이라고 바꾸어 부르며 적대감을 드러내고 있다.

088 연출 계획의 적절성 판단   답 ④

㉣에서 전우치는 '도사는 무엇이냐?'에 대해 설명하면서 도사로서 가진 능력을 보여 주고 있다. 그런데 이때의 도술은 모두 궁궐에 있는 왕과 신하들에게 보여 주는 것이므로, 여러 공간에서 동시에 일어나는 각각의 장면을 번갈아 보여 줄 것이 아니라, 한 공간에서 전우치의 다양한 능력을 보여 주는 것으로 연출해야 한다.

오답 피하기

① ㉠은 전우치가 옥황상제의 아들로 변신하여 선녀와 천군의 호위를 받으며 지상으로 내려오는 장면이다. 이를 아래에서 위로 올려다보는 방식으로 촬영함으로써, 전우치가 지상의 사람들이 올려다보아야 하는 천상의 존재와 같음을 부각하여 전우치의 권위와 위엄이 느껴지게 표현할 수 있다.

② ㉡은 전우치가 한 거울에 관심을 가지는 장면이다. 그런데 이 장면은 '전우치가 거울에 관심을 갖고 있음을 강조'하려는 의도로 촬영하는 것이므로, 거울에 초점을 두기보다는 거울을 바라보는 전우치의 얼굴이나 눈동자를 확대하여 보여 주는 것이 적절하다.

③ ㉢에서 전우치가 대동하고 왔던 천군이 사실은 허수아비에 불과했다는 것은 왕이 전우치에게 속았음을 확인시켜 준다. 이때 왕의 시점에서 천군이 있던 자리에 놓인 허수아비를 보여 주어야, 천군의 정체를 알고 전우치에게 속은 것에 당혹감을 느끼는 왕의 심리를 효과적으로 표현할 수 있다.

⑤ 전우치는 자신을 잡는 사람에게 황금 2천 냥을 주겠다는 왕의 말에 '돈을 막 쓰는구나.'라며 조롱하고 있다. ㉤에는 이러한 전우치의 비웃음으로 언짢아하는 왕의 심리가 드러나 있다. 따라서 언짢아하는 왕의 표정과 함께 전우치의 웃음소리를 효과음으로 길게 끌면, 전우치 때문에 왕이 느끼는 불쾌감이 지속되고 있음을 효과적으로 보여 줄 수 있다.

[089~093] (가) 작자 미상, 〈영산가〉
(나) 정철, 〈장진주사〉
(다) 이제현, 〈운금루기〉

🅔 포인트

- **방법** (가) E교재 외 / (나) 전문 일치 / (다) E교재 외
- **포인트** E교재에서는 정철의 〈장진주사〉를 잡가 〈초한가〉와 엮여 제시하고 삶의 유한성을 인식하는 화자의 태도에 초점을 두어 문제를 출제하였다. 우리 교재에서는 〈장진주사〉를 유사한 주제 의식을 지닌 〈영산가〉와 함께 살펴봄으로써 각 작품에 대한 더욱 깊이 있는 이해를 도모하였으며, 경치가 아름다운 곳에 대한 새로운 인식을 담은 〈운금루기〉를 통해 인생을 즐기기 위해 필요한 삶의 태도까지 생각해 볼 수 있도록 하였다.

(가) 작자 미상, 〈영산가〉

▶ **해제** 이 작품은 조선 후기에 형성된 십이 잡가의 하나이다. 화자는 봄의 화려하고 아름다운 경치를 보며 이를 즐기고 있다. 그리고 인생무상을 한탄하며 덧없는 인생이니 자연 속에서 실컷 즐기며 살 것을 권유하는 태도를 드러내고 있다. 한자어나 중국 고사 등 당대 양반층의 언어 관습을 사용하고, 당시 유행하던 시조를 인용하는 등 다양한 계층의 언어를 사용하고 있다는 점이 특징적이다.

▶ **주제** 인생무상 및 덧없는 인생을 즐길 것을 권유함

▶ **구성**

1~3행	봄의 아름다운 경치를 즐김
4~10행	자연의 순리에 따라 자라고 늙는 인간
11~16행	인생의 덧없음을 한탄함
17~26행	인생을 실컷 즐길 것을 권유함

(나) 정철, 〈장진주사〉

▶ **해제** 이 작품은 송강 정철의 호탕한 성격이 잘 드러나 있는 우리나라 최초의 사설시조로 알려져 있다. 이 작품은 이백(李伯)의 '장진주(將進酒)'를 연상시키는 권주가(勸酒歌)이다. 전반부에서는 꽃을 꺾어서 술잔을 세는 낭만적인 분위기가 제시되지만, 후반부에서는 쓸쓸하고 적막한 분위기를 조성하여 삶의 허무함을 효과적으로 드러내고 있다. 고사성어나 한자를 피하고 우리말을 시어로 선택하여 대중과의 공감대를 확보한 작품으로 평가받고 있다.

▶ **주제** 술로 달래는 인생의 무상감

▶ **구성**

초장	술을 마실 것을 권함
중장	죽은 후에는 술을 권할 이가 없음을 안타까워함
종장	죽은 후에 풍류를 즐기지 못한 것을 후회해도 소용없음

(다) 이제현, 〈운금루기〉

▶ **해제** 이 작품은 통념에서 벗어난 새로운 인식의 가치와 중요성에 대한 교훈을 담고 있는 수필이다. 작가는 뭇사람들이 아름다운 경치를 지닌 곳이 궁벽하고 거리가 먼 지방에만 있을 것이라고 여기는데, 그렇지 않다는 것을 '운금루'라는 누각을 통해 이야기하고 있다. '운금루'는 권렴이 지은 것으로, 사람들이 모여 사는 곳 가까운 데에 위치하면서도

아름다운 경치를 조망할 수 있다. 작가는 권세를 누리면서도 가까운 곳에서 아름다운 경치를 발견하여 그것을 즐길 누각을 지은 권렴을 칭찬함으로써, 통념에서 벗어난 새로운 인식의 가치를 강조하고 있다.

▶ 주제   운금루를 통해 본 경치가 아름다운 곳에 대한 새로운 인식
▶ 구성

처음	아름다운 경치를 지닌 곳이 궁벽한 곳에 있을 것이라고 여기는 사람들의 통념
중간	권렴이 가까운 곳에 아름다운 경치를 볼 수 있는 '운금루'를 지음
끝	권렴에 대한 긍정적 평가

089   표현상 특징 파악   답 ①

(가)는 '산 절로 수 절로 하니 산수 간에 나도 나도 절로'에서 '절로'라는 시어를 반복하고 있고, (나)는 '한 잔 먹세그려 또 한 잔 먹세그려 꽃 꺾어 수 놓고 무진 무진 먹세그려'에서 '먹세그려'라는 시어를 반복하고 있다. 이처럼 (가)와 (나)는 동일한 시어를 반복하여 운율감을 형성하고 있다.

오답 피하기
② (가)의 '황금'과 '청송', (다)의 '푸르른'은 색채를 나타내는 시어이지만 색채 대조를 통해 계절의 흐름에 따른 경물의 변화를 묘사하고 있지 않다. 또한 (다)의 '붉은 꽃'과 '푸른 잎'은 색채가 대조되고 있지만 이는 연못의 아름다운 모습을 묘사한 것으로, 역시 계절의 흐름에 따른 경물의 변화를 묘사하고 있지 않다.
③ (가)와 (나) 모두 덧없는 인생을 즐길 것을 권유하는 작품으로, 역설적 표현이 나타나지 않을 뿐만 아니라 이를 통해 당시 사회의 모습을 풍자하고 있지 않다.
④ (나)는 '뉘 한 잔 먹자 할꼬', '뉘우친들 어찌하리'에, (다)는 '어찌 뛰어나게 그윽하고 훤칠하게 넓은 지역이 이 안에 있을 줄 알랴?', '어찌 그것뿐이랴?', '또한 어찌 누각에 있는 사람을 알겠는가?' 등에 의문의 형식이 나타나지만, 이는 설의법에 해당한다. 따라서 (나)와 (다) 모두 묻고 답하는 방식을 통해 대상에 대한 친밀감을 나타내고 있지 않다.
⑤ (가)는 '물은 콸콸'에서 음성 상징어를 사용하여 대상을 역동적으로 묘사하고 있으나, (다)는 음성 상징어를 통해 대상을 역동적으로 묘사하고 있지 않다.

090   시구의 비교 이해   답 ③

[B]에는 '지게 위에 거적 덮어 졸라매 메고 가나'에 초라하게 장례를 치르는 모습이 나타나 있고, '오색실 화려한 휘장에 만인이 울며 가나'에 화려하게 장례를 치르는 모습이 나타나 있다. 따라서 [B]에는 서로 다른 장례의 모습이 대조적으로 제시되어 있다. 그러나 [A]에는 '칠성포로 질끈 묶어 소방상 댓돌 위에 / 두렷이 메고 갈 때'라고 하여 삼베와 작은 상여로 초라하게 장례를 치르는 모습이 나타나 있을 뿐이다.

오답 피하기
① [A]는 '나와 같은 초로인생 한번 끔찍 죽어지면'에서, [B]는 '이 몸 죽은 후면'에서 화자가 죽은 뒤의 상황을 가정하고 있다.

② [A]는 '궂은비는 세우 섞어 함박으로 퍼붓는데'에서, [B]는 '가는 비 굵은 눈 회오리바람 불 제'에서 비가 오고 눈이 내리는 날씨를 통해 무덤가의 쓸쓸한 모습을 나타내고 있다.
④ [A]는 '이러한 영웅들은 사후유명 되려니와 / 나와 같은 초로인생 한번 끔찍 죽어지면 ~ 두견새로 벗을 삼아 주야장천 누웠으니'에서 죽은 후에 이름을 남기는 영웅들과 그냥 자연에 묻히는 화자 자신을 비교하여 죽음에 대한 허무감을 드러내고 있다. 그러나 [B]에는 '이 몸 죽은 후면'이라고 하여 화자 자신의 죽음만 나타나 있다.
⑤ [A]의 '산은 요요 물은 콸콸 이것이 낙이로다'는 죽은 뒤의 낙을 나타내는 것으로, 이는 살아생전의 즐거움과 차이가 있다. 화자는 '이러한 일 생각하면 아니 놀고 무엇 하리'라고 하여 죽은 뒤에는 살아생전의 즐거움을 즐길 수 없음을 강조하며 살아 있는 동안 즐겨야 한다는 주제 의식을 전하고 있다. [B]의 '뉘 한 잔 먹자 할꼬'는 죽은 뒤에는 술을 권하는 사람이 없을 테니 살아생전에 마음껏 술을 마시며 즐기자는 주제 의식을 전하고 있다.

091   시구의 의미 이해   답 ①

'절로 난 몸이 늙기도 절로 하리'의 앞부분 '산 절로 수 절로 하니'는 저절로 이루어지는 자연의 순리에 대한 내용이고, '산수 간에 나도 나도 절로'는 자연 속에서 자연의 순리에 따라 자란 '나'라는 의미이다. 이러한 맥락에서 '절로 난 몸'은 자연의 순리에 따라 태어난 몸이라는 의미가 되고, '늙기도 절로 하리'는 자연의 순리대로 늙는다는 의미가 된다. 따라서 여기에는 자연의 흐름에 따라 늙는 것을 순리로 받아들이는 순응적 태도가 담겨 있다.

오답 피하기
② '화류 장대 고운 여자 / 너희 얼굴 곱다 하고 자랑하지 말려무나'로 보아 '자랑하지 말려무나'는 시끄럽게 지저귀는 '꾀꼬리'가 아니라 '화류 장대 고운 여자'에게 젊음과 아름다움을 자랑하지 말라는 경계를 담고 있다.
③ '낙양성 십리허에 높고 낮은 저 무덤은 / ~ 절대가인이 몇몇이냐'는 '높고 낮은 저 무덤'에 '절대가인이 몇이나 묻혔냐'는 의미로, 절대가인도 결국 죽었으며 누구도 죽음을 피할 수 없다는 인생의 무상감이 담겨 있다.
④ '통일천하 진시황은 ~ 몇 만 년을 살자 하고 ~ 기천만 년 살겠더니'는 진시황이 온갖 부귀영화를 누리면서 불로불사를 추구했다는 내용이다.
⑤ '사구평대'는 진시황이 죽은 곳을 의미하고, '여산청초'는 진시황이 묻힌 여산의 풀을 의미한다. 즉 '여산청초 속절없다'는 온갖 부귀영화를 누리면서 불로불사를 추구했던 진시황도 결국 죽어 속절없다(단념할 수밖에 달리 어찌할 도리가 없다)는 의미로 인생의 덧없음이 담겨 있다.

092   글쓴이의 태도 이해   답 ③

(다)의 3문단 '나는 한번 가 보니 향기로운 붉은 꽃과 푸른 잎의 그림자가 가없이 펼쳐져 이슬을 머금고 바람에 흔들리며, 연기 낀 파도에 일렁이어 소문이 헛되지 않다고 할 만했다.'를 보면 글쓴이는 운금루에 대한 소문이 헛되지 않을 만큼 운금루에서 바라본 풍경이 아름답다고 생각하고 있음을 알 수 있다. (다)에는 권렴이 운금루를 지어 가족들, 손님들과 즐겼다는 내용이 나타나 있을 뿐 권렴에 대한 세간의 소문은 나타나 있지 않으며, 따라서 운금루에 가 보니 권렴에 대한 세간의 소문이 헛되다는 것을 깨달았다는 내용은 (다)의 글쓴이의 생각으로 적절하지 않다.

오답 피하기

① (다)의 1문단의 '서까래는 다듬지 않았지만 굵지도 않고 약하지도 않으며, 벽토는 단청하지 않았지만 화려하지도 않고 누추하지도 않아 대략 이러한데 온 못의 연꽃을 모두 차지하고 있다.'라는 내용에서, 글쓴이가 운금루는 비록 소박하지만 경치를 구경하는 데 부족함이 없다고 생각하고 있음을 알 수 있다.

② (다)의 3문단의 '건너편 여염집들의 집자리 모양을 가만히 앉아서 볼 수 있으며, ~ 존장을 만나서 달려가 절하는 사람들이 또한 모두 모습을 감출 수 없어 바라보노라면 즐겁기 그지없다.'라는 내용에서, 글쓴이가 운금루에서 여염집의 모양과 사람들을 구경하는 것은 즐거운 일이라고 생각하고 있음을 알 수 있다.

④ (다)의 4문단의 '권렴은 허리에 만호후의 병부를 차고 외척의 권세를 누리면서, 나이는 아직 옛날 강사하던 나이가 채 못 되니, 부귀와 이록에 빠져 취하기 십상인데도 능히 인자와 지자들이 좋아하던 바를 좋아하며'라는 내용에서, 글쓴이가 권렴을 세상의 부귀영화를 추구할 수 있지만 이에 몰두하지 않은 인물로 평가하고 있음을 알 수 있다.

⑤ (다)의 4문단의 '갑자기 뛰어나게 그윽하고 훤칠하게 넓은 지역을 ~ 찾아내어 소유해서 어버이를 즐겁게 하고 손님에게까지 미치며, 자신을 즐겁게 하고 남에게까지 미치니, 이야말로 가상하다.'라는 내용에서, 글쓴이가 권렴이 운금루를 지은 것은 자신뿐만 아니라 다른 사람도 즐겁게 한 가상한 일이라고 평가하고 있음을 알 수 있다.

093 외적 준거에 따른 감상 답 ⑤

〈보기〉에서 (다)는 '가까운 곳에서 아름다움을 발견하고 이를 즐기기 위한 삶의 태도를 제시하고 있다'고 하였다. (다)의 마지막 문단에서 권렴이 '인자와 지자들이 좋아하던 바를 좋아'한다는 것은 '인자요산 지자요수(仁者樂山知者樂水)'에서 온 말이다. 즉 지혜로운 사람은 물을 좋아하고, 어진 사람은 산을 좋아한다는 것으로 '인자와 지자들이 좋아하던 바'는 산과 물, 즉 자연을 가리킨다. 결국 권렴이 '인자와 지자들이 좋아하던 바를 좋아'한다는 것은 자연을 즐긴다는 의미이다. (다)에서 글쓴이는 경치가 아름다운 곳에 대한 기존의 통념을 비판하며, 마음의 여유를 가지고 가까운 곳에서 아름다움을 발견할 줄 알아야 한다는 삶의 태도를 전하고 있을 뿐, 아름다운 경치를 즐기기 위해서 마음의 수양이 필요하다고는 말을 하고 있지 않다.

오답 피하기

① 〈보기〉에서 '(가)는 자연물과 인간의 대비를 통해, ~ 삶의 덧없음을 강조'하고 있다고 하였다. (가)를 보면 '뒷동산에 피는 꽃'은 내년 삼월에도 다시 피지만, 화자와 같은 초로인생(草露人生, 풀잎에 맺힌 이슬과 같은 인생, 허무하고 덧없는 인생)은 한번 죽으면 다시 살아날 수 없다고 한탄하고 있다. 이는 무한한 자연과 유한한 인간을 대비함으로써 삶의 덧없음을 나타내고 있다고 할 수 있다.

② 〈보기〉에서 '(나)는 살아 있을 때의 즐거움과 죽은 뒤의 초라함의 대비를 통해 삶의 덧없음을 강조'하고 있다고 하였다. (나)의 '꽃 꺾어 수 놓고 무진 무진 먹세그려'는 꽃가지를 꺾어서 잔 수를 세어 가면서 술을 마음껏 마시자는 의미이다. 이는 술을 먹는 모습을 낭만적으로 묘사한 것으로, 살아생전의 즐거움을 마음껏 즐기는 모습이라 할 수 있다.

③ 〈보기〉에서 (가)와 (나)는 모두 '살아생전에 인생을 마음껏 즐기자는 주제 의식을 전달하고 있다'고 하였다. (가)의 '노류장화를 꺾어서 들고 마음대

로만 놀아 보세'에서 '노류장화'는 길가의 버들과 담 밑의 꽃으로, 기생을 비유적으로 이르는 말이다. 이는 살아생전에 풍류를 즐기자는 의미로 해석될 수 있다. (나)의 '뉘우친들 어찌하리'는 뉘우쳐도 소용없다는 의미로, 죽어서 후회하지 말고 살아생전에 마음껏 즐기자는 의미를 담고 있다.

④ 〈보기〉에서 '(다)는 글쓴이가 자신의 경험을 바탕으로 경치가 아름다운 곳에 대한 사람들의 통념을 비판'한다고 하였다. (다)의 3문단에서 운금루에 가 본 글쓴이가 '진실로 올라가 구경할 만한 경치가 반드시 궁벽하고 거리가 먼 지방에만 있는 것이 아닌데, 조정이나 시장에만 마음이 쏠리고 눈이 팔려 우연히 만나면서도 있는 줄을 알지 못한 것'이라고 한 것은 가까운 곳에도 구경할 만한 곳이 있다는 의미로, 경치가 아름다운 곳이 반드시 궁벽하고 거리가 먼 지방에만 있다고 생각하는 사람들의 통념을 비판하고 있는 부분이다.

E 포인트

- **방법** (가) E교재 외 / (나) E교재 외 / (다) 전문 일치
- **포인트** E교재에서는 김창흡의 〈낙치설〉을 현대시인 박목월의 〈경사〉, 박재삼의 〈겨울나무를 보며〉와 엮어 제시하고, 노화(老化)로 인한 깨달음, 성숙에 초점을 두어 문제를 구성하였다. 우리 교재에서는 동일한 방식으로 '현대시 + 현대시 + 고전 수필'의 갈래 복합 지문을 구성하되, '비애감'이라는 정서에 주목하여 현대시를 김광균의 〈노신〉, 문정희의 〈이별 이후〉로 제시하였다.

(가) 김광균, 〈노신〉

▶ **해제** 이 작품은 예술가인 시인으로서의 신념과 생활인인 가장으로서의 현실적 문제 사이에서 갈등을 겪었던 작가의 경험을 담아낸 시이다. '잠들은 아내와 어린 것'을 부양해야 하는 처지의 화자는 먹고사는 것으로 인해 고통받고, 결국 '시를 믿고 어떻게 살아가나'라는 고민으로 잠을 이루지 못한다. 이렇듯 화자가 한밤중에 등불을 켜고 담배를 문 채 고뇌에 빠져 있을 때 문득 떠오른 인물이 있으니, 그는 곧 중국의 문인인 '노신'이다. 화자는 노신과 자신을 동일시하며, 그처럼 자신도 힘겨운 현실 속에서도 절망하지 않고 살아가겠다고 다짐하고 있다.

▶ **주제** 현실과 이상 사이에서 겪는 갈등과 극복 의지

▶ **구성**

1연	현실적인 생활과 시인으로서의 신념 사이에서 갈등함
2연	노신을 떠올리며 현실 극복 의지를 다짐

(나) 문정희, 〈이별 이후〉

▶ **해제** 이 작품은 이별의 슬픔 속에서 임에 대한 사랑이 잊혀 가는 상황에 대해 안타까워하는 마음을 형상화한 시이다. 화자는 '너'와 이별한 시간을 '내 피의 달력으론 십 년'이라고 표현하며 이별의 괴로움을 토로하고 있다. 그런데 화자는 그보다 더 슬픈 것이 '너'의 존재가 일상 속에서 잊혀 가는 것이라서 이별의 아픔으로 차라리 죽는 것이 소원이라고 말하고 있다. 이는 일상의 현실에서 '너'와의 사랑과 추억이 사라지는 것에 대한 괴로움과 두려움을 강조한 것이다.

▶ **주제** 이별의 고통과 잊히는 사랑에 대한 안타까움

▶ **구성**

1연	'너'와 이별한 이후의 고통스러운 시간
2연	일상에서 '너'가 잊혀 가는 것에 대한 슬픔
3연	'너'를 잊어 가는 것에 대한 안타까움
4연	'너'를 잊고 싶지 않다는 간절한 바람
5~6연	'너'와의 사랑이 잊혀 가는 것에 대한 슬픔

(다) 김창흡, 〈낙치설〉

▶ **해제** 이 작품은 글쓴이가 예순여섯 살에 앞니가 빠지는 경험을 한 것이 계기가 되어 자신의 삶을 성찰하고 새롭게 깨닫게 된 인생의 의미를 밝힌 한문 수필이다. 글쓴이는 갑작스럽

게 이가 빠지게 되자 책을 제대로 읽지 못하는 등 여러 불편을 겪게 된다. 하지만 글쓴이는 이를 통해 그동안 자신이 나이에 맞지 않게 무리하게 생활해 온 것을 반성하며, 순리대로 살아야겠다고 다짐하고 있다. 나이가 드는 것을 자연스러운 현상으로 받아들이고, 인생의 도를 터득하며 살겠다는 뜻을 밝힌 것이다. 이처럼 이 작품에는 삶에서 겪는 시련을 새로운 깨달음의 계기로 삼은 글쓴이의 경험과 생각이 솔직하고 담백하게 드러나 있다.

▶ **주제** 이가 빠진 일을 통해 깨닫게 된 참된 인생의 의미

▶ **구성**

전반부	이가 빠진 경험을 통해 나이에 맞지 않게 살려고 했던 과거의 삶을 반성함
후반부	노인으로서 분수에 맞게, 순리에 순응하며 사는 것이 바람직한 삶임을 깨달음

094 작품의 공통점 파악 답 ④

(가)에서는 '여기 하나의 ~이 있다'의 반복을 통해 괴로운 현실에 절망하지 않고 굳세게 살아가겠다는 의지를 드러내고 있다. (나)에서는 '~의 ~으론 되었다'와 '나 슬픈 것은 ~ 일이다'의 반복을 통해 이별에 따른 괴로움과 사랑하는 사람이 잊히는 것에 대한 안타까움을 드러내고 있다. 즉 (가)와 (나) 모두 유사한 통사 구조를 반복해 주제 의식을 부각한다는 공통점이 있다.

오답 피하기

① (가)에서는 '노신이여'처럼 영탄적 표현을 통해 대상에 대한 경외감을 드러내고 있지만, (나)에서는 경외감을 드러내기 위해 영탄적 표현을 활용하고 있지 않다.

② (가)에서는 '곤두박질해', '씻어 내린다'처럼 하강적 이미지를 통해 화자의 괴로움을 부각할 뿐, 상승적 이미지를 활용해 역동적 분위기를 조성하고 있지는 않다. (나)에서도 역동적 분위기를 조성하기 위해 상승적 이미지를 활용하고 있지는 않다.

③ (나)의 '가득'은 의태어로 볼 수 있지만 (가)는 의성어나 의태어 등의 음성 상징어를 사용하고 있지 않다.

⑤ (가)의 '너'는 화자를 고통스럽게 하는 시련을 의미하고, (나)의 '너'는 이별한 임을 의미한다. 이처럼 (가)와 (나) 모두 '너'라는 청자가 설정되어 있다고 볼 수 있지만, 이들에게 바람직한 행위의 실천을 당부하고 있지 않다.

095 외적 준거에 따른 감상 답 ④

(나)의 '옛날 옛날 적 / 그 사람 되어 가며 / 그냥 그렇게 너를 잊는 일이다'에서 화자는 사랑했던 '너'가 이별 후 과거의 존재로 잊히는 것을 슬퍼하고 있다. 즉 이는 과거의 사랑이 일상의 삶 속에서 잊혀 가는 데 대한 화자의 비애감을 나타낸 것일 뿐, 현재의 사랑이 과거의 사랑처럼 쉽게 잊힐까 두려워하는 비애감을 표현한 것은 아니다. (나)에 현재의 사랑은 나타나지 않는다.

오답 피하기

① (가)에서 '먹고 산다는 것'은 시인으로서 지닌 신념을 좌절하게 만드는 생계의 문제를 표현한 것이다. '시를 믿고 어떻게 살아가나'는 생계의 어려움으로 인해 시인으로서의 신념을 지키기 어려운 처지가 된 화자의 비애감을 드러낸 것이라 할 수 있다.

② (가)에서 '여기 하나의 굳세게 살아온 인생이 있다.'는 이상과 현실 사이에서 갈등하던 화자가 노신을 떠올리며 노신처럼 삶의 비애를 극복하겠다는 의지를 드러낸 것이라 할 수 있다.

③ (나)에서 '세상의 달력으론 열흘 되었고 / 내 피의 달력으론 십 년 되었다'의 '세상의 달력으론 열흘'은 이별을 한 물리적 시간을 나타낸 것이고, '피의 달력으론 십 년'은 이별을 한 후 느끼는 심리적 시간를 나타낸다. 이렇게 두 시간 간에 차이가 난다는 것은, 이별로 인해 화자가 느끼는 비애감이 매우 크다는 것을 강조한 것이라 할 수 있다.

⑤ (다)에서 '이 마음을 유지할 수가 없으니 이것이 슬퍼할 만한 것 중의 큰 일이다.'는 이가 빠져 소리 내어 글을 읽을 수 없게 되어 만년에도 책을 읽으며 공부하려는 마음을 유지할 수 없게 된 상황을 나타낸다. 즉 글쓴이는 이가 빠짐으로써 평소 지니고 있던 마음을 유지할 수 없어 비애감을 지니게 된 것이다.

096 글쓴이의 관점 파악 답 ⑤

(다)의 글쓴이는 늙음을 편안하게 여기는 사람은 기쁘게 화평함에 처하고 천리를 즐겨 근심하지 않으며 요절과 장수(죽음과 삶)를 마음으로 따지지 않는다고 하였다. 따라서 (다)의 글쓴이가 나이가 들면 인생을 즐길 수 없고 죽음에 대비해야 한다고 생각했다는 것은 적절하지 않다.

오답 피하기

① (다)의 글쓴이는 이가 빠진 후 책을 읽을 때 발음이 새서 경전 읽기를 그만두었다. 하지만 경전 외는 것이 매끄럽지 못하고 보니 마음을 살필 수 있었고 마음을 살피면 도가 모이니 이가 빠진 일로 얻는 것이 더 많다고 생각하고 있다.

② (다)의 글쓴이는 이가 빠지기 전에는 자신이 건강하다는 자부심을 지니고 있었지만, 이가 빠져 얼굴이 일그러지자 늙어서도 젊은 사람처럼 분수에 맞지 않게 살아왔음을 반성하게 되었다.

③ (다)의 글쓴이는 예전에는 예순이 넘은 나이에 맞는 삶의 방식을 서술한 《예기》의 내용을 따르지 않았지만, 이가 빠진 후에는 《예기》의 뜻과 어긋난 자신의 행동이 잘못되었다고 뉘우치고 있다.

④ (다)의 글쓴이는 이가 빠진 일이 슬프기는 하지만, 오히려 이가 빠져 살코기가 아닌 담백한 음식을 섭취하여 복을 온전히 유지할 수 있는 이점도 있다고 생각하였다.

097 소재의 기능 파악 답 ⑤

(가)의 화자에게 ㉠은 자신과 유사하게 괴로운 처지에 놓였음에도 이를 극복했던 인물로, 화자는 ㉠을 떠올리며 생계로 인해 시인의 신념을 지키기 어려운 상황을 극복하겠다는 마음을 지니게 된다. (다)의 글쓴이는 ㉡이 자신처럼 나이가 들어 건강이 나빠졌지만 오히려 이를 새로운 깨달음의 계기로 삼았음을 떠올리며, 이가 빠져 오히려 얻는 것이 많다는 인식으로 나아가고 있다. 이처럼 ㉠과 ㉡은 화자와 글쓴이가 자신들의 문제 상황을 극복하는 데 모범으로 삼은 인물들이라 할 수 있다.

오답 피하기

① (가)의 화자는 자신이 문제 상황에 놓여 있음을 인지하였을 뿐, 자신의 현실 인식에 문제가 있다고 여기지는 않았다.

② (가)의 화자는 스스로에게 '시를 믿고 어떻게 살아가나'라는 질문을 던지며 ㉠을 떠올릴 뿐, ㉠이 '나'에게 질문을 던지지는 않았다.

③ (가)의 화자는 ㉠과 자신을 동일시하며 가난하지만 신념을 지키며 굳세게 살아가겠다고 현재의 삶을 성찰하고 있다. (다)의 글쓴이는 ㉡을 통해 이가 빠진 현재 자신의 모습을 성찰하고 있다. 하지만 (다)의 글쓴이가 자신과 ㉡을 동일시하고 있지는 않다.

④ (가)의 화자나 (나)의 글쓴이가 모두 과거의 마음을 회복하겠다는 태도를 갖지는 않았다.

098 관련 작품 이해의 적절성 파악 답 ④

(다)의 글쓴이의 생각으로 미루어 볼 때, 〈보기〉에서 '편안한 잠자리'는 여유를 가지고 노년의 삶을 살기 위해 갖추어야 할 최소한의 요건이다. 따라서 '편안한 잠자리'가 자신의 건강을 자부하며 살았던 과거의 삶과 관련된다는 것은 적절하지 않다. '고기'는 이가 빠지기 전에 누렸던 글쓴이의 과거의 삶과 관련된다.

오답 피하기

① 〈보기〉에서, 떨어져 돌이 되는 '별'과 가을이 되면 떨어지는 '나뭇잎'은 나이가 들어 빠진 글쓴이의 '이'에 대응되는 자연물이다.

② 〈보기〉에서, '이것은 절로 그리되는 일'은 여름내 무성하던 잎이 가을이 되어 떨어지는 자연 현상을 이르는 것으로, 나이가 들면 쇠약해지는 것이 순리임을 표현한 것이다.

③ 〈보기〉에서, '내 마음을 지키려' 한다는 것은 이가 빠진 글쓴이가 이제부터라도 노인으로서 분수를 지키며 살겠다는 다짐을 나타낸 것이다.

⑤ '정신이 깨어 있는 자'는 육체적으로는 늙었지만, 정신적으로는 늙음을 편안하게 여기며 여유롭게 살아가는 경지에 오른 사람을 의미한다.

099 시구의 의미 파악 답 ①

ⓐ의 '밤눈'은 생활고로 괴로워하는 화자가 '잠들은 아내와 어린것의 베개 맡'에 내린다고 여기는 것으로, 가장으로서 더 무거워만 가는 책임감, 혹은 깊어 가는 근심 등을 상징하는 소재로 볼 수 있다. 따라서 '밤눈'이 괴로운 화자에게 위안을 주는 가족의 사랑을 상징한다는 진술은 적절하지 않다.

오답 피하기

② ⓑ의 '돌팔매'는 생계를 유지하느라 '무수한 손에 뺨을 얻어맞'으며 살아가는 화자에게 가해지는 시련이나 고난 등을 의미한다.

③ ⓒ의 '등불'은 괴로운 처지의 화자가 일어나 켠 것으로 노신이 살았다는 '상해 호마로 어느 뒷골목'의 '등불'을 연상하게 한다. 따라서 '등불'은 화자가 노신을 떠올리게 하는 계기가 되는 소재라 할 수 있다.

④ ⓓ의 '밥알 떠 넣는 일'은 끼니때가 되면 화자가 어김없이 반복하는 것으로, '밤 오면 잠'드는 일과 마찬가지로 이별 후에도 변함없이 일상을 살아가는 화자의 모습을 드러내는 행위라 할 수 있다.

⑤ ⓔ의 '원'은, '너'가 잊히는 것을 '진실로 슬픈 것'으로 인식하는 화자가 죽더라도 '너'를 잊는 일이 일어나지 않기를 바라는 마음을 드러낸 것이라 할 수 있다.

ⓔ 포인트

• 방법   (가) 작품 일치 / (나) E교재 외
• 포인트   E교재에서는 은희경의 〈새의 선물〉과 주요섭의 〈사랑손님과 어머니〉를 단독 지문으로 제시하였다. 우리 교재에서는 두 작품의 서술자가 모두 어린아이 '나'이지만 인식과 태도 면에서 차이를 보인다는 점에 주목하여 두 작품을 엮어 갈래 복합 지문을 구성하였다. 이때, 〈새의 선물〉은 '나'의 시점과 관련한 특징이 가장 잘 드러나는 부분을 선정하고, 〈사랑손님과 어머니〉는 원작을 각색한 시나리오로 제시하여 각 작품을 보다 깊이 있게 감상할 수 있도록 하였다.

(가) 은희경, 〈새의 선물〉

▶ 해제   이 작품은 30대 중반을 넘긴 주인공 '나'가 12살 무렵의 어린 시절을 회상하는 방식으로 구성된 액자 소설이며 성장 소설이다. 아직 성숙하지 못한 주인공들이 성장해 가는 과정을 그린 일반적인 성장 소설과 달리 주인공 '나'는 열두 살에 성장이 멈췄고 더 이상 성숙할 것이 없다고 이야기한다. 이런 '나'가 주변 사람들의 삶을 예리하게 관찰하는 내용으로 작품이 전개되는데, 그 과정에서 삶에 대한 '나'의 냉소적인 시각을 엿볼 수 있다. 또한 작가는 '나' 주변의 여성들의 삶을 통해 가부장적인 사회의 문제점에 대해서 생각해 보게 하고 있다.

▶ 주제   12살 소녀가 바라본 어른들의 삶과 자신의 성장기

▶ 전체   진희는 열두 살 어린아이로, 어릴 적 어머니를 잃고 할머니,
줄거리 삼촌, 이모와 함께 산다. 삼촌은 서울대 법대생이고 이모는 동네 아이들을 모아다가 영어를 가르치는 일을 한다. 이모는 영어 펜팔이 취미인데, 경자 이모의 소개로 알게 된 이형렬이라는 남자와 펜팔을 하다 연애까지 하게 된다. 삼촌은 휴교령이 내려지자 허석이라는 친구와 함께 집으로 내려온다. 진희는 허석이 동산에서 하모니카를 부는 모습에 첫눈에 반하는데, 허석은 진희의 이모에게만 관심이 있다. 이형렬이 경자 이모와 바람이 나면서 실연당한 이모는 허석과 다정한 사이가 된다. 시간이 흘러 유지 공장에 불이 나 경자 이모가 죽게 되고, 허석도 떠난다. 진희가 동산에서 하모니카를 부는 남자를 발견했지만 그는 허석이 아니라 낯선 남자라는 걸 알게 된다. 그해 겨울, 진희는 그동안 존재를 모르고 살았던 아버지를 만나 할머니와 이모 곁을 떠난다.

(나) 주요섭 원작 · 임희재 각색, 〈사랑방 손님과 어머니〉

▶ 해제   이 작품은 주요섭 원작의 소설을 각색한 시나리오이다. 소설과 달리 '선호', '정숙'이라는 주인공들의 이름이 설정되었고, 소설에 나타나 있지 않은 인물들이 각색 과정에서 추가되어 극의 재미를 더하고 있다. 그러나 주제와 내용의 큰 줄기는 동일하여 여성의 개가(改嫁)를 부정적으로 인식하던 봉건적인 사회 분위기 속에서 일어나는 어머니와 사랑방 손님 사이의 연정과 갈등을 섬세하게 그리고 있다. 또한 남편에 대한 사랑, 아이를 위한 희생이라는 가치와 여성을 억압하는 인습에 대한 비판이 혼재되어 나타나 있다.

▶ 주제   사회적 인습에 억압받는 사랑방 손님과 어머니의 사랑

▶ 전체   홀로 된 어머니와 단둘이 살고 있는 우리 집에 아버지의
줄거리 친구였다는 아저씨가 하숙을 한다. 아저씨는 이 동리 학교 선생님으로 온 것이다. 아버지가 쓰던 사랑에서 지내게 된 아저씨는 '나'와 금방 친해진다. 아버지가 없는 '나'는 아저씨가 아버지가 되어 주었으면 좋겠다는 생각을 하게 된다. 그래서 어느 날 아저씨에게 불쑥 그 말을 꺼냈더니 아저씨는 까닭 없이 얼굴을 붉히며 못쓴다고 말했는데, 그 목소리가 몹시 떨렸다. 또 유치원에서 가져온 꽃을 아저씨가 갖다 주라고 했다고 거짓말을 하며 어머니에게 주었을 때 어머니의 얼굴도 빨개졌다. 어느 날 밤 어머니는 달빛 속에서 아버지의 옷을 꺼내 보고 있었다. 아저씨나 어머니는 '나'는 잘 모르는 깊은 시름에 빠져 있는 것 같았다. 어머니가 종이가 든, 아저씨의 손수건을 '나'를 통해 전한 며칠 뒤 아저씨는 예쁜 인형을 '나'에게 주고 영영 집을 떠나 버린다. 어머니는 '나'의 손을 잡고 뒷동산으로 올라가 아저씨가 탔을 기차를 바라본다. 어머니는 요즈음 가끔 치던 풍금 뚜껑을 닫고 찬송가 책갈피에 끼워 놓았던 마른 꽃송이도 버린다. 매일 사던 달걀도 이젠 사지 않게 되었다.

100 인물의 특성 파악   답 ②

(가)의 '나처럼 일찍 세상을 깨친 아이들은 어른들이 바라는 어린이 행세를 진짜 어린이 수준밖에 못 되는 아이들보다 훨씬 더 그럴듯하게 해낸다. 그래서 어른들 비밀의 겉모습은 조금 엿봤을망정 그 비밀의 본질에 대해서는 아무것도 모르는 척 행동한다.'라는 내용을 통해 '나'가 어른들의 비밀을 알고도 모르는 척하는 조숙한 아이라는 것을 알 수 있다. 반면, (나)의 '옥희'는 '정말 요새 와서 우리 엄마는 참 이상해지셨답니다.'라고 말하는 것으로 보아, 어머니가 이상한 행동을 보이는 이유나 어머니와 아저씨 사이의 일에 대해 전혀 이해하지 못하는 순진한 아이라는 것을 알 수 있다. 따라서 (가)의 '나'는 (나)의 '옥희'와 달리 어른들의 비밀을 알고도 모르는 척하는 인물이라고 할 수 있다.

오답 피하기

① (가)의 '나는 사람들의 마음속에 그런 비굴함이 있다는 것을 진작에 알았다.'에서 '나'가 어른들에 대해 부정적인 생각을 갖고 있다는 것을 알 수 있다. 하지만 어른들의 불합리한 면을 비판하는 모습을 보이고 있지는 않다. (나)의 '옥희'도 단순히 엄마의 행동을 이상하게 여기고 있을 뿐, 어른들의 불합리한 면을 비판하는 모습을 보이고 있지 않다.

③ (나)의 '옥희'는 아저씨가 보낸 지난간 달 밥값이 담긴 봉투를 엄마에게 전해 주거나 엄마와 함께 기도를 하거나 할 뿐, 엄마의 관심을 끌기 위해 과장된 행동을 하고 있지 않다. (가)의 '나'도 어른들을 관찰하면서 그들의 비밀을 알아내고 그것을 모르는 척하고 있을 뿐, 어른들의 관심을 끌기 위해 별다른 행동을 하고 있지 않다.

④ (가)의 '나'는 어른들의 비밀을 알고도 모르는 척하고 있다. 그리고 (나)의 '옥희'는 '정말 요새 와서 우리 엄마는 참 이상해지셨답니다.'라고 하면서 단순히 엄마의 행동을 이상하게 여기고 있을 뿐이다. 따라서 (가)의 '나'와 (나)의 '옥희'는 모두 어른들의 세계에 대한 호기심을 해결하기 위해 애쓰고 있지 않다.

⑤ (가)의 '할머니가 나를 바라보는 눈빛에는 모든 할머니에게는 귀하기 마

련인 제 손녀딸을 보는 대견함 이상의 안쓰러움이 있다.', '장군이 엄마는 내가 부모 없이 외할머니 밑에서 자라는 것이 불쌍해서라고 하고'에 어른들이 '나'를 딱하고 가엾게 여긴다는 내용이 나와 있기는 하다. 그러나 (가)의 '나'와 (나)의 '옥희'는 모두 어른들의 동정심을 유발하거나 그것을 이용하여 자신이 원하는 바를 얻고 있지 않다.

101 작품의 내용 파악   답 ③

(가)의 '내게는 엄마에 대한 기억이 단 한 가지도 없다. 그래서인지 그리움도 없다.'라는 내용을 통해 '나'가 엄마를 그리워하지 않는다는 것을 알 수 있다. '할머니가 나를 바라보는 눈빛에는 모든 할머니에게는 귀하기 마련인 제 손녀딸을 보는 대견함 이상의 안쓰러움이 있다. 그 눈빛이 바로 내게 엄마라는 존재의 상실을 떠올리게'한다는 것으로 보아 할머니가 '나'를 안쓰러워하는 것은 '엄마라는 존재의 상실', 즉 엄마 없이 자란 손녀딸에 대한 감정이지, '나'가 엄마를 그리워하는 것 때문이 아니다.

오답 피하기
① (가)의 '내가 어른들의 비밀에 접근하는 방법은 관찰이다. ~ 나는 눈썰미가 있는 데다 내가 본 것들을 내 나름대로 분석하는 데 흥미를 갖고 있다.'라는 내용을 통해 '나'가 어른들을 관찰하고 분석하는 것을 좋아한다는 것을 알 수 있다.
② (가)의 '나는 어른들이 나를 귀여워하는 진짜 이유를 알고 있다. 그것은 바로 내가 자기들의 비밀을 알고 있다고 생각하기 때문이다. 비밀을 저당 잡혀 있기 때문에 그들은 나를 귀여워할 수밖에 없다.'라는 내용을 통해 '나'는 어른들이 자신을 귀여워하는 진짜 이유를 알고 있다고 생각한다는 것을 알 수 있다.
④ (나)의 '장롱 문이 열려 있는 그 앞 언저리에는 망부의 의복과 사진 등이 흩어져 있으며 정숙은 넋을 잃은 사람처럼 장롱에 기대어 무엇인가를 중얼대고 있다. 그 월광을 받은 새하얀 정숙의 얼굴에는 두 줄기 눈물까지 흘러내린다.'에서 정숙이 죽은 남편의 의복과 사진을 보면서 갈등한다는 것을 알 수 있다.
⑤ (나)에서 지난간 달 밥값이 담긴 봉투에서 네모로 접은 쪽지가 나오자, 옥희는 엄마에게 '엄마! 그게 뭐야?'라고 묻고 있다. 이를 통해 옥희가 쪽지에 대해 궁금해하고 있다는 것을 알 수 있다.

102 외적 준거에 따른 감상   답 ③

(가)에서 '삶이란 것을 의식할 만큼 성장하자 나는 당황했다. 내가 딛고 선 출발선은 아주 불리한 위치였다. ~ 나는 어차피 호의적이지 않은 내 삶에 집착하면 할수록 상처의 내면을 견디지 못하리란 것을 알았다.'라고 하면서 '아마 그때부터 내 삶을 거리 밖에 두고 미심쩍은 눈으로 그 이면을 엿보게 되었을 것이다.'라고 하였다. 그리고 〈보기〉에서 "이 작품에서 주인공 '나'는 어린 시절의 상처로부터 자신을 보호하기 위해 외부 세계로 나가는 것을 거부한다."라고 하였다. 이를 종합했을 때 '나'는 '삶이란 것을 의식할 만큼 성장'하는 과정에서 자신의 삶을 거리 밖에 두었으므로 외부 세계와 부딪혀서 좌절한 경험은 갖고 있지 않을 것이다.

오답 피하기
① 〈보기〉에서 '성장 소설이란 어린아이가 성인이 되어 가는 과정을 담고 있

는 작품들을 가리킨다.'라고 하였다. (가)는 '나'가 엄마가 죽은 여섯 살 이후 자신의 성장 과정을 서술하고 있다는 점에서 성장 소설의 특징을 보이고 있다고 할 수 있다.
② (가)에서 '나'는 '시작부터 그다지 호의적이지 않'은 삶과 '아주 불리한 위치'였던 '출발선' 때문에 '내 삶을 거리 밖에 두고 미심쩍은 눈으로 그 이면을 엿보게' 되었다고 하였다. 〈보기〉에서 "이 작품에서 주인공 '나'는 어린 시절의 상처로부터 자신을 보호하기 위해 외부 세계로 나가는 것을 거부한다."라고 하였다. 따라서 '나'로 하여금 외부 세계로 나가는 것을 거부하게 한('내 삶을 거리 밖에 두고 미심쩍은 눈으로 그 이면을 엿보게'한) '시작부터 그다지 호의적이지 않'은 삶과 '아주 불리한 위치'였던 '출발선'은 '나'의 어린 시절의 상처라고 할 수 있다.
④ (가)에서 '나'는 어른들이 생각하는 것만큼 순진하지 않음에도 '어른들이 바라는 어린이 행세'를 그럴듯하게 함으로써 어른들을 안심시키고 귀여움을 촉발한다고 하였다. 따라서 '어른들이 바라는 어린이 행세'는 〈보기〉의 "타인들에게 '보이는 나'"에 해당한다고 할 수 있다.
⑤ (가)에서 '나는 어차피 호의적이지 않은 내 삶에 집착하면 할수록 상처의 내면을 견디지 못하리란 것을 알았다. 아마 그때부터 내 삶을 거리 밖에 두고 미심쩍은 눈으로 그 이면을 엿보게 되었을 것이다.'라고 하였고, '내 삶을 거리 밖에 떨어뜨리고 보지 못했다면 나는 자폐를 일으켰을지도 모른다.'라고 하였다. 그리고 〈보기〉에서 "이 작품에서 주인공 '나'는 어린 시절의 상처로부터 자신을 보호하기 위해 외부 세계로 나가는 것을 거부한다. 대신 외부 세계로부터 거리를 두고 자신을 타인들에게 '보이는 나'와 그러한 자신을 '바라보는 나'로 분리시킴으로써 스스로를 방어하는 모습을 보인다."라고 하였다. 이를 종합하면 '내 삶을 거리 밖에서 보려는 긴장의 한 방법'은 외부 세계로부터 거리를 두는 것, 그리고 "타인들에게 '보이는 나'를 '바라보는 나'와 관련된 것으로 '상처의 내면을 견디'고 '자폐를 일으'키지 않도록 스스로를 방어하는 방법이라 할 수 있다.

103 내용의 추론   답 ⑤

(가)에서 "내가 어른들의 비밀에 쉽게 접근한 것은 ~ '어린애로 보이기' 때문이다."라고 하였으므로 '어린애로 보이기'는 어른들의 비밀에 쉽게 접근하는 방법이다. 또한 '어린애로 보이기'와 같은 의미의 '어른들이 바라는 어린이 행세'는 '어른들 비밀의 겉모습은 조금 엿봤을망정 그 비밀의 본질에 대해서는 아무것도 모르는 척 행동'하는 것으로, 어른들을 안심시키는 방법이다. 따라서 ㉠은 어른들의 비밀에 쉽게 접근하기 위해 그들의 경계를 늦추는 방법이라고 할 수 있다.

오답 피하기
① (가)에서 '나'는 '어른들 비밀의 겉모습은 조금 엿봤을망정 그 비밀의 본질에 대해서는 아무것도 모르는 척 행동'하고 있을 뿐 어른들에게 거짓말을 하고 있지 않다.
② (가)에서 어른들이 '나'에게 불필요한 간섭이나 잔소리를 하는 모습은 나타나 있지 않다.
③ (가)에서 '어린애로 보이기'를 하면 '그것이 어른들을 얼마나 안심시키면서 또한 귀여움을 촉발시키는지 모른다.'라고 하였으므로 '어린애로 보이기'는 어른들이 원하는 모습이라고 할 수 있다. 그러나 '나'는 '어린애로 보이기'를 통해 어른들의 관심을 독차지하려고 하는 것이 아니라 어른들의 비밀에 쉽게 접근하고자 하고 있다.
④ (가)에서 '나'는 '비밀의 본질에 대해서는 아무것도 모르는 척 행동'하면서 어른들의 비밀을 관찰하고 분석하고 있을 뿐, 어른들의 약점을 건드려서 원하는 것을 얻고자 하고 있지 않다.

104 촬영 기법의 적용
답 ⑤

'머리는 헝클어지고 환자와 같은' 모습으로 '자리 속에서 엎드려 무엇을 쓰고 있는 정숙'의 모습에, 옥희는 '엄마는 ~ 자리 속에서 엎어져 무엇인가를 열심히 썼다간 찢어 버리곤 하시겠어요. 정말 요새 와서 우리 엄마는 참 이상해지셨답니다.'라고 하여 엄마의 상태를 이해하지 못하고 있음을 드러내고 있다. 그런데 이런 옥희의 생각은 '옥희의 소리'로 나타나 있으므로 화면에는 정숙이 자리 속에서 엎드려 무엇을 쓰는 모습만 나와야 한다. 따라서 ⓔ를 하나의 화면이 끝나기 전에 다음 화면이 겹치면서 먼저 화면이 차차 사라지게 하는 기법인 오버랩으로 처리하는 것은 적절하지 않다.

오답 피하기
① 아저씨가 보낸 지난간 달 밥값이 담긴 봉투에서 네모로 접은 쪽지가 나오자, '그(정숙)의 얼굴이 갑자기 다시 긴장하며 굳어'지고 '손이 바르르 떨린다'고 하였다. 즉 이 장면에서 쪽지는 정숙에게 내적 갈등을 일으키는 주요 소재이므로 화면에 크게 나타내어 부각할 수 있도록 클로즈업으로 잡는 것이 적절하다.
② 쪽지 내용인 '선호의 소리'는 장면 밖에서 내레이션으로 처리하고, 화면에서 쪽지 내용에 대한 정숙의 반응을 직접 보여 주면 정숙의 내적 갈등을 강하게 드러낼 수 있으므로 적절하다.
③ '장롱 문이 열려 있'고 '그 앞 언저리에는 망부의 의복과 사진 등이 흩어져 있'는 방 안의 풍경과 '넋을 잃은 사람처럼 장롱에 기대어 무엇인가를 중얼대고 있'는 정숙의 모습은 정숙이 갈등하고 있음을 보여 준다. 그리고 '두 줄기 눈물까지 흘러내'리는 '월광을 받은 새하얀 정숙의 얼굴'은 정숙의 갈등이 더욱 심화되고 있음을 나타낸다. 따라서 방 안의 풍경과 정숙의 전체 모습에서 정숙의 얼굴로 점점 접근하여 가는 것처럼 촬영하면 정숙의 내적 갈등이 더욱 심해지고 있다는 것을 시각적으로 보여 줄 수 있다.
④ 이 장면은 '잠을 자던 옥희가 소스라쳐 깨더니'와 '월광'이라는 어휘를 통해 시간이 한밤중임을 알 수 있고, 기도를 한 다음 다시 자기 위해 '정숙, 옥희를 자리에 뉘고 자기도 자리 속으로 들어간다.'라고 한 것을 통해 밤이 깊다는 것을 알 수 있다. 따라서 밤이 깊어지면서 장면이 마무리되고 있으므로 장면의 마지막은 화면이 점차 어두워지는 페이드아웃으로 처리하는 것이 적절하다.

[105~109] (가) 작자 미상, 〈만전춘별사〉
(나) 작자 미상, 〈모시를 이리저리 삼아〉
(다) 유씨 부인, 〈조침문〉

ⓔ 포인트

- **방법** (가) E교재 외 / (나) 전문 일치 / (다) E교재 외
- **포인트** E교재에서는 〈모시를 이리저리 삼아〉를 유사한 주제 의식을 지닌 〈사랑을 찬찬 얽동여〉와 함께 살펴보도록 하는 한편, 〈나물 캐는 노래〉와 더불어 작품에 반영된 은유적 사고, 환유적 사고를 비교 파악하도록 하였다. 우리 교재에서는 '임에 대한 사랑'이라는 주제 면에서의 공통점을 바탕으로 〈모시를 이리저리 삼아〉를 고려 가요 〈만전춘별사〉와 엮고, 고전 수필 〈조침문〉도 함께 제시하여 여성 화자, 여성의 삶을 다룬 작품에 대해 깊이 있는 감상을 유도하였다.

(가) 작자 미상, 〈만전춘별사〉
▶ **해제** 이 작품은 임과 영원한 사랑을 이루고자 하는 심경을 담고 있는 고려 가요이다. 화자는 1연에서 극한 상황을 통해 임에 대한 열정적인 사랑을 부각하면서 임과 함께 있는 오늘 밤이 더디게 가기를 바란다. 임과 이별한 후의 상황을 보여 주는 2연에서는 외로움으로 인해 잠조차 들지 못하는 처지를 복숭화꽃이 핀 상황과 대비하면서 강조한다. 그리고 3연과 4연에서는 함께자고 맹세하던 약속이 깨진 상황과 이별 후 방탕한 임의 생활을 제시하고 있다. 이러한 상황에서도 임에 대한 화자의 사랑은 그치지 않는데, 화자는 5연에서 임과 해후하여 함께할 순간을 그려 나간다. 이처럼 이 작품은 사랑이라는 감정의 여러 측면을 잘 보여 주고 있다.

▶ **주제** 임과의 영원한 사랑을 이루고자 하는 소망

▶ **구성**

1연	임과 오랫동안 함께하고 싶은 소망
2연	임이 떠난 후의 외로움
3연	임에 대한 원망
4연	임의 방탕한 생활 풍자
5연	임과의 해후에 대한 바람
6연	임과의 영원한 사랑에 대한 소망

(나) 작자 미상, 〈모시를 이리저리 삼아〉
▶ **해제** 이 작품은 영원한 사랑에 대한 소망을 끊어지지 않고 이어지는 모시에 비유하여 형상화하고 있는 사설시조이다. 화자는 길쌈을 하는 여성으로 추측할 수 있다. 초장과 중장은 화자가 모시를 삼는 경험적 상황을 제시하고, 종장에서 모시처럼 이어지길 바라는 사랑에의 소망을 압축적으로 담아내고 있다. 이러한 일련의 흐름 속에서 임과의 사랑이 그치지 않고 이어지기를 바라는 소망을 드러내고 있다.

▶ **주제** 임과의 사랑을 지속하고자 하는 소망

▶ **구성**

초장	모시실을 삼음
중장	모시실이 끊어지거든 그것을 다시 이으려 함
종장	임과의 사랑을 계속 잇겠다는 의지

(다) 유씨 부인, 〈조침문〉
▶ **해제** 이 작품은 유씨 부인이 지은 국문체의 수필로 〈제침문〉으

로도 알려져 있으며 〈규중 칠우 쟁론기〉와 더불어 고전 여
류 수필의 백미로 꼽힌다. 바늘에 마음을 주고 지내던 작가
가 소중히 아끼던 바늘이 부러져 더는 함께할 수 없게 된
현실에서 느끼는 안타까움을 제문(祭文), 즉 죽은 사람에
대한 애도의 뜻을 나타내는 글의 형식으로 표현하였다.

▶ 주제   부러뜨린 바늘에 대한 애도
▶ 구성

서사	부러진 바늘에 대한 조문을 쓰는 취지
본사	바늘의 행장과 '나'가 가지고 있는 심회
결사	바늘을 애도하는 마음과 후세에의 기약

105   표현상 특징 파악   답 ③

(나)에서는 '똑 끊어지었거늘'에서 '똑'이라는 음성 상징어를 사용하
여 모시가 끊어진 상황을 생동감 있게 표현하고 있다. (다)에서는
'무심중간에 자끈동 부러지니 깜짝 놀라와라.'에서 '자끈동'이라는
음성 상징어를 사용하여 바늘이 부러진 상황을 생동감 있게 표현하
고 있다.

오답 피하기

① (가)는 '아소 님하'라고 청자를 부르는 것에서 대화체의 말투가 나타난다
고 할 수 있으나, 대화를 주고받는 형식은 아니다. 또한 (나)는 독백적 어
조가 나타날 뿐, 대화 형식은 나타나지 않는다.
② (다)에서는 '금년 시월 초십일 술시'라는 구체적인 날짜와 시간을 제시하
여 바늘이 부러진 상황에 구체성을 더해 주고 있다. 그러나 (가)에서는
'오늘 밤', '도화' 피는 봄이라는 시간적 배경은 나타나나 구체적인 날짜가
제시되지는 않았다.
④ (가)는 6연에서 '아소'라는 감탄사를 사용하여 임과의 사랑이 영원히 지속
되기를 바라는 심정을 드러내고 있다는 점에서, 현재 화자가 임과 함께할
수 없는 애상감을 드러내고 있다고 볼 수 있다. 또한 (다)에서는 '아야 아
야'라는 감탄사를 사용하여 바늘이 부러진 일에 대한 슬픔을 드러내고 있
다. 그러나 (나)에서는 감탄사가 사용되고 있지 않다.
⑤ (가), (나), (다) 모두 화자의 감정을 이입한 대상을 통해 화자의 외로움을
부각하는 표현은 나타나지 않는다.

106   외적 준거에 따른 감상   답 ④

'올하'에서 '오리'는 화자와 이별한 임을, 오리가 찾아가는 '소'는 임
이 찾아가는 다른 여성을 나타내는 말이다. 그런데 '소'가 얼면 찾을
'여울'은 임이 찾아갈 또 다른 여성으로 해석하기도 하고, 화자로 해
석하기도 한다. 전자로 해석한다면 '소'가 얼어 '여울'을 찾는다는 표
현에는 임의 방탕한 생활에 대한 화자의 원망이 담겨 있다고 볼 수
있고, 후자로 해석한다면 임이 다른 여자에게 싫증이 나면 다시 화
자에게 돌아와 달라는 바람이 담겨 있다고 볼 수 있다. 그런데 '여
울'을 어떤 의미로 해석하든 임은 이별 후에 화자를 잊고 방탕한 생
활을 했을 뿐이다. 따라서 임이 화자와의 이별로 힘들어했다는 진
술은 적절하지 않다.

오답 피하기

① '정 둔 오늘 밤'은 〈보기〉에 따르면, 임과의 이별 전으로 임과 함께 있는
시간을 의미한다. 이 시간에 대해 '더디 새오시라'라고 표현한 것은 물리
적으로 느리게 할 수 없는 시간을 지연되게 하여 임과 조금이라도 더 함
께하고 싶은 간절한 마음을 드러낸 것이라고 볼 수 있다.
② '도화는 시름없어 소춘풍하도다'는 복숭아꽃이 시름없이 웃고 있다는 것
으로 임과 이별한 후 홀로 시름에 가득 차 있는 화자의 처지와 대비되는
자연의 모습이다. 화자는 이러한 자연의 모습을 접하면서 외로움이 더욱
심화되었을 것이다.
③ '벼기더시니 뉘러시니잇가'의 '벼기더시니'는 화자와 임과의 사랑을 방해
하며 헐뜯던 사람이나 화자와 이별하겠다고 우기던 임으로 볼 수 있다.
'벼기더시니'를 어떤 의미로 해석하든 '벼기더시니 뉘러시니잇가'는 이별
의 원인은 화자 때문이 아님을 드러내고 있다.
⑤ '옥산을 베고' 눕고 '금수산 이불 안에' 눕는 것은 화자가 임과 함께하는
상황을 상상한 장면이다. 〈보기〉에 따르면, 이는 이별이 지속되고 있는
현실적 한계 속에서도 임과의 해후와 합일을 소망하는 화자의 마음을 나
타내는 것으로 이해할 수 있다.

107   외적 준거에 따른 감상   답 ③

(나)에서 '홈빨며 감빨아'의 행위를 하는 것은 끊어진 모시실을 다시
잇기 위해서이다. 이를 '인생' 측면에서 보면 끊어진 인생을 다시 이
으려는 노력으로 볼 수 있으므로 인간의 삶이 지닌 무상함을 강조
한 것이 아니라 장수에 대한 간절한 소망이나 의지로 볼 수 있다.

오답 피하기

① '모시를 이리저리 삼'는 행위는 길쌈을 하는 행위로, 화자가 실생활에서
길쌈을 했던 구체적 경험을 형상화한 것이다. 그리고 모시실이 끊어지면
이를 다시 이을 수 있듯이 끊어진 인생이나 사랑도 다시 이을 수 있다는
생각을 바탕으로 시상을 전개하고 있으므로, 모시를 삼는 실생활의 경험
이 시상의 계기가 되었다고 볼 수 있다.
② '한가운데 똑 끊어'진 상황은 '인생' 측면에서 보면 한번 끊어지면 돌이킬 수
없는 죽음을 떠올리게 하므로, 인간의 유한성을 환기한다고 볼 수 있다.
또한 '사랑' 측면에서 실이 끊기는 것은 이별의 상황으로 볼 수 있으므로,
임과의 사랑이 끊어진 상황을 환기한다고 할 수 있다.
④ 끊어진 모시실을 '섬섬옥수로 두 끝 마주 잡아 비부쳐' 이으려는 행위는
끊어진 것을 다시 잇는 행위이므로, '사랑' 측면에서 이를 이해한다면 끊
어진 사랑을 이어 임과의 사랑을 회복하고자 하는 노력으로 볼 수 있다.
⑤ '끊어져 갈 제 모시같이 이으리라'는 끊어진 것을 모시처럼 다시 이어 가
겠다는 것으로, '인생'이라는 측면에서는 장수를, '사랑'이라는 측면에서
는 임과의 영원한 사랑을 강조한 것으로 볼 수 있다. 따라서 잇고 싶은 대
상이 인생이냐 사랑이냐에 따라 장수나 영원한 사랑에 대한 화자의 소망
과 의지를 드러낸 것으로 볼 수 있다.

108   구절의 의미와 기능 비교   답 ⑤

㉠에서 화자는 '경경'의 심경과 '고침상'이라는 처지를 제시하여 임
과의 이별에 따른, 즉 부재한 대상으로 인한 외로운 처지와 정서를
부각하고 있다. 또한 ㉡에서 화자는 바늘이 '난봉과 공작'을 수놓을
때 '민첩하고 신기함'이라는 뛰어난 자질이 있음을 서술하고 있는
데, 이는 부러진 바늘에 대한 회고라는 점에서 상실한 대상이 가졌
던 자질에 대한 글쓴이의 예찬적 태도를 드러내는 것이다.

오답 피하기

① ㉠에서는 외로운 자신의 처지를 드러내고 있을 뿐, 그러한 현실에 순응하겠다는 화자의 태도는 나타나 있지 않다. 한편 ㉡에서 '인력이 미칠 바리요'는 현실적 한계를 극복하려는 것이 아니라 바늘의 재주가 신통함을 강조하려는 것이다.

② ㉠에서 화자는 잠이 오지 않는 자신의 상황을 드러냄으로써 복숭아꽃이 핀 주변 풍경과는 이질적인 외로움의 심경을 드러내고 있다고 볼 수 있다. 그런데 ㉡에서 화자는 바늘의 재주가 뛰어남을 드러내고 있을 뿐 자신과 바늘 사이의 조화로움을 강조하고 있는 것이 아니다.

③ 화자가 임과 이별한 상황이라는 점을 고려할 때, ㉠은 이러한 부정적 문제 상황이 여전히 해소되지 않고 외로움이 깊어 가는 고통을 나타낸 것으로 이해할 수 있다. 그러나 ㉡의 화자는 서술 대상인 바늘에 대한 거리감을 드러내는 것이 아니라 오히려 예찬을 하고 있다.

④ ㉠에서 임과의 이별로 인해 잠이 오지 않고 있다는 점에서 화자가 이별의 상황과 관련하여 절망감을 느끼고 있다고 볼 수 있다. 그러나 ㉡에서 '능라와 비단에 난봉과 공작을 수놓을 제'와 같이 수를 놓았던 순간을 제시한 것은 바늘의 뛰어난 모습이 일시적이었다는 깨달음을 드러내는 것이 아니라, 바늘의 뛰어난 모습을 강조하기 위해 구체적 상황을 제시한 것이라고 볼 수 있다.

109 작품의 종합적 이해   답 ④

'나'는 바늘이 부러진 상황에서 '동네 장인에게 때이련들 어찌 능히 때일손가.'와 같이 부러진 바늘을 원래의 상태로 되돌릴 수 없다고 여기며 슬픔에 빠진다. 이 과정에서 언급된 '편작의 신술로도, 장생불사 못 하였네.'는 전설적인 명의가 와도 부러진 바늘을 부러지기 전의 상황으로 되돌릴 수 없음을 강조하는 것으로, '나' 자신의 상처 입은 마음을 편작이 살아와도 치료할 수 없다는 의미를 드러낸 것이 아니다.

오답 피하기

① 연분을 비상하게 여기는 것은 바늘과의 인연을 소중히 여기는 '나'의 모습을 보여 주는 것이라 할 수 있다. 특히 '너희를 무수히 잃고 부러뜨'리면서 '오직 너 하나'를 오랫동안 보전한 상황은 바늘에 대한 깊은 애정을 가지게 만든 상황으로 이해할 수 있다. 그래서 그 바늘을 잃고 난 후 '나'는 '아깝고 불쌍하며, 또한 섭섭하도다.'라며 바늘에게 가졌던 큰 애정만큼이나 깊은 슬픔을 드러내고 있다.

② '나'가 자신의 '신세'는 '박명'하고, '인명'은 '흉완'하다는 것은 '슬하에 한 자녀 없고'나 '일찍 죽지 못하고'와 같이 고통스러운 상황과 연결된다. 이러한 상황에서 화자는 '침선에 마음을 붙여 널로 하여 시름을 잊고 생애를 도움이 적지 아니하더니'와 같이 바늘을 사랑하고 의존하며 살아간 것이다.

③ '나'는 바늘의 모습을 '굳세고 곧'은 것으로 나타내고 있는 동시에 이를 '만고의 충절', 즉 충성스러운 마음을 가지고 있는 존재로 표현하기도 했다. 이와 같이 바늘을 충직한 신하로 표현함으로써 자신의 마음을 잘 따라 주었던 바늘에 대한 고마움을 드러낸 것으로 볼 수 있다.

⑤ '나'는 바늘이 부러진 것에 대해 '내 삼가지 못한 탓'이라고 하여, 자신 때문에 바늘과 이별하게 되었음을 밝히고 있으며 바늘에 대해 '무죄한 너'라고 잇따라 제시해 바늘이 부러진 것에 대한 책임이 자신에게 있음을 재차 환기하고 있다. 이는 '나'가 지닌 자책의 심경을 드러낸 것으로 볼 수 있다.

[110~115] (가) 이강백, 〈쥬라기의 사람들〉
                (나) 박완서, 〈도둑맞은 가난〉

E 포인트

• **방법** (가) 작품 일치 / (나) 부분 일치

• **포인트** E교재에서 (가)의 〈쥬라기의 사람들〉은 극 단독 지문으로 구성되었고, (나)의 〈도둑맞은 가난〉은 현대 소설 단독 지문으로 구성되었다. 우리 교재는 이 두 작품이 모두 노동자들의 가난한 삶과 이를 바라보는 제삼자의 시각 차에서 오는 갈등 관계를 다루고 있다는 점에 착안하여 복합 지문으로 새롭게 구성하였다. 각 작품에서 다루는 노동자들의 삶의 조건을 중심으로, 가난한 노동자들의 삶이 어떻게 묘사되고 있으며 이를 바라보는 등장인물들이 어떠한 시선을 지니고 있는지 비교하면서 작품을 감상하도록 한다.

(가) 이강백, 〈쥬라기의 사람들〉

▶ **해제** 이 작품은 탄광촌의 갱 폭발 사고를 중심으로, 노동자의 현실과 구조적 억압을 고발하는 희곡이다. 사고의 책임을 은폐하려는 소장과 허위 증언을 강요받는 만석의 갈등, 노조 지부장의 자리를 노리는 광부의 야망 등은 권력과 이익을 둘러싼 인간의 다양한 모습을 입체적으로 보여 준다. 이때, 만석은 양심적 선택을 통해 진실을 밝히려 하며, 광부들은 개인의 이익을 넘어 공동체를 위해 협력하고 아이들을 구출함으로써 희망을 보여 준다. 이는 노동자들이 단결해야만 권력의 억압에 맞설 수 있으며, 연대의 힘이 곧 변화와 희망을 만들어 낼 수 있다는 인식을 드러낸다.

▶ **주제** 부조리한 현실에 대처하는 이기적인 인간 군상

▶ **전체 줄거리** 영동 탄광 14번 갱에서 사고가 나 광부들이 매몰되었다가 다섯 명이 사망하는 사건이 일어난다. 만석은 이 사고의 유일한 생존자인데, 현장 소장과 노조 지부장은 사고의 원인을 은폐하고 조작하기 위해 그에게 거짓 증언을 하라고 종용한다. 사망한 광부 중 한 사람을 범인으로 만드는 일이었기 때문에 만석과 그의 부인은 이에 대해 고민하지만, 만석은 아들 진욱의 미래를 위해 거짓 증언을 하기로 결심을 한다. 만석은 학교를 방문해 선생님으로부터 진욱의 목소리가 훌륭하여 합창부에 뽑혀 전국 합창 경연 대회에 나가기로 되어 있다는 이야기를 듣는데, 광부 박 씨는 만석에게 거짓 증언을 해 큰돈을 받게 되었으니 합창단의 단체복을 사 주라고 부추긴다. 단체복은 소장의 지시를 받은 지부장에 의해 학교로 보내지는데, 이는 합창단에 뽑히지 못한 아이들에게 시기심을 불러일으켜, 광부 박 씨의 아들인 칠복의 주도로 이 아이들인 14번 갱 속으로 들어가 버린다. 만석은 합창 연습을 하고 있는 자신의 아들을 데리고 나와 14번 갱 안에 들여보내고, 사고 원인을 사실대로 말하라는 광부들의 요청에도 아무 말도 하지 못하다가 자신의 잘못으로 인해 일어난 일이라고 말해 버린다. 그때 만석의 아들 진욱이 갱 속에서 비틀거리며 나와 아이들이 갱 속에 정신을 잃고 쓰러져 있다고 전하고, 사람들은 모두 아이들을 구하러 갱 속으로 들어간다.

(나) 박완서, 〈도둑맞은 가난〉

▶ **해제** 이 작품은 1975년에 발표된 단편 소설로, 당시 우리 사회의

빈곤 문제와 경제 발전이 초래한 계층 간 격차를 비판적으로 조명하고 있다. '상훈'이라는 인물을 내세워 물질적 가치에 집착하는 사회 분위기 속에서 가난을 흥미로운 경험으로 소비하며 노동자들의 자존감에 깊은 상처를 남기는 일부 부유층의 비도덕적 행태를 고발하고 있다. 특히 동정과 위선, 가난과 부의 대비를 통해 계층 간 갈등을 부각하며 여성 노동자들의 힘겨운 삶과 애환을 생생하게 그려 낸 작품으로 평가받는다.

▶ **주제** 물질 만능주의 세태에 대한 비판

▶ **전체 줄거리** 아버지가 실직하면서 '나'의 집안 형편이 어려워지자, '나'의 어머니는 친구에게 집을 담보로 목돈을 빌려 사무실을 얻고 아버지에게 사업을 시작하도록 한다. 하지만 이 사업은 실패했고, 전세금마저 교육비에 써 버리게 되어 '나'의 가족은 결국 보증금 없이 월세로 살 수 있는 산동네에서 살게 된다. '나'는 일하기를 거부하는 어머니를 대신해 인형 옷을 만들며 가족에게 합심하여 가난을 이겨 내자고 말하지만, 어머니는 '나'에게 기대지 않겠다고 말하며 '나'를 제외한 가족들과 함께 스스로 생을 마감한다. 이후 '나'는 공장에 다니면서 일류 재봉사가 되는 것을 꿈꾸고 가난한 생활에도 최선을 다하며 산다. 그러던 어느 날 도금 공장에 다니는 상훈을 만난 '나'는 생활비를 절약하기 위해 상훈과 동거를 시작한다. 상훈은 폐병으로 인해 피를 쏟고 공장에서 쫓겨난 동료의 이야기를 '나'에게 들려주고, '나'는 상훈에게 공동으로 쓰는 예금 통장을 주면서 아픈 동료를 도우라고 한다. 그런데 상훈은 '나'의 예상과 달리 통장에 있던 돈을 모두 병든 동료에게 건넨다. 이 일로 '나'는 이따금씩 상훈을 들볶았는데, 어느 날 상훈은 말도 없이 사라졌다가 나타나 자신은 원래 부잣집 도련님이고 대학생이지만 아버지의 지시에 따라 가난 체험을 했다고 말한다. 그러면서 '나'에게 옷을 사 입을 돈을 주며 자기의 집에서 잔심부름이라도 하고 야학에 가라고 제안했는데, '나'는 상훈의 돈을 던져 버리고 그를 내쫓은 뒤, 가난마저 상훈에게 도둑맞았다는 사실을 깨닫고 절망한다.

110 작품의 공통점, 차이점 파악   답 ④

[A]는 등장인물인 '교사'가 전임 교사에게 전해 들은 이야기를 언급하며 '나 역시 그렇게 될까 봐 겁이 더럭 났습니다.'와 같이 자신의 정서를 표출하고 있다. [B]에서 등장인물이자 서술자인 '나'는 인형 옷 만드는 집 아줌마로부터 전해 들은 재벌 아들의 이야기를 언급하며 가난 그 자체를 희롱하는 부자의 부도덕한 행동에 대한 분노를 표출하고 있다.

오답 피하기

① [A]의 '나를 무능하다 좌천시킨 사람들에게 크나큰 충격이 되겠지요.'에서 자신을 좌천시킨 사람들에 대한 비판적 평가가 드러난다. 하지만 [B]에서도 '나'는 자신의 가난을 희롱한 부자들의 행동에 대해 '용서할 수 없다'고 하며 비판적으로 평가하고 있다.

② [B]에서 '나'는 인형 옷 만드는 집 아줌마가 한 말을 상기하며 부자들이 가난을 희롱하는 것을 용서할 수 없다고 생각하고 있을 뿐, 특정 인물의 주장에 반박한다거나 그와 다른 사례를 제시하고 있지 않다.

③ [A]의 '두고 보십시오! 분명히 우리 합창단은 전국 경연 대회에서 일등을 할 겁니다.'에서 등장인물은 자신이 앞으로 해야 할 일을 언급하고 있다고 볼 수 있고 '그것은 나를 무능하다 좌천시킨 사람들에게 크나큰 충격이 되겠지요.'에서 그러한 일을 하려는 이유를 설명하고 있다. 그러나 [B]에서는 그러한 내용이 나타나지 않는다.

⑤ [A]에서는 등장인물이 이곳 국민학교에 부임해 온 지 얼마 되지 않았고, 좌천당해 온 거나 다름없다고 한 데에서 과거 사건이 발생한 경위를 설명하고 있다고 볼 수 있다. 그러나 [B]에서는 앞으로 발생할 사건을 요약적으로 보여 주고 있지 않다.

111 인물의 심리와 태도 파악   답 ③

'저 아이들은 좀 더 나은 곳에서 좀 더 나은 자리를 차지하고 살게 될 겁니다.', '저 애들은 분명히 당신들 같은 그런 인간이 아닙니다.'와 같은 '교사'의 발언을 통해, '교사'는 '진욱'을 포함한 합창단 아이들이 광부인 아버지보다 조금 더 나은 삶을 살 것이라고 확신하고 있음을 알 수 있다.

오답 피하기

① '만석'의 아들인 '진욱'은 합창단 단원에 해당한다. 참고로, 합창단에서 배제되어 불만을 가진 것은 칠복이다.

② 만석의 '들어가질 못합니다. 갱 속에는.'이라는 말에서, 그가 어른들이 갱 속에 들어가야 한다고 주장하지 않음을 알 수 있다.

④ '교사'의 '솔직히 말해서 좌천당해 온 거나 다름없지요.'라는 말에서, 그가 스스로 탄광촌에 있는 국민학교에 자원한 것이 아님을 알 수 있다.

⑤ '교사'의 '그렇지만 노래를 못하는 아이들 때문에 노래를 잘하는 아이들을 희생시킬 수는 없습니다!'라는 발언을 통해, 그는 노래를 못하는 아이들에 대해 배려하고 있지 않음을 알 수 있다.

112 극적 형상화 방안 파악   답 ②

ⓒ으로 이어지는 교사의 말로 미루어 보았을 때, ⓛ은 갱 속에 들어가지 못하는 이유를 추궁하는 질문이지, 상대방인 만석의 말을 예상하고 상대방에게 책임을 전가하기 위한 질문이라고 볼 수 없다.

오답 피하기

① ⓙ은 합창 경연 대회에 나가지 못하는 아이들이 갱 속에 들어가 위험한 상황에서, 만석이 교사에게 경연 대회에 나가는 것을 포기하라고 설득하는 발언이다. 이를 통해 만석이 합창 경연 대회에 나가려는 교사에 대해 못마땅해한다는 것을 알 수 있다.

③ ⓒ의 '칠복이 때문이군요!'라는 말에서 교사가 칠복에게 반감을 가지고 있음을 알 수 있다. 또한 '그 녀석이 고집을 부리니까 다른 아이들도 못 나오는 거예요!'라는 말에는 자신의 예상이 틀리지 않는다는 교사의 확신이 담겨 있다.

④ ⓔ의 '도저히 포기할 수는 없어요!'나 '사표를 내라면 내겠습니다.'라는 말을 통해, 교사가 합창 경연 대회에 나가지 말라는 만석의 요구를 단호하게 거절하고 있음을 알 수 있다.

⑤ 만석이 진욱을 보며 '광부 박 씨'라고 부르는 것에 대해 ⓜ에서 교사는 '도대체…… 광부 박 씨라니요?'라며 반문한다. 이는 진욱도 결국 노동자로서의 삶의 굴레에서 벗어날 수 없다는 만석의 말의 의미를 교사가 제대로 이해하지 못해 답답함과 짜증을 느끼고 있음을 보여 준다.

113 작품의 내용 파악   답 ⑤

(나)에서는 '가난한 계집을 희롱하는 건 용서할 수 있다손 치더라도 가난 그 자체를 희롱하는 건 용서할 수 없다.'라고 하였다. 이 내용을 통해, '나'가 상훈을 결코 용납할 수 없다고 생각한 이유가 가난한 계집이라는 이유로 자신이 상훈에게 농락당했기 때문이 아닌, 그가 자신의 가난 그 자체를 농락했기 때문임을 알 수 있다.

오답 피하기

① '아마 곧 나에 대해 잊어버리게 될 것이다.'라는 서술을 통해 '나'는 상훈이 자신을 곧 잊을 것이라고 확신하고 있음을 알 수 있다.

② (나)에서는 '아버진 만족하고 계셔. 내가 그동안 그 지독한 생활을 잘 견딘 걸.'이라는 상훈의 말을 통해 상훈의 아버지가 상훈이 가난한 생활을 잘 참아 낸 것에 대해서 만족해하고 있음을 알 수 있다.

③ (나)에서 상훈은 자기가 건넨 돈을 얼굴에 던지며 갖은 욕설을 퍼붓는 '나'의 모습을 보고 혼비백산하였고 '가엾게스리 미쳤구나.'라며 신발도 제대로 신지 못하고 도망치고 있다.

④ (나)에서는 '당장이라도 데리고 가고 싶지만 그런 꼴로 갈 순 없잖아.'라는 상훈의 말을 통해 그가 '나'의 모습이 너무 초라하여 당장 자신의 가족들에게 보여 줄 수 없다고 판단하고 있음을 알 수 있다.

114 소재의 의미와 기능 파악   답 ②

ⓐ에는 '저 애들'이 그들의 부모처럼 광부로서 가난하고 고통스러운 삶을 살지 않을 것이라는 교사의 생각이 담겨 있다. 이는 '저 애들'의 장래에 대한 교사의 긍정적 전망이 담겨 있다고 볼 수 있다. 한편, ⓑ에는 상훈의 '가난 장난'으로 인해 가난하지만 떳떳했던 '좀 전까지의 내 방'이 무의미하고 더럽고 추한 '내 방'으로 변한 것에 대한 인식이 드러나고 있다. 이는 '내 방'에 대한 인식의 변화가 담겨 있다고 볼 수 있다.

오답 피하기

① ⓐ에서 '그런 인간'은 만석을 비롯한 탄광 노동자를 의미하므로 상대에 대한 경멸이 담겨 있다고 볼 수 있다. 그러나 ⓑ에서 '좀 전까지의 내 방'은 '나'에게 가난하지만 떳떳했던 공간이므로 이 공간에 대한 환멸이 담겨 있다고 볼 수 없다.

③ ⓐ에는 '저 애들'에 대한 교사로서의 기대감과 확신이 담겨 있으므로, '저 애들'로 인해 야기될 상황에 대한 두려움이 담겨 있다고 볼 수 없다. 한편 ⓑ에는 '좀 전까지의 내 방'의 달라진 인상에 대한 '나'의 놀라움이 담겨 있다고 볼 수 있다.

④ ⓐ에서 교사는 '저 애들'은 '그런 인간'이 아니라고 하였으므로 둘의 차이점을 강조하고 있다. 한편 ⓑ는 상훈으로 인해 더럽고 추한 공간으로 변한 '내 방'과 '좀 전까지의 내 방'의 차이점을 부각하고 있다.

⑤ ⓐ에서 교사는 '저 애들'이 자라 '그런 인간'이 되지 않을 것임을 강조하고 있다. 한편 ⓑ에는 상훈으로 인해 더럽고 추악한 공간으로 변한 '내 방'을 '좀 전까지의 내 방'으로 되돌릴 수 없음을 강조하고 있다.

115 외적 준거에 따른 작품 감상   답 ④

(나)에서 그가 '나'와 함께 지낸 시간을 '돈 주고도 살 수 없는 귀한 경험'이라고 하는 것은 아버지의 지시에 따라 가난 체험을 한 것이지만, 결과적으로 가난에 대한 경험이 그만큼 신기하면서도 재미있

었음을 의미하는 것이다. 따라서 이를 통해 물질 만능주의적 세태에 대한 부정적 시각이 드러난다고 할 수 없다.

오답 피하기

① <보기>에 따르면 (가)의 교사는 탄광 노동자를 바라보는 제삼자의 시각에 해당한다. (가)에서 교사가 탄광촌을 '쥬라기의 산들'이라고 하며 '모든 것이 새까맣게 절망적인 이곳'이라고 말하는 것은, 제삼자의 시각에서 탄광 노동자의 삶을 비관적으로 바라보고 있음을 나타낸다고 할 수 있다.

② (가)에서 탄광촌의 국민학교로 좌천당해 온 교사가 자신의 능력을 과시하기 위해서 '갱 속'의 아이들이 위험한 상황임에도 합창 경연 대회에 나가는 것을 강행하는 것은, 자신의 목적을 이루기 위해 아이들을 이용하는 이기적인 인간 군상의 모습을 보여 주는 것이라 할 수 있다.

③ (가)에서 교사는 진욱을 '합창단에서 가장 뛰어난 아이'라고 하며 만석과 같은 삶을 살지 않을 것이라고 하지만, 만석은 진욱을 '광부 박 씨'라고 하며 그 또한 자신과 같은 노동자의 삶의 굴레에서 벗어나지 못할 것이라고 반박한다. 이러한 둘의 갈등은 노동자의 삶의 변화 가능성에 대한 두 인물의 시각차를 보여 준다.

⑤ (나)에서 상훈의 가난 체험으로 인해 '내 방'은 가난하지만 떳떳한 공간에서 추하고 더러운 공간으로 변질된다. 이를 두고 '나'는 '내 방에는 이미 가난조차 없었다.'와 같이 분개하며 삶의 자존감을 잃은 비참한 심정을 드러낸다. 이러한 모습은 타인의 가난을 노리갯감으로 삼는 부유층의 부도덕한 행태에 대한 비판적 시각을 보여 준다.

(가) 조지훈, 〈낙화〉
(나) 정극인, 〈상춘곡〉
(다) 이태준, 〈화단〉

ⓔ 포인트

- **방법** (가) E교재 외 / (나) E교재 외 / (다) 전문 일치
- **포인트** E교재에서는 자연에 대한 작가의 관점이 드러나는 작품인 이태준의 〈화단〉과 이문재의 〈광화문, 겨울, 불꽃, 나무〉, 김시습의 〈애물의〉를 엮어 지문으로 구성하여, 자연에 대한 관점과 태도를 묻는 문제, 소재의 의미와 기능을 묻는 문제 등을 출제하였다. 우리 교재에서는 자연을 소재로 삼아 삶의 태도와 가치관을 드러내는 작품인 〈화단〉과 조지훈의 〈낙화〉, 정극인의 〈상춘곡〉을 엮어 비교 감상할 수 있도록 하였다. 자연에 대한 화자와 글쓴이의 인식과 태도, 시구 및 소재의 의미와 기능에 주목하여 작품을 감상하도록 한다.

(가) 조지훈, 〈낙화〉

- **해제** 이 작품은 세상과 단절된 채 살아가는 화자가 떨어지는 꽃을 바라보면서 느낀 감정을 노래하고 있다. 화자는 꽃이 지는 것을 거부하지 않고 대자연의 섭리로 담담하게 받아들이며, 떨어지는 꽃을 보며 아름다움과 서글픔을 느낀다. 그리고 외부 정경에서 자신의 내면으로 시선을 돌려 꽃이 지는 광경을 보며 느낀 삶의 비애와 무상감을 토로하면서 시상을 마무리하고 있다.
- **주제** 낙화에서 느끼는 삶의 비애와 무상감
- **구성**

1~3연	꽃이 지는 슬픔에 대한 담담한 수용
4~6연	꽃이 지는 아름다움
7~9연	낙화로 인해 느끼는 삶의 무상감과 비애

(나) 정극인, 〈상춘곡〉

- **해제** 이 작품은 단종이 폐위되자 작가가 벼슬에서 물러나 고향인 전라북도 태인에 은거하며 지은 가사이다. 속세를 떠나 자연에 묻혀 사는 즐거움에 대해 노래하고 있는데, 특히 봄 경치를 완상하는 과정을 좁은 공간에서 점점 넓은 공간으로 나아가는 공간의 확장에 따라 전개하면서 안빈낙도의 생활에 대한 만족감을 드러내고 있다. 설의, 대구, 직유 등 다양한 수사법의 사용과 고사의 인용을 통해 화자의 삶의 태도를 효과적으로 드러내고 있다.
- **주제** 봄 경치를 즐기는 흥취와 안빈낙도
- **구성**

서사	자연에 묻혀 사는 즐거움
본사 1	봄 경치를 즐기며 흥을 느낌
본사 2	산수 구경을 권하며 술 마시고 취하여 즐거움을 노래함
결사	안빈낙도에의 만족

(다) 이태준, 〈화단〉

- **해제** 이 작품은 글쓴이가 인위적 힘으로 화단을 가꾸는 노주인의 태도를 관찰하며 자연의 참다운 아름다움이란 무엇인가에 대해 자신의 생각을 드러내고 있는 수필이다. 글쓴이는

노주인의 지나친 보살핌으로 가꾸어지는 화단을 구체적으로 묘사한 뒤 이를 자연 그대로 자라는 '봉선화 몇 떨기'와 대비하고 있으며, 이를 통해 자연의 아름다움은 인간의 인위적인 노력에 의해 이루어지는 것이 아님을 밝히고 있다. 특히 글쓴이는 글의 마지막 부분에서, 신의 창조물이자 완성품인 자연을 있는 그대로 받아들이는 것이 중요함을 이야기하고 있다.

- **주제** 자연을 파괴하는 인위적 행위 비판
- **구성**

사실(경험)	화초를 유난히 아끼고 가꾸는 노주인
의견(주장)	자연을 대하는 노주인의 태도에 대한 글쓴이의 견해

116 표현상 특징 파악 답 ④

(가)는 '귀촉도 울음'에 청각적 심상이 나타나며 이를 통해 지는 꽃을 바라보며 슬픔을 느끼는 화자의 정서를 간접적으로 드러내고 있다. (나)는 '수풀에 우는 새는 춘기를 못내 겨워 / 소리마다 교태로다'에 청각적 심상이 나타나며 이를 통해 봄을 맞이하여 기쁘고 즐거운 화자의 정서를 간접적으로 드러내고 있다.

오답 피하기

① (가)는 1연의 '꽃이 지기로소니 / 바람을 탓하랴.'에서 설의적 표현을 사용하고 있으나, 이는 자연의 섭리를 수용하는 화자의 태도를 나타낼 뿐, 대상에 대한 비판적 태도를 드러내고 있지는 않다.
② (나)는 '수간모옥 → 정자 → 시냇가 → 봉두'로 공간을 이동하며 시상을 전개하며, 과거에 대한 그리움을 드러내고 있지 않다.
③ (다)는 화초를 사랑하는 노인의 태도에 대한 글쓴이의 견해가 나타나므로 개인적 체험을 드러내고 있다고 볼 수 있다. 그러나 구체적인 청자를 설정하여 자신의 깨달음을 진술하고 있지는 않다.
⑤ (나)는 '엊그제 겨울 지나 새봄이 돌아오니 ~ 녹양방초는 세우 중에 푸르도다'에서 '푸르도다'라는 색채어를 사용하여 봄을 맞아 변화되는 자연의 모습을 나타내고 있으며, '엊그제 검은 들이 봄빛도 유여할사'에서 '검은'이라는 색채어를 사용하여 겨울을 지나 봄이 오자 들판이 봄빛으로 변화하는 모습을 나타내고 있다. (다)는 '노랗게', '푸른 채반', '붉은 꽃송이' 등에서 색채어를 사용하고 있으나 이를 통해 계절의 흐름에 따른 자연의 변화를 나타내고 있지 않다.

117 화자의 정서와 태도 파악 답 ④

[D]는 묻혀서 사는 자신의 마음을 아는 사람이 있을까 두렵다는 의미로, 자신의 순수한 마음을 타인에게 보이기 싫은 화자의 마음이 담겨 있다고 할 수 있다. 따라서 화자가 자신의 순수한 마음을 알아주는 사람이 없는 현실에 대해 서러움을 드러낸다는 설명은 적절하지 않다.

오답 피하기

① [A]는 꽃이 지는 것은 자연의 섭리이므로 바람을 탓할 수 없다는 의미로, '바람을 탓하랴.'에서는 자연의 섭리에 순응하는 화자의 태도가 드러난다.
② [B]에는 '성긴 별이' '스러지고' 날이 밝아 '촛불을 꺼야 하는' 상황이 나타나 있다. 또한 화자는 [A]에서부터 꽃이 지는 모습을 관찰하고 있으므로,

[B]에서는 날이 밝은 후에 꽃이 지는 모습을 관조하고자 하는 화자의 태도를 드러내고 있다고 볼 수 있다.
③ [C]의 '하이얀 미닫이가 / 우련 붉어라.'에서는 화자가 집 안의 미닫이에 희미하게 비치는 낙화의 그림자를 보면서 낙화의 아름다움을 느끼고 이에 대해 감탄하고 있다.
⑤ [E]에서 화자는 낙화를 보면서 아름다움이 사라지는 것을 안타까워하며 슬퍼하는데, 그 슬픔을 '울고 싶어라'라고 하는 표현을 통해 직접적으로 드러내고 있다. 따라서 [E]는 꽃이 지는 모습을 보며 화자가 느끼는 비애감을 집약적으로 제시하고 있다고 할 수 있다.

118 시구의 의미 파악   답 ③

ⓒ에서 '무릉'은 도연명의 〈도화원기〉에 나오는 선경(仙境)을 의미하는 것으로, 아름답고 안락한 이상적 공간을 비유적으로 표현한 것이다. 화자는 시냇물 위에 떠내려오는 복숭아꽃을 발견하고 눈앞에 보이는 산이 무릉도원일 것이라 하며 봄의 절경을 예찬하고 있다. 즉, 화자는 현재 자신이 처한 상황에 만족감을 느끼고 있다. 따라서 ⓒ에 현실의 공간에 안주하지 않고 이상적인 세계를 추구하고자 하는 화자의 의지가 담겨 있다고 이해하는 것은 적절하지 않다.

오답 피하기
① ㉠에서 '지락(至樂)'이란 더할 나위 없는 즐거움으로, 이는 자연에 묻혀 사는 즐거움을 의미한다. 이를 바탕으로 ㉠은 앞 구절과 연관 지어 이해해야 하는데, 세상의 남자로 태어난 몸으로서 자신과 같은 사람이 많건마는 어찌하여 그들은 자신처럼 자연에 묻혀 사는 즐거움을 모른단 말인가라는 의미이다. 따라서 ㉠에는 자연 속에서 느끼는 흥취를 모르는 세상 사람들에 대한 화자의 안타까움이 담겨 있다고 할 수 있다.
② ㉡은 만물을 창조하는 조물주의 솜씨가 야단스럽다는 의미로, 새봄이 도래하여 복숭아꽃과 살구꽃, 푸른 버드나무와 향기로운 풀들이 만들어 내는 다채롭고도 아름다운 경치에 대한 예찬이 담겨 있다.
④ ㉣은 화자 자신이 공명과 부귀를 싫어하고 멀리한다는 것을 공명과 부귀가 화자를 싫어하고 멀리한다고 주객을 전도하여 표현한 것이다. 따라서 부귀와 공명 같은 세속적 명리(명예와 이익)와 거리를 두고자 하는 화자의 심리가 담겨 있다고 할 수 있다.
⑤ ㉤에서 '백년행락'이란 한평생 잘 놀고 즐겁게 지낸다는 의미로, 자연 속에서 안분지족하며 살아가는 삶에 대한 화자의 만족감과 자부심을 '이만한들 어찌하리'라는 설의적 표현을 사용하여 드러내고 있다.

119 작품의 내용 파악   답 ④

'그러나 다행히 이러한 화단이 우리 방 앞에 있음에도 불구하고 나는 한 번도 노주인의 재공을 치하하지 못한 것은 매우 서운한 일이라고 생각한다.'에서 '다행히'라는 부사어를 통해 글쓴이가 '노주인의 재공을 제대로 치하하지 못한 것은 매우 서운한 일'이라고 한 것이 반어적 표현임을 알 수 있다. 이는 글쓴이가 노주인이 가꾼 화단의 인공적인 아름다움에 대해 비판적 시각을 갖고 있다는 점을 통해서도 알 수 있다. 따라서 '나'가 노주인의 화단을 제대로 구경하지 못하여 서운함을 느꼈다는 이해는 적절하지 않다.

오답 피하기
① '찰찰하신 노주인이 조석으로 물을 준다, ～ 그 벌벌하고 탐스럽던 수국

과 옥잠화의 넓은 잎사귀가 모두 누릇누릇하게 뜨기 시작하고 불에 덴 것처럼 부풀면서 말라들었다.'라는 내용을 통해 노인의 정성에도 불구하고 비를 맞지 못해 화초들이 누렇게 뜨고 말라 갔음을 알 수 있다.
② '그중에도 석류나무 같은 것은 철사를 사다 층층이 테를 두르고 곁가지 샛가지를 자르기도 하고 휘어 붙이기도 하여 사 층 나무도 되고 오 층으로 된 나무도 있다.'라는 내용을 통해 노인이 다양한 방법을 이용해 화초를 가꾸었음을 알 수 있다.
③ '노인은 가끔 안손님들까지 사랑 마당으로 청하여 이것들을 구경시켰다.'라는 내용을 통해 노주인은 가끔 여자 손님들(=안손님)까지 사랑 마당에 초대하여 공을 들여 키운 화초를 구경시켰음을 알 수 있다.
⑤ '그가 있는 재주를 다 내어 기르는 그 사 층 나무 오 층 나무의 석류보다도 나의 눈엔 오히려 한편 구석 응달 밑에서 주인의 일고지혜도 없이 되는대로 성큼성큼 자라나는 봉선화 몇 떨기가 더 몇 배 아름답게 보이기 때문이다.'라는 내용을 통해 글쓴이는 노주인이 정성껏 키우는 화초보다 구석진 응달 밑에서 보살핌을 받지 못하고 제멋대로 자라는 봉선화가 더 아름답다고 생각하고 있음을 알 수 있다.

120 소재에 대한 이해   답 ②

ⓐ는 자연 속에서 한가로움을 느끼는 참다운 맛을 아는 사람, 즉 화자와 마찬가지로 세속적인 삶에서 벗어나 자연에서의 삶과 흥취를 느끼는 사람이다. ⓑ는 노주인이 가꾸는 화단을 보며 희한해하는 사람, 즉 매우 드물고 신기하다고 여기는 사람이다. ⓑ는 인공적인 자연의 모습에 대해 긍정적인 태도를 지니고 있으므로 자연 그대로의 것을 아름답게 보는 글쓴이와는 다른 관점이나 태도를 보이는 사람이라 할 수 있다. 따라서 ⓑ는 ⓐ와 달리 자연을 대하는 태도가 글쓴이와 상이한 사람을 의미한다고 볼 수 있다.

오답 피하기
① ⓐ는 화자와 같이 자연 속에서 한가로움을 느끼며 자연의 참다운 맛을 아는 사람이므로 화자가 심리적으로 거리감을 두는 대상이 아니다. 한편 ⓑ는 글쓴이가 부정적으로 여기는 인공적인 화단을 신기해하는 사람이므로 글쓴이가 심리적으로 거리감을 두는 대상이라고 볼 수 있다.
③ ⓐ는 화자가 정신적으로 교감할 수 있는 대상인 반면, ⓑ는 글쓴이와 달리 노주인이 꾸민 인공적인 화단을 매우 드물고 신기하다고 여기는 사람이므로 글쓴이와 정신적 교감을 할 수 있는 대상이라고 보기 어렵다.
④ ⓐ는 자연 속에서 한가로움을 느끼며 자연의 참다운 맛을 아는 사람이므로 화자와 상반된 삶을 사는 사람이 아니다. ⓑ는 글쓴이의 자연관과 상반되는 관점을 지닌 사람들일 뿐, 글쓴이의 삶을 비판하는 사람이라고 볼 수 없다.
⑤ ⓐ는 화자와 같이 세속에서 벗어나 자연 속에서 한가로움을 느끼는 참다운 맛을 하는 사람을 의미하므로 화자처럼 자연에 은둔하는 사람이라고 할 수 있다. 한편 ⓑ는 노주인의 화단을 보며 매우 드물고 신기하다고 여기는 사람이므로 노주인의 화단에 대해 예찬적 태도를 지니는 사람이라고 할 수 있다. 그러나 글쓴이는 노주인의 인공적인 화단에 대해 비판적 태도를 지니고 있으므로 ⓑ가 '글쓴이처럼' 노주인의 화단을 예찬한다는 설명은 적절하지 않다.

121 외적 준거에 따른 감상   답 ④

〈보기〉에서 (다)는 자연의 아름다움에 대한 인물 간의 관점 차이를 통해 글쓴이의 가치관을 드러내고 있다고 하였다. (다)의 글쓴이는

자연은 신의 작품으로, 인간의 손이 닿아야만 하는 '졸작'이나 '미완품'은 없다고 보고 있다. 즉 글쓴이는 자연은 졸작이나 미완품이 아닌 그 자체로 신의 완성품이므로, 자연을 아름답게 하기 위한 인간의 행동은 오히려 자연을 파괴하고 불구가 되게 만드는 것이라고 보는 것이다. 따라서 (다)의 '졸작'과 '미완품'은 사람의 손이 닿지 않은 자연에 대한 사람들의 인식으로, 사람에 의해 파괴된 자연의 모습을 비유한 것이 아니다.

오답 피하기

① 〈보기〉에서 (가)의 자연은 세상을 피해 은거하는 공간으로, 화자는 현실과 단절되어 산다고 하였다. 따라서 (가)의 '묻혀서 사는 이'는 세상을 피해 자연에서 은거하는 화자 자신을 가리킨다고 볼 수 있다.

② 〈보기〉에서 (나)의 자연은 화자가 속세에서 벗어나서 살아가는 공간이라고 하였다. (나)의 '홍진'은 사람들이 사는 속세를, '수간모옥'과 '산수'는 화자가 머무는 자연을 의미하므로 '홍진'과 '수간모옥', '산수'는 대조를 이룬다. 따라서 이를 통해 (나)의 화자는 속세에서 벗어나 자연에 묻혀서 생활하고 있음을 알 수 있다.

③ 〈보기〉에서 (나)는 자연 속에서의 소박한 삶을 가치 있게 여기는 삶의 태도를 보여 주고 있다고 하였다. '단표누항'은 선비의 청빈한 생활을 이르는 말로 '허튼 생각', 즉 '공명'이나 '부귀'와 같은 세속적 욕망에 대해 생각하지 않겠다는 것에서 자연에서 소박하게 사는 삶을 가치 있게 여기는 화자의 태도를 확인할 수 있다.

⑤ 〈보기〉에서 (다)는 자연의 아름다움에 대한 인물 간의 관점 차이를 통해 글쓴이의 가치관을 드러내고 있다고 하였다. '무럭무럭 넘치는 기운에 마음대로 뻗고 나가려는 가지가 그만 가위에 잘리우고 괴로운 꼴이다. 불구요 기형이요 재변이라 안 할 수 없다.', '우리는 자연을 파괴하고 불구되게 할 수는 있다. 그러나 그것을 창조하거나 개작할 재주는 없을 것이다.' 등을 통해 글쓴이와 노주인은 자연의 아름다움에 대한 관점에 차이를 보이고 있으며, 글쓴이는 노주인이 화단을 가꾸는 행동을 '불구', '기형', '재변', '파괴' 행위로 간주하며 비판적 관점에서 평가하고 있음을 알 수 있다.

[122~127] (가) 김춘수, 〈강우〉
(나) 최인훈, 〈어디서 무엇이 되어 만나랴〉

E 포인트

• **방법** (가) 전문 일치 / (나) E교재 외

• **포인트** E교재에서는 가족과의 사별을 다룬 작품인 김춘수의 〈강우〉와 김현승의 〈눈물〉을 엮어 지문으로 구성하여 표현상 특징을 묻는 문제, 소재의 의미와 기능을 묻는 문제 등을 출제하였다. 우리 교재에서는 서로 다른 갈래의 작품인 현대시 〈강우〉와 최인훈의 희곡 〈어디서 무엇이 되어 다시 만나랴〉를 엮어 비교 감상할 수 있도록 하였다. 두 작품의 공통된 내용, 독백의 의미와 기능, 희곡의 특징에 주목하여 작품을 감상하도록 한다.

(가) 김춘수, 〈강우〉

▶ **해제** 이 작품은 아내의 죽음으로 인한 슬픔과 아내에 대한 그리움을 표현한 시로, 갑작스러운 아내의 부재를 받아들이기 어려운 상황 속에서 느끼는 화자의 상실감과 절망감이 드러나 있다. '거기', '밥상', '넙치지지미' 등은 아내의 부재 속에서 아내에 대한 그리움을 절실하게 느끼도록 하는 소재이다. 이 작품은 평생 존재에 대해 탐구해 온 시인의 후기 시로, 존재의 부재 속에서 더 절실하게 증명되는 존재의 의미를 드러내고 있다.

▶ **주제** 아내의 죽음으로 인한 상실감과 아내에 대한 그리움

▶ **구성**

1~10행	곁에 없는 아내를 애타게 찾는 화자
11~13행	아내의 죽음에 대한 인식과 수용
14~19행	아내의 죽음으로 인한 슬픔 및 체념

(나) 최인훈, 〈어디서 무엇이 되어 만나랴〉

▶ **해제** 이 작품은 온달과 평강 공주의 이야기에서 소재를 차용하여 공주의 주체적 의지와 온달의 헌신적 사랑을 그린 희곡이다. 최인훈은 주로 전설을 현대적으로 변용하여 새로운 의미와 가치를 부여하고자 한다. 이 작품에서는 원작과 다르게 공주를 정치적 암투에서 패배하도록 설정하고, 우연히 온달의 집에 들른 공주가 온달을 배우자로 선택해 그를 정치적 동반자로 만드는 과정을 제시하고 있다. 그리고 온달은 공주의 정적인 고구려 왕자의 사주를 받은 부하들의 음모에 의하여 암살되는 것으로 각색되어 있다. 온달의 죽음 이후에는 공주가 온달의 옛집에서 온달의 어머니를 모시고 살다가 고구려 군사에게 죽임을 당하는 비극적 결말이 나타난다. 이 작품은 이러한 변형과 재해석을 통해 설화의 의미를 강화하고 공주와 온달의 절대적인 사랑을 부각하여 감동과 교훈을 준다.

▶ **주제** 온달과 평강 공주의 순수한 사랑과 비극적 죽음

▶ **전체 줄거리** 온달은 사냥을 하다 길을 잃고 구렁이 여인과 정을 통하는 꿈을 꾼다. 공주는 왕실의 정치적 암투로 인해 궁에서 쫓겨나고 비구니가 되기 위해 암자로 가던 중 온달을 만나 혼인한다. 온달은 꿈속의 여인이 공주임을 알고서는 놀란다. 10년 후, 공주는 피투성이가 된 온달이 작별을 고하는 꿈을 꾸고서 그가 전사했다는 소식을 듣는다. 전장에서 움직이지 않던 온달의 관은 공주의 위로를 받은 후에야 움직이고,

공주는 온달의 살해범을 잡으려 하나 실패한다. 온달의 어머니와 여생을 보내려던 공주는 고구려 군사들에게 살해되고 온달의 어머니는 눈발 속에 홀로 서서 온달을 기다린다.

122 작품 간의 공통점 파악   답 ③

(가)의 화자는 '이 사람(아내)'이 죽은 상황에서 아내의 부재를 느끼지만 아내의 죽음을 인정하지 못하다가 작품의 후반부에서는 아내의 죽음을 인정하게 된다. 이를 통해 아내의 죽음으로 인한 화자의 크나큰 상실감과 아내에 대한 그리움을 드러내고 있다. (나)에서 공주는 꿈에 나타난 온달이 자신이 죽었다고 말하자 크게 놀라며 온달이 죽었다는 사실을 믿지 못하는 모습을 보이고 있다. 따라서 (가)와 (나)는 모두 상대방의 죽음으로 인해 환기된 화자나 인물의 정서가 나타난다.

오답 피하기
① (가)에서는 일상의 경험이 구체적으로 나타나지만, 이를 통해 자연의 섭리를 깨닫는 것이 아니라 상대방의 죽음으로 인한 상실감을 드러내고 있다. (나)는 죽은 온달이 공주의 꿈에 나타나는 장면으로, 이는 일상적 체험이라고 볼 수 없으며 인물이 자연의 섭리를 깨닫고 있지도 않다.
② (가)의 화자와 (나)의 인물은 가까운 이의 죽음이나 정치 현실 등으로 인해 부정적인 상황에 놓여 있을 뿐, 개인의 삶을 억압하는 사회의 모순을 비판하고 있지는 않다.
④ (가)와 (나) 모두 대상의 죽음과 관련된 내용을 다루고 있으며, 초월적 세계에 대한 지향은 나타나 있지 않다.
⑤ (가)의 화자와 (나)의 인물은 가까운 이의 죽음이나 정치 현실 등으로 인해 부정적 상황에 놓여 있으나, 이를 극복하고자 하는 의지를 드러내고 있지는 않다.

123 외적 준거에 따른 감상   답 ③

〈보기〉는 문학에서 화자나 인물의 말이 작품 전개 과정에서 어떠한 역할을 하는지 설명하고 있다. (나)의 [A]에서 공주는 '장군은 이 몸의 방패요, 이 몸의 울타리였지.'와 같이 '방패', '울타리'에 비유하여 온달이 자신을 보호해 주는 사람임을 나타내고 있다. [B]에서 온달은 '당신은 이후 내 하늘이었습니다.'라고 하면서 공주를 '하늘'에 비유하여 자신에게 공주가 절대적 가치를 지닌 존재임을 드러내고 있다.

오답 피하기
① (가)의 화자는 아내가 부재하는 상황에서 아내를 그리워하며 독백적 어조로 아내를 찾고 있다. (나)의 [A]가 독백인 것은 맞지만, 공주는 독백을 통해 자신의 소망과 상대방에 대한 생각, 앞으로의 삶에 대한 다짐 등을 드러내고 있다. 따라서 (가)와 (나)의 [A] 모두 상대방과의 갈등 상황을 제시하고 있지 않다.
② (가)는 독백적 어조로, 구체적인 청자가 설정되어 있지 않다.
④ (나)의 [A]에서 공주는 온달에게 원망의 정서를 드러내고 있지 않다.
⑤ (나)의 [B]는 온달이 공주의 꿈에 죽은 넋으로 나타나 자신에게 공주가 어떤 의미인지, 공주와 만난 이후 자신이 어떻게 변화되었는지를 말하는 부분으로, 상대방에 대한 오해나 오해가 풀려 만족감을 느끼는 내용은 나타나 있지 않다.

124 작품의 내용 파악   답 ②

(가)에서 화자는 일상생활 곳곳에서 '이 사람(아내)'의 부재를 느끼며 상실감을 드러내고 있다. '넙치지지미 맵싸한 냄새가 / 코를 맵싸하게 하는데'에서 아내와 함께 식사를 했던 상황을 환기하고 있을 뿐, 화자가 과거를 회상하며 아내와 함께했던 시간의 소중함을 깨닫는 부분은 나타나 있지 않다.

오답 피하기
① '어디로 갔나'의 반복은 '이 사람'의 행방을 궁금해하는 화자의 모습을 나타낸 것으로, '이 사람'의 부재를 부각하고 있다.
③ 화자는 '이 사람'을 열심히 찾지만 화자의 목소리는 '이 사람'에게 가닿지 못하고 '메아리가 되어 되돌아온다'. 화자는 이처럼 '내 목소리만 내 귀에 들'리는 상황을 통해 '이 사람'의 부재를 짐작하고 있다.
④ 화자는 집에서 '이 사람'을 찾지만 결국 '이 사람'을 발견하지 못하자 '혹시나' 하는 기대를 가지고 집 밖을 살핀다. 그렇지만 '풀이 죽는다'를 통해 알 수 있듯이 화자의 기대는 충족되지 않는다.
⑤ '지금은 어쩔 수가 없다고'는 결국 '이 사람'의 부재를 인정할 수밖에 없는 현실을 받아들이는 화자의 체념을 드러낸 것이다.

125 시상 전개 방식 이해   답 ⑤

[㉮]와 [㉯]에는 상승 이미지가 나타나 있지 않다. 또한 [㉰]의 '어둠을 적시며 비가 온다.', '왠지 느닷없이 그렇게 퍼붓는다.'에서는 하강 이미지를 통해 화자의 슬픔을 표현하고 있을 뿐, 외부와의 단절감을 강조하고 있지는 않다.

오답 피하기
① [㉮]에서는 '메아리가 되어 / 되돌아온다. / 내 목소리만 내 귀에 들린다.'의 청각적 이미지를 통해 '이 사람'이 부재한 화자의 상황을 구체적으로 나타내고 있다.
② [㉯]에서는 '어디 가서 잠시 누웠나', '옆구리 담괴가 다시 도졌나'라는 추측과 '아니 아니 ~ 그게 아닌가 보다.'라는 부정을 통해 '이 사람'이 없는 상황에 대한 화자의 인식을 드러내고 있다.
③ [㉰]에서 '어둠을 적시며 비가' 오는 자연 현상은 '이 사람'의 부재로 인한 화자의 절망감과 조응되어 화자의 애상적 정서를 부각하고 있다.
④ [㉮]에서 화자는 '이 사람'의 부재를 받아들이지 못하고 일상에서 '이 사람'을 찾지만, 시상이 전개되면서 화자는 '이 사람'의 부재를 현실로 받아들이고 상실감을 느끼게 된다. [㉰]의 '풀이 죽는다'는 '이 사람'의 부재로 인한 화자의 상실감과 절망감을 나타낸 시구이다.

126 구절의 의미와 기능 파악   답 ④

ⓛ은 시간의 경과를 알려 주는 음향인 '새벽 종소리'를 통해 죽은 온달의 영이 돌아가야 할 시간임을 드러내고 있다. 따라서 음향을 통해 인물의 퇴장을 암시한다고 할 수 있다. 그러나 ㉠은 조명과 분장을 통해 온달이 죽은 존재임을 보여 주고 있을 뿐, 시간의 경과를 알려 주는 음향을 통해 인물의 퇴장을 암시하고 있지 않다.

오답 피하기
① ㉠에서 온몸에 피를 흘리고 있는 온달의 모습은 온달이 죽었음을 드러내는 것일 뿐, 무대 밖 상황을 암시하고 있지 않다. 그리고 ⓛ은 시간의 경

과를 알려 주는 효과음으로 무대 위의 상황을 구체화하고 있다고 볼 여지가 있다.

② ㉠에서 온몸에 피를 흘리고 있는 온달의 모습은 온달이 죽었음을 드러내는 것으로, 새로운 사건의 발생을 암시하고 있지 않다. 그리고 ㉡에서 시간의 경과를 알려 주는 음향인 '새벽 종소리'는 인물의 성격과는 관련이 없다.

③ ㉠은 온달이 죽은 존재임을 나타내므로 현재의 정황을 보여 준다고 볼 수도 있다. 그러나 ㉡은 과거에 있었던 사건의 의미를 밝혀 주는 것이 아니라 온달이 죽은 자이기에 이제는 떠나야 할 시간임을 드러낸다.

⑤ ㉠에서는 온몸에 피를 흘리고 있는 온달의 외양을 묘사하여 그가 죽은 존재임을 보여 주고 있을 뿐, 인물의 혼란스러운 심리를 드러내고 있지 않다.

127 외적 준거에 따른 작품 감상   답 ④

'산에서 활을 쏘고 창으로 끼니를 얻던 그때처럼 편한 마음을 한시도 가지지 못하였습니다.'는 온달이 공주를 만난 이후 공주를 지키기 위해 장군이 되고 전쟁을 치러야 했던 시간들이 공주를 만나기 이전의 자신의 삶과 달리 편안하지 못했음을 드러낸 것이다. 또한 공주는 처음부터 온달을 내세워 정치적 방해자에게 복수하려고 하였으므로 공주가 온달이 장군이 된 이후 복수를 꾀하는 인물로 변한 것이 아니다.

오답 피하기

① 〈보기〉에서 공주는 남성을 대리자로 내세워 성공하고자 하는 여성 영웅이라고 하였다. 그리고 (나)에서 공주는 온달을 대고구려의 장군까지 밀어 왔다고 밝히고 있다. 따라서 공주가 온달을 고구려의 장군으로 만든 이유는 온달을 자신을 대신하는 인물로 내세워 성공하고자 했기 때문임을 알 수 있다.

② 〈보기〉에서 공주는 욕망을 충족하기 위해 온달을 이용하는 인물이라고 하였다. 그리고 (나)에서 공주는 온달과 함께 반대자들을 사정없이 물리쳐 왔다고 밝히고 있다. 따라서 공주는 온달을 이용하여 정치적 반대자들에게 복수를 하고자 했음을 알 수 있다.

③ 〈보기〉에서 온달은 자신의 목숨보다 공주를 아끼는 인물이라고 하였다. 그리고 (나)에서 온달은 공주의 기쁨을 위해 타국의 장수들과 싸웠다고 밝히고 있다. 따라서 온달이 참전한 목적은 명성이나 지위를 얻는 데 있는 것이 아니라, 성공에 대한 욕망을 지닌 공주를 위한 것임을 알 수 있다.

⑤ 〈보기〉에서 온달은 진정한 사랑을 실천하는 인물이라고 하였다. 그리고 (나)에서 온달은 자신에게는 공주가 고구려였다고 하면서 자신이 목숨을 걸고 지키기 위해 싸우는 고구려를 공주와 동일시하고 있다. 따라서 온달은 공주를 진정으로 아끼고 사랑해 온 인물임을 알 수 있다.

[128~132] (가) 이덕일, 〈우국가〉
(나) 허균, 〈호민론〉

Ⓔ 포인트

- 방법 (가) 부분 일치 / (나) E교재 외
- 포인트 E교재에서는 나라의 위태로운 현실을 걱정하는 작가의 마음이 담긴 고전 시가 이덕일의 〈우국가〉와 임제의 〈잠령민정〉을 엮어 지문으로 구성하여 소재의 의미와 기능을 묻는 문제, 시상 전개 방법을 묻는 문제 등을 출제하였다. 우리 교재에서는 백성들을 고통스럽게 하는 위정자와 정치 현실에 대한 비판 의식이 담긴 〈우국가〉와 허균의 〈호민론〉을 엮어 비교 감상할 수 있도록 하였다. 표현상 특징, 구절의 의미와 기능에 주목하여 작품을 감상하도록 한다.

(가) 이덕일, 〈우국가〉

▶ 해제 이 작품은 광해군 때 지어진 총 28수의 연시조로, '우국'의 정서를 형상화한 시조 중 가장 많은 수로 이루어진 시조로 알려져 있다. 작가 이덕일이 어지러워진 국정을 보고 벼슬을 사직한 후 고향으로 돌아가 지었다고 하며, 임진왜란 이후 당쟁만 일삼는 정치 현실에 대한 비판과 사회의 혼란상, 백성들의 비참한 삶 등을 다루고 있다. 특히 임진왜란이 초래한 참상과 이를 회피하고 살아가는 세상에 대한 안타까움, 공평하고 바른 도리를 지키지 않고 이익만을 추구하는 당쟁에 대한 우려, 국가의 위기를 극복하기 위한 간언 등 나라에 대한 충정의 정서가 잘 드러나 있다.

▶ 주제 당쟁만을 일삼는 조정 대신들에 대한 비판과 우국지정

▶ 구성

제10수	민심을 얻는 일에 힘쓸 것에 대한 간언
제11수	힘겨운 백성을 위한 정치 당부
제13수	끊임없는 당쟁에 대한 개탄
제16수	공정한 태도로 당쟁을 말릴 것에 대한 간언
제27수	나라를 지키지 못하면 모든 재물도 사라짐
제28수	화자의 소박한 삶과 우국충정의 마음

(나) 허균, 〈호민론〉

▶ 해제 이 작품은 〈홍길동전〉의 작가 허균이 조선 중기에 지은 글로, 기성의 관습적 권위에 비판적이며 개혁적인 발전을 도모하고자 했던 작가의 정치 사상이 반영되어 있다. 이 글에서는 백성을 항민과 원민, 호민으로 나누어 설명하고 있다. 위정자들은 백성을 천하에서 유일하게 두려워할 대상으로 여겨야 한다는 점을 강조한 후, 자신의 권리나 이익을 주장할 생각이 없이 순응하는 항민이나 윗사람을 탓하고 원망하는 데에 그치는 원민과 달리, 호민은 기회를 틈타 일어나는 존재로 이러한 호민이 생기지 않는 올바른 정치가 이루어져야 함을 주장하고 있다. 또한 중국이나 고려와의 비교를 통해 당대 현실의 심각성을 부각하고, 호민이 없다고 태평하게 현실을 인식하는 상황을 비판하고 있다. 이를 통해 작가는 올바른 정치를 위한 위정자의 각성을 촉구하고 있다.

▶ 주제 백성들에 대한 위정자들의 인식과 태도에 대한 변화 촉구

▶ 구성

1문단	백성을 두려워하지 않고 업신여기는 현실에 대한 문제 제기
2문단	현실 대응 방식에 따른 백성의 세 가지 유형

3문단	하늘의 뜻을 거스른 중국의 역사적 사례에 대한 평가
4문단	중국과 다른 조선의 현실 및 고려 시대 상황과의 비교
5문단	백성들에게 가혹한 정치를 하는 위정자들의 각성 촉구

128 표현상 특징 파악 답 ④

(가)는 〈제13수〉의 '힘써 하는 싸움 나라 위한 싸움인가'에서 의문형 문장을 사용하여 당쟁을 일삼는 조정의 현실에 대한 화자의 부정적 인식을 드러내고 있다. 또한 (나)는 1문단의 '윗자리에 있는 사람들은 백성들을 업신여기면서 가혹하게 부려 먹는데 어째서 그러한가?'에서 의문형 문장을 사용하여 위정자들이 백성들을 착취하는 현실에 대한 글쓴이의 부정적 인식을 드러내고 있다.

오답 피하기

① (가)에서는 〈제11수〉의 중장 '옷 벗은 적자들이 배고파 설워하네'와 〈제13수〉의 중장 '옷밥에 묻혀 있어 할 일 없어 싸우놋다' 등에 고통스러운 백성들의 현실과 이익을 위해 싸우기만 하는 위정자들의 상황이 제시되어 있으나, 이와 대비되는 과거의 상황은 제시되어 있지 않다. 한편, (나)는 4문단의 '고려 시대에는 백성들에게 ~ 조세를 추가로 징수하지는 않았다.'에서 과거 고려 시대의 상황을 제시하고, 5문단에서 이와 다른 현재의 상황을 제시하여 당시 조선의 현실이 지닌 문제점을 부각하고 있다. 따라서 현재와 과거를 대비하여 현실 상황을 부각하고 있는 것은 (나)뿐이다.

② (가)에서는 〈제27수〉의 종장 '임진년 티끌이 되니'에 비유적 표현이 나타나 있다. 여기에서 '임진년 티끌'은 임진왜란으로 인해 귀한 재물들이 먼지처럼 사라졌음을 의미하므로 대상에 대한 화자의 회의적 태도를 부각하고 있지 않다. 또한 (나)에서는 5문단의 '지방의 수령들은 그것을 빙자하여 칼질하듯 가혹하게 거두어들이는 것'에 비유적 표현이 나타나 있다. 여기에서 '칼질'은 지방 수령들의 가혹한 수탈을 비유하는 것으로, 대상에 대한 회의적 태도를 부각하고 있지 않다.

③ (가)에서는 〈제27수〉의 '장안 백만 가에 누구누구 지녔는가 / 어즈버 임진년 티끌이 되니 거짓 일만 여기노라'에 시간의 변화가 나타난다고 볼 여지가 있으나, 화자의 요구 사항이 단계적으로 제시되지 않았다. (나)에서는 '진나라', '한나라', '고려 시대', '조선'과 같이 시대를 드러내는 말이 사용되었으나 이는 백성을 대하는 위정자의 태도를 드러내거나 조선과 다른 시대를 비교하기 위해 사용된 것이며, 글쓴이의 요구 사항은 단계적으로 제시되지 않았다.

⑤ (가)의 〈제27수〉에서는 '어와'나 '어즈버'와 같은 영탄적 표현을 사용하고 있으나 이는 시대 현실에 대한 개탄스러운 심정을 드러내기 위한 것이므로, 화자를 둘러싼 상황의 변화에 대한 기대감과는 관계가 없다. 또한 (나)의 '불행하게도 견훤이나 궁예 같은 자가 ~ 어떻게 보증하겠는가?'에서 영탄적 표현을 사용했다고 볼 수 있으나, 상황의 변화에 대한 글쓴이의 기대감을 드러내고 있지는 않다.

129 외적 준거에 따른 감상 답 ③

〈제16수〉에서 화자는 청자인 임금에게 '싸움'을 '지공무사히' '진실로' 말려야 '탕탕평평'이 이루어진다고 하였다. (가)는 "'공도'가 결핍된 상황을 회복하기 위해 임금이 해야 할 일에 대한 충언"을 담

고 있다는 〈보기〉의 설명을 고려할 때, 〈제16수〉에서 청자는 임금이고, '싸움'은 공도가 결핍된 상황이며, '탕탕평평'은 공도가 회복된 상황임을 알 수 있다. 그리고 공도가 결핍된 상황을 해결하기 위해 임금은 '지공무사'라는 태도를 갖추어야 한다. 그런데 〈제16수〉에 임금이 '지공무사'의 태도를 버리려고 하는 상황은 제시되어 있지 않으며, 화자가 말려 달라고 하는 것은 '지공무사'의 태도를 버리려는 임금이 아니라 '싸움'이다. 따라서 〈제16수〉에서 화자가 '지공무사'의 태도를 버리려는 임금을 '진실로' 말리고 있다는 감상은 적절하지 않다.

오답 피하기

① 〈제10수〉에서 화자는 '득민심', 즉 백성들의 마음을 얻는 것이 추구해야 할 가치임을 밝히면서 '몽중전교', 즉 꿈속에서 태조 이성계가 준 가르침이 '귀에 쟁쟁하'다라는 표현으로 이를 뒷받침하고 있다. (가)는 '권력층이 자기 이익만을 추구하며 당쟁을 일삼고 정치에서 가장 중요하게 여겨야 할 것이 무엇인지를 생각하지 않는 현실'을 담고 있다는 〈보기〉의 설명을 고려할 때, 추구해야 할 가치에 해당하는 '득민심'은 정치에서 가장 중요하게 여겨야 할 것을 나타낸 것으로, '몽중전교가 귀에 쟁쟁하여이다'는 '득민심'의 중요성을 강조한 것으로 이해할 수 있다.

② 〈제11수〉에서 '베'와 '쌀'은 백성들이 세금과 노동을 대신하여 나라에 바치는 것이다. (가)가 '백성들이 겪는 고통에 대한 안타까움'을 드러낸다는 〈보기〉의 설명을 고려할 때, 이 두 시어는 백성들의 고통스러운 현실을 보여 주는 소재라고 할 수 있다. 또한 〈제13수〉에서는 나라를 위하는 마음 없이 '옷밥'에 파묻힌 채 싸움만 하는 정치가들에 대해 비판하고 있다. (가)가 '자기 이익만 추구하며 당쟁을 일삼'는 권력층을 다루고 있다는 〈보기〉의 설명을 고려할 때, '옷밥'은 당쟁을 일삼는 정치가들이 자신의 이익만을 위해 싸우는 현실을 보여 주는 소재로 이해할 수 있다.

④ 〈제27수〉의 '금은 옥백'은 당시 권력층이 좇던 귀한 재물로 볼 수 있으며, '임진년 티끌'은 임진왜란으로 인해 사라져 버린 재물로 볼 수 있다. (가)는 '나라를 지키지 않으면 귀한 재물도 전쟁의 잿더미가 된다는 교훈'을 나타낸다는 〈보기〉의 설명에 근거할 때, 〈제27수〉에서는 재물을 좇느라 나라 지키는 일을 제대로 하지 않으면 재물도 잃고 나라도 잃는 불행한 상황이 펼쳐질 수 있으므로, 자기 이익에만 몰두하지 말고 나라 지키는 일에도 힘쓸 것을 강조하는 것으로 이해할 수 있다.

⑤ 〈제28수〉에서 화자는 '일간모옥'에서 나라를 걱정하고 있다. (가)는 '전쟁의 여파가 해소되지 않은 상황'을 나타내고 있다는 〈보기〉의 설명을 고려할 때, '밤낮'으로 이루어지는 '우국상시'는 임진왜란이라는 전쟁의 여파가 여전히 해소되지 않고 있음을 드러내는 것으로 볼 수 있다.

130 구절의 의미 파악 답 ②

〈제13수〉의 초장과 중장에는 자신들의 이익을 위해 싸움을 일삼는 상황이 제시되어 있고, ⓒ에서 화자는 이러한 상황이 그치지 않는다며 개탄하고 있다. 그러나 ⓒ에는 싸움이 일어나기 전의 상황이 언급되지 않았으며, 현재의 문제 상황인 싸움이 해결될 것이라는 기대감도 나타나 있지 않다.

오답 피하기

① ㉠에서는 '-소서'라는 정중한 부탁이나 기원을 나타내는 종결 어미를 사용하여, 백성들이 고통을 겪고 있는 현실의 문제와 관련해 청자(임금)에게 '은혜'를 고루 베풀어 달라고 호소하고 있다.

③ ⓒ은 '공명을 원하지 않는데 부귀인들 바라겠느냐'라는 의미로 물질적 가

치를 추구하지 않고 이와 거리를 두겠다는 태도를 나타내고 있다. 이를 통해 화자는 자신이 비판하는 대상, 즉 자신의 이익만을 추구하며 당쟁을 일삼는 위정자들과 변별되는 삶을 추구하려는 자세를 드러내고 있다.

④ ㉣에서는 '하늘'이라는 초월적 존재가 '임금을 세운 것'의 의도는 아랫사람인 '백성을 돌보게 하기 위해서였으며, '한 사람이 위에서 방자'한 태도로 '커다란 욕심을 부리라고 한 것이 아니'라고 하였다. 글쓴이가 '하늘'이라는 초월적 존재의 의도를 언급한 것은 임금과 같은 윗사람이 갖추어야 할 덕목인 백성(아랫사람)을 위한 태도를 강조하기 위해서라고 볼 수 있다.

⑤ ㉤에서는 백성들이 내는 조세가 조정에 온전하게 들어가지 못하고 중간에서 이를 가로채는 '간사한 자'들의 모습을 제시하고 있다. 이는 자신의 이익만을 추구하는 관리들의 잘못된 행태로 글쓴이는 그들에 대한 비판적인 시각을 드러내고 있다.

131 작품의 내용 이해   답 ③

(나)의 4문단에서 조선은 '땅이 비좁고 험하여 사람도 적고, 백성 또한 나약하고 게으르며 잘아서, 뛰어난 절개나 넓고 큰 기상이 없'는 까닭에 '뛰어난 재주를 가진 사람이 나와서 세상에 쓰이는 일도 없'으며, 동시에 '난리를 당해도 호민이나 사나운 병졸들이 반란을 일으켜 앞장서서 나라의 걱정거리가 되었던 적도 없'다고 하였다. 이로 보아 조선에서는 뛰어난 재주를 가진 인물이 나오기 쉽지 않지만 나라의 근심이 되는 인물이 나오기도 쉽지 않음을 알 수 있다.

오답 피하기

① (나)의 2문단에서 호민은 '세상을 흘겨보다가 혹시 어떤 큰일이라도 일어나면 자기의 소원을 실행해 보려는 사람들'이자 '나라의 허술한 틈을 엿보며 일의 형편을 이용할 만한 때를 노리'는 존재라고 하였다. 이로 보아 호민은 세상의 기회를 틈타 자신의 욕구를 실현하기 위해 반란을 일으킬 수 있는 백성들임을 알 수 있다.

② (나)의 3문단에서 진나라가 망한 것과 한나라가 어지러워진 것에 대해 언급하며 '이러한 일들은 모두 백성들에게 모질게 굴면서 저만 잘 살려고 한 죄의 대가이며, 호민들이 그러한 틈을 잘 이용한 것'이고, '진나라, 한나라 이후의 화란은 당연한 결과였지, 불행했던 것은 아니다.'라고 하였다. 이로 보아 과거 중국 진·한의 화란은 백성을 괴롭히고 자신의 이익만을 챙긴 위정자들로 인해 필연적으로 발생할 수밖에 없었던 일이었음을 알 수 있다.

④ (나)의 2문단에서 원민은 '집안의 수입과 땅에서 산출되는 것을 다 바쳐서 한없는 요구에 이바지하느라 혀를 차고 탄식하면서 윗사람을 미워하는 사람들'인 동시에 호민에 붙어 '소리만 듣고도 모여들어 모의하지 않고서도 소리를 지르'는 존재라고 하였다. 이로 보아 원민은 현실에 대한 원망과 개탄이라는 감정적 반응을 보이는 데 그치므로, 올바른 방향으로 현실을 바꾸려는 개혁의 선두 주자가 되지는 못함을 알 수 있다.

⑤ (나)의 5문단에서 '관청에서는 여분의 저축이 없어 일만 있으면 한 해에도 두 번씩이나 조세를 부과'하였고, '지방의 수령들은 그것을 빙자하여 칼질하듯 가혹하게 거두어들'였다고 했다. 이를 통해 조선의 관청은 자금을 비축하고 있지 않았으며, 이로 인해 큰 비용이 드는 상황이 발생하면 백성들에게 조세를 부과하였음을 알 수 있다.

132 외적 준거에 따른 감상   답 ⑤

(나)의 5문단에서 작가는 백성들의 시름과 원망은 고려 말보다 더 심한 상태인데도 윗사람들, 즉 위정자들은 이를 두려워할 줄 모르고 백성들이 몽둥이를 휘두르는 '견훤이나 궁예 같은 자'를 따르지 않으리라는 법이 없다고 하였다. 이는 〈보기〉에서 말하는 '예전보다 못한 당시 정치 상황의 문제점을 지적하고, 백성을 두려워하지 않고 가혹하게 대하는 위정자의 행위가 빚어낼 수 있는 미래에 대한 염려를 드러내'어 위정자들의 자각적 반성을 촉구하는 것이라 볼 수 있다. 이때 '견훤이나 궁예 같은 자'는 백성들이 위정자 대신 따르게 될 존재인데, '불행하게도'와 '몽둥이를 휘두른다면'이라는 말로 보아, 작가가 부정적으로 인식하고 있는 존재이다. 따라서 '견훤이나 궁예 같은 자'는 위정자들의 잘못된 인식을 깨우쳐 새로운 변화를 이끌어 낼 인물이라기보다는, 위정자들의 잘못된 인식으로 인해 발생하게 될 또 다른 문제 상황의 주체로 이해할 수 있다.

오답 피하기

① 작가는 (나)의 1문단에서 윗사람들이 백성을 '천하에 두려워할' 대상이자 '호랑이나 표범보다도 더 두려워해야' 하는 대상으로 보아야 한다고 하였다. 이는 〈보기〉의 '위정자들이 백성 위에 군림하는 존재가 되어서는 안 된다는 작가의 인식'을 참고할 때, 백성 위에 군림하여 백성들을 업신여기며 가혹하게 대하는 위정자들에게 반성적 자각을 요구하는 것으로 이해할 수 있다.

② 작가는 (나)의 2문단에서 항민을 '두려워할 필요가 없'는 존재이며 '늘 보아 오던 것에 익숙하여 그냥 순순하게 법을 받으면서 윗사람에게 부림을 당하는 사람'이라고 하였으므로 항민은 위정자에게 길들여 있는 존재이다. 따라서 항민은 위정자들을 백성 위에 군림하는 존재로 받아들이고, 그들의 가혹한 행태에도 불만을 가지지 않고 순응하며 사는 백성에 해당한다고 볼 수 있다.

③ 작가는 (나)의 4문단에서 저축과 조세 등 재정 면에서 당시보다 더 나은 운영을 해 왔던 고려 시대에도 '삼공'을 할 정도였으며, 고려 시대에 대한 평가를 제시하고 있다. 이 평가는 〈보기〉에서 말하는 예전보다 못한 당시 상황에 대한 염려가 담긴 것으로, 당시보다 나았던 고려 시대에도 어려움이 따랐으니 당시 상황에서는 더 큰 어려움이 따를 것이라는 위기감을 환기한 것이라고 이해할 수 있다.

④ 작가는 (나)의 5문단에서 백성들의 원망이 고려 시대보다 더 심한 상태임에도 불구하고 '윗사람들'은 이를 외면한 채 '태평스레 두려워할 줄 모르고' 지낸다고 하였다. 〈보기〉를 참고할 때, 이는 현실의 문제점에 대한 인식이 결여된 채 자신들의 행위가 빚어낼 수 있는 미래의 상황을 생각하지 않는 위정자들에 대한 작가의 비판 의식이 표출된 것으로 이해할 수 있다.

E 포인트

- **방법** (가) E교재 외 / (나) 전문 일치 / (다) 전문 일치
- **포인트** E교재에서는 비유적 표현을 통해 주제 의식을 효과적으로 드러내는 작품인 고재종의 〈감나무 그늘 아래〉와 장석남의 〈수묵 정원 9 – 번짐〉, 강이천의 〈창해옹의 산수 여행〉을 엮어 지문으로 구성하여 시상 전개 방식을 묻는 문제, 공간의 의미와 기능을 묻는 문제 등을 출제하였다. 또한 E교재에서는 고전 수필인 이용휴의 〈아암기〉와 이덕무의 〈야뇌당기〉를 엮어 지문으로 구성하여 글의 전개 방식을 묻는 문제, 글쓴이에 대한 내용을 묻는 문제를 출제하였다. 우리 교재에서는 의문문이 공통적으로 활용된 〈감나무 그늘 아래〉, 〈아암기〉, 오세영의 〈겨울노래〉를 엮어 비교 감상할 수 있도록 하였다. 표현상 공통점과 시구의 의미와 기능에 주목하여 작품을 감상하도록 한다.

(가) 오세영, 〈겨울노래〉

- ▶ **해제** 이 작품은 자연 속에서 살아가는 화자가 느끼는 고독과 자연과의 합일을 추구하는 태도를 형상화한 시이다. 화자는 속세와 단절된 환경에서 자연과 하나가 되기를 원하지만, 자연 속에 존재하는 것만으로는 충분하지 않다고 인식한다. 이에 화자는 폭설로 인해 외부와 단절된 공간에서 난을 그리고 물소리를 들으며 자연과의 조화를 모색한다. 이 작품은 수미상관의 구조를 통해 동양적 허무 의식과 달관의 태도를 강조하며, 모든 것이 무상한 현실 속에서도 초연하게 자연과 합일하려는 화자의 자세를 부각하고 있다.
- ▶ **주제** 인간과 자연이 합일된 삶에 대한 지향
- ▶ **구성**

1~5행	허무 의식과 달관의 경지
6~11행	산짐승마저 사라진 적막한 산사
12~17행	고독한 산사에 있는 화자의 모습
18~19행	허무 의식과 달관의 경지

(나) 고재종, 〈감나무 그늘 아래〉

- ▶ **해제** 이 작품은 감나무를 보고 얻은 깨달음을 노래한 시로, 감이 익어 가는 과정을 다양한 감각적 표현을 활용하여 생동감 있게 묘사하고 있다. 화자는 감나무를 자신과 동일시하며, 유추적 발상을 바탕으로 땡감이 익어서 홍시가 되는 모습에서 화자의 가득 찬 그리움이 내면적 성숙으로 이어지는 모습을 그려 내고 있다.
- ▶ **주제** 감이 익어 가는 과정을 통해 깨달은 내면의 성숙
- ▶ **구성**

1~8행	흔들리는 감나무를 바라봄
9~12행	땡감처럼 커지는 그리움
13~21행	이별 후 기다림을 통한 성숙의 시간
22~27행	홍시가 된 감을 통해 깨닫는 성숙

(다) 이용휴, 〈아암기〉

- ▶ **해제** 이 작품은 글쓴이가 친구인 이 처사가 암자에 붙인 이름

'아암'에 담긴 뜻을 풀이하면서, 세상 사람들과 다른 이 처사의 삶의 태도에 대한 긍정적인 평가를 담은 고전 수필이다. 글쓴이는 '나'가 남보다 귀함에도 불구하고 감정이나 행동에 있어서 남들을 따라만 하고 스스로 주인이 되지 못하는 사람들을 비판적으로 바라보고 있다. 그리고 이 처사가 '아암(나의 집)'이라는 이름을 암자에 붙인 것은, 사람이 날마다 하는 행위가 모두 자신에게서 연유함을 보인 것으로, 글쓴이는 자신의 마음을 지키며 제힘으로 살아가는 이 처사의 긍정적 면모를 부각하고 있다.

- ▶ **주제** '아암'에 담긴 의미와 이 처사의 삶에 대한 긍정적 평가
- ▶ **구성**

1문단	남의 시선을 신경 쓰고 사는 이유
2문단	남을 '나'보다 중시하며 주체적으로 살지 못하는 삶에 대한 비판
3문단	평생 자신의 마음을 지키며 주체적으로 살아온 이 처사에 대한 소개
4문단	부지런히 일하며 제힘으로 먹고사는 일을 즐거워하는 이 처사
5문단	이 처사가 지은 암자의 이름인 '아암'에 담긴 의미
6문단	훗날 이 처사와 함께 이야기를 나누겠다는 글쓴이의 다짐

133 표현상 특징 파악 답 ①

(가)의 '산자락 덮고 잔들 / 산이겠느냐.', '산 그늘 지고 산들 / 산이겠느냐.', (나)의 '세상은 어찌 환하지 않으랴.', '하늘은 어찌 부시지 않으랴.'에서 유사한 통사 구조를 반복하며 시적 의미를 강조한다.

오답 피하기

② (가)는 '홍시 하나 딸 뿐인데'에서 사물에 인격을 부여한다고 볼 수는 있으나, 이를 통해 세태에 대한 비판적 태도를 보여 주고 있지는 않다. (나)는 '산이 우는 소리도 들어보고'에서 사물에 인격을 부여하고 있으나, 이를 통해 세태에 대한 비판적 태도를 보여 주고 있지는 않다.

③ (나)에서는 '따다다닥', '쪼르르'와 같은 음성 상징어를 통해 딱따구리가 나무를 찍는 모습, 청설모가 나무를 타는 움직임을 역동적으로 묘사하고 있으나, (가)에서는 음성 상징어를 활용하지 않았다.

④ (가)에서는 흰색의 '폭설'과 붉은색의 '홍시'가 색채 이미지의 대비를 이루고 있으나, 이를 통해 대상이 변화하는 모습을 부각하고 있지 않다. 한편 (나)에서는 '짙푸른 감들'과 붉은색의 '형형 등불(홍시)'이 색채 이미지의 대비를 이루며 감이 익어가는 모습을 부각한다.

⑤ (가)에서 '어제는', '오늘은'은 시간을 나타내는 시어로 볼 수 있으나 둘 다 절대 고독의 공간인 산사에서의 무위자연의 모습을 나타내므로, 과거와 현재의 불연속성을 나타낸다고 볼 수 없다. 한편 (나)에서 '밤', '새벽'은 시간을 나타내는 시어로 볼 수 있으나, 이를 통해 과거와 현재의 불연속성을 나타내지 않았다.

134 시구의 의미 파악 답 ④

(가)의 '진눈깨비'와 '폭설'은 화자가 있는 공간을 세상으로부터 단절시키는 역할을 한다고 볼 여지가 있다. 그리고 온 세상을 백색의 공간으로 만들고 있다는 점에서 화자가 있는 공간을 고독의 세계로 만드는 기능을 하고 있다. 하지만 '진눈깨비'와 '폭설'이 '그들', 즉

'산까치'와 '다람쥐'와 관련된 추억을 불러일으키고 있지는 않다.

오답 피하기
① (가)에서 '산이 산인들 또 어쩌겠느냐.'는 설의법을 통해 산이 산이 아닐 수도 있고 산이 산이어도 어쩔 수 없다는 정신, 즉 화자가 도달한 달관의 경지를 나타내고 있다.
② (가)에서 '간 데 없고', '온 데 없다'는 대구의 표현을 통해 '산까치'와 '다람쥐'의 부재를 나타냄으로써, 산사의 쓸쓸한 분위기와 화자의 고독감을 강조하고 있다.
③ (가)에서 '길'은 속세와 연결된 공간이므로, 길이 끝나 들어간 '산'은 인간 세상과 단절된 곳에 해당한다.
⑤ (가)에서 '빈 하늘 빈 가지'는 모든 것이 떠나 버린 외로운 고독의 공간을 나타낸다. '홍시 하나'는 그러한 공간에 홀로 존재하는 화자의 외로움을 드러내고 강조하는 객관적 상관물이라고 볼 수 있다.

135 화자의 정서와 태도 파악   답 ②

[A]는 고독과 허무의 공간인 산사에서 '난을 치'고 '물소릴' 듣는 모습이므로, 자연의 질서에 동화되는 화자의 모습을 보여 준다고 할 수 있다. [B]는 이별 후 화자의 그리움이 깊어지는 과정으로, '서러움까지 익어선 ~ 형형 등불을 밝힐 것이라면'이라는 내용으로 미루어 볼 때 이별 후 내적으로 성숙해 가는 모습을 보여 준다고 할 수 있다.

오답 피하기
① [A]에서는 화자가 자연과 동화되어 가므로 세속적 삶에서 벗어난 모습을 보여 주고 있다고 할 수 있다. [B]는 화자가 이별의 상처를 극복하며 내적으로 성숙해 가는 모습을 보여 줄 뿐, 새로운 사랑을 기다리는 모습을 보여 주지 않는다.
③ [A]에는 화자의 상처나 화자가 자신의 상처를 위로하는 모습이 나타나지 않는다. 또한 [B]에서 화자는 이별로 인한 상처로 힘들어하므로 다른 대상의 아픔에 공감하고 있다고 할 수 없다.
④ [A]는 화자가 세속적 삶에서 벗어나 자연에 동화되는 모습을 보여 줄 뿐, 과거에 맺은 인연에 연연해하는 모습을 보여 준다고 할 수 없다.
⑤ [A]는 화자가 자연의 질서에 동화되는 모습을 보여 주므로, 자신의 삶에 회의감을 느끼는 모습을 보여 준다고 할 수 없다.

136 시구의 의미와 기능 파악   답 ④

(나)에서 '기다림'을 '왠 것이랴만'이라고 표현한 것은 이별 후 화자에게 찾아온 '그리움'의 정서가 전혀 예상치 못한 것임을 나타내므로, '이별까지 나눈 마당'과 ② '왠 것'은 조응한다고 볼 수 있다. 그러나 ②이 화자의 정서가 변화한 것에 대한 당위성을 강조하지는 않는다.

오답 피하기
① (나)에서는 '이별' 후의 화자의 상태를 '감나무'에 비유하고 있다. 따라서 ③ '감나무 잎새'가 외적 요인에 의해 끊임없이 흔들리고 '반짝이는' 것은 '이별' 후에 화자가 겪는 '기다림'이나 '그리움'과 같은 마음의 동요와 대응한다고 볼 수 있다.
② (나)에서는 '그리움'이 '날로' 자라서 ⑥ '주먹송이처럼 커갈 땡감들'이 될 것이라고 하였으므로, 이는 '사랑이 끝났음에도 오히려 '그리움'이 더욱 커지는 상황을 '땡감'에 빗대어 나타낸 것이라 볼 수 있다.

③ (나)에서 ⑥ '장대비'는 이별을 극복하는 과정에서 화자가 겪어야 하는 고통스러운 시간을 비유적으로 나타낸 것이다.
⑤ (나)에서 ⑩ '마침내'는 '드디어 마지막에는'이라는 뜻으로, '저 짙푸른 감들'이 익어 '형형 등불'을 밝히는 상황, 즉 감이 익은 상황에 대해 화자가 '환하'고 '부시'다며 감탄하고 있음을 부각한다고 할 수 있다.

137 작품의 내용 파악   답 ②

이 처사가 '겉치레하지도 않'고 '부지런히 일하여 제힘으로 먹고'사는 인물이라는 점을 들어, (다)의 글쓴이는 타인의 시선에 얽매이지 않고 성실한 삶을 사는 것을 긍정적으로 평가한다. 이를 통해 글쓴이는 남을 따라만 하고 주체적으로 살지 못하는 모습을 경계하며, 자기 자신이 삶의 주인이 되어야 한다는 주제 의식을 전달하고 있다.

오답 피하기
① (다)의 '저 일체의 영화·권세·부귀·공명은 나의 천륜이 단란하게 즐김과 본업에 갖은 힘을 다 쓰는 것과 견주어 외적인 것으로 여겼다.'에서, 글쓴이가 긍정적으로 여기는 이 처사가 천륜을 단란하게 즐기는 것을 외적인 것으로 여기지 않았음을 알 수 있다.
③ (다)의 '나는 친하고 남은 소원하다. ~ 그런데도 세상에서는 도리어 친한 것이 소원한 것의 명령을 듣고, 귀한 것이 천한 것에게 부려지는 것은 무엇 때문인가?'에서 글쓴이는 타인의 명령을 듣고 부림을 당하는 것에 대해 문제 제기를 하고 있다.
④ (다)의 글쓴이는 나는 귀하고 사물은 천하다고 했다. 또한 글쓴이가 긍정적으로 여기는 이 처사는 부귀와 공명을 추구하는 것은 외적인 것을 중시하는 것이라고 비판하였다.
⑤ (다)의 글쓴이는 '나'와 타인, '나'와 사물을 구별하며 '나'는 귀하고 사물은 천하다고 주장하고 있으므로, 나와 남을 구별하는 모습이나 일상생활에서 주변의 사물을 천시하는 태도를 경계한다고 볼 수 없다.

138 외적 준거에 따른 감상   답 ②

(가)의 '그들은 또 어디 갔단 말이냐'는 산까치와 다람쥐가 모두 부재한 현실을 강조하고 있다. 즉, 길이 끝나 들어선 산은 산까치와 다람쥐도 존재하지 않는 고독의 공간임을 강조하는 것이다. 따라서 자연과 합일된 경지를 지향하면서도 속세에 대한 미련을 버리지 못한 내적 상태를 강조한다고 볼 수 없다.

오답 피하기
① (가)의 '산자락 덮고 잔들 / 산이겠느냐.', '산그늘 지고 산들 / 산이겠느냐.', '산이 산인들 또 어쩌겠느냐.'는 모두 상대방의 대답을 요구하지 않는 의문문이다. 이와 같이 수사 의문문을 통해 산에 대한 화자의 인식을 제시함으로써 허무 의식과 달관의 경지를 드러내고 있다.
③ (나)의 '어찌 바람뿐이랴'와 '어찌 햇살이랴'는 '바람'이나 '햇살'이 아니더라도 '오색딱따구리'나 '청설모' 등에 의해서 '감나무 잎새'가 끊임없이 흔들리는 상황을 나타내고 있다.
④ (나)의 '세상은 어찌 환하지 않으랴'는 세상이 환해질 것이라는 의미로, 이별로 인한 고통스러운 시간이 지나면 내적 성숙을 이루게 된다는 긍정적 전망을 제시하고 있다.
⑤ (다)의 '귀한 것이 천한 것에게 부려지는 것은 무엇 때문인가?'는 물질에 대한 욕망에 얽매여서 주체적인 삶을 살지 못하는 것에 대하여 문제를 제기하며, 인식을 전환하여 주체적인 삶을 살아야 한다는 깨달음을 전하고 있다.

MEMO

MEMO

메가스터디 고등 학습 시리즈

E
메가스터디
실전
N제
문학 138제

메가스터디BOOKS

내용 문의 02-6984-6897 | 구입 문의 02-6984-6868,9 | www.megastudybooks.com